KB111064

신이 말해 준 것

신이 말해 준 것

What God Said

〈신과 나눈 이야기〉 완결편

닐 도널드 월쉬

황하 옮김

연금술사

삶에 대한 다섯 가지 오류가 있다.

서로 분리되어 있다는 생각.

행복해지는 데 필요한 것이 충분하지 않다는 생각.

분하지 않은 것을 얻기 위해 서로 경쟁해야 한다는 생각.

어떤 인간이 다른 인간보다 더 낫다는 생각.

다른 모든 오류들로부터 생겨난 심각한 차이들을

서로를 죽임으로써 해결해도 괜찮다는 생각.

당신은 다른 사람에게 위협받는다고 생각하지만

사실은 당신의 믿음에 의해 위협받고 있다.

— 본문 중에서

차례

1
백만분의 일의 가능성

이제 우리가 솔직해질 시간이다.
어느 것 하나 제대로 작동하고 있지 않다.
이 행성 위에서 우리가 채택해 온 주요 체계 중 어느 하나도
올바르게 기능하지 않는다.
정치, 경제, 환경, 교육, 사회, 영적 체계가 그렇다.
사실은 더 나빠지고 있고 우리가 원하지 않는 결과를 만들고 있다.

"좋아요, 당신은 신과 직접 대화를 나누어 왔다고 주장하고 있습니다. 그렇다면 말해 보세요. 신이 세상 사람들에게 주는 메시지가 무엇인가요?"

질문자는 미국에서 가장 인기 있는 국영 TV 아침 프로그램의 진행자로, 세계적으로 유명한 사람이었다. 그는 역사상 가장 중요한 질문에 대답해 달라고 내게 요청했다.

그가 덧붙였다.

"그 메시지를 한두 문장으로 압축할 수 있습니까? 30초 정도 드리겠습니다."

나는 마음이 바빠졌다. 신이 세상에 전하고 싶은 것의 본질을 내가 어떻게 30초 안에 말할 수 있겠는가? 그때 한순간 영감이 떠오르면서 머릿속에 신의 대답이 들렸다. 나는 눈을 깜빡이며 나조차도 놀랄 말을 했다.

"사실 다섯 마디로 줄일 수 있습니다."

진행자는 잠시 믿을 수 없다는 표정으로 눈썹을 추켜세우며 진지하게 카메라를 응시했다.

"아, 그렇군요. 신사 숙녀 여러분, 신과 이야기한다는 사람이 전하는, 세상 사람들에게 주는 신의 메시지가 있습니다. 다섯 마디로요."

전 세계 가정에서 수백만 명이 TV를 시청하고 있음을 나는 알고 있었다. 내 생애 상상도 할 수 없었던 많은 사람들에게 신의 가장 중요한 메시지를 소개할 기회였다. 방송국 카메라를 똑바로 쳐다보면서 나는 신이 말해 준 단어들을 그대로 전했다.

"너희는 나를 완전히 오해하고 있다."

백만분의 일의 가능성

내 이름은 닐이다. 약간의 설명이 필요할 것 같다.

나는 신과 이야기를 나누어 왔다.

종교적 계시 같은 한 순간이 아닌, 아주 여러 번이나.

당신도 그렇게 해 오고 있다.

그렇게 생각하지 않을 수 있지만, 당신은 그렇게 해 오고 있다. 아마도 당신은 그것을 다른 무엇이라 부를 것이다. 어쩌면 눈부시게 번쩍이는 통찰력이라 부를 것이다. 또는 기발한 생각이라 부를 것이다. 놀라운 예감, 잘 맞는 추측, 천재적인 발상, 우연의 일치, 뜻밖의 행운, 여자의 직감 등이라 부를 것이다.

무엇이라 부르든 모두 같은 것이다. 모든 사람이 지니고 태어난 권리이자 우리 안에 있는 지혜와 통찰의 근원에서 나오는 대화이다. 나는 이 근원과의 만남들을 정확히 내가 체험한 그대로 '신과 나눈 이야기'라 불렀다.

다행스럽게도 나는 내가 나눈 대화들을 모두 적어 놓았고, 그래서 결코 잊지 않았다. 일은 이렇게 시작되었다. 1990년 2월 어느 새벽 4시 20분, 나는 자리에서 일어나 앉아 신에게 분노에 찬 편지를 썼다. 내 삶이 왜 이렇게 평탄하지 않은지, 어떻게 하면 평탄하게 만들 수 있는지 알려 달라는 편지였다.

그 후 신과의 대화가 종이 위에서 계속되었다. 나는 내 삶의 가장 당황스럽고 불만스러운 질문들을 신에게 던졌고, 마치 받아쓰기를 하는 것처럼 신의 대답이 주어졌다.

한 번은 신에게 이런 말을 들었다.

"이것은 어느 날 책이 될 것이다."

몇 달 뒤 나는 손으로 쓴 최초의 메모들을 속기사에게 보내 타이핑하게 했고, 그 글들을 인쇄하여 출판사로 보냈다. 거의 모험에 가까운 일이었다. 나는 누구에게 도전하고 있는지 알지 못했다. 나 자신에게인지 신에게인지. 하지만 나에게 주어진 것을 '시험'해 보고 싶었다. 그것이 대체 어떤 의미를 갖는지, 그중 어떤 것이라도 과연 진실인지 알고 싶었다. 신과 직접 대화를 나눈다고 주장하는 사람이 쓴 책을 출판사에서 실제로 인쇄하고 유통할 가능성은 백만분의 일에 가까움을 나는 물론 잘 알고 있었다. 그런 일은 다만 일어날 것 같지 않았다.

그러나 틀렸다. 그런 일이 일어났다.

그러므로 이제, 자세한 설명이 시작된다

9권의 『신과 나눈 이야기Conversations with God』 시리즈가 세

상에 나온 지금, 나는 한 권의 책을 쓰려고 앉을 때마다 하던 일을 똑같이 하고 있다. 즉, 나 자신에게 묻고 있다.

'나는 이 책을 왜 쓰고 있는가? 여기서 무엇을 이루려 하는가? 이 책이 꼭 필요한가?'

앞으로 어떤 내용이 나올지 당신이 짐작할 수 있도록, 이 여정을 계속할지 말지 결정할 수 있도록 나 자신의 질문에 답하고자 한다.

『신과 나눈 이야기』 책들을 이루는 3천 페이지 분량의 내용에서 신이 말해 준 것들을 확장시켜 더 자세히 설명해 달라는 요청을 나는 아주 많은 사람에게 여러 차례 받았다. 그 이유 때문에 이 책을 쓴다. 신이 인류에게 주는 메시지에 쉽고 빠르게 접근할 수 있도록 그 내용을 잘 정리된 한 권의 책으로 설명하고 싶다.

한 번도 출간된 적 없이 새로운, 『신과 나눈 이야기』 메시지들의 이 자세한 설명을 통해 내가 이루고 싶은 것은 일상생활에서 그 메시지들을 즉시 이용할 수 있게 되는 것이다. 나는 그 메시지들이 단지 개념에 머무르지 않고 실용적이기를 바란다.

이 책이 필요한 이유는 두 가지이다. 첫째, 수백만의 독자가 『신과 나눈 이야기』를 읽었다. 이 시리즈의 책들은 37개 언어로 출판되었다. 그리고 독자들은 내용의 자세한 설명뿐 아니라 많은 메시지 중 무엇이 가장 중요한지 말해 줄 것을 요청했다. 둘째, 만일 사람들이 그 메시지를 어떻게 적용할지 알게 된다면 『신과 나눈 이야기』의 메시지는 세상을 바꿀 수 있다. 그리고 바로 지금 세상은 절실히 바뀔 필요가 있다. 50년 뒤, 25년 뒤, 10년 뒤가 아닌 바로 지금.

문제는 체계에 있다

이제 우리가 솔직해질 시간이다. 어느 것 하나 제대로 작동하고 있지 않다.

내 말은, 제대로 작동하는 것이 아무것도 없다는 뜻이다.

이 행성 위에서 우리가 채택해 온 주요 체계 중 어느 하나도 올바르게 기능하지 않는다. 정치, 경제, 환경, 교육, 사회, 영적 체계가 그렇다. 그중 어느 하나도 우리가 원하는 결과를 만들지 못하고 있다. 사실은 더 나빠지고 있다. 그 체계들은 우리가 원하지 않는 결과를 만들고 있다.

이 사실은 전 지구적 규모뿐 아니라 개인의 차원까지 영향을 미친다. 당신과 나에게 직접적인 영향을 미친다. 이 세상 극소수의 사람을 제외하고는 모두가 힘든 싸움에 사로잡혀 있다. 나날의 싸움이다. 단지 행복해지기 위해서가 아니라 생존하기 위한, 살아 나가기 위한, 다만 현 수준을 유지하기 위한 싸움이다.

그리고 지금은 그 상태를 지나 더 나빠졌다. 현재 '풍족한 삶'을 살아가고 있는 사람들조차 행복한 시간을 보내지 못하기 때문이다. 그들조차 그러지 못한다. 이상하고 절망스럽게도 개인의 행복이란 찾기 힘들어 보인다. 그리고 행복을 이뤘을 때조차 사람들은 그 행복을 지속할 수 없다.

이것이 지금 무엇인가 잘못되어 있다는 가장 큰 단서이고, 가장 큰 힌트이며, 가장 확실한 신호이다. 어느 합리적 기준으로 보든 행복해야 할 사람들조차 행복하지 못할 때, 사회의 문화적 체계에 심각한 문제가 있는 것이 분명하다. 사회의 공식이 작용 중임에도 사실은 그렇지 않고, 모든 것이 올바르게 돌아가고 있음에도 무엇인가 몹시 잘못되었을 때, 사회의 공식이 어긋나 있다고 말할 수 있다.

그것이 오늘날 우리의 현실이다. 그러므로 새로운 메시지가 인류를 인도해야 할 때라고 나는 생각한다. 우리 인류가 완전히 새로운 문화 속 이야기를 받아들여야 할 때라고 생각한다.

만일 삶이 지금과 똑같기를 바란다면, 이 세상이 현재 상태 그대로이기를 바란다면 당신은 내 말에 동의하지 않을 것이다. 그러나 그 외 다른 이유가 있는 것이 아니라면, 당신은 이 책을 계속 읽길 원할 것이다. 만일 모든 것이 똑같이 유지되기를 바라더라도, 수백만의 다른 사람들에게 깊이 생각해 볼 기회를 주는 변화들에 대해 당신도 알아야 할 모든 것을 알아야 할 것이다.

세상 전체와 당신 자신의 삶에서 중요한 변화가 일어나야 할 때라는 내 말에 동의한다면 당신은 제대로 찾아온 것이다.

여기 있는 메시지들은 모든 것을 바꾸기 위해 존재한다.

견뎌 내라

짧은 시간에 읽어 최대의 효과를 낼 수 있도록 나는 9권의 『신과 나눈 이야기』 책들에 담긴 핵심 메시지들을 대략 천 개의 단어로 압축했다. 그러고 나서, 그 메시지들을 깊이 있게 확장하여 설명했다. 그리고 『신과 나눈 이야기』에서 내가 가장 중요한 통찰이라 여기는 것들을 가장 명확하게 표현했고 가장 실용적인 적용법을 제시했다.

2장에 있는 핵심 메시지 요약을 처음 읽을 때 모든 문구가 완벽히 이해되지는 않을 것이다. 분명 나도 그러지 못했다. 바로 그 이유 때문에 뒤이어 그 말들을 자세히 설명했다.

이 메시지들을 내 삶에 적용하기 위해 나는 15년 동안 노력해 왔다. 그리고 같은 기간 동안 전 세계 독자들의 수천 가지 질문에 대답하며, 그 메시지들이 무엇을 말하는지, 어떻게 적용될 수 있는지를 설명하는 가장 명확하고 단순한 방법을 찾아 왔다. 그 결과 지금 나는 이 책을 펴낼 준비가 되었다고 생각한다.

자, 시작해 보자. 아, 그러나 지금 당신은 견뎌야 한다. 많은 사람들은 이런 생각을 이단으로 여기기 때문이다. 그러므로 상당히 힘든 여정일 수 있다. 하지만 나는 조지 버나드 쇼(아일랜드 출신의 영국 극작가)가 남긴 유명한 말을 믿는다.

"모든 위대한 진실은 신성모독으로 시작한다."

2
스물다섯 가지 메시지

삶에 대한 오류들이 있다.
첫째, 인간은 서로 분리되어 있다는 생각.
둘째, 행복해지는 데 필요한 것이 충분하지 않다는 생각.
셋째, 충분하지 않은 것을 얻기 위해 서로 경쟁해야 한다는 생각.
넷째, 어떤 인간이 다른 인간보다 더 낫다는 생각……

우리 인류가 간절히 바랐지만, 수천 년의 시도에도 아직 이루지 못한, 삶을 살아가기 위해 알아야 할 모든 것이 여기 천 개의 단어 안에 있다.

이 메시지들을 세상에 전하라.

1. 우리는 모두 '하나'이다. 모든 것이 '하나'이다. 단지 '하나'만 존재하고 모든 것은 존재하는 그 '하나'의 일부이다. 이것은 당신이 신성이라는 의미이다. 당신은 당신의 몸이 아니고, 당신의 마음이 아니며, 당신의 영혼이 아니다. 당신은 이 세 가지 모두의 독특한 조합이며, 그것이 당신 전체를 이룬다. 당신은 신성의 *개별화된* 존재이다. 지상에 나타난 신의 표현이다.

2. 충분히 존재한다. 자원을 놓고 경쟁할 필요는 없다. 다툴 필요는 더욱 없다. 단지 나누기만 하면 된다.

3. 해야 할 일은 아무것도 없다. 당신이 하려고 하는 것은 많아

도 하도록 요구되는 것은 없다. 신은 아무것도 원하지 않고, 아무것도 필요로 하지 않으며, 아무것도 요구하지 않고, 아무것도 명령하지 않는다.

4. 신은 모든 사람에게 말한다. 언제나. 문제는 '신이 누구에게 말하는가?'가 아니라 '누가 듣고 있는가?'이다.

5. 삶의 세 가지 기본 원리가 있다. 기능성, 적응성, 지속성이 그것이다.

6. 옳고 그름이란 없으며, 당신이 하려고 하는 것을 놓고 볼 때 효과가 있는 것과 효과가 없는 것만 존재한다.

7. 인간의 관점으로는 분명히 있는 것처럼 보이지만, 영적인 의미에서는 이 세상에 희생자도 악한도 없다. 게다가 당신은 신성하기 때문에 당신의 의지에 반해서는 아무 일도 일어날 수 없다.

8. 자신의 세계관에 비추어 부적절한 일은 하는 사람은 아무도 없다.

9. 지옥이란 장소는 없다. 영원한 천벌도 존재하지 않는다.

10. 죽음은 존재하지 않는다. 당신이 '죽음'이라 부르는 것은 정체성의 재정립 과정일 뿐이다.

11. 시간과 공간이란 것은 없다. 지금 이곳만 존재할 뿐이다.

12. 사랑만이 존재한다.

13. 당신은 '창조의 세 가지 도구'를 이용해서 자신의 현실을 창조하는 자이다. 생각과 말과 행동이 그것이다.

14. 당신의 삶은 당신과 아무 관계가 없다. 그것은 당신의 손길이 어떤 사람들의 삶에 닿는가의 문제이고 어떻게 닿는가의 문제이다.

15. 삶의 목적은 당신이 누구인가에 대해 가져 온 가장 큰 비전보다 더 큰 버전으로 스스로를 새롭게 재창조하는 것이다.

16. 당신이 어떤 것을 선언하는 순간, 그것과 닮지 않은 모든 것이 공간 속에 나타날 것이다. 이것이 '반대의 법칙'이다. 이 법칙은 당신이 표현하기 원하는 것을 체험할 수 있는 '맥락의 장'을 만든다.

17. 절대적 진실이란 것은 없다. 모든 진실은 주관적이다. 이 틀 안에서 진실을 말하는 다섯 가지 단계가 있다.

당신에 대한 당신의 진실을 당신에게 말하라.
타인에 대한 당신의 진실을 당신에게 말하라.

당신에 대한 당신의 진실을 타인에게 말하라.

타인에 대한 당신의 진실을 타인에게 말하라.

모든 것에 대한 당신의 진실을 모두에게 말하라.

18. 인간은 환상이라는 정교한 무대 속에 살고 있다. 인간의 '열 가지 환상'은 다음과 같다.

'필요가 존재한다, 실패가 존재한다, 분리가 존재한다, 부족함이 존재한다, 요구가 존재한다, 심판이 존재한다, 처벌이 존재한다, 조건이 존재한다, 우월성이 존재한다, 무지가 존재한다.'

이 환상들은 인류에게 도움을 주려는 것이지만, 인류는 그것을 이용하는 법을 배워야 한다.

19. '온전하게 살아가기의 세 가지 핵심 개념'은 정직함, 자각, 책임감이다. 이 원칙에 따라 살면 당신 삶에서 자신에 대한 분노가 사라질 것이다.

20. 삶은 '되기-하기-가지기'의 패러다임 속에서 기능한다. 대부문의 사람은 이것을 거꾸로 한다. 우선 무엇인가를 '가져야' 어떤 것을 '할' 수 있고, 그래야 바라는 대로 '된다'고 상상한다. 이 과정을 거꾸로 하는 것이 삶에서 마스터의 수준을 경험하는 가장 빠른 길이다.

21. 자각에는 세 가지 단계가 있다. 희망, 신념, 앎이다. 영적인 성숙은 세 번째 단계에서부터 살아가는 것이다.

22. 위기, 폭력, 살인, 전쟁을 만들어 내는, '신에 대한 다섯 가지 오류'가 있다. 첫째, 신이 무엇인가를 필요로 한다는 생각. 둘째, 신이 필요한 것을 얻는 데 실패할 수 있다는 생각. 셋째, 신에게 필요한 것을 당신이 주지 않았기에 신이 자기에게서 당신을 분리시켰다는 생각. 넷째, 신은 여전히 자기에게 필요한 것을 몹시 원하고 있어서 분리된 위치에 있는 당신에게 그것을 달라고 지금 요구하고 있다는 생각. 다섯째, 만일 당신이 신의 요구를 들어주지 않으면 신이 당신을 파괴할 것이라는 생각.

23. 위기, 폭력, 살인, 전쟁을 만들어 내는 '삶에 대한 다섯 가지 오류'가 있다.

첫째, 인간은 서로 분리되어 있다는 생각. 둘째, 인간이 행복해지는 데 필요한 것이 충분하지 않다는 생각. 셋째, 인간은 충분하지 않은 것을 얻기 위해 서로 경쟁해야 한다는 생각. 넷째, 어떤 인간이 다른 인간보다 더 낫다는 생각. 다섯째, 인간은 다른 모든 오류들로부터 생겨난 심각한 차이들을 서로를 죽임으로써 해결해도 괜찮다는 생각.

24. 당신은 다른 사람에게 위협받는다고 생각하지만 사실은 당신의 믿음에 의해 위협받고 있다. 만일 '평화에 이르는 다섯 가지 단계'를 전적으로 받아들인다면 당신 자신과 세상에 대한 체험이 극적으로 바뀔 것이다.

신과 삶에 대한 당신의 오랜 믿음의 일부가 더 이상 유효하지 않음을 인정하라.

그것을 이해하면 모든 것이 바뀔, 신과 삶에 대해 당신이 완전히 이해하지 못하는 것이 있을 가능성을 살펴보라.

이 지구에서 새로운 삶의 방식을 만들어 낼, 신과 삶에 대한 새로운 이해가 앞으로 제시되기를 열망한다고 선언하라.

용기 있게 이 새로운 이해를 살펴보라. 그리고 그 이해가 당신 개인의 내적 진실과 일치하고 당신이 아는 것과 일치한다면 당신의 믿음 체계를 확대해 그 이해를 포함시켜라.

당신의 가장 숭고한 믿음을 부정하지 말고 그 믿음을 입증함으로써 당신 삶을 표현하라.

25. 지구 상 모든 사람을 위한 새로운 복음이 있게 하라.
'우리는 모두 하나이다. 우리의 길은 더 나은 길이 아니라 또 다른 길일 뿐이다.'

여기 있는 천 개의 단어들을 받아들이고 거기에 따라 행동한다면, 이 말들은 한 세대 만에 당신의 세상을 변화시킬 것이다.

3
열린 마음

그렇다면 무엇이 잘못되었는가?
이것은 우리가 해서는 안 되는 질문이다.
우리는 다른 결과를 얻기를 기대하면서도
항상 해 오던 것과 똑같은 일을 계속해야 한다.
물론, 이것이 정신이상의 정의이기는 하다.

이 메시지들 중 일부는 아주 명확하고 일부는 좀 더 설명이 필요하다. 예를 들어 '자원을 놓고 경쟁할 필요는 없다. 다툴 필요는 더욱 없다.'는 생각에 우리 대부분은 동의할 것이다. 반면, '영적인 의미에서'란 말이 붙기는 했지만 '이 세상에 희생자도 악한도 없다.'는 생각을 이해하는 데는 어려움이 있을 것이다.

특히 영적인 의미에서 우리는 '옳고 그름'이 만물에 대한 우주적 계획의 고유한 부분이라고 믿어 왔다. 말하자면 '신의 법칙'의 고유한 부분이라고. 그리고 대부분 사람들은 절대적 도덕 기준이 없는 세상을 상상할 수 없다. 사실 많은 사람들이 오늘날 세상이 잘못되었다고 생각하는 이유는 절대적 도덕 기준이 점점 줄어드는 듯 보이기 때문이다.

이것은 큰 문제를 일으킨다. 많은 사람들은 무엇을 해야 하고 무엇을 하지 말아야 한다고 말해 주는 바깥의 누군가가 없을 때 어떻게 존재해야 하는지 모르는 것 같다. 누군가가 그런 말을 하는 세상에서는 행복을 찾기가 무척 어렵다. 아무런 규칙도 없다면 우리는 무엇을 할 것인가? 특히 '영적인 의미'에서 아무런 심판도 처벌도 단죄도 없다면 무엇이 우리를 통제할 것인가?

그러므로 『신과 나눈 이야기』에 대한 첫 번째 어려움이자 가장 큰 도전은 이것임을 알 수 있다. 『신과 나눈 이야기』가 인류의 도덕 체계와 신에 대한 생각의 토대를 흔든다는 점이다. 그 도덕 체계와 종교 교리가 증오와 폭력, 두려움 없는 세상을 만드는 데 제 역할을 거의 하지 못했다는 점은 중요하지 않다. 그 도덕 가치들과 신에 대한 가르침이 고통을 없애고 극심한 가난을 줄이는 데 실패했으며, 지구 상에서 기아를 종식시키는 것 같은 단순한 일조차 실패했음은 중요하지 않다.

매년 6백만 명의 아이들이 지구 위에서 굶어 죽는다는 사실을 당신은 알고 있는가? 이것은 사실이다. 논쟁거리가 아니다.

어떤 남자가 학교에서 총으로 아이들 20명을 죽이는 것을 볼 때 우리는 극도로 분노하며 당연히 그래야 한다. 그러나 한 시간에 684명의 아이들이 배고픔 때문에 죽는 것은 앉아서 보고만 있다. 할 수 있는 일이 아무것도 없다고 우리는 말한다.

대부분의 세상 사람들은 다른 모든 분야에서 그동안 기울여온 노력을 전 세계적인 가치와 그 가치가 생겨난 토대인 종교를 위해서는 기울이기를 거부해 왔다. 슬프지만 사실이다.

과학 분야에서, 의학 분야에서, 기술 분야에서 사람들은 그런 노력들을 권장해 왔다. 그러나 짐작컨대 모든 것 중 가장 중요한 분야인 종교에서는 그 같은 노력을 적극 막아 왔다.

과학, 의학, 기술 분야에서는 사람들이 일상적으로 하지만 종교에 대해서는 하기를 완강하게 거부하는 것이 무엇인가?

기존 생각에 의문 품기이다.

기존 생각을 깨라

기존 생각을 깨는 것은 세상 사람들이 원하는 것이 아니다. 사람들은 자신들의 가장 신성한 믿음에 아무도 손대지 않기를 바란다. 비록 그 믿음이 눈에 보일 만큼 분명히 잘못되었고, 자신들이 지지하고 예견하는 결과를 만드는 데 명백히 전적으로 효과가 없을지라도, 인간은 충격적이고 끔찍할 정도로 완강하고 엄격하게 자신의 믿음을 고수하려 한다.

예를 들어 과거 25년 동안의 고생물학과 고고학의 발견들에도 불구하고, 지구 인구의 40퍼센트 이상은 이 세상이 만 년도 되지 않았다고 여전히 믿고 있다는 조사 결과를 당신은 알고 있는가?

사람들은 예전에 지녔던 관점을 뒷받침하기 위해 자신이 믿고 싶은 것이나 믿을 필요가 있는 것만 믿는다. 놀랄 만큼 많은 사례에서 '그 사실들로 나를 귀찮게 하지 말라.'는 사실이다.

종교 분야보다 이런 증거가 더 많은 곳은 없다.

우리는 신에 대해 알고 있는 내용만 알고, 그 외 어떤 것도 듣고 싶어 하지 않는다. 여기에는 강력한 이유가 있다. 신에 대한 우리의 생각은 삶에 대한 이해 전체의 기초가 된다. 심지어 신을 전혀 믿지 않는 사람에게도 이것은 사실이다.

따라서 '신을 믿는 사람'이든 '믿지 않는 사람'이든, 신에 대한 생각은 많은 사람들이 전체 도덕 법칙을 세우는 토대가 된다. 이 경우 당연히 신에 대한 새로운 생각 새로운 발상, 새로운 개념은 대부분 사람들에게 쉽게 환영받지 못하고 열광적으로 받아들여지지 않는다.

불가지론자이든 무신론자이든 유신론자이든, 신에 대한 새로운 진실은 언제나 '기존 생각을 깨는 위대한 사람'으로부터 시작될 것이다.

유리창에 날아와 부딪치기

대부분 사람들이 종교적 믿음에 손대지 않기를 원하기 때문에, 우리는 1세기 때의 영적 도구를 가지고 21세기 도입부를 살아가려 고집한다.

의학적으로 이것은 칼 대신 매우 날카로운 막대기로 수술을 하려는 것과 같다. 기술적으로는 부싯돌의 불꽃으로 로켓을 달에 보내려는 것과 같고, 과학적으로는 작은 불씨의 불빛으로 동굴에서 실험하려는 것과 같다.

만일 그 도구들이 효과가 있었다면, 종교적 믿음에 손대지 않고 그대로 두는 것은 이해가 된다. 그러나 우리에게는 그 도구가 유효한지 의문을 품는 것조차 허용되지 않는다. 문제는 도구에 있는 것이 아니라 그 도구를 사용하지 않는 점에 있다고 우리는 스스로에게 말한다.

그러나 예리한 관찰자라면 문제가 정반대에 있음을 알게 될 것이다. 문제는 우리가 그 도구를 사용하고 있다는 점에 있다. 우리는 그 도구를 서로에게 해가 되도록 사용하고 있다.

이렇듯 오래된 종교적 도구들은 모두를 위한 평화와 조화, 충분함, 존엄성을 만들기에 효과적이지 않음이 입증되었다. 이것은 부드럽게 표현한 것에 불과하다.

그렇다면 무엇이 잘못되었는가?

이것은 우리가 해서는 안 되는 질문이다. 우리는 다른 결과를 얻기를 기대하면서도 항상 해 오던 것과 똑같은 일을 계속해야 한다. 물론, 이것이 '정신이상의 정의'이기는 하다.

유리창에 날아와 부딪치는 파리처럼 우리는 우리가 보지 못하는 것에 머리를 계속 부딪치고 있다. 또는 보기를 거부하는 것에. 그것은 신과 삶에 대한 우리 믿음에 무엇인가 근본적인 결함이 틀림없이 있다는 점이다. 그렇지 않다면 우리는 사회적 영적 발전 측면에서 지금보다 훨씬 진보했을 것이다.

차이점을 해결하기 위해 서로를 여전히 죽이는 세상에 살고 있지는 않을 것이다.

인구의 절반을 먹이기에 충분한 음식이 날마다 쓰레기통으로 던져지는 동안 몇 백만 명이 여전히 굶어 죽는 세상에 살고 있지는 않을 것이다.

인구의 5퍼센트가 부와 자원의 95퍼센트를 차지하고 통제하면서도 전혀 문제없다고 여기는 세상에 살고 있지는 않을 것이다.

'각자 자신만을 위해'란 말이 '한 사람은 모두를, 모두는 한 사람을'이란 말보다 더 낫다고 실제로 여기는 세상에 살고 있지는 않을 것이다.

기꺼이 무엇을 하려 하는가?

하지만 우리는 그런 세상 속에 살고 있다. 그러므로 질문은 이것이다. 우리는 이 모든 것을 앞으로도 계속하려 하는가?

우리는 지금까지 해 온 대로 다만 계속하려 하는가? 인간 게놈(인간이 가지는 모든 유전 정보)의 신비는 풀 수 있지만 인간의 가슴속 사랑은 열 수 없는 세상을 아이들과 그 아이들에게 물려주면서?

그렇지 않다고 우리는 말한다. 우리는 더 나은 삶을 원하고 자손을 위해 더 나은 삶을 만들고 싶다고 말한다. 그러나 그러기 위해 기꺼이 무엇을 하려 하는가?

우리는 가장 용감한 일을 기꺼이 할 것인가? 가장 신성한 믿음에 기꺼이 도전할 것인가? 그것을 이해하면 모든 것이 바뀔, 신과 삶에 대해 완전히 이해하지는 못하는 무엇인가가 있을 가능성을 기꺼이 고려할 것인가?

우리는 인류 역사 속에서 새로운 발상과 새로운 생각, 새로운 해석을 기꺼이 검토하고 적어도 살펴볼 것인가? 표면적으로는 신과 삶에 대해 이미 알고 있다고 생각하는 것과 모순될지라도, 적어도 그 가능성을 살펴볼 수 있겠는가? 수천, 수백 년 동안 우리 자신에게 말해 온 이야기와 단지 일치하지 않는다는 이유로 모든 새로운 개념, 모든 새로운 가설을 무시해야 하는가?

아니다. 그러면 안 된다. 진보하기를 희망하는 문명은 그렇게 할 수 없다. 그러므로 이 책의 메시지들이 매우 중요해진다. 모든 생각에 열려 있을 때에만 모든 가능성이 열리기 때문이다.

4
새로운 영성

새로운 발견을 받아들이기 위해 모든 과학 지식을 서버린 것은 아니다.
우리의 이해를 고치고 확장하면서 우리는 오래된 것 안에서
새로운 것을 다만 끌어안았고,
그런 다음 더 나은 쪽을 향해 계속 나아갔다.
이제 종교에 대해서도 똑같은 일을 할 때이다.

여기 좋은 소식이 있다. 오늘날 세계가 경제 위기와 정치 변동, 시민 불안, 사회 붕괴, 환경 악화, 영적 혼란, 지속되는 갈등과 전쟁에 직면함에 따라 곳곳에서 사람들이 종교적 믿음을 내버려 두지 않기 위해 용기를 내고 있다. 사람들은 인간답게 존재하기 위한 새로운 지침, 새로운 통찰, 새로운 해답, 새로운 길을 찾고 있다.

무엇보다 가장 중요한 것은, 적지만 점점 많은 사람들이 신을 이해하고 신과 관계 맺는 새로운 방법을 이제 갈망하고 있다는 점이다. 왜냐하면 인류가 신에 대해 가진 생각이 인류 자신에 대한 생각에 큰 영향을 주고 어떤 경우에는 그 생각을 만들기까지 한다는 점을 사람들이 새롭게 자각했기 때문이다. 또한 서로 관계 맺고 있을 때 우리가 어떤 존재이고, 삶이 어떻게 작용하는지 대한 생각에도.

우리 자신을 볼 수 있고 전 세계와 즉시 소통할 수 있는 능력 덕분에 그 어느 때보다 오늘날 우리의 오랜 생각의 일부가 더 이상 제 기능을 하지 못한다는 점이 분명해졌다.

제 기능을 한 적이 있었는지도 의심스럽다. 하지만 과거에는 이것이 중요하지 않았다. 전 지구적인 규모에서 중요하지 않았다. 왜냐하면 상황은 계속되었고 삶은 지속되었기 때문이다. 하지만 이제는 더 이상 계속될 수 없다. 예전 방식으로는 유지될 수 없다. 이제는 너무 많은 사람들이 너무 많은 것을 너무 빨리 알게 된다. 이 세상 일부에서는 우리의 오래된 행동 방식과 오래된 존재 방식이 더 이상 부분적으로도 기능을 하지 않는다고 여기고 있다. 그리고 곳곳의 사람들이 마침내 이를 인정하기 시작했다. 과거에는 지구 위 한 지역의 기능장애를 다른 지역에게 감출 수 있었다. 지금은 우리 모두가 모든 곳에서 일어나는 모든 일을 알고 있다. 이것이 기능장애를 더 숨기기 어렵게 하고, 세상 전체가 기능장애를 용인하기 더 어렵게 한다.

아주 많은 사람들이 스스로 만든 상처를 보고 있다. 우리는 '일회용 밴드'가 바닥나는 것도 보고 있다. 모든 것을 계속 땜질해 갈 수는 없다.

우리에게는 농작물을 심을 비옥한 토양이 부족해지고 있다. 타들어 가는 지구를 막을 수 있는 시원하고 습한 기후가 사라지고 있다. 깨끗한 물이 부족해지고 있다. 맑은 공기가 사라지고 있다. 이 모든 것을 외면할 방법도 없어지고 있다.

상황을 호전시킬 자금이 줄어들고 있다. 그럴 시간도 부족해지고 있다.

가장 나쁜 것은 일부 사람들이 그렇게 할 의지를 잃고 있다는 점이다. 서로를 믿는 것보다 서로를 공격하는 것이 유일한 해결책이라고 생각하면서 두려움과 좌절 속으로 점점 더 깊이 빠져들고 있기 때문이다.

당신은 이 집단에 속하지 않는다

당신은 이렇게 믿는 사람에 속하지 않는다. 만일 그렇다면 이 책을 결코 선택하지 않았을 것이다. 당신은 어떤 역할을 할 수 있을지 정확히 알지는 못해도 이 상황을 바꾸기에 너무 늦진 않았다고 확신하는 사람에 속한다. 이 점에 대해서는 뒤에서 더 다루겠다. 지금 이루어져야 하는 것은 우리의 존재 방식에 대한 완벽한 점검임을 당신은 알고 있다.

이것은 작은 일이 아니지만 그렇다고 불가능하지도 않다. 인류는 그런 완벽한 재창조를 예전에도 경험했었다. 르네상스, 이른바 '부흥'이 그것이다. 이제는 이 르네상스를 위해 3백 년이란 시간이 필요하지도 않다. 현대적인 소통의 즉각적이고 투명한 특성 때문에 10분의 1의 시간 만에 이룰 수 있다. 내가 '즉명성'이라 부르는 상태이다.

우리 문화 속 이야기, 스스로에 대해 자신에게 하는 말들, 삶의 이유와 목적에 대해 아이들에게 가르치는 내용, 무엇보다 중요한 것으로, 우리가 '신'이라 부르는 존재에 대해 모든 사람과 공유하는 이야기, 이것들을 새롭게 쓰고 상세히 설명하여 확장하는 것에서부터 우리의 방향전환이 가장 잘 시작될 수 있다고 말하고 싶다.

이곳에서 힘이 나온다. 그 아래 지렛대가 놓여 있다. 인간 경험의 동력이 되는 연료를 이곳에서 찾을 수 있다.

그러나 신성한 인간의 이야기에 신에게 영감을 받은 어떤 새로운 내용이 덧붙여져야 우리의 주의를 사로잡을 수 있는가? 우리의 오래된 행동을 바꿀 생각까지 하게 되겠는가? 이것이 문제이다. 신에게서 나온 어떤 새로운 생각이 노자, 붓다, 모세(이스라엘의 영적 지도자로 '십계명'과 구약성서 일부를 남겼다), 예수, 무함마드(이슬람교를 창시한 예언자로 경전『코란』을 남겼다), 크리슈나(힌두교의 신으로 『바가바타 푸라나』『바가바드기타』 등에 그의 삶과 가르침이 전해진다)의 생각만큼 강력하고 고무적이며 흥미롭고 동기부여가 될 수 있겠는가? 우리의 이야기를 어떻게 설명하여 확장시키면 이 스승들의 추종자들이 만들어 낸 믿음 체계와 종교의 메시지들만큼 감동적이고 삶에 영향을 주며 변화를 체험하게 할 수 있겠는가?

이것이 오래도록 핵심 질문이었다. 어떤 새로운 생각이 우리의 오래된 이야기를 확장시켜서 전 인류에게 완전히 새로운 가능성을 제시할 것인가?

그것은 거부나 저버림이 아니다

내가 '새로운 영성'이라고 부르게 된 현재의 생각들이 그 추가될 설명들의 한 가지 밑그림이 될 수 있다고 나는 조심스레 말하고 싶다. 적어도 토론의 장을 열고 탐구를 시작하는 기초는 될 것이다.

그러나 만일 사람들이 그 탐구를 인류의 오래된 이야기의 거부나 저버림으로 여긴다면 위의 일은 일어나지 않을 것이다. 우리가 그 오래된 이야기를 가슴속에 소중하게 간직하고 있고 또한 그래야 하기 때문이다. 결국 그 이야기 때문에 우리가 이곳까지 오게 되었다.

그러므로 『신과 나눈 이야기』가 결코 거부나 저버림을 제안하는 것이 아님을 처음부터 분명히 하고자 한다. 사실 『신과 나눈 이야기』는 정반대의 주장을 한다. 세상의 종교가 우리에게 준 많은 것이 가치 있고 훌륭하다고 주장한다. 종교 자체가 그토록 오래 지속되어 온 이유가 바로 그 때문이다. 만일 종교가 사람들 사이에 갈등을 만들어 왔다면 종교의 가르침이 '잘못'되었기 때문이 아니라 불완전하기 때문일 것이다.

내가 관찰하기로 많은 인간은, 덧셈과 뺄셈은 배웠지만 곱셈과 긴 나눗셈—기하학, 삼각함수, 미적분학은 말할 것도 없다—은 아직 들어보지 못했음에도 수학에 대해 알아야 할 모든 것을 안다고 생각하는 어린아이와 같다.

우리가 지금 생각하는 것보다 신과 삶에 대해 밝혀야 할 훨씬 많은 것이 존재할 것이다. 이 주제들에 관해 알아야 할 모든 것이 우리 수중에 있다는 생각은 착각이라고 나는 생각한다.

따라서 『신과 나눈 이야기』의 목적은 신과 삶에 대한 인류의 낡은 생각을 전적으로 거부하거나 완전히 저버리는 것이 아니다. 『신과 나눈 이야기』의 목적은 우리의 오래된 이야기에 새로 덧붙이고, 쌓아 올리고, 그 이야기를 확장하고, 넓히고, 늘리고, 깊이 있게 하며, 명확하게 하고, 풍부하게 하는 것이다.

장벽 허물기

우리의 원래 이해를 이렇게 확장하여 설명하는 것이 분노를 불러일으킬 이유는 없다. 과학과 의학, 기술의 확장된 이해가 진화의 길에서 우리의 진보를 영원히 가로막지는 못한 것처럼, 그 이해들이 영적 여정에서 우리의 나아감을 영원히 가로막을 이유는 더욱 없다.

그렇다, 과학과 의학, 기술적 진화의 길에 몇 가지 장애물이 있었고 약간의 지연이 있었지만, 무엇도 우리를 완전히 멈추게 하지는 못했다. 태양이 지구 주위를 돌지 않음을 받아들이기까지 약간 시간이 걸렸다. 아이를 받기 전에 손을 씻으면 영아 사망률이 줄어듦을 인정하기까지 잠시 시간이 걸렸다. 컴퓨터가 인간에게 위협을 불러일으키지 않음을 '이해'하기까지 조금 시간이 걸렸다. 그러나 결국 우리는 이런저런 발전들을 받아들였고 앞으로 나아갔다.

새로운 발견을 받아들이기 위해 우리가 모든 과학 지식을 저버린 것은 아니다. 새로운 절차를 채택하기 위해 모든 의학 지식을 저버린 것은 아니며, 새로운 개발 내용을 적용하기 위해 모든 기술 지식을 저버린 것은 아니다. 우리의 이해를 고치고 확장하면서 우리는 오래된 것 안에서 새로운 것을 다만 끌어안았고, 그런 다음 더 나은 쪽을 향해 계속 나아갔다.

이제 종교에 대해서도 똑같은 일을 할 때이다.

5
새로운 복음

'신에 대한 세상의 마음을 변화시키는 것!'
그것이 새로운 영성의 목표이다.
신을 알고 신을 사랑하는 모든 영혼의 목표이다.
믿음이 인류에게 가한 모든 해로운 결과를 더 이상 못 본 체 할 수 없는
모든 영혼의 목표이다.

지금 세상에 필요한 것은 영혼을 위한 권리 회복 운동이다. 이 것은 난폭하고 화내며 보복하는 신을 믿으라는 억압으로부터 마 침내 인류를 자유롭게 할 수 있고, 세계 곳곳에서 분리와 두려움, 기능장애만을 만든 영적 교리로부터 인간을 해방시킬 수 있다.

내 친구인 랍비 마이클 러너(1960년대 반전 운동가로 활동한 유대교 진보주의자 겸 문명 비평가)가 설명하듯이 우리는 이 교리를 일치와 협력, 이해와 자비, 관용과 사랑의 정신으로 마침내 바꿀 필요가 있다.

이 운동의 첫 단계는 거의 던져지지 않던 다음의 직설적인 질 문을 시작으로 전 세계적 대화를 여는 것이다.

"종교를 포함한 세상의 신념 체계가 인류가 갈망하던 결과를 만들어 왔다고 당신은 솔직하게 편견 없이 말할 수 있는가?"

만일 그 답이 '아니오.'라면 다음 질문은 이것일 것이다.

"우리의 신념 체계가 왜 그것에 실패했다고 생각하는가?"

어떤 유익한 논의든 결국은 다음 질문으로 이어질 것이다.

"당신 생각엔 어떤 믿음이나 이해가 인류가 갈망하는 결과를 만들 수 있겠는가?"

이런 질문은 우리 모두가 참여할 수 있는 이른바 '세기의 대화'가 될 것이다. 'www.TheGlobalConversation.com('전 세계적 대화' 홈페이지. 닐 도널드 월쉬가 2012년 만든 사이트로, 새로운 영적 체험에 대한 질문을 서로 나누고 교류하며 소통하는 곳)에 가면 날마다 만나는 전 세계적 가상 커뮤니티에서 바로 지금 이 '세기의 대화'에 참여할 수 있다. 이곳은 내가 만든 인터넷 신문으로, 새로운 영성이라는 확장된 영적 개념을 그날의 뉴스와 연결시켜 일상생활 속에서 영성을 다시 활기 있고 의미 있게 만든다.

당신은 지금 당장 동네에 '전 세계적 대화 모임'을 만들고, 한 달에 한두 번 당신 집에서 만날 수도 있다.

중요한 주제에 대해 이야기를 나누면 그 주변에 에너지가 만들어진다. 사회, 정치, 경제, 영적 체계 속에서 일어난 모든 주요한 변화는 한 사람이 다른 사람에게 그것에 대해 말을 했을 때 시작되었다. 조금 이상하지만 명백해 보이는 사실인데, 많은 사람들이 자신의 삶과 세상에서 변화를 보고 싶어 함에도 불구하고 "내가 무엇을 할 수 있겠어? 내가 대체 무슨 영향을 미칠 수 있겠어?"라고 말하는 것을 나는 보게 된다.

같은 것에 대해 같은 순간 함께 말을 하는 사람들은 매우 강해진다. 정말로 그렇다. 아주 강해져서 프랑스 작가 빅토르 위고가 말한 것처럼 '세상 어떤 군대도 때가 무르익은 생각을 멈추게 할 수 없다.'

인류의 문화 속 이야기를 다시 써서 신과 삶에 대한 믿음을 확장시키고 이해를 깊게 하며, 과거의 원시적이고 단순한 믿음을 넓히는 것이 바로 그런 생각이다.

시간은 걸리지만, 그렇게 함으로써 아주 많은 사람, 사회 전체가 마음을 변화시킬 수 있다. 마틴 루터 킹 목사(미국의 흑인 인권 운동가)는 흑인에 대한 마음 변화가 일어나도록 도왔다. 베티 프리던(미국의 사회 개혁자이자 여성 운동가)과 글로리아 스타이넘(미국의 여성 인권 운동 작가)은 여성에 대한 마음 변화가 일어나도록 도왔다. 하비 밀크(미국 시의원에 선출된 최초의 동성애자)는 동성애자에 대한 마음 변화가 일어나도록 도왔다. 우리 모두는 지금 신에 대한 마음 변화가 일어나도록 도울 수 있다.

새로운 복음

'신에 대한 세상의 마음을 변화시키는 것!'

아! 얼마나 멋진가!

그것이 '새로운 영성'의 목표이다. 『신과 나눈 이야기』의 목표이다. 신을 알고 신을 사랑하는 모든 영혼의 목표이다. 사람들이 복수심 강하고 난폭하고 공포스러운 신의 가르침과 씨름하는 것을 더 이상 한가하게 앉아 지켜볼 수 없는 모든 영혼의 목표이다. 그런 믿음이 인류에게 가한 모든 해로운 결과를 더 이상 못 본 체할 수 없는 모든 영혼의 목표이다.

이 집단에 속한 사람들은 알고 있다. 사람들이 마음을 변화시키도록 우리가 도울 첫 번째 일이 신이 우리와 맺는 관계라는 것을. 그다음은 우리가 신과 맺는 관계이다. 마지막으로는 모든 사람이 서로와 맺는 관계, 삶과 맺는 관계이다.

이 세 가지 주제는 2장에서 요약된 『신과 나눈 이야기』의 가장 중요한 메시지들과 직접 연결되어 있다. 이 메시지들은 지구 위 사람들이 개인적, 집단적으로 수천 년 동안 갈망해 온 삶의 체험으로 가는 하나의 길을 연다. 나는 진심으로 그렇게 믿는다.

내가 '그 길'이 아니라 '하나의 길'이라고 말한 것에 주목하라. 나의 단어 선택은 구체적이고 의도적이다. 신과 나눈 이야기는 『신과 나누는 우정Friendship with God』이라는 책에서 인류에게 새로운 복음을 제시했다. 그 새로운 복음의 결론이 2장에 적힌 요약 메시지들이다.

그러니 그곳에서 시작하자. 천 개의 단어로 된 그 요약 메시지들을 끝에서부터 살펴보기 시작하자. 바닥에서 시작해서 올라가 보자.

6
우리는 모두 하나

어떤 길도 다른 길보다 '더 나은' 길이 아니다
모든 길은 같은 목적지로 이어진다.
신에게 돌아가는 한 가지 옳은 길만 있다는 생각은 많은 죽음과 파괴를
불러일으켰고, 그리하여 더 많은 사람을 신에게서 도망가게 했다.
새로운 복음은 영적인 수술과 같다.

『신과 나눈 이야기』에서 뽑은 25가지 핵심 메시지를 끝에서부터 역순으로 살펴보면서 나는 한 장에서 한 메시지를 설명할 것이며, 각 장을 의미와 적용, 두 부분으로 나눌 것이다. 그러므로 메시지 자체를 두 가지 방식으로 상세히 설명할 것이고, 이것은 그 내용을 접할 기회가 없던 많은 사람들을 새로운 영역으로 데려갈 것이다.

이제 모든 메시지 중 가장 대담한 메시지를 살펴보자.

신과 나눈 이야기 핵심 메시지 25

지구 상 모든 사람을 위한 '새로운 복음'이 있게 하라.
'우리는 모두 하나이다. 우리의 길은 더 나은 길이 아니라
또 다른 길일 뿐이다.'

굉장한 행운을 통해 체험한 신과 나눈 대화에서 이 메시지가 내게는 가장 멋진 것이었다. 그 기분 좋은 대화에서 신은 내게 다

정히 말했다. '우리는 모두 하나이다. 우리의 길은 더 나은 길이 아니라 또 다른 길일 뿐이다.' 이 새로운 가르침, 단순한 열세 마디의 새로운 교리를 다만 받아들이고 널리 전함으로써 우리는 세상 속 분노와 증오, 분열과 폭력의 많은 부분을 없앨 수 있다고 신은 말했다.

신은 이것을 '새로운 복음'이라 불렀다. 처음에 나는 그 단어 사용을 무척 꺼렸음을 고백한다. 어쨌든 '복음'이라는 단어가 아주 많은 사람에게 매우 특별한 의미를 지니기 때문이다. 그러나 그 대화의 경험에서 내게 주어진 단 한마디도 나는 편집하지 않았다. 갑자기 편집하기 시작할 구실도 없었다. 그래서 정확히 내가 받은 문구 그대로 두었다.

우리 모두가 지금 당장 이용할 수 있는 것이 바로 새로운 복음이라고 나는 믿는다. '새로운 복음'은 오래된 복음을 대체하는 것이 아니라 그 위에 덧보태고, 그것을 확장하며, 더 깊고 풍부한 의미를 주는 것이다. 그래서 나는 전 세계 강연과 워크숍에서 우리의 경제, 정치, 영적 지도자들에게 자신의 청중을 상대로 새로운 복음에 대해 얘기해 달라고 요청했었다.

그러나 지금까지 아무도 그렇게 하지 않았다. 이해할 수 있다. 세계의 주요 지도자, 전 세계적인 영적 인물, 경제계와 산업계의 거물 중 단 한 명도 왜 연단이나 강단, 이사회 회의석상에서 감히 이 말을 하지 않는지 나는 알고 있다. 그렇게 하는 것이 효과가 없을 거라고 믿기 때문이다. 자신에게 귀 기울이고 자신을 존경하는 사람들이 그 말을 절대 받아들이지 않을 거라고 믿기 때문이다.

사실은 자신들이 가진 바로 그 지위 때문에 새로운 복음과 정반대로 말해야 한다고 그 지도자들은 느낄 것이다. 자신의 길이 더 나은 길임을 선언하지 않는다면 사람들이 그들을 왜 따르겠는가?

그러나 이 세상에서 평화를 만들고 유지하는 데 우월성이라는 생각보다 더 걸림돌이 되는 것은 없다. 옳다는 생각이 동반될 경우 특히 그렇다.

슬프게도, 갈수록 양극화되는 사회에서 우리는 점점 더 이 사실을 목격하고 있다. 우리의 지도자들은 이렇게 말한다. "우리는 좋은 생각을 가지고 있을 뿐 아니라 존재하는 생각 중 그것이 유일하게 좋은 생각이다. 우리의 길이 올바른 길이다. 다른 모든 사람들은 틀렸을 뿐 아니라 심지어 다른 무엇인가를 제시하기 때문에 나쁘다."

우리의 대화는 날마다 점점 더 이렇게 들린다. 우리는 옳다는 생각을 이용해서 스스로 양극화를 만들고 있음을 알아차리지조차 못하고 있다. 매우 슬픈 일이다.

앞에서 지적했듯이, 무엇인가가 '옳다'고 믿을 때 어떤 사람들—아마도 대부분의 사람들—은 끈질기게 자신의 관점을 고수한다. 자신의 관점이 정확하지 않거나 쓸모없다는 사실이 밝혀질 때조차 그렇다.

사람들이 상황에 대한 마음을 바꿀 수 있는 것은 사실이다. 고맙게도, 하비 밀크, 글로리아 스타이넘, 마틴 루터 킹 목사 등의 사람들이 그 사실을 입증했다. 그러나 사람들의 마음을 바꾸도록 돕는 것은 쉬운 일이 아니다. 『신과 나눈 교감Communion with God』에서 들었던 것처럼 '우월성이라는 생각은 유혹적'이기 때문이다.

우월성은 인간의 10가지 환상 중 하나라고 『신과 나눈 교감』은 말한다. 우월성은 실제일 수 없다. 뒤에서 그 이유를 설명할 것이다. 그러나 우월성은 확실히 실제처럼 보일 수 있다. 게다가 아주 기분 좋게 느껴진다.

앞에서 말한 것처럼, 우월성이란 생각이 종교보다 더 널리 퍼진 곳은 없다. 이것이 '새로운 복음'을 매우 극적이고 놀랍게 만들며, 많은 사람들이 받아들이기에 무척 도전적으로 만든다.

그러나 도전적이라는 바로 그 이유 때문에 새로운 복음을 더 상세히 조사할 필요가 있다. 그러므로 겉으로 보이는 것 안쪽을 자세히 살펴보자.

신은 '모든 것'이 아닌가?

새로운 복음은 '우리는 모두 하나이다.'라는 말로 시작한다. 그러므로 신이 말한 25가지 핵심 메시지 중 이 마지막 계시는 원을 완성하면서 우리를 첫 번째 계시로 다시 데려간다.

첫 번째 메시지는 이것이다.

'우리는 모두 하나이다. 모든 것이 하나이다. 단지 하나만 존재하고 모든 것은 존재하는 그 하나의 일부이다.'

'우리는 모두 하나이다.'라는 말이 사실이라면 그 안에는 놀랄 만큼 중요한 내용이 함축되어 있다. 그것은 인류가 기존에 이해한 신과 인간의 관계를 크게 확장하는 설명에 해당할 것이다.

함축된 내용은 물론 이것이다. 만일 모든 것이 하나이고 우리가 모든 것의 일부라면—우리는 확실히 그렇다—우리는 신의 일부이다. 신이 '모든 것'의 일부가 아니며 '모든 것'의 바깥에 존재하는 경우를 제외하고는. 하지만 그때는 '모든 것'이 결코 모든 것이 될 수 없다.

사실은 아주 많은 사람들이 그렇게 믿고 있다. 사람들은 궁극적 실체에 본질적으로 두 가지가 존재한다고 믿는다. 한 가지는 존재하는 모든 것이고, 다른 한 가지는 존재하는 모든 것을 창조한 것이다.

이 우주론에서 신은 존재하는 모든 것의 바깥에 존재한다. 이것을 상상하기 위해 많은 사람들은 '모든 것'을 물질적인 것으로만 정의하고, 신은 영적인 것으로 정의한다. 그러나 이 경우는 '모든 것'이란 단어의 의미가 달라지기 때문에 적절치 못한 설명이다.

이 설명은 또한 우리 자신이 영적이지 않다고 생각하게 만든다. 혹은 우리가 영적인 동시에 물질적이라 해도, 우리의 영적인 부분은 '모든 것'의 일부가 아니라고 생각하게 만든다. 단순한 논리에 의해 만일 우리의 영적인 부분이 이른바 '모든 것' 안에 포함된다면 영적인 신 또한 '모든 것'의 일부가 되어야 하기 때문이다.

따라서 일부 사람들은 온갖 종류의 비틀린 경로를 택하고 모든 종류의 왜곡된 논리를 쓰게 되었다. 그리하여 우리의 영적인 부분은 '모든 것'의 일부임에도 불구하고 어떻게 영적인 신은 '모든 것'의 일부가 아닌지를 설명했다.

추측하기로 신의 영혼은 다른 종류, 다른 유형의 영혼일 것이다. 단순히 더 장엄하거나 더 크거나 더 강력할 뿐 아니라, '존재하는 모든 것'의 범주에 들지 않는 전혀 다른 유형일 것이다.

새로운 영성의 첫 번째 큰 도전은 우리를 이 균열된 추론에서 멀리 불러내는 것이다. 그리하여 물질적인 면과 영적인 면이 동시에 표현되게 하는 삶의 본질적 에너지—나 자신을 비롯해 일부 사람들이 '신'이라 부르는 것—에 일정한 패턴이 있을 거라 생각하도록 우리를 부드럽게 안내하는 것이다. 우리가 인간으로서 물질적인 면과 영적인 면을 동시에 표현하고 있음을 분명히 관찰하고 있는 그 순간에도.

달리 말하면 우리는 우리가 할 수 있는 것을 신도 할 수 있을 가능성을 생각해 볼 수 있다. 우리가 영적인 동시에 물질적인 것처럼 신성한 존재도 그러할 가능성을 생각해 볼 수 있다.

이것은 인류와 신을 하나로, 똑같은 존재로 만들 것이다. 그 비율이 다른 점을 제외하고는. 신은 모든 것인 반면 우리는 모든 것을 이루는 일부이다.

이것이 훨씬 더 이해되지 않는가?

그리고 주요 종교들은 우리가 '신의 모습으로 신과 비슷하게 만들어졌다'고 말하지 않았던가?

우리의 이야기는 달리 말한다

대부분의 인류 문화에서는 신화와 이야기를 통해 신이 우리를 자신에게서 분리했다고 예전부터 말해 왔다. 신이 자신에게서 우리를 나눈 것이 아니라—이 경우 우리 모두는 단지 같은 것에서 나뉜 존재일 것이다—우리를 분리한 것이다. 차이를 생각해 보라.

몇 개 도시에 지점을 가지는 회사는 여전히 하나의 같은 회사이다. 그러나 그 지점들 한두 개를 분할한 후 팔아 버렸다면 더 이상 원래 회사의 일부가 아닌 분리된 개체를 만든 것이다.

신이 그렇게 했단 말인가? 그렇다고 대부분의 종교는 말한다. 그러므로 신과 우리는 별개라고 그 종교들은 말한다. 신이 우리 때문에 불쾌해졌기 때문에 이 분리가 생겨났다고 그 가르침은 이어진다. 신이 불쾌해진 것은 우리가 신에게 불복종했기 때문이라고 한다. 혹은 적어도 우리의 초기 조상들이 불복종한 결과라고.

그렇게 분리의 이야기가 인간의 마음속에 씨 뿌려졌다. 이 이야기는 세상 종교들의 기초가 되며 매우 중요하다. 우리가 조금이라도 신을 믿는다면, 어떤 식으로든 신의 보호와 사랑과 위대함에 굶주렸다면, 신에게로 돌아가는 것이 최우선 순위가 되기 때문이다. 그곳에서 종교가 시작된다. 종교는 신에게 돌아가는 법을 우리에게 약속한다.

이 약속의 절박함을 확실하게 이해할 수 있도록, 종교들은 다음과 같은 경고를 덧붙여 왔다. "만일 신에게 돌아가지 않는다면 결국 우리는 다른 어떤 장소에 가게 될 것이다."

불행한 대안

만일 지구에 사는 동안, 모든 불친절과 잘못을 용서해 줄 신에게 돌아가는 길을 발견하지 못한다면 우리는 면죄받지 못할 것이다. 그리고 잘못에 대한 형벌로서 끝없이 계속되는 형언할 수 없는 고통의 장소, 즉 지옥, 저승, 황천, 구천, 중천, 음사, 이리, 나락, 염라국, 지하 등 다양하게 불리는 곳으로 보내질 것이다.

이 과정을 복잡하게 만드는 것은 이것이다. 적어도 한 종교에 따르면 신에게 돌아가서 용서받을 '단 한 가지 길'이 있으며 그것은 예수 그리스도를 통해서이다. 다른 누구도 우리를 용서해 줄 권한을 가지고 있지 않다. 추측컨대 신 자신을 포함해서. 그러므로 우리는 구원으로 가는 이 한 가지 길을 택할 필요가 있다.

정말로 이 교리에 따르면, 삶의 매 순간 친절과 배려, 자비와 너그러움, 다른 모든 신성한 덕을 보이면서 실제로 완벽한 삶을 살았다 하더라도 그 사람은 여전히 '천국에 이를 수' 없다. 돌아가는 길을 그렇게 부르듯이. 달리 말하면 천국에 가는 자신만의 방법을 '얻을' 수 없으며, 주님이며 구원자인 '그리스도를 받아들일' 때만 그곳에 갈 수 있다. 그 구원을 줄 수 있는 자가 신이 아니라 오직 그리스도인 이유는 다음과 같다. 고통과 죽음을 기꺼이 받아들임으로써 '우리의 죗값을 치른' 자가 그리스도였기 때문이다. 그리하여 그리스도는 자신의 죽음이 없었다면 우리 스스로에게 죗값을 치르게 했을 '공정한' 신—다른 사람들은 크게 분노하고, 복수심 강하다고 볼 수 있는 신—을 달랬다.

사람은 태어나서 일정한 시간이 흐른 뒤 죽게 마련이지만, 신에게 단 하나의 죄도 저지를 수 없었던 완벽하게 순수한 아기에게도 해결해야 할 원죄가 있다고 이 특별한 종교는 말한다. 그 원죄란 천국 밖으로 쫓겨난 최초의 영혼들이 지은 죄다. 유산으로 지니게끔 우리에게 물려 내려온 짐이다.

이것이 '물려받은 불완전성의 교리'이다. 영혼이 티끌 하나 없이 깨끗하지 않다면 신에게 돌아갈 수 없다고 이 교리는 말한다. 그리고 어느 영혼도, 심지어 아기의 영혼조차 티끌 하나 없이 깨끗하지는 않다고 말한다.

우리는 불완전하게 태어났다. 그러나 그리스도를 구원자로 받아들임으로써 용서를 발견할 수 있고 무결점으로 돌아갈 수 있다. 유아의 경우 이것이 세례 성사를 통해 이루어지며, 세례 때는 아이를 대신해 어른이 그리스도를 받아들인다. 참고로 아이는 훗날 견진 성사(세례를 받은 신자가 신앙을 성숙시키기 위해 받는 성사)를 통해 그리스도를 다시 받아들일 수 있다. 철들 무렵이 되면 아이들은 세례 때의 약속을 확인하고 갱신하며, 그럼으로써 이제 성령을 받을 수 있다는 말을 듣는다. 지역 관습에 따라 다르지만 대개 일곱 살에서 열네 살 사이에 이루어진다.

이것들은 모두 사소한 일이 아니라는 말을 우리는 들어 왔다. 구원이라는 그리스도의 선물을 받아들이지 않는다면 우리 죗값을 치르는 일이 영원히 계속되기 때문이다. 그러니까 영원토록. 고난받고 희생당한 그리스도라는 신의 선물을 받아들이지 않는 가장 큰 죄를 포함해서, 우리가 신에게 저지른 죄는 아주 컸다.

이런 기준에 의하면 종교가 전혀 없는 사람뿐 아니라 유대교도, 힌두교도, 회교도, 불교도, 그 밖의 모든 종교인들이 지옥에 갈 것이다.

신과 실체에 대한 개념을 확장하기

정말 그런가?

'새로운 영성'은 우리로 하여금 이 가르침을 자세히 살펴보게 한다. 모든 것의 근원이므로 아무것도 필요하지 않은, 모두를 사랑하는 신에 대한 개념과 이 새로운 영성이 일치하는지 우리 스스로 결정하게 한다.

『신과 나눈 이야기』에 나오는 25가지 중요한 메시지 중 첫 번째 메시지와 마지막 메시지는 신과 궁극적 실체에 대한 우리의 전체 개념을 확장시킨다. 이 메시지들은 어떤 것도 다른 것과 분리되어 있지 않은 실체를 설명한다. 그리고 존재하는 모든 것 속에 표현되고, 모든 것으로 표현되며, 모든 것을 통해 표현되는 신을 설명한다.

이 책의 끝 부분에서 핵심 메시지 1을 별도로 다룰 때 이 주제를 훨씬 더 자세히 살펴볼 것이다. 지금은 핵심 메시지 25에 집중해서 그 메시지의 뒷부분을 살펴보자. *우리의 길은 더 나은 길이 아니라 또 다른 길일 뿐이다.*

'새로운 복음'의 앞부분처럼, 이 문장에는 첫눈에 보이는 것보다 더 큰 신학적 의미가 함축되어 있다. 단순한 관용이나 겸손의 말 이상이다. 그것은 신에게 가는 하나이고 유일한 길이 더 나은 길이라는 우리의 현재 생각을 확장시킨다. 하나이고 유일한 종교의 교리가 하나뿐인 참된 신앙의 기초를 형성한다는 우리의 현재 생각을 확장시킨다.

신이 우리 모두에게 말하고자 하는 점은 이것이다. 참되게 자기 신앙을 지니고 있는 사람에게는 저마다의 신앙이 하나뿐인 참된 신앙이라는 것이다. '믿는 대로 너희에게 이루어질 것'이기 때문이다. 즉, 순수한 신앙은 자신이 요청하는 결과를 만들면서 스스로에게 힘을 준다. 이것이 당신이 누구인지와 삶이 어떻게 작용하는지의 본질이기 때문이다. 이 내용도 책 뒷부분에서 다룰 것이다.

그러므로 이슬람교의 예언자 무함마드의 가르침을 따를 때 천국의 길로 인도될 것이라 믿는다면 그렇게 될 것이다. 그리스도를 구원자로 받아들일 때 천국에 자리가 마련될 것이라 믿는다면 그렇게 될 것이다. 붓다의 행동을 모범으로 삼을 때 마음의 평화를 얻게 될 것이라 믿는다면 그렇게 될 것이다. 무엇을 믿든 당신의 체험은 그렇게 될 것이다.

이것은 산 정상으로 가는 길이 하나 이상임을 의미한다. 어떤 길도 다른 길보다 '더 나은' 길이 아니라는 뜻이기도 하다. 모든 길은 같은 목적지로 이어진다. 정말로, 이른바 하느님 나라에 도달하지 않는 길은 없다고 『신과 나눈 이야기』는 말한다. 그 외는 갈 곳이 없기 때문이다. 이 생각은 23장에서 설명할 것이다.

이 장소에도 많은 이름이 있다. 사람들은 그곳을 이렇게 부른다. 낙원, 잔나(이슬람의 낙원), 니르바나(불교에서 말하는 깨달음의 세계), 시온(유대인들이 믿는 신의 성전), 사후, 내세, 내생, 신의 왕국, 극락, 극락정토, 발할라(고대 스칸디나비아 신화의 신전), 최고천(고대 우주론 중 가장 높은 하늘), 또는 단순히 천국으로.

치명적인 결함을 제거하는 영적인 수술

'우리의 길은 더 나은 길이 아니라 또 다른 길일 뿐이다.'의 역할은 종교에서 '옳다는 생각'을 도려내는 것이다. 그리하여 달리 보면 여러모로 매우 좋은 것에서 매우 좋지 않은 것을 제거하는 것이다.

신에게 돌아가는 한 가지 옳은 길만 있다는 생각은 다른 어떤 한 가지 관념보다 더 많은 죽음과 파괴를 불러일으켰고, 그리하여 더 많은 사람을 신에게서 도망가게 했다.

새로운 복음은 영적인 수술과 같다. 대부분의 인간이 종교와 신에 대해 지니는, 달리 보면 영광스럽고 건강한 생각에 다가가 그 생각에서 독을 잘라 내는 수술이다.

내면 깊은 곳에서 대부분의 사람들은 알고 있을 것이다. 만일 신이 있다면 '브랜드를 찾는 신'은 아닐 것임. 모든 화장지가 '크리넥스'여야 하고, 모든 투명 접착테이프가 '스카치테이프'여야 하며, 천국에 가는 모든 사람이 기독교도이거나 회교도, 힌두교도, 모르몬교도이거나, 그 밖에 당신이 믿는 신이 자기 이름표에 갖고 있는 이름이어야 한다고 생각하지 않을 것임을.

『신과 나누는 우정』에 나온 새로운 복음은 신학이 우리 21세기의 자각을 따라잡을 기회를 준다. 새로운 복음은 다음의 핵심 질문을 살펴볼 기회를 준다. "신의 왕국과, 그곳에 누가 들어갈 수 있는지에 대한 기존 정보가 불완전할 가능성이 있는가?"

영혼이 특별한 길을 통해서만 신에게 돌아갈 수 있다고 생각하는 수십억 명의 사람에게, 모든 길이 천국으로 이어진다는 믿음은 신에 대한 개념을 확장하도록 초대한다. 이것은 신이라는 존재를 어느 길로도 이를 수 있을 만큼 커다란 존재로 만든다. 몇 년 전 내가 들은 유쾌한 말처럼 "신이 당신의 목표라면 당신은 절대 놓칠 수 없다!"

'우리만을 위한' 천국이라는 이 생각이 몇 세기 전 인류의 영적 사고 체계에서 제거되었더라면 수천수만의 목숨을 살렸을 것이다. 셀 수 없이 많은 사람들이 '옳은 신앙'을 받아들이지 않고 실천하지 않았다는 이유로 순교했기 때문이다.

오늘날에도 '하나뿐인 참된 종교'를 받아들이지 않는다는 이유로 세계 곳곳의 사람들이 모욕당하고 소외되며 비난받고 경고받는다. 어떤 경우는 박해까지 받는다.

이 메시지를 나날의 삶에 적용하기

이 놀라운 메시지는 인류의 치유에 참여할 기회를 우리 모두에게 준다.

비록 사람들은 사랑하는 사람에 대한 '걱정'에서 그렇게 한다고 말하지만, 더 이상 지옥행의 두려움은 어느 종교에서든 개종자를 늘리는 좋은 방법으로 여겨지지 않는다. 또한 '나쁘게' 만들거나 '틀리게' 만드는 것은 더 이상 어떤 주제에 대해서도 누군가로 하여금 당신 관점에 동의하게 하는 치유법이 아니다.

'새로운 복음'은 종교 영역을 훨씬 뛰어넘어 적용될 수 있다. 정치 무대에서 실천되면, 새로운 복음은 형식적인 정중함을 시민 담론으로 되돌려줄 수 있을 것이다. 경제 무대에서 수용되면, 무자비한 경쟁을 협력과 협동으로 대체할 수 있을 것이다. 교육 무대에서 수용되면, 우리가 동의하는 것만을 가르치는 교육을 끝낼 수 있을 것이다.

우리의 길은 더 나은 길이 아니라 또 다른 길일뿐이라는 생각이 삶 전반에 적용될 때, 그 생각은 우리가 상상하기 어려운 방식으로 전체 사회의 모습을 바꾸고 모두를 위해 인간의 삶을 나아지게 할 것이다.

이 통찰을 나날의 체험에 적용하기 위한 몇 가지 제안은 다음과 같다.

෴ 종교인의 경우, 다른 사람에게 당신의 종교가 천국으로 가는 유일한 길이라거나, 당신의 종교를 믿지 않는 지구 위 모든 사람이 지옥에 갈 거라고 다시는 말하지 않겠다고 오늘부로 결심하라. 이미 그렇게 결심하지 않았다면 말이다. 신에 대한 두려움이 아닌 신의 사랑을 동기 부여의 도구로 이용해서, 다른 사람으로 하여금 그들의 잠재적인 영적 안식처로서 당신의 신앙을 더 자세히 살펴보도록 격려하라.

෴ 정치에 적극적으로 참여하고 있다면, 다른 사람의 정치적 견해와 생각을 존중하겠다고 다짐하라. 당신과의 토론에 그들을 맞이하라. 감정을 열정으로 혼동하지 마라. 열정적인 견해를 갖는 것과 화내는 것처럼 완전히 감정적이 되는 것은 별개의 문제이다. 의견을 펼칠 때 당신 안에서 화가 일어나는 것이 느껴지면, 당신이 모욕적인 말이나 폄하하는 언어를 쓰기 시작한 것을 발견하면, 대화에서 한 발 물러나 대화의 온도를 낮춰라. 대화를 엉망으로 만든 것에 책임감을 갖고, 부정적인 에너지를 키운 것에 사과하고, 그저 더 천천히 조금 더 조용히 말하기 시작하라. 그것은 놀라운 결과를 만들 수 있다.

෴ 어떤 일을 하거나 어떤 것을 보면서 당신의 길이 '더 나은' 길일뿐 아니라 '유일한' 길이라는 생각이 들 때, 삶에서 당신이

어떤 것에 단 하나의 훌륭한 해결책을 가졌다고 생각했지만 그 판단이 완전히 정확하지는 않았음이 삶을 통해 입증된 순간을 떠올려 보라. 지금이 그 경우일 수 있는지 스스로에게 물으라.

🌱 다른 사람의 관점을 살펴보고, 그들이 가치 있다고 믿는 어떤 것이든 의도적으로 찾아보라. 그 사람과 조금의 공통점이라도 발견할 수 있는지 관찰해 보고, 그곳에서부터 대화를 다시 시작하라.

🌱 당신과 다른 사람들이 공통으로 바라는 결과를 생각해 보라. 특정한 결과에 도달하는 경로나 방법보다는 당신들 둘 다가 추구하는 이 결과에 집중하라. 흔히 결과의 공통점을 볼 때 우리는 상호 존중을 발견하게 된다. 이 상호 존중을 통해 우리는 공동의 접근법을 공유하고 만들어 내서 불일치를 해결하고 문제를 풀기 시작한다.

🌱 불협화음의 대화를 이어 가는 데 놀랄 만큼 도움이 된 기적과 같은 말이 여기 있다. "당신이 왜 그런 식으로 느끼는지 나는 이해할 수 있다." 이것은 당신이 느끼는 방식에 내가 동의한다는 말이 아니다. 하지만 그런 식으로 생각하는 당신이 완전히 터무니없거나 미쳤다고 생각하지는 않는다는 의미이다. 당신의 배경, 삶의 체험, 오늘날 당신을 이곳으로 이끈 여정을 존중한다는 뜻이다. 때로 어색한 분위기를 깨기 위해 가장 필요한 것은 자신의 말을 누군가 경청하고 있다고 느끼게 만드는 것이다. 동의하는

것도 아니고, 그저 듣는 것이다.

🌿 새로운 복음의 첫 부분과 관련하여, 바로 지금 당신 앞에 있는 사람과 똑같이 느낀 순간을 기억함으로써 다른 사람과의 일치 운동을 연습하기 시작하라. 단지 그들의 관점에서 보는 것이 아니라, 그들과 똑같은 느낌이나 거의 같은 느낌을 맛보았던 순간으로 가서 상황을 보라. 느낌은 관점이 아님을 기억하라. 느낌은 관점을 뒷받침하는 것이다. 예를 들어 배신감이나 분노, 외로움이나 오해, 이 모두는 우리가 한두 번 느껴 본 느낌이다. 다른 사람의 관점이나 특정한 말이 아닌 그들의 느낌에 연결되도록 노력하라. 그러면 일생일대의 체험인 '하나 됨'의 연습을 시작하게 될 것이다.

🌿 다른 사람과, 또한 그 밖의 생명 형태와 하나가 되는 자연스러운 느낌을 맛보고 날마다 연습하라. 당신과 매일 교류하거나 자주 교류하는 두 사람을 정하고, 삶에서 당신도 한두 번 체험했던 느낌을 그들도 맛보는 것을 본 적이 있는지 살펴보라.

이 간단한 과정은 당신의 관계에서, 주변 세상 전체와 관계 맺는 방식에서 마법을 일으킬 수 있다. 당신의 삶을 더 나은 쪽으로 변화키는 데 필요한 모든 것이 열세 마디로 된 이 새로운 복음이다. 우리가 살펴봐야 할 나머지 단어들이 더 있다는 것은 신나는 일이다.

7
평화에 이르는 다섯 가지 단계

신과 삶에 대한 우리의 오랜 믿음의 일부는 더 이상 유효하지 않다.

신과 삶에 대한 우리의 지식이 불완전할 수 있음을 알아야 한다.

우리가 읽어 온 오래된 책에 빠진 부분이 일부 있다.

우리는 이 지구에서 새로운 삶의 방식을 만들어 낼,

신과 삶에 대한 새로운 이해가 앞으로 제시되기를 열망한다.

2001년 9월 12일, 나는 전 세계 독자들에게 빗발치는 이메일을 받았다. 사람들은 그 전날 발생한 끔찍하고 무서운 사건이 이 세상에 반복되지 않도록 하는 데 『신과 나눈 이야기』의 메시지가 어떤 도움을 줄 수 있는지 알고 싶어 했다. 나도 똑같이 알고 싶었다. 9·11이 일어난 밤 나는 잠을 잘 수 없어 키보드 앞으로 걸어 갔고, 신과의 긴박한 대화를 시작했다. 그 대화의 앞부분이 여기 글자 그대로 있다.

"신이여, 여기 있어 주세요. 우린 도움이 필요해요."
"나는 여기 있다."

"우린 도움이 필요해요."
"알고 있다."

"지금 당장이요."
"이해한다."

"세상은 재앙 직전에 있어요. 자연재해를 말하는 것이 아니에요. 인간이 만든 재앙을 말하는 겁니다."

"알고 있다. 네 말이 맞다."

"예전부터 인간들은 의견 차이를 보여 왔고 심각한 것도 있었어요. 하지만 지금은 분열과 불일치가 전쟁뿐 아니라―그걸로도 충분히 나쁘지만―우리가 알고 있듯 문명의 종말을 가져올 수 있다구요."

"맞다. 너는 상황을 정확히 판단했다. 너는 문제의 심각성은 이해하지만 문제의 본질은 잘 이해하지 못한다. 무엇이 그 문제를 일으키는지 알지 못한다. 그래서 문제가 존재하는 차원을 제외한 다른 모든 차원에서 그 문제를 계속 풀려고 한다."

"그것이 무엇인가요?"

"믿음의 차원이다. 오늘날 세상이 직면한 문제는 영적인 문제이다. 영성에 대한 너희들의 생각이 너희를 죽이고 있다. 너희는 마치 그것이 정치, 경제, 심지어 군사 문제인 것처럼 계속해서 세상의 문제를 풀려고 하지만 이 중 어느 것에도 해당 사항이 없다. 그것은 영적인 문제이다. 그것은 인간이 어떻게 풀어야 할지 모르고 있는 것 같은 유일한 문제이다."

물론, 나는 신에게 간청했다.

"그렇다면 어떻게 풀어야 할지 말해 주세요!"

그 간청의 결과 『신과 나눈 이야기―새로운 계시록 *The New*

Revelation』이란 제목의 책 한 권이 나왔다. 내가 생각하기에 그
책의 가장 중요한 대목은 다음과 같다.

신과 나눈 이야기 핵심 메시지 24

당신은 다른 사람에게 위협받는다고 생각하지만
사실은 당신의 믿음에 의해 위협받고 있다.
만일 평화에 이르는 다섯 가지 단계를 전적으로 받아들인다면
당신 자신과 세상에 대한 체험이 극적으로 바뀔 것이다.

신과 삶에 대한 당신의 오랜 믿음의 일부가
더 이상 유효하지 않음을 인정하라.

그것을 이해하면 모든 것이 바뀔, 신과 삶에 대해
당신이 완전히 이해하지 못하는 것이 있을 가능성을 살펴보라.

이 지구에서 새로운 삶의 방식을 만들어 낼, 신과 삶에 대한
새로운 이해가 앞으로 제시되기를 열망한다고 선언하라.

용기 있게 이 새로운 이해를 살펴보라. 그리고 그 이해가
당신 개인의 내적 진실과 일치하고 당신이 아는 것과 일치한다면
당신의 믿음 체계를 확대해 그 이해를 포함시켜라.

당신의 가장 숭고한 믿음을 부정하지 말고

그 믿음을 입증함으로써 당신 삶을 표현하라.

명확성의 문제로 이 메시지를 공격하기는 어렵다. 이 메시지는 정확히 말 그대로를 의미하며 모호함의 여지가 없다. 하지만 이 메시지는 미래의 9·11 사건을 예방하는 처방 그 이상이다. 마음을 흔드는 행동 개시 요구이다. '새로운 존재 방식을 찾아라. 근본적인 믿음을 바꿀 가능성이 있는지 살펴보라.'라는 전 인류에 대한 도전이며 초대이다.

그러나 이것이 꼭 필요한가? 우리의 믿음을 바꾸고, 더 나아가 그 믿음에 도전하는 것이 왜 이른바 '평화에 이르는 단계'의 구성요소가 되어야 하는가? 왜 우리의 믿음을 그냥 내버려둘 수 없는가? 그 믿음이 세상의 모든 혼란을 일으키는 것처럼 보이지는 않는다.

혹은 그런가?

나는 '근본적인 믿음'이란 단어를 위에서 일부러 사용했다. 스스로 만든 끝없이 계속되는 상처의 위험에 인류를 노출시키는 것은 다름 아닌 종교와 정치에서의 근본주의 운동이다. 이 근본주의 운동은 믿음을 약간만 바꾸는 것도 거부하고, 잠시 새로운 생각을 갖는 것조차 거부한다.

종교와 정치에서 이 말은 사실이다. 정치와 종교를 함께 말할 때 특히 사실이다.

여기 몇 가지 사례가 있다.

리처드 머독이라는 남자는 2012년 미국 총선에서 인디애나 주 상원 의원 자리를 놓고 선거 운동을 하면서 유명한 말을 남겼다.

그는 만일 여성이 강간을 당해 임신한다면 '신이 의도한 것'이므로 강간이나 근친상간의 경우에도 낙태를 반대하고 법으로 막아야 한다고 말했다.

이 말을 하기 고작 일주일 전만 해도 그가 승리할 것이 널리 점쳐졌다. 선거에 패했을 때 머독은 승복 연설에서 "글쎄, 제가 좀 지나쳤던 것 같습니다."라고 말하지 않았다. 그 대신 다음과 같이 말했다. "나는 내 원칙을 고수하다가 공격당했다는 걸 안다. 이 점을 되돌아볼 것이다."

신과 삶에 대한 오랜 믿음의 일부가 더 이상 유효하지 않음을 그는 다만 인정할 수 없었다.

그만 그런 것이 아니다.

상식임에도 불구하고 많은 사람들이 자신의 믿음에 대해 얼마나 놀랍도록 경직되어 있고 융통성이 없는지 보여 주기 위해 다음 사례를 들고자 한다. 특히 가장 신성한 믿음에 대해 그렇다. 그런 믿음의 다수는 이른바 인류의 신성한 책에서 나왔다.

성서의 신명기는 말한다.

"아버지, 어머니에게 복종하지 않는, 고집 세고 반항적인 사내아이가 있다고 하자. 훈육시킬 때 그가 부모의 말을 들으려 하지 않는다면, 부모는 그를 붙잡아 마을 출입문에 있는 연장자에게 데려갈 것이다.

부모는 연장자에게 말할 것이다. '우리 아들은 고집 세고 반항적이어서 복종하려 들지 않습니다. 게다가 낭비가 심하고 술고래입니다.' 그러면 마을의 모든 남자가 그에게 돌을 던져 죽여야 한다. 너희는 너희 가운데에서 악을 없애 버려야 한다."

물론 오늘날에는 젊은이답게 부모에게 불복종하고 가끔 과음한다는 이유로 자신의 아들을 그렇게 '없애 버리겠다'고 아무도 심각하게 고민하지 않는다. 그렇지 않은가?

틀렸다.

사회에서의 시민 질서 유지는 가정 훈육에 기초가 달려 있다. 그러므로 다른 모든 아이들에게 부모 공경의 중요성을 본보기로 보여 준다는 점에서 부모에게 무례하게 구는 아이는 사회에서 영원히 제거되어야 한다. 반항적인 아이에 대한 사형은 가벼이 여길 것이 아니다. 반항적인 아이에게 사형을 집행하는 지침이 신명기 21장 18절~21절에 나와 있다.

— 찰리 후쿠아, 2012년 아칸소 주 하원 의원 후보자
　그의 책 『신의 법칙— 유일한 정치적 해결책』에서

후쿠아 또한 당선되지 않았다.

신과 삶에 대한 우리의 오랜 믿음의 일부가 더 이상 유효하지 않음을 분명 일부 사람들은 인정할 수 있는 것 같다. 그러나 중동 탈레반의 교육부 장관 세이드 가이수딘은 그중 한 명이 아니다. 왜 탈레반은 여성을 집에 가두자고 주장하느냐는 질문을 받았을 때 그는 언론에 말했다. "그것은 꽃을, 장미를 가지고 있는 것과 같다. 당신은 장미를 눈으로 보고 향기 맡기 위해 물을 주고 당신을 위해 집에 둔다. 장미는 향기 맡기 위해 집 밖으로 가지고 나오는 것이 아니다." 달리 말해 여성은 소유물이다. 남성의 소유물.

이것은 정치인으로부터 나올 법한 고루한 시각의 일종일 수 있

다. 그러나 오늘날 동시대의 성직자들이라면, 더 좋은 삶을 만들려 할 때 우리를 이끌어 주고 안내해 줄 사람들이라면 이런 고루한 시각이 더 이상 유효하지 않을 때 그 사실을 알 수 있다. 맞는 말인가?

글쎄, 꼭 그런 것은 아니다.

여성은 권력을 다룰 수 없다. 권력을 다루는 능력은 여성 안에 내재되어 있지 않다. 진정하고 참된 권력은 신으로부터 나오며, 아내를 지배할 권력과 권한을 남성에게 준 것은 신이다.

─제시 리 피터슨, 유명한 기독교 근본주의자 목사
　자신의 일요 예배 인터넷 방송 '어떻게 진보적인 여성들이
　수치를 모르는 사회를 만들고 있는가?'에서

그가 빼먹은 말이라고는 '여성들은 집에 있어야 하고, 설거지를 해야 하며, 아이를 돌보고, 저녁 식사를 차리고, 집안일을 처리하고, 세탁 바구니를 계속 비워야 한다.'이다 아, 물론 자기 남편을 위해 아내로서의 '임무'를 다해야 한다는 것도.

그러므로 '현대'로 추정되는 이 사회에서조차, '계몽'된 것으로 추정되는 이 시대에조차 우리는 다음의 판단을 내릴 필요에 계속 직면한다.

'신과 삶에 대한 우리의 오랜 생각의 일부가 더 이상 유효하지 않은가? 1412년, 1012년, 또는 12년에 그랬던 것처럼 2012년의 이 목소리들은 오늘날에 진정으로 유효한 해결책을 제시하는가?'

'평화에 이르는 다섯 가지 단계'가 질문에 대한 답을 제시한다.

첫 번째 단계

의심할 여지 없이 그중 첫 번째 단계가 가장 중요하다. 첫 번째 단계는 신과 삶에 대한 우리의 오랜 믿음의 일부가 더 이상 유효하지 않음을 알아차리는 것이다. 인류 전체가 이 단계를 실천하는 것은 매우 어렵기 때문에 적은 수의 사람이라도 실천한다면 혁명이 일어날 것이다.

왜 그리 어려운가? 인류의 오랜 믿음이 처음 나온 곳이기 때문이다.

내 삶의 가장 훌륭한 영적 스승인 테리 콜 휘태커 박사는 몇 해 전 어느 일요일 아침 나를 깜짝 놀라게 했다. 당시 그녀는 설교 시간에 신도들에게 통찰력 있는 뛰어난 질문을 던졌다. 운 좋게 나도 그중 한 명이었다.

"삶을 '올바르게' 하기 위해 당신은 누구를 '틀리게' 만들겠습니까?"

테리 박사는 다음과 같이 보고 있었다. 우리의 어머니, 아버지, 가장 좋아하는 스승, 가장 신성한 영적 메시지 전달자를 틀리지 않게 만들기 위해 우리는 분명 그들의 말이 더 이상 유효하지 않음에도 불구하고—한 번이라도 유효한 적이 있다고 가정한다면!—그 말에 매달리려 한다.

그런 다음 테리 박사는 우리 모두가 용기를 내어 자신의 안락 구역에서 걸어 나올 것을 권유했다. 그 출처가 명백히 권위 있기 때문에 사실일 거라고 생각했던 말이 전혀 사실이 아니거나 적어도 불완전할 수 있는 가능성을 고려해 보라고 했다. 다시 말해 이 주제에 대해 알아야 할 것이 더 있을 수 있다는 의미였다.

나의 궁금증에 불을 붙인 것은 테리 박사였다.

진화는 멈추었는가? 나의 부모의 시대 동안 인류는 삶의 이해에 대한 성장과 진보를 멈추었는가? 혹은 그분들의 부모의 시대 동안? 혹은 우리의 초기 스승과 메시지 전달자들의 시대 동안? 만일 그렇다면 멈춘 지점을 찾기 위해 우리는 정확히 얼마나 멀리 되돌아가야 하는가?

정확히 언제 영적 진화가 멈추었는가?

훨씬 더 넓고 새롭게 이해할 수 있는 능력이 새로운 세대마다 그 안에서 탄생할 수 있는가? 다만 가능한가? 간단히 말해, 지혜는 고정적인가 아니면 유기적인가?

테리 박사 같은 사람들은 우리의 손을 잡아 안락 구역 가장자리로 안내한다. 우리가 두려워하는 순간 우리를 위해 자신들이 그곳에 있겠다고 약속한다. 우리는 옛 스승뿐 아니라 이런 새로운 스승들도 존경해야 한다. 우리 대다수가 아직 가 보지 못한 곳에 이르는 길을 그들이 안내하기 때문이다. 그들은 '우리를 위해' 미지의 곳에 발을 내딛고, 돌아와 우리에게 자신들이 발견한 것을 알려 준다.

그들은 '내일을 발견하는 자'이다. 그리고 언제나, 늘 당신은 참된 자와 거짓된 자를 구별할 수 있다. 참된 자라면 틀림없이, 삶의 가장 극적인 탐험인 영혼의 여행에서 자신을 따르라고 하지 않고 자신에게 동참하라고 권하기 때문이다.

참고로 테리 콜 휘태커 박사의 작업을 알려면 그녀의 홈페이지 www.TerryColeWhittaker.com에 접속하면 된다. 그녀가 만든 프로그램은 '깨달음 속 모험'이라는 완벽한 제목이 붙어 있다.

두 번째 단계

신과 삶에 대한 인간의 오랜 믿음의 일부, 심지어 가장 신성한 믿음의 일부조차 더 이상 유효하지 않음을 적어도 받아들이고 인정할 수 있는 지점에 우리는 도달했다. 이제 '평화에 이르는 다섯 가지 단계' 중 두 번째 단계는, 그것을 이해하면 모든 것이 바뀔, 신과 삶에 대해 당신이 완전히 이해하지 못하는 것이 있을 가능성을 살펴보게 한다. 즉, 이 분야에서 우리의 지식이 불완전할 수 있음을 살펴보게 한다.

그 중요성을 나타내기 위해 나는 '불완전'이란 단어를 강조해서 썼다. 문제는 오래된 가르침이 '틀리거나 잘못되었다'는 점이 아님을 다시 한 번 지적하고 싶다. 문제는 일부의 경우 그 가르침들이 충분히 전달되지 못한 점이라고 생각한다. 혹은 그 가르침을 더 깊이 이해하기 위해 우리가 충분히 멀리까지 찾아보지 못했을 수도 있다.

혹은 둘 다일 수 있다.

가르침의 일부나 우리 탐색의 일부가 불완전할 수 있음을 인정하는 것은 많은 사람들에게 커다란 진전이다. 그런데 우리의 '오래된 이야기'가 더 이상 제 기능을 할 수 없음을 살펴보고 시인하는 것과, 우리가 처음부터 온전한 이야기를 한 번도 가져 보지 못했기 때문일 거라는 생각을 인정하는 것은 완전히 별개이다. 그러한 인정에는 영적인 겸손이 수반된다. 신과 삶이라는 주제에 대해 우리가 모든 것을 아는 것은 아니라는 점을 우리는 인정해야만 한다. 우리가 모든 것을 안 적이 결코 없었다는 점도.

한편, 우리의 집단적인 영적 에고에 상처가 될 듯한 영역으로 더 나아가기 전에 지적하고 싶은 것이 있다. 평화에 이르는 다섯 가지 단계 중 첫 번째 단계에 나오는 '일부'라는 단어는 매우 중요한 수식어이며, 책을 읽는 동안 가볍게 지나치지 않는 것이 좋다.

분명히 이 계시 속의 신의 의도는 다음의 내용을 알리는 것이다. 불완전하기 때문에 상세한 확대 설명을 통해 이익을 볼 수 있는 것은 신과 삶에 대한 인류의 '오래된 이야기' 전체가 아니라 그 일부라는 점이다. 이 점은 이미 이 책에서 의도적으로 반복해서 설명했다. 완전히 길을 잃은 성서라고 말하며 그 대체물로 『신과 나눈 이야기』가 제시된다고 오해하며 주장하는 사람이 아무도 없도록 하기 위해서이다.

정반대로 『신과 나눈 이야기』는 세계 대다수 종교의 신성한 경전 속 대부분의 메시지에 엄청난 가치가 있다고 주장한다는 사실을 다시 한 번 밝히고 싶다. 또한 그 메시지들이 지혜롭고 위로를 주며 통찰력 있고 도움이 되는 관찰 내용을 제시하기 때문에 글자 그대로 믿을 수 있다고 주장한다. 그러므로 그 메시지들은 우리에게 훌륭한 지침을 제공한다.

그럼에도 불구하고 인간의 이해도가 발전함에 따라 우리의 오래된 이야기 속 유서 깊은 말들에 상세 설명을 덧붙여 유용하게 확장할 수 있는 경우가 있는가?

물론 그렇다.

그리고 '평화에 이르는 다섯 가지 단계' 중 두 번째 단계가 우리로 하여금 이 새로운 영역으로의 확장을 시작하게 한다.

또한 두 번째 단계는, 현재의 지각 능력을 넘어서 볼 용기를 충분히 낸다면 더 깊은 영적 진실을 만나게 될 것임을 암시하는 말로 우리를 유혹하기도 한다. '그것을 이해하면 모든 것이 바뀔'이라는 말이다.

이것은 작은 유혹이 아니다.

짧은 안내

글을 잠시 중단하고 이 책의 글쓰기 방식에 대해 간단히 설명하고자 한다.

이 글의 전개 과정이 순환 구조이며, 눈에 띌 만큼 반복적으로 원을 그리며 돌아온다는 것을 당신은 알아차렸을 것이다. 이것은 의도적이다. 따라서 잘못된 중복이 아닌, 일부러 사용한 글쓰기 기법이라 여겨야 한다. 이 책의 기초가 된 『신과 나눈 이야기』의 서술 자체도 순환적이기 때문에 이 기법을 썼다. 이 기법은 요점에 충분히 익숙해져서 직선 논리로도 그 뜻을 파악할 수 있을 때까지 문맥 속에서 요점을 우회적으로 거듭 강조하는 것이다.

이제 설명으로 돌아가자.

세 번째 단계

신과 삶에 대해 여전히 배워야 할 것이 있음을 인정하는 것조차 우리 과제의 끝이 아니다. 우리는 이 지구에서 새로운 삶의 방식을 만들어 낼, 신과 삶에 대한 새로운 이해가 앞으로 제시되기를 열망한다고 선언해야 한다.

만일 찾으러 가지 않는다면 차 열쇠를 잃어버린 걸 안다 한들 무슨 소용이 있겠는가?

오늘날 지구 사회를 관찰해 볼 때, 우리가 시동이 꺼진 채 멈춰 서 있는 것은 분명하다. 몇 가지 핵심 요소를 제자리에 돌려놓지 않는다면 우리는 엔진을 다시 작동시킬 수 없다. 게다가 차 열쇠를 찾으려 하지 않는다면 어디에도 결코 도달할 수 없다.

그것이 지금 우리가 처한 상황이다. 이제 우리는 중요한 교차로에 서 있다. 어제, 오늘, 내일 사이에 있는 세 갈래 교차로이다. 그리고 엔진은 딱 부적절한 시간에 멈추어서 대형 충돌 사고를 일으킬 수 있다. 우리는 이 교차로에서 빠져나와 우리의 길을 가야만 한다.

우리는 그 열쇠를 찾아야만 한다! 예전에는 열쇠가 있었지만 이제는 없는 똑같은 낡은 장소만 찾아보고 다른 곳은 찾아보려 하지 않는다면 열쇠를 찾지 못할 것이다.

나는 읽고 싶었던 오래된 참고 도서를 최근에 샀다. 그러나 다 읽었을 무렵 일부 페이지가 빠진 것을 알게 되었다. 그 책은 중고 서점에서 찾아낸, 아주 인기 있는 책이었다. 많은 사람들이 귀하게 여기고 읽었던 것임이 틀림없었다. 결말 부분이 없어서 실망스러웠지만 나는 단지 가만히 앉아 한숨을 내쉬며 "에고, 빠진 부분의 내용이 중요하지 않기를 바라야지. 이 주제에 대해 알아야 할 모든 것이 이미 읽은 페이지에 있기를 바라야지." 하고 말하지 않았다. 나는 새 책을 파는 서점으로 가서 그 주제에 대한 최신 책을 찾았고, 그 책을 샀다!

인류는 자신과 삶, 신에 대한 많은 생각을 '구매해' 왔다. 그러나 우리가 읽어 온 이 훌륭한 오래된 책에 빠진 부분이 일부 있음을 지금 알게 되었다. 우리는 빠진 부분이 없는 새 책을 구할 필요가 있다!

이것은 오래된 책을 '던져 버리겠다'는 의미가 아니다. 빠진 무엇인가가 있음이 분명할 때 '그곳에서 멈추려 하지 않음'을 의미할 뿐이다. 더 많이 읽음으로써 우리가 배운 것에 내용을 보태고, 이미 알려져 있던 것을 추가 정보로 확장한다는 의미이다.

영원히 갇히겠는가, 마침내 자유로워지겠는가?

그러므로 이제 '핵심' 현안은 이것이다. 우리는 신과 삶에 대한 새로운 이해가 제시되기를 열망하는가? 원래 생각했던 장소에 없다 하더라도 열쇠를 찾을 용의가 있는가? 만일 우리의 답이 연속해서 '아니요.'라면 우리는 일부가 빠진 오래된 이야기 속에 영원히 갇힐지도 모른다.

물론 이제는, 과거 이 세 번째 단계에서 인류를 비틀거리게 하고 멈춰 서게 한 다른 문제들이 제기된다. 그중 최고는 이것이다. 우리는 어떤 새로운 출처에서 나온 어떤 새로운 생각을 진지하게 고려해야 하는가? 이것은 합당한 질문이다. 우리는 앞뒤로 광고판을 걸친 채 빈 상자 위에 서서 '종말이 가까이 왔다'고 주장하는 사람 아무에게나 귀를 기울이는가?

나라면 그렇게 하지 않을 것이다. 아무 책이나 읽지 않고, 아무

음반이나 사지 않으며, 아무 강연에나 참석하지 않고, 아무 워크숍이나 수행 프로그램에 가지는 않을 것이다. 나는 내가 고려하고 있는 자료의 출처에 대해 알고 싶어 할 것이다. 그 자료가 추천해도 될 만큼 충분히 좋다고 다른 누군가도 느꼈는지 알고 싶어 할 것이다.

만일 37개 언어로 수백만 명이 읽은 책 안에서 새로운 메시지를 발견한다면 나는 아마 그 책을 고려하게 될 것이다. 아무 이유 없이 동의하지는 않겠지만, 왜 그토록 많은 수백만 명의 사람들이 그 책을 가치 있게 생각하고 베스트셀러로 만들었는지 적어도 알고 싶어 할 것이다.

내 경험상, 그런 수준의 인기를 얻은 자료는 사람들에게 새로운 것을 주기 때문이 아니라 이미 알고 있는 것을 인식하고 기억하게 하기 때문에 인기가 있다.

즉각적으로 인식되는 이 느낌은 영혼이 마음에게 다음과 같이 말할 때 체험된다. "여기, 네가 항상 알고 있었지만 잊어버리고 있었을 순수하고 깊은 진실이 있다."

그런 충동을 느낀다면 나는 그것이 나를 어디로 인도하는지 살펴본 뒤, 그럼에도 불구하고 나 자신에게 귀 기울일 것이다. 나는 어떤 것에 대해서도 다른 누구의 말을 결코 그대로 받아들이지 않을 것이다. 오히려 나 자신의 내면의 안내에 집중하여, 그것이 내가 살펴보던 것에 대해 무엇을 말하는지 바라볼 것이다. 바로 그 이유 때문에 '평화에 이르는 다섯 가지 단계'의 네 번째 단계는, '새로운 생각이 당신 개인의 내적 진실과 일치하고 당신이 아는 것과 일치하는 경우에만' 신과 삶에 대한 새로운 생각을 받아들이도록 당신을 초대한다.

그러나 나는 단지 급진적으로 보인다는 이유 때문에 새로운 생각을 살펴보지 않는 일은 분명 하지 않을 것이다. 나는 모든 것에게 기회를 줄 것이다. 앞에서 말한 것처럼, '우리가 모든 생각에 열려 있을 때에만 모든 가능성이 우리에게 열리기' 때문이다.

네 번째 단계

이제 '용기가 필요함'이라는 표지판을 들어 올릴 때이다.

신과 삶에 대한 새로운 이해를 진지하게 살펴보려는 단계에 들어섰다면 그다음 단계에 필요한 것은 영적인 용기이다. 지금 당신은 용기 내어 이 새로운 이해를 살펴보도록 초대받을 것이고, 만일 새로운 이해가 당신 개인의 내적 진실과 일치하고 당신이 아는 것과 일치한다면 믿음 체계를 확대해 그 이해를 포함시키도록 요구될 것이기 때문이다.

이것은 사소한 단계가 절대 아니다. 당신은 가장 신성하게 간직해 온 오래된 영적 이야기의 일부와 그 출처에 반드시 의문을 가져야 한다. 또한 그런 마음속 의문이 흔히 만들어 내는 정신적 충격을 견디는 데는 지적 영적 용기가 필요할 것이다.

당신이 이런 의문에 큰 소리로 맞섰을 때 생길—기대해도 좋다—대중의 조롱과 무시는 언급하지도 않은 것이다. 정설에 반하는 해답을 감히 제시한 경우는 말할 것도 없다.

하지만 오늘날 삶의 평화, 세상의 평화를 진정으로 원한다면, 우리의 오래된 이야기가 삶에서 만들어 낸 결과를 살펴보는 편이 좋다. 또한 인간으로서 우리가 이루고자 하는 것에 도달하는 또다른 길이 있을 수 있는지 질문하는 것이 좋다.

지금 21세기에 그렇게 하기 위해서는 '영성 분야의 이그나즈 제멜바이스(분만 전에 손을 씻음으로써 영아 사망률을 줄일 수 있음을 발견한 의사)'가 필요할 것이다. 누가 영성 분야의 이그나즈 제멜바이스가 될 것인가? 만일 있다면, 한 사람 이상 존재할 것인가? 수천 명이 될 수 있겠는가? 어쩌면 수백만 명까지?

'영혼을 위한 권리 회복 운동'이 요구하는 것이 바로 그것이다. '수백만의 제멜바이스'이다.

영웅적인 생각

1847년 비엔나 종합 병원의 산부인과에서 일하던 이그나즈 제멜바이스 박사는 다음과 같은 사실을 발견했다. 그것은 놀랍고, 의심할 여지 없이 무서운 발견이었다. 의료 행위를 시행하는 적어도 한 가지 방법이 사실은 사람을 죽이고 있다는 점이다.

유럽과 북미에 있는 다른 병원들처럼 비엔나에서도 분만 중 여성에게 치명적 감염을 일으키는 해산열, 즉 산욕열이 입원 환자의 40퍼센트까지 감염시키는 전염병이 되고 있었다. 제멜바이스 박사는 방금 전 부검을 한 의사가 임산부 몸속을 검진함으로써 부패 물질이 시체에서 여성의 생식기로 옮겨 간다는 이론을 제시했다. 그는 염소화 석회 용액을 이용해 손을 씻는 새로운 수술법을 제시했으며, 그 후 염소화 석회 용액은 소독제로 알려지게 되었다.

제멜바이스 박사는 당시로선 급진적이었던 생각을 살펴볼 용기를 냈기 때문에, 이 방법을 적용하면 분만 시설의 치명적인 산욕열 발생이 열 배나 줄어든다는 사실을 발견했다.

그 사실은 중요하지 않았다.

그렇다. 내가 앞에서 말한 것이 바로 이것이다. 모든 증거가 쓸모없었다. 제멜바이스 박사의 생각은 당대의 의학적 믿음이나 관행과는 정반대였다. 따라서 그의 생각은 조롱당하고 거부되었다. 그는 비엔나 의학계에서 철저히 외면당했고, 1865년 한 정신 병원에서 죽음을 맞이했다. 20세기가 되어서야 그의 생각이 받아들여졌고, 그 후 말로 다할 수 없이 많은 아기들이 생명을 건졌다.

나는 이것을 영웅적인 생각이라 부른다. 만일 그런 영웅적인 생각을 드러내고 그토록 명백하게 도움이 되는 변화를 지지하는 수백 명의 이그나즈 제멜바이스가 있었다면, 틀림없이 그 결과는 더 빨리 나타났을 것이고 제멜바이스의 인생도 그렇게 끝나지 않았을 것이다.

그러나 여기저기 흩어진 개인뿐 아니라 수백, 수천 명의 사람들이 인류의 가장 큰 믿음, 우리의 영적 믿음에 함께 도전하여 명백하게 도움이 되는 변화를 제시하는 데는 얼마나 오랜 시간이 걸릴 것인가? 그리고 누가 시작할 것인가?

더 직접적으로 말하면, 지금이 아니면 언제 할 것인가? 당신이 아니면 누가 할 것인가?

다섯 번째 단계

'평화에 이르는 다섯 가지 단계'의 마지막 단계가 가장 핵심적이다. 신과 삶에 대한 오랜 믿음의 일부가 더 이상 유효하지 않음을 받아들였고, 그 이유가 이 주제에 대해 알아야 할 것이 더 있기 때문임을 알게 되었으며, 새로운 이해가 앞으로 제시되기를 열망하게 되었고, 우리의 믿음 체계를 확대해 우리의 내적 진실과 일치하고 우리가 아는 것과 일치하는 새로운 이해를 포함시켰다면, 다섯 번째 단계에서 이제 우리는 가장 숭고한 믿음을 부정하지 말고 그 믿음을 입증함으로써 우리 삶을 표현하도록 요구된다.

'말한 대로 실천하기'란 쉽지 않다. 나는 그 사실을 매우 빨리 알게 되었다. 신과 나눈 대화라고 주장한 내 경험을 27권의 책으로 펴낸 뒤, 나는 내가 쓴 글에 맞게 살 것이라는─마땅히 그래야 한다─기대를 받았다. 물론 그 글들은 나 자신에게서 나온 것이 전혀 아니었다. 다른 사람들이 나의 결함을 지적할 때면─마땅히 그래야 한다─내가 구차한 핑계로 삼을 수 있는 것은 그것이 전부였다. 나를 알게 되면 사람들은 이렇게 말한다. "당신은 당신 책에서 주장하는 메시지들의 아주 좋은 본보기는 아니군요." 그들이 절대적으로 옳다.

또 다른 사람들은 말한다. "당신은 당신 책에 있는 생각들을 신으로부터 얻지도 않았을 겁니다. 어떻게 당신이 감히 그런 주장을 합니까? 신은 사람들에게 직접 말하지 않으며, 책 전체를 주는 일도 분명히 없습니다!"

글쎄, 우선 마지막 말부터 살펴보자.

신이 자신에게 직접 말을 걸었다고 주장한 적 있는 남자를 나는 알고 있다. 그렇게 받은 영감으로부터 다섯 권의 책이 나왔다. 그리고 그 주장은 사람들에게 완벽히 받아들여지는 것 같다. 그

79

책들은 창세기, 탈출기, 레위기, 민수기, 신명기라 불리고, 그 남자의 이름은 모세이다. 한 종교 전체가 그 책들로부터 생겨났다.

계시가 새겨진 황금판이 묻힌 곳으로 한 천사가 자신을 안내했다고 주장한 사람을 나는 알고 있다. 그는 그 황금판의 계시를 영어로 번역해 펴냈고 그것을 '모르몬경'이라 불렀다. 그의 이름은 조지프 스미스이다. 한 종교 전체가 그 책으로부터 생겨났다.

이런 범주에 속한 사람들의 목록은 계속해서 쓸 수 있다. 나는 『신과 나눈 이야기』 시리즈 책으로부터 종교가 생겨나야 한다고 단 한 순간도 주장하지 않았다. 그러나 우리는 그 책에 나온 내용을 살펴보고 싶을 것이며, 그 내용을 받아 적은 사람이 아직 살아 있기 때문에 혹은 그 사건이 일어난 지 2000년도 아닌 20년도 채 되지 않았기 때문에 단순히 그 내용을 무시해서는 안 된다고 말하고 싶다.

내가 그 책 속 메시지들의 아주 좋은 본보기가 아니라는 점에 있어서는 최소한 다음 내용이 그 출처의 진실성을 입증하는 데 도움이 될 것이다. 만일 그 책들이 내가 다만 만들어 낸 생각과 개념, 선언과 주장으로 채워졌다면 적어도 내가 지키며 살 수 있는 내용으로 꾸몄을 것이다! 누구도 위선자나 사기꾼으로 불리는 것을 좋아하지 않는다. 그리고 이 두 가지는 지금껏 내가 들은 욕 중에서 순한 편에 속한다.

그러므로 '평화에 이르는 다섯 가지 단계'의 마지막 단계가 매우 도전적임을 나는 누구보다 잘 알고 있다. 그러나 나에게는 모든 단계 중에서 가장 영감을 주는 단계이다. 매일 나에게 새로운 차원의 헌신을 요구하고, 매일 더 굳은 결의로 나를 초대한다. 내가 누구이고 이 세상에서 무엇이 되고자 하는지에 대해 내가 가져 온 가장 큰 비전보다 더 큰 버전으로 나 자신을 새롭게 재창조하도록 날마다 나에게 손짓한다.

그것이 여기 놓인 기회이다. 나를 위한, 당신을 위한, 모든 인류를 위한 기회이다. 사실 이 단계는 구체적인 의미를 놓고 볼 때 『신과 나눈 이야기』나 새로운 영성과 전혀 무관하다. 다섯 번째 단계와 '평화에 이르는 다섯 가지 단계' 모두는 조직화된 세계의 모든 종교 구성원에게 받아들여질 수 있다. 아무 종교에도 속하지 않은 사람에게도.

'평화에 이르는 다섯 가지 단계'는 우리의 세상과 개인 삶에서 무슨 일이 일어나고 있는지를 다만 보는 것이다. 그리고 더 나은 방향으로 바뀌는 것을 보고 싶다면, 삶에 대해 그리고 신에 대해 완전히 이해하지 못하는 것이 있는지 밝히려는 타당한 탐구를 시작하는 것이다. 그것을 이해하면 경험 전체를 바꾸게 할 것에 대해. 그런 다음, 그 탐구를 통해 알아낸 것을 일상생활 속에 집어넣는 것이다.

그것은 이처럼 간단하다. 또한 용기가 필요하다.

이 메시지를 나날의 삶에 적용하기

자신의 삶과 이 세상에 더 빨리 평화를 가져오기 위해 평범한 사람이 어떤 행동을 취할 수 있는지 질문한다면, 나는 천 개의 단어로 된 『신과 나눈 이야기』 요약 메시지 중에서 메시지 24에 담긴 제안을 선택할 것이다.

나날의 체험에 이 통찰을 적용하기 위한 몇 가지 제안은 다음과 같다.

- '평화에 이르는 다섯 가지 단계'를 인쇄해 냉장고 위, 욕실 거울 위 등 당신이 매일 보는 집 안 곳곳에 붙여 놓으라. 그런 다음 마치 전에 한 번도 보지 못한 것처럼 매일 읽으라. 너무 자주 읽어 외울 수 있게 되더라도 다시 읽으라. 그 내용을 마음의 맨 앞에 계속 두라. 당신이 일상생활에서 어떻게 반응할지 결정을 내리는 곳이 여기이다.

- '평화에 이르는 다섯 가지 단계'를 손님 방, 손님용 욕실, 그 밖에 손님이 보게 되리라 예상하는 장소에 붙여 놓으라. 이렇게 하면, 그 내용을 읽고 나서 그것이 대체 무엇이며 어디에서 났는지 물어보는 친구들과 함께 그 주제에 대해 자연스러운 대화를 나눌 수 있다.

- '평화에 이르는 다섯 가지 단계'를 여분으로 몇 장 미리 인쇄해서 쉽게 찾을 수 있는 곳에 놓아두라. 만일 누군가가 "그 글 사본이 있었으면 좋겠네요."라고 말하면 "지금 가져가세요."라고 말하고 한 부 건네줄 수 있게 한다.

- '평화에 이르는 단계 일기'를 쓰기 시작하라. '평화에 이르는 다섯 가지 단계', 특히 다섯 번째 단계가 당신에게 도전이 될 때 적기 시작하라. 글에서 자신에게 물으라. "신과 삶에 대해 내가

진정으로 믿는 것의 어떤 측면을 내가 지금 당장 받아들이기 어려워하는가? 만일 있다면, 그 믿음을 받아들이고 믿음대로 살기 위해 나는 내일 무엇을 할 수 있는가?" 그런 다음, 당신 자신의 질문에 대한 답을 일기에 짧게 쓰라.

🌙 당신의 동네에서 '전 세계적 대화 모임'을 시작하라. 구성원들을 초대해 일주일에 한 번이나 한 달에 두 번 만나서 '평화에 이르는 단계 일기'에 쓴 내용을 이야기하라. 신과 삶에 대해 지니는 가장 숭고한 믿음을 받아들이고 매일 입증할 때 그 모임 안에서 서로를 지지하는 방법을 생각해 보라.

🌙 종교 개혁가 마틴 루터가 1517년 독일 비텐베르크의 올 세인츠 교회 문에 95가지 조항을 붙인 것처럼, 당신 동네에 있는 교회 문에 '평화에 이르는 다섯 가지 단계'를 붙여라. 마틴 루터의 행동은 개혁에 불을 붙였다. 당신의 행동은 '영혼을 위한 권리 회복 운동'에 불을 붙일 것이다. 그렇게 할 수 있도록 목사에게 허락을 구하라. 만일 허락하지 않으면 왜 안 되느냐고 물으라. '평화에 이르는 다섯 가지 단계'에 대해 무엇을 받아들일 수 없는지? 교회 문에 붙이는 것이 허락되든 허락되지 않든, 당신의 교회에서 '전 세계적 대화 모임'을 시작하여 이 단계들에 대해 토론하라.

🌙 '평화에 이르는 다섯 가지 단계'를 친구들에게 건네주라. 쇼핑센터에 주차된 자동차들 앞 유리창 밑에 놓아두라. 신문의 '독

자 투고란'에 게재하라. 신문이나 교회 주보 등에 작은 광고 지면
을 사서 그 단계들을 나열하라.

ᘓ 라디오 토크 쇼에 전화해서 '평화에 이르는 다섯 가지 단계'
에 대해 토론하라.

ᘓ '평화에 이르는 다섯 가지 단계'를 기초로 하여 당신의 동
네, 주, 나라에서 '영혼을 위한 권리 회복 운동'을 진정으로 시작
하라. 진정으로 그 운동의 주동자가 되라. 인터넷으로 청원을 제
기하라. 어서 이 생각 주위에 에너지를 만들라.

8
삶에 대한 오류

인류가 저지른 첫 번째 실수는
인류 구성원이 서로 분리되어 있다고 상상한 것이다.
이 생각은 인류와 신이 분리되어 있다는 발상에서 나온다.
궁극적 실체에 '반대의 것'은 없다.
단지 반대처럼 보이는 것만 있을 뿐이다.

『미래 인간 선언문 *The Storm Before the Calm*』이란 책에서 나는 20세기 말과 21세기 초 수십 년 동안 우리 인류가 '인류의 재정비'라 불리는 과정을 겪어 왔고 앞으로도 겪어 나갈 것임을 매우 분명히 밝혔다.

이 과정은 지구 공동체와 그 삶의 방식을 파괴하는 것이 아니라 의도적으로 하나하나 해체하는 것이며, 그리하여 새로운 부품들로 재정비하게 한다. 엔진을 재정비하면 더 잘 작동하는 것과 비슷하다. 우리가 하는 일이 다만 관찰하기는 것뿐이라 해도 그과정은 우리와 무관하지 않다. 오히려 모든 인간이 협력하여 참여하는 과정이다. 우리의 참여가 의식적이지 않고 무의식적이기 때문에 우리 대부분이 다만 알지 못할 뿐이다.

현재 무슨 일이 일어나고 있는지 이 세상 사람들이 아는 상태에서 앞으로 만들고 싶은 결과를 명확히 하여 이 과정에 참여한다면 두려워할 것은 아무것도 없다.

그러나 이런 식으로 참여하든 참여하지 않든 그 과정은 일어날 것이다. 사실 지금도 일어나고 있다. 우리가 함께하든 그렇지 않든 삶은 바뀔 것이다. 문제는 앞으로 인류의 경험이 달라질 것인가에 있지 않다. 문제는 어떤 식으로 달라질 것이며, 누가 그 결정을 내릴 것인가이다.

사회라는 엔진의 해체된 부품들을 볼 수 있도록 돕기 위해 『신과 나눈 이야기』와 그 밖의 책, 영화, TV 프로그램, 사회 프로젝트가 이 기간 동안 생겨났고, 어떤 부품이 작동하지 않으며 재정비가 필요한지 우리로 하여금 결정하게 했다. 그 내용의 많은 부분이 『신과 나눈 이야기』에 다음과 같이 나와 있다.

신과 나눈 이야기 핵심 메시지 23

위기, 폭력, 살인, 전쟁을 만들어 내는
삶에 대한 다섯 가지 오류가 있다.
첫째, 인간은 서로 분리되어 있다는 생각.
둘째, 인간이 행복해지는 데 필요한 것이 충분하지 않다는 생각.
셋째, 인간은 충분하지 않은 것을 얻기 위해
서로 경쟁해야 한다는 생각.
넷째, 어떤 인간이 다른 인간보다 더 낫다는 생각.
다섯째, 인간은 다른 모든 오류들로부터 생겨난 심각한 차이들을
서로를 죽임으로써 해결해도 괜찮다는 생각.

핵심 메시지 23의 목적은 계속되는 인류의 분노와 폭력적인 상호작용에 방아쇠를 당기는—불행히도 이 경우 적당한 표현이다—행동의 근본 원인을 일반화나 가벼운 표현 없이, 모호함이나

에두르는 표현 없이 매우 구체적인 용어로 제시하는 것이다.

핵심 메시지 23이 9·11 사건 다음날, 나의 긴박한 물음에 대한 직접적인 답으로 주어졌음을 기억하라. 세상 사람들처럼 나도 절실히 알고 싶었다.

"어떻게 인간이 서로에게 이런 짓을 저지를 수 있습니까?"

지구 상 삶에 대한, 작지만 놀라울 만큼 해가 되는 오류들을 '진실'로 받아들여 온 점이 문제라고 신은 간단명료하게 말한다.

그중 두드러진 다섯 가지 오류를 이 장에서 설명할 것이다. 그리고 다음 장에서 훨씬 더 위험한 다섯 가지를 설명할 것이다.

왜 굳이 그런 우울한 내용을 살펴보아야 하는가? 작동해야 함에도 더 이상 작동하지 않는 엔진을 살펴보는 것과 같은 이유이다. 무엇이 문제인지 모르면 바로잡을 수 없다. 물론 문제를 바로잡는 데 아무 관심이 없거나, 현재 상태에 완전히 만족하여 문제가 존재한다는 것조차 인정하지 않는다면, 현재 상황을 더 깊이 살펴보는 데 아무런 관심이 없을 것이다.

자신이 그중 어디에 위치하고 있는지 당신은 알고 있다. 앞으로 나오는 내용을 당신과 세상이 더 건강해지고 행복해지도록 돕는 중요한 진단 결과로 들을 것인지 아무 관심 없는 정보로 들을 것인지를 그것이 결정한다.

삶에 대한 우리의 첫 번째 오류

인류가 저지른 첫 번째 실수는 인류 구성원이 서로 분리되어 있다고 상상한 것이다.

이 생각은 인류와 신이 분리되어 있다는 발상에서 나온다.

물론 모든 사람이 신이 존재한다고 믿는 것은 아니다. 하지만 신을 믿는 사람 거의 대부분은 신이 우리를 자신에게서 분리시켰다고 믿는다. 신도 완전히 확신하지 못하는 이유로.

그러므로 정확한 이유는 모르지만 신이 우리를 천국에서 내쫓아 지구로 내려 보냈고, 우리 모두가 지금 여기서 다시 돌아가려 한다는 것은 알고 있다.

이것은 아주 단순한 설명 방식일 수 있으나, 신을 믿는 신념 체계 대부분이 기본적으로 택하는 방식이다. 일부 신념 체계는 왜 이런 일이 일어났는지 명확히 밝히려고도 한다. 우리의 영적 '부모', 추측건대 아담과 이브가 죄를 지었기 때문에 신이 우리를 에덴동산에서 내쫓았다고 말한다. 선과 악의 지식을 얻어 감히 신처럼 되려고 한 것이 그들의 죄였다.

이야기는 이렇게 이어진다. 신은 이런 오만함을 용납하지 않기에 최초의 인간과 그 이후 모든 자손들은 우리의 방식을 고칠 때까지 선과 악이 공존하는 환경에서 살아야 하는 벌을 받았다. 우리는 저지른 모든 악에 대해 용서를 구해야 하고, 선만이 존재하던 영역, 즉 '궁극적 실체'로 돌아갈 수 있도록 허락받아야 한다.

정말로 일어난 일

그렇다면 이 모든 것의 실제 진실이 무엇인지 살펴보자. 다음의 내용은 주제의 우회나 전환이 아니다. 신과 우리의 관계에 대한 이야기를 명확히 하는 것은 매우 중요하다. 그 이야기가 우리 자신에 대한 생각과 서로서로에 대한 생각을 만들기 때문이다.

우리는 신과 분리되어 있다고 생각하기 때문에 분리의 우주 속에 살고 있다고 상상한다. 이 분리가 사실상 사물의 근본 구조이고, 본질적 구성이며, 우주의 기본 조직이고 본성이라고 생각한다.

이것은 지금까지 인류가 품은, 가장 널리 퍼진 동시에 가장 해로운 생각이다. 신이 실체의 실제라는 것을 내게 설명하는 데 아주 많은 시간을 들인 이유가 그 때문이다.

신의 왕국에는 세 가지 영역이 있다고 나는 확신하게 되었다. 신과 그런 '왕국'의 존재를 조금이라도 믿는 대부분의 사람들은 그 왕국에 두 가지 영역이 있다고 상상한다. 말하자면 '천국'과 '지옥'이다. 그들 대부분은 지구를 신의 왕국의 일부로 포함시키지 않는다. 알려져 있는 우주 중 어느 것도 포함시키지 않는다. 사람들은 지구와 우주를 신이 창조한 '물리적 영역'으로 분류한다. 그리고 신의 왕국을 '영적 영역' 또는 '저세상', '피안' 등으로 분류한다.

이것이 내가 방금 설명한 분리의 구조이다. 사물의 본질을 완전히 오해했기 때문에 다음과 같은 우리의 '이야기'가 만들어졌다. 신은 영적 영역에서 영적 존재로 살던 우리를 내쫓았고, 이제 우리는 죽을 때까지 물리적 영역에서 물리적 존재로 살게 되었다. 우리는 죽어서야, 바라건대 '지옥'이라 불리는 부분이 아닌 '천국'이라 불리는 부분인 영적 영역으로 돌아갈 수 있고, 그곳에서 남은 영원한 시간을 보내게 된다.

앞에서 언급한 대로, 정확히 왜 우리 인간이 천상 낙원에서 '내쫓겼는가', 정확히 왜 영적 영역에는 지옥이나 구천이라 불리는 곳이 포함되는가, 죽은 뒤 지옥 아닌 천국에 꼭 가기 위해서는 정확히 무엇이 필요한가의 질문은 세상 대부분 종교의 주제이며 초점이다.

이 모든 것에 대한 나의 이해는 신과 대화를 나눈 뒤 극적으로 바뀌었다. 나는 신에게 들었다. 우리 각자가 영적 영역을 떠나 물리적 영역으로 들어온 것은 사실이지만 신이 우리를 낙원 밖으로 '내쫓은' 것은 아니라고. 우리의 영혼이 삶 자체의 과정의 일부로서 매우 자발적으로, 사실은 행복해 하며 이렇게 했다고 한다.

인간의 마음이 이해할 수 있도록 신이 비유를 들어 설명한 장치와 과정은 다음과 같다. 그 이야기를 하나씩 살펴보자.

새로운 이해

1. 신의 왕국에는 두 가지 영역이 아닌 세 가지 영역이 있다. 그리고 우리가 '지옥'이라 부르는 장소는 그중 하나가 아니다. 그런 장소는 사실 존재하지 않는다.

2. 신의 왕국은 물리적인 우주와도, 우리 세상과도 분리되어 있지 않으며 그것을 아우른다.

3. 신의 왕국의 세 가지 영역은 영적 영역, 물리적 영역, 순수 존재 영역이다. 세 번째 영역은 첫 번째와 두 번째가 결합된 것으로 대략 설명할 수 있다.

4. 세 가지 영역의 목적은 삶이 자신을 나타내고 체험할 수 있

는 세 가지 방식을 삶 자체—신이라 읽는다—에게 제공하는 것이다. 이 세 가지 과정에 의해 삶은 자신을 완전히 알고 표현할 수 있다.

삶의 가장 큰 비밀은 삶이 세 가지로 이루어졌다는 점이다. 우리 대부분은 삶을 두 가지로, 이원적으로 생각한다. 물리적 영역에서조차 우리는 사물을 흑과 백으로 생각하는 경향이 있다. 사실은 둘 다를 포함하는 회색이 있음에도 불구하고. 흑과 백, 옳음과 그름, 긍정과 부정, 시작과 멈춤, 여기와 저기, 지금과 그때 등 모든 것을 절대적으로 보기를 멈출 때 우리는 성숙함에 이를 수 있다. 이 내용은 뒤에서 좀 더 자세히 살펴볼 것이다.

마음속으로 그려 보기

궁극적 실체를 삼각형으로 생각하면 이해에 도움이 될 것이다. 이 말을 하는 바로 그 순간 당신은 마음속에 삼각형을 그리고 있을지도 모른다.

삼각형의 꼭대기에 '순수 존재 영역'이 있다고 상상하라. 그런 다음, 삼각형의 오른쪽 끝에 '영적 영역'을, 왼쪽 끝에 '물리적 영역'을 두라.

좋다. 이제 당신 자신이 이 삼각형의 둘레를 따라 영원의 여행을 하며 움직이는 영혼이라고 생각하라. 이 영혼을 빛의 입자로 상상해도 된다.

당신은 삼각형 꼭대기에서 시작해 오른쪽 끝으로 내려가고 그곳에서 잠시 머물며 빛을 낸다. 그런 다음 왼쪽으로 건너가 그곳에서 잠시 머물며 빛을 낸다. 그리고 다시 꼭대기로 올라가 그곳에서 불꽃놀이처럼 장엄하게 터진다. 그때 그 불꽃에서 나온 빛의 입자 하나가 삼각형 오른쪽 끝으로 불씨처럼 떨어지며 영혼의 여행을 다시 시작한다.

앞에서 말한 것처럼, 물론 이것은 비유이다. 마음속으로 다만 상상할 수 있는지 보라. 이것을 영혼의 신성한 여행이라고 상상하라. 일부 종교에서는 이 삼각형의 관계를 삼위일체라 부른다.

이제, 하나씩 살펴보던 우리의 이야기로 돌아가자.

5. 영적 영역에서는 모든 것이 절대적 형태로 존재한다. 그러므로 이 영역을 절대적 영역이라고도 부를 수 있다. 이 영역에는 절대적 사랑만 존재할 뿐이고 언제나 지금 이곳뿐이다. 이것이 신의 영원한 본질의 본성이며, 신성이 존재하는 본성이다.

6. 그러나 신성은 단순히 존재하는 것 이상을 원했다. 신성은 스스로를 체험하고 싶어 했다. 이렇게 하려면 자기가 아닌 것을 체험할 필요가 있었다. 어떤 요소이든 체험하려면 대비되는 요소가 필요하기 때문이다.

'느림'이 없을 때 '빠름'은 '빠름'이 아니다.

'작음'이 없을 때 '큼'은 '큼'이 아니다.

'어둠'이 없을 때 '빛'은 '빛'이 아니다.

당신은 이해했을 것이다. 어떤 것을 체험하기 위해서는 반대의 것이 존재해야 한다. 이것을 반대의 법칙이라 부른다. 이것은 물리적 영역 안에서의 환상이다.

환상에 속하는 부분은 신이 아닌 무언가가 존재할 수 있다는 생각이다. 물론 그런 것은 불가능하다. 존재하는 것 바깥에는 아무것도 존재하지 않기 때문이다. 존재하는 것은 신의 또 다른 이름이다. 그러나 신성은 자신의 신성함이 표현될 때마다 잊어버림의 체험을 창조하고 만들 수 있다. 신성은 의식 수준의 창조를 통해 이렇게 했다.

살아있는 것 각각의 의식 수준 정도에 따라 각자 개별 차원에서 궁극적 실체를 자각하게 된다.

이런 식으로 신은 자기를 다시 알 수 있게 된다. 자기에 대해 알고 있는 바대로 자기를 체험하게 된다. 이것이 바로 모든 삶이 저마다의 모습으로 구현되는 목적이며 작용 방식이다.

괜찮다면, 한 번 더

내가 방금 말한 것 모두가 다소 도전적이고 이해하기 어려울 수 있다. 신과 나누는 대화에서 처음 들었을 때 나도 분명 그렇게 느꼈다. 따라서 양해를 구하며, 조금 다른 방식으로 다시 설명하고자 한다. 때로는 '두 번 말하는 것'이 더 이해하기 쉽기 때문이다.

영적 영역에서, '존재하는 모든 것'은 과거에 존재한 모든 것이다. 그 외에 다른 것은 없었다. 만일 신이 신처럼 되는 것이 무엇인지 체험하기 원했다면 자신과 비교할 다른 어떤 것을 찾아야 했을 것이다. 그러나 그것은 불가능했다. 신 외에는 아무것도 없었기 때문이다. 존재하는 것은 신뿐이다.

자신과 분리된 어떤 것도 찾을 수 없었기에 신은 차선을 택했다. 신은 스스로를 자기의 구성 요소들로 나누었다. 그런 다음 우리가 의식이라 부르게 될 다양한 수준의 본질적 에너지를 이 요소들에게 불어넣었다. 각 요소들이 전체의 특정한 정도를 표현함에 따라, 각 요소 모두와의 관계를 체험함으로써 전체를 돌아보고 자기의 장엄함을 알게 하기 위해서이다. 달리 말해 의식은 환상의 세상을 보는 능력이며, 그 환상 속의 '궁극적이고 유일한 실체'를 보는 능력이다.

사실, 반대의 것은 존재하지 않는다

사실 궁극적 실체에 '반대의 것'은 없다. 단지 반대처럼 보이는 것만 있을 뿐이다. 우리가 어떤 것의 '반대'처럼 보인다고 말하는 것은 하나인 것이 표현의 정도만 달리한 것이다.

완벽한 예를 들자면, 우리가 '뜨겁다'고 하는 것과 '차갑다'고 하는 것은 서로 '반대'가 아니다. 즉, 두 개의 서로 다른 것이 아니다. 온도라고 부르는 하나인 것에서 정도만 다를 뿐이다.

똑같은 방식으로, '존재하는 하나인 것', 즉 신은 전체보다 더 작은 요소들로 나눔으로써 자기를 다양한 정도로 표현한다.

이것은 물질화의 과정을 통해 이루어진다. 즉 전체가 영성에서 물질성으로 움직여 가는 것으로 표현할 수 있다. 한 영역에서 다른 영역으로 가는 통로를 통해 움직여 가면 전체가 나눠지게 된다. 이것이 비유임을 기억하라. 프리즘을 통과한 백색광이 그 빛을 구성하는 요소들로 나눠지는 것과 비슷하다. 우리는 그 요소들을 색깔이라 부른다.

우리가 물리적 우주의 다양하고 무수히 많은 요소로 표현하는 것은 신의 팔레트 위 물감 색에 지나지 않는다. 물리적 영역은 신이 자기를 체험하기 위해 가는 곳이다.

따라서 우리는 분리가 사물의 본질적 구조가 아님을 알게 된다. 오히려 나눠짐이 본질적 구조이다. 나눠짐과 분리는 같은 것이 전혀 아니다.

이것을 당장 체험해 보고 싶다면 손을 한번 보라. 손가락은 서로 나뉘어 있고 각자 개별적인 특성과 목적이 있지만 당신 손에서 결코 분리되어 있지 않다. 당신 손 또한 몸에서 분리되어 있지 않다. 당신 역시 신의 몸에서 분리되어 있지 않다.

예를 들어 적외선을 볼 수 없는 것처럼 당신은 신과 당신 사이의 연결성을 두 눈으로 볼 수 없다. 그러나 당신은 신과 에너지로 연결되어 있고 그 연결을 느낄 수는 있다. 적외선을 열로 느낄 수 있는 것과 마찬가지다. 에너지 전달을 위해 당신과 적외선 히터 사이에 어떤 물리적 접촉이나 매개체도 필요하지 않다. 또한 적외선 히터는 진공 속이나 대기 중에서 작동할 수 있다. 그렇다면 신에 대한 완벽한 비유를 알아차릴 수 있다. 마찬가지로 신의 에너지도 물리적 접촉 없이 전달될 수 있다. 우주라고 알려진 진공 상태를 통해서도 전달될 수 있다. 그러므로 당신이 만일 적외선을 기적이라고 생각한다면, 신을 더 충분히 이해할 수 있을 때까지 기다려라! 더 충분히 느낄 때까지는 말할 것도 없고.

앞에서 약속한 것처럼, 신과 나눈 이야기 핵심 메시지 1에 대해 살펴볼 때, 나는 모든 것의 하나 됨을 이 책 끝 부분에서 좀 더 설명할 것이다. 거기서 우리는 정확히 어떻게 그리고 왜 초기 인간들이 처음에 분리라는 생각을 그리고 신이라는 생각을 떠올렸는지 살펴볼 것이다. 그것은 대단히 흥미롭다. 당시 우리가 이용할 수 있었던 정보를 토대로, 또한 주변 세상을 분석하고 이해할 수 있는 제한된 초기 능력을 토대로 우리가 왜 그리고 어떻게 처음의 이야기를 받아들이게 됐는지 이해하는 데 도움이 될 것이다. 비극은 우리가 그 이야기를 바꾸지 않고 계속해서 거듭 말하고 있다는 점이다.

마침내 우리는 21세기인 지금에야, 신이 자기에게서 우리를 분리시켰다는 생각이 우리의 맨 처음 실수였음을 알아차리고 있다. 신이 실제로 한 일은 자기를 나눈 것뿐인데도.

삶에 대한 우리의 두 번째 오류

우리는 신으로부터 분리되어 있으므로 서로서로가 분리된 '분리의 우주론' 속에서 살고 있다고 완전히 잘못 받아들였다. 그러므로 행복해지는 데 필요한 것 같은 대상이 '충분히 존재하지 않는다'는 체험을 스스로 만들어 왔다.

하나인 우리만 존재한다고 생각했다면 부족이라는 생각은 우리에게 생겨나지조차 않았을 것이다. 예를 들면 독방에 감금된 사람처럼, 만일 당신이 앞으로 20년 동안 어느 누구와도 교류할 필요가 없다면 항상 충분한 시간이 있을 것이다. 또한 존재에 필요한 '물건'을 어느 누구와도 나눌 필요가 없다면 그 물건은 항상 충분히 존재할 것이다. 만일 존재에 필요한 물건이 충분하지 않다면 당신은 존재하지 못할 것이다. 그러므로 당신이 존재한다는 사실은 당신이 충분히 가졌다는 증거이다.

그러나 당신 한 명만이 아니라 더 많이 존재한다고 생각한다면 당신의 존재가 위협당한다고 느낄 것이다. 따라서 당신이 존재하는 데 필요한 것을 '당신이 아닌 것'이 빼앗거나 사용할 거라고 상상하기에 이른다.

그때 삶은 존재를 위한 타인과의 투쟁이 된다.

이것이 지구 위 삶에 대한 정확한 묘사이다. 우리가 그렇게 만들었기 때문이다. 우리의 기술적 성취가 무엇이든, 의학상 기적이 무엇이든, 과학적 발견이 무엇이든, 이것이 정확히 우리가 체험해 왔고 앞으로 계속 체험할 내용이다.

우리가 얼마나 눈부시게 발전했는지는 중요하지 않다. 행복하기 위해 또는 생존하기 위해 우리에게 필요한 것이 충분히 존재하지 않는다고 상상하는 한, 우리는 서로와 영원히 경쟁할 것이다. 때로는 잔인하게, 죽음에 이를 정도로. 또한 분리의 이야기를 이 악물고 고수하는 한, 우리는 항상 충분히 존재하지 않는다고 상상할 것이다.

명절 음식 우화

특별한 시기에 준비하는 명절 음식을 생각해 보라. 미국과 캐나다에서는 추수감사절일 것이다. 이탈리아에서는 크리스마스이브를 기념하는 '7가지 해산물 요리의 날'일 것이다. 한국에서는 설날일 것이다. 사실상 모든 문화에는 명절 음식이 있다.

모두가 모인 이런 식사 자리에서 누군가 문을 두드린다고 상상해 보자. 오랫동안 연락이 끊긴 친척인 사랑하는 삼촌이다. 부인과 사랑스러운 여섯 아이도 함께. 그런 모임에 그들은 몇 년 동안 참석하지 않았다. 올해 삼촌은 모임 소식을 다시 들었고, 마지막 순간이 되어서야 그동안의 소원함을 풀기로 마음먹었다. 끼어들어도 되는지 그들이 겸손하게 묻는다.

주인으로서 당신은 준비한 음식량이 정해져 있음을 깨닫는다. 돌아갈 음식이 충분하겠는가? 당신은 잠시 이 점을 생각한다. 물론 충분할 것이다. 그저 나누기만 하면 된다. 당신은 두 팔 벌려 그들을 환영한다. 그들을 보게 되어 모두가 행복하다. 식탁 위의 푸짐한 요리는 다소 더 적은 몫으로 나눠진다. 그러나 실제론 아무도 알아차리지 못한다. 사실은 아무도 신경 쓰지 않는다. 결국 이것이 가족이다.

이제 상상을 조금 바꿔 보자. 똑같은 명절 음식이다. 문에서 똑같은 노크 소리가 난다. 그러나 문밖에는 전혀 낯선 사람이 누더기를 걸친 채 똑같이 남루해 보이는 부인과 여섯 아이와 함께 서 있다. 그는 창문 밖으로 따뜻한 불빛을 보았다고 말한다. 그리고 자신들이 명절 식사 자리에 끼어도 되는지 겸손하게 묻는다.

당신의 반응은?

물론 당신은 그들 모두를 안으로 초대한다. 그리고 두 팔 벌려 그들을 환영한다. 결국 이것이 가족이다……. 실제로 가족이 아닌 경우는 빼고 말이다. 당신이 그들을 침입자, 침범자, 침해자, 침략자, 외부인, 낯선 이, 이방인, 불청객으로 여기는 경우를 제외하고는. 그러나 그렇게 여길 경우, 완벽한 이방인에게 돌아갈 음식이 충분하지 않다고 느끼는 것은 매우 당연하다. 불쌍한 마음에 약간의 음식을 주고 돌려보낼 수는 있지만, 당신은 '앉을 자리'도 없는 그들을 식탁에 앉히지는 않을 것이다. 그들을 알지도 못하는데다 '가족'도 아니기 때문이다.

우리는 이 행성 위에서 서로에게 더 나쁜 짓을 해 왔다. 이 모두는 충분히 존재하지 않는다는 생각에서 비롯된다. 우리가 서로 분리되어 있고, 혈연관계가 아니면 '가족'이 아니기 때문이다.

삶에 대한 우리의 세 번째 오류

이 행성 위에서 생존하고 행복해지는 데 필요한 것이 충분히 존재하지 않는다고 확신하기 때문에, 우리는 충분히 존재하지 않는 것을 가능한 한 공정하게 나누는 방법을 고안해야 했다.

우리가 고안한 방법은 경쟁이라 불린다. 누가 충분히 존재하지 않는 것을 가질 만한 자격이 있는지 공정하게 판단하고 결정할 수 있는 절차를 수립하겠다고 우리는 마음먹었다. 그것은 획득의 문제라고 우리는 주장했다. 단지 그들이 존재한다는 이유로 충분히 존재하지 않는 것을 모든 사람에게 분배하면 안 된다.

한 사람의 존재 사실은 그 사람이 계속 존재해야 할 가치를 확립하는 데 충분한 자격이 되지 못한다. 우리는 자신의 가치를 정당화해야 한다.

그러나 아이들은 예외이다. 단지 아이이기 때문에 가치가 있다. 가치 있는 것을 기여함으로써, 충분히 존재하지 않는 것의 일부를 만들어서 스스로를 가치 있게 할 것이라고 아이들에게 기대할 수 없기 때문이다. 아이들은 물건의 일부를 자동으로 얻는다.

혹은 아이들도 예외가 아닌가? 이미 언급했듯이, 이 지구에서 매시간 7백 명 가까운 어린이들이 식량 부족으로 죽어 간다.

그러나 아이들 삶의 어느 지점에서 '자동적인 가치'가 끝나고 '획득하는 가치'가 시작되는가? 옛날의 굴뚝 청소부는 대개 일곱 살 가량의 갈 곳 없는 고아들이었다. 그 아이들은 그을음 낀 벽돌 굴뚝의 통로를 타고 올라가 그을음을 깨끗이 닦아 내거나, 그러지 못하면 굶었다. 오늘날에도 아동 노동은 선진 문명이 허용할 것이라 생각하는 수준보다 더 널리 퍼져 있다.

충분히 존재하지 않는 것을 만드는 데 어떻게든 기여해야 한다고 우리는 일찍부터 배워 왔다. 그다음에는 우리가 만든 바로 그것을 두고 경쟁해야 한다고. 이렇게 해서 많은 공장의 노동자들은 자신을 부려 먹는 사람의 100분의 1밖에 안 되는 소득을 얻는다.

우리의 경쟁은 물질 재화와 획득에서 끝나지 않는다. 우리는 신을 놓고 경쟁해야 한다고 사실상 스스로에게 말해 왔다. 이 특별한 경쟁을 우리는 '종교'라 부른다.

모든 다른 경쟁처럼 '전리품은 승자에게'가 합의 사항이다.

그 최신 기준이 무엇이든, 사회가 가치 있다고 정한 것에 부합되지 못하는 듯한 사람에게는 '패자'라는 꼬리표가 붙는다. 그렇게 인류는 스스로를 승자와 패자로 양분했다.

오늘날 세계 인구의 약 5퍼센트가 세계 부와 자원의 약 95퍼센트를 소유하거나 통제한다. 그리고 그 5퍼센트에 속한 대부분의 사람들은 이것이 전적으로 옳다고 생각한다. 결국 그들이 그것을 획득했다.

어떻게 도미노가 쓰러지는가?

물론, 세상의 부를 나눌 때 우리의 가치를 얻기 위해 서로 경쟁해야 한다는 이 오류는, 우리에게 돌아갈 부가 다만 충분하지 않다는 그 앞의 오류에 근거한다. 즉, 전혀 풍요롭지 못하고, 결핍되어 있으며, 부족하고, 희박하다는 생각이다. 그 개념은 우리가 서로 분리되어 있다는 오류에서 나온다. 절대로 한 가족이 아니고, 하나의 본질이 아니며, 하나의 존재가 아니라는 생각에서 나온다.

우리가 분리라는 개념을 다만 거부한다면, 부족함이라는 오류가 쓰러질 것이다. 부족함이라는 개념을 다만 넘어뜨린다면, 경쟁이 필요하다는 오류가 쓰러질 것이다.

나는 이 오류들을 '인류의 도미노'라 부른다. 그것들은 다음 도미노 위에 쓰러지면서 전체의 붕괴를 가져온다.

삶에 대한 우리의 네 번째 오류

스스로를 승자와 패자로 갈라놓았을 때 사회는 첫 번째 집단이 두 번째 집단보다 '더 낫다'는 생각을 만들어 냈다. 그런 다음, 순환 논리라는 놀라운 장치에 의해, '더 나은' 것이 첫 번째 집단 사람들이 처음부터 승자인 이유라고 결론 내렸다. 그들은 그럴 자격이 있었다.

더 낫기 때문에 백인은 유색인종에 대한 승자가 될 자격이 있었다. 더 낫기 때문에 남성은 여성에 대한 승자가 될 자격이 있었다. 더 낫기 때문에 이성애자는 동성애자에 대한 승자가 될 자격이 있었다. 이 집단들은 인간의 이성으로 봐선 더 낫지 않지만, 신의 눈으로 봐선 더 나았다.

이런 식으로 우리는 자격과 가치에 대한 명백히 터무니없는 판단들을 사회 속에서 정당화해 왔다.

백인이 흑인보다 우월하다고 말한 것은 신이었다. 1800년대 중반 예수그리스도 후기성도교회(모르몬교의 정식 명칭) 창시 당시부터 그 지도자가, 흑인은 열등한 인종이기 때문에 평목사가 될 자격이 없다고 주장한 모르몬교에게 물어 보라.

다행히도 모르몬교는 1978년 그 교리를 부인하고 뒤집었다.

남성이 여성보다 우월하다고 말한 것은 신이었다. 오늘날 여전히 이 교리를 믿고 가르치는 전 세계 수천 명의 성직자들에게 물어 보라.

다행히도 수천 명 이상이 그런 생각을 거부하고 부인해 왔다.

이성애자가 동성애자보다 우월하다고 말한 것은 신이었다. 동성애는 혐오스러운 것이라고 신이 말했기 때문이다. 사실상 지구의 모든 종교 속에 있는 근본주의자 아무에게나 물어 보라.

다행히도 세계의 많은 종교인들이 이후 그 생각을 거부하고 부인해 왔다.

수천 년 전도 아닌 내가 어린아이이던 시절, 사람들은 왼손잡이가 악마의 표징이라고 생각했다. 다른 인종 간, 다른 종파 간 결혼은 금지되어야 하고, 가톨릭 신자들은 가톨릭 신자만 천국에 갈 것이라고 생각했다.

한편 여호와의증인은 신자들 중 144,000명만 천국에서 신을 영접할 것이라고 했다. 예수를 믿고 선한 삶을 살며 믿음을 전하는 나머지 신자들은 지상에서 낙원을 누리게 될 거라고 했다. 반면, 많은 유대교도들은 자신들이 신의 선택을 받은 사람이라고 주장했다.

따라서 많은 사람들이 인간의 우월성에 대해 '하늘에서와 같이 땅에서도' 그러하다고 믿었음을 알 수 있다. 즉, 신의 눈에는 어떤 사람들이 더 낫다고.

이보다 더 인류에게 많은 해를 끼친 생각은 없다. 실제로 이 생각은 삶에 대한 가장 큰 오류에 도덕적 권위를 실어 주었다.

삶에 대한 우리의 다섯 번째 오류

생각보다 훨씬 많은 사람들이 다른 모든 오류들로부터 생겨난 사람들 간의 차이를 서로를 죽임으로써 해결해도 괜찮다고 무척 확신하고 있다.

도대체 우리는 어디서 그런 생각을 얻었는가? 계산기를 가까이 두고 성경을 읽어 보라. 백만 명이 넘는 사람들이 신의 손에 의해 또는 신의 명령에 따라 죽임을 당했다고 이 특별한 성서는 우리에게 말한다. 혹은 알라신의 이름으로 폭력적인 제국을 건설한 이슬람교의 전통을 자세히 살펴보라.

1095년, 교황 우르바노 2세가 '십자군 전쟁'으로 알려진 2백 년간의 전쟁을 시작했다는 사실을 우리는 알고 있다. 그 전쟁에서 수십만 명이 죽었고, 대부분이 이슬람교도였다.

마찬가지로, '이슬람 정복'으로 알려진 것 때문에 많은 사람들이 죽었다. 그것은 유례없는 최대의 영적, 정치적 제국을 만들려는 것이었고, 634년부터 1800년대 초까지 전 세계 각지에서 계속되었다.

도덕 법칙의 확장

현대화가 이루어질수록, 단지 자신의 목적을 이루거나 제국을 건설하기 위해 집단이나 국가가 자행하는 살인을 인류 대부분이 거부해 왔다. 그 결과는 이것이다. 요즘엔 그런 공격을 모두 자기 방어라고 부른다. 이 때문에 인류는, 대부분의 사람들이 받아들이는 도덕 법칙 아래에서 잔학 행위를 정당화한다. 즉, 자신을 방어하는 것은 괜찮으며, 그 과정에서 다른 사람을 죽이는 것은 윤리적 영적으로 부적절하지 않다는 것이다.

그리고 이제 일부 사람들은 이 생각에서 한 발짝 더 나아갔다. 선제공격은 자기방어를 위해 받아들일 수 있는 수단이라고 그들은 주장한다. 즉, 다른 나라 사람들이 자국민을 공격하고 죽이기 전에 그들을 공격하고 죽이는 것이 전적으로 허용된다고 한다. 그 사람들이 훗날 자기들을 공격하길 원하는 듯 보이고 완벽한 때만 기다리는 듯 보인다는 이유에서이다.

이것은 인류의 최근 도덕 법칙을 확장한 것으로, 살인의 허용 한도를 예전 범위 너머까지 밀어 낸 것이다.

자기방어의 개념과는 별개로, 인류의 문화가 대규모로 잘려 나간 자리에는, 영화부터 TV 프로그램, 비디오 게임까지 전부, 폭력과 살인을 단지 자기방어의 수단이 아닌, 분노와 복수, 위협과 협박, 자기주장과 반란의 수단으로 묘사하는 메시지들로 점점 넘쳐

나고 있다.

　문제 해결 수단이나 불만 해결 수단인 살인은 지금 그 어느 때보다 널리 퍼지게 되었다. 끔찍한 마지막 수단이 아닌, 권력자의 첫 번째 행동으로 더 많이 보게 된다.

첫 번째 원인

　하지만 다시 뒤로 물러나 도미노 효과를 살펴보는 것이 바람직하다. 다른 사람에게 폭력을 가하려는 생각을 한 순간이라도 품는 것은 우리가 서로 분리되어 있다는 생각 때문이다. 이것이 '첫 번째 원인'이다. 우리는 이 점을 알아차리지 못하고 있거나 인정하기를 거부하고 있다.

　우리는 모두 하나이며 남에게 하는 것이 우리 자신에게 하는 것임을 생각한다면, 폭력과 살인을 통해 차이점을 해결하려는 일은 결코 일어나지 않을 것이다. 우리가 가진 관점의 순환적인 영향과 그 영향이 만들어 내는 행동을 우리는 보고 싶어 하지 않았다. 준 대로 받으리라는 사실을 우리는 보지 못했다. 아니면 더 나쁜 일이겠지만, 보고 나서도 신경 쓰지 않았다.

　문제를 일으킨 것과 똑같은 에너지를 써서는 문제를 해결할 수 없음을 관찰한 사람은 아인슈타인이었다. 그러나 우리는 계속 폭력을 폭력으로, 살인을 살인으로, 불공정을 불공정으로 끝내려한다. 증오를 증오로, 분노를 분노로, 멸시를 멸시로 맞이한다.

　그 순환은 어디선가 끝나야 한다. '눈에는 눈, 이에는 이'가 아니라 완전히 다른 성경 말씀이어야 한다.

'네 원수를 사랑하고, 너를 박해하는 자를 위해 기도하라.'

어쩌면 더 새로운 복음이어야 할 것이다.

'우리는 모두 하나이다. 우리의 길은 더 나은 길이 아니라 또 다른 길일뿐이다.'

이 메시지를 나날의 삶에 적용하기

누구나 '삶에 대한 다섯 가지 오류'를 극복할 수 있다. 그러나 인내와 용기, 진정한 결심이 요구된다. 이 지구 행성이 '어떤 상태'에 있다는 오류가 인류의 문화 속에 깊이 박혀 있기 때문이다. 간단히 말하면, 우리는 이런 것들이 사실이라고 생각한다.

더 나아가, 지금까지 관찰한 인류의 경험은 그런 생각을 절대적으로 뒷받침한다. 따라서 이제 당신이 할 일은 아주 소수의 사람들이 현재 동의하고 있는 전혀 다른 생각들을 우리의 진실로 받아들이는 것이다.

메시지 23을 당신 삶에 적용하기 위해 할 수 있는 첫 번째 일이 그것이다.

- 당신의 삶의 관점을 이해하고 동의할 다른 사람들을 즉시 찾아라. 혹은 동의하지는 않더라도, 당신이 받아들이고 싶어 하는 진실에 대해 당신이 하는 선택을 지지해 줄 사람을.

다른 사람이 말하는 것이 아닌, 당신이 말하는 것이 당신의 진실이 되어야 한다. 이 점을 이해하는 것은 매우 중요하다. 이것이 당신 삶을 바꾸는 열쇠이다. 중요한 열쇠이다. 삶을 크게 개선시키기 위해 나날의 체험을 근본적으로 바꾸고자 하는 소규모 집단이나 개인들과 함께 일할 때 나는 이것을 매우 자주 강조한다.

우리는 이 행성에서 다른 누군가의 규칙들에 따라 너무 오랫동안 살아 왔다. 다른 모든 사람들의 규칙에 따라. 그 규칙이 제대로 작용했다면 그렇게 나쁘지는 않았을 것이다. 그러나 그 규칙들은 작용하지 않았다.

지금 이 책에서 여러 번 말했듯이 그 어떤 규칙도 제대로 작용하지 않고 있다. 정치, 경제, 생태, 교육, 사회, 영적 규칙이 모두 그렇다. 그 규칙 중 어느 하나도 그것이 만들어 낼 것이라고 입법자들이 말한 결과를 만들고 있지 않다. 상황은 더 나빠지고 있다. 앞에서 말한 것처럼, 슬프게도 정반대의 결과를 만들고 있다. 그러나 여전히 우리들은 그 규칙을 계속 따르고 있다. 이것은 훨씬 더 슬프다.

지금 분명한 것은 누군가 그 규칙을 바꿀 필요가 있다는 점이다. 그것이 바로 당신인 것 같다. 그리고 나. 그리고 우리.

절대적 진실 같은 것은 없다고 주장하는 신과 나눈 이야기 핵심 메시지 17을 다룰 때 우리는 이것을 더 깊이 살펴볼 것이다. 그러면 '그 말은 절대적인 진실인가?'라는 순환적인 질문이 우리에게 생긴다. 지금은 당신의 에너지와 조화롭게 진동하는 에너지 속에 당신을 푹 담그는 것이 중요하다. 그것만 다만 알고 있으라.

그 에너지가 당신 자신의 에너지와 일치할 필요는 없지만, 섞일 필요가 있음에 주목하라. 폭력적인 방해나 큰 장애와 차단 없이 같은 공간에 동시에 존재할 수 있어야 함에 주목하라.

삶, 그 모두는 에너지로 이루어진다. 에너지는 모든 것을 창조하고, 모든 것을 만들어 내며, 모든 것을 구성하고, 모든 것을 표현한다. 에너지는 모든 것이다. 그리고 에너지는 자기 자신에게 영향을 준다. 즉, 에너지는 에너지에 영향을 주고 에너지를 바꾼다.

에너지가 어떻게 에너지를 바꾸는가는 상호작용하고 있는 에너지에 달려 있다. 어떤 에너지들이 섞이고 있는가의 문제이다. 이 말은 당신이 들을 수 있는 최고의 소식이다. 당신이 통제할 수 있는 것이기 때문이다. 당신은 당신 바깥의 에너지는 완전히 통제하기 어렵지만, 당신 안의 에너지는 완전히 통제할 수 있다. 그 안에 힘이 존재한다.

그리고 당신 바깥의 에너지도 어느 정도는 통제할 수 있다. 조금 뒤에 이 모두에 대해 얘기할 테니 기다리라. 우리는 이 책에서 많은 근거를 다룰 것이다. 지금은 당신 주변의 에너지를 통제할 수 있는 만큼만 통제하라.

만일 당신이 현재 일상적인 환경에서 조화로운 에너지에 둘러싸여 있지 않다면 당신에게는 세 가지 선택이 있다. 첫째, 지금 대부분의 시간을 보내는 환경에 적응하거나 환경을 '개조'할 수 있다. 둘째, 새로운 환경이나 대안적인 환경을 만들고 그곳에서 귀중한 시간을 계속 보낼 수 있다. 셋째, 현재 환경을 완전히 떠나 다른 곳으로 옮겨 갈 수 있다.

그런 생각에 대한 제안 몇 가지는 다음과 같다.

  ☙ 삶에 대한 당신의 생각을 살펴보고, 당신과 함께 살고 있는 사람이나 사람들을 초대하라. 그들이 당신과 의견 차이를 보일

때 일 년에 한두 번만 그러지 말고 정기적으로 그렇게 하라.

⚭ 당신이 삶의 여정에서 당신의 진실에 따라 살아가는 동안 주변 사람들에게 지지해 달라고 요청하라. 그들이 수월해지도록 그들이 할 수 있는 구체적인 방법을 제안하라.

⚭ 일상적인 환경 바깥에 있는 사람 중에서, 삶에 대한 당신의 관점에 동의하고 그 관점에 따라 사는 사람들로 된 '토론과 탐구 집단'을 찾거나 만들라. 감정적, 영적 지지를 주고 모으기 위해 그들과 정기적인 모임을 만들거나 모임에 참석하라. 당신 동네의 신사상 교회가 될 수도 있고, 집에서 정기적으로 모이는 지인들의 작은 모임, 혹은 둘 다가 될 수도 있다.

⚭ 생각이 비슷한 사람들과 이어지기 위해 인터넷을 이용하라. 우리가 '삶에 대한 다섯 가지 오류'를 버리고 분리, 부족, 경쟁, 우월성, 갈등 해결에 대한 새로운 진실을 받아들인다면, 상호간의 체험이 어떻게 될 것인지 생각을 나누라. 이 말을 기억하라. "나누면 선명해지는 데 도움이 된다." '전 세계적 대화' 홈페이지 www.TheGlobalConversation.com처럼 그런 교류를 목적으로 만들어진 웹사이트에서 당신의 의견을 표현하고 다른 사람과 생각을 교환함으로써 당신 관점을 명확하고 선명하게 만들라. 나는 정확히 이런 목적으로 '전 세계적 대화'를 만들었다.

⚭ '부족한 것 목록'을 만들라. 어떤 것을 '충분히' 가지고 있지

않다는 생각이 들 때마다 그것이 무엇인지 적으라. 그런 다음, 왜 그것이 더 필요하다고 생각하는지 자세히 살펴보라. 그것을 '충분히' 가지게 된다면 어떻게 될 것인지도. 지금까지 그것을 '충분히' 가지지 않고도 어떻게 생존할 수 있었는지 스스로에게 물어 보라. 그러고 나서 질문하라. "이것을 '충분히' 가지는 것이 내가 이 지구 상에 존재하는 진정한 이유와 무슨 관계가 있는 가?"

☙ 당신이 이 지구 상에 존재하는 진정한 이유에 대해 아주 분명히 알고 있으라. 『중요한 단 한 가지*The Only Thing That Matters*』와 『신과 나눈 이야기』 우주론 속의 글들은 그 이유를 더 깊이 이해하는 데 도움을 줄 것이다.

☙ '우월성의 역사 노트'를 만들라. 삶에서 한 번쯤 당신이 우월성을 느낀 모든 사람에 대한 기억을 그 안에 적으라. 각각의 사람과 집단에 대해 한 단락씩 써라. 예를 들어 '근본주의자', '공화당원', '짐 브라운', '요즘 젊은이', '시댁 식구' 등 누구에 대해서든. 당신이 왜 우월감을 느꼈는지, 무엇이 당신으로 하여금 그 점에 대한 마음을 바꾸게 했는지 설명하라. 혹은 당신이 생각을 아직 바꾸지 않았다면, 그 다른 사람이나 집단보다 당신이 왠지 '더 낫다'는 생각을 버릴 때 바뀌는 것이 있다면 무엇일지 자신에게 물으라. 이 점에 대해 스스로에게 솔직해지라. 아무도 당신 노트를 보거나 읽지 않을 것이다.

〜 당신이 못마땅하게 여기는 사람과 당신 자신에게서 공통으로 볼 수 있는 것들을 모두 나열하라. 당신이 싫어하는 사람들의 이름 하나하나를 보며 이렇게 하라. 혹은 적어도 당신이 아주 많은 시간을 보내려고는 하지 않는 사람들에 대해. 당신이 스스로에게 솔직하다면 둘 다 같은 말이 것이다.

〜 '토론 및 탐구 집단'과 함께하는 연습으로, 국가 간 혹은 국가 내 민족 간 큰 의견 불일치가 있을 경우, 폭력이나 전쟁을 피할 수 있다고 생각하는 다섯 가지 이상의 방안을 생각해 보라. 또한 이 접근법 중 얼마나 많은 것을 당신의 삶에 적용할 수 있는지 살펴보라.

〜 '토론 및 탐구 집단'에게 정치, 경제, 생태, 교육, 사회, 영성 분야에서 '인류의 새로운 문화 속 이야기'에 대한 글을 쓰도록 요청하라. 그 집단 안에서 토론하면서 그 글들을 공유하고 내용의 합의에 이를 수 있는지 보라. 이 집단 자체가 어떻게 차이점에 접근해서 그것을 해결하는지 주목하라. 최종 글을 '전 세계적 대화' 홈페이지 안의 '인류의 새로운 문화 속 이야기' 제안 내용에 올리라.

9
신에 대한 오류

위기, 폭력, 살인, 전쟁을 만들어 내는, 신에 대한 오류들이 있다.
신이 무엇인가를 필요로 한다는 생각.
신에게 필요한 것을 당신이 주지 않았기에
신이 자기에게서 당신을 분리시켰다는 생각.
신의 요구를 들어주지 않으면 신이 당신을 파괴할 것이라는 생각.

인류의 큰 문제들이 만들어진 주된 요인은 인류가 신에 대해 가지는 생각 때문이라는 것이 『신과 나눈 이야기』의 관점이다. 이 점은 매우 분명하다.

신은 누구이며 무엇인가, 신은 무엇을 원하는가, 신이 원하는 것을 우리가 주지 않으면 어떻게 되는가, 또 주면 어떻게 되는가, 이것들이 지구 위에서의 삶과 무슨 관련이 있는지 우리는 다만 알지 못한다.

우리는 이 모두를 알아내기 위해 수천 년간 노력해 왔지만, 오늘날에는 노자, 마하비라(자이나교 창시자), 붓다, 모세, 예수, 무함마드, 바하올라(바하이교 창시자), 조지프 스미스(모르몬교 창시자)의 시대보다 더 해답에서 멀어진 것 같다. 이들이 제각기 자신의 해답을 우리에게 가져다 준 이래로 우리는 오랫동안 이 질문에 대한 어떤 일치나 합의에도 이를 수 없었다.

그 이유 때문에, 오늘날 세계는 스스로를 정치적으로 다스릴 수 없고, 경제적으로 먹여 살릴 수 없으며, 생태적으로 지속시킬 수 없고, 교육적으로 개선시킬 수 없고, 사회적으로 통합할 수 없고, 영적으로 진화할 수 없는 상황에 처해 있다.

우리는 부족함과 고통, 분노와 폭력, 살인과 전쟁으로 가득한 행성 위에 살고 있다. 슬픈 듯 머리를 가로 저으며, 이유를 모르겠다고 말한다. 상황을 바꾸기 위해 무엇이 필요한지 우리는 알지 못한다. 공식을 찾을 수 없다. 해답을 가지고 있지 않다. 우리의 가장 오래되고 큰 문제의 해결책을 만들 수 없다. 우리 모두가 원한다고 말하는, 모두를 위한 평화, 번영, 기회, 안전, 존엄, 건강, 기쁨, 행복, 사랑을 창조할 능력이 결국 우리에게는 없다.

우리에게 해결책이 제공되지 않았거나 제안이 주어지지 않았기 때문이 아니다. 우리에게는 해결책과 제안이 주어졌었다. 반복적으로. 그리고 지금 여기서 다시 한 번 해답이 제시되고 있다. 그러나 그 해답은 예전에 자주 듣던 것과 비슷하지 않다. 어떤 경우에는 정말로, 예전 가르침과 완전히 반대된다. 그러나 그것은 새로운 해답과 새로운 발상이 아니며, 과거에 거부된 모든 것에 대한 생각일 뿐이다.

아마도 지금은 그 생각의 거부를 재고해야 할 때일 것이다. 그 거부를 거부해야 할 때일 것이다. 아마도 지금은 그 생각들을 새롭게 살펴봐야 할 때일 것이다. 우리가 확고히 받아들인 가르침들, 수정과 개조, 고치기를 단호히 거부해 온 가르침들이 약속한 것들을 만드는 데 완전히 실패했다는 점을 고려하면 그렇다.

아마도 지금은 신에 대한 우리의 예전 개념을 확장하고 신에 대한 훨씬 더 정교한 이야기를 만들 차례인지 생각해야 할 때일 것이다.

그러나 신에 대한 개념이 왜 그렇게 중요한가? 대체 이것이 왜 중요한가? 앞에서도 말했지만 다시 말하겠다. 신에 대한 생각과 개념이 우리 자신과 삶에 대한 생각과 개념을 만들기 때문이다. 하나에서 나머지 하나가 나온다. 이미 언급한 것처럼 이것은 사실이다. 신을 전혀 믿지 않는 사람의 삶에서도 사실이다.

어느 국가의 법률과 관행, 사회적 명령과 관습이든 다만 살펴보라. 그중 얼마나 많은 내용이 신이 원하는 것이 무엇인지에 대해 시민들이 진실이라고 믿는 것에 뿌리를 내리며 기초를 두고 있는지 보라.

신과 나눈 이야기 핵심 메시지 22

위기, 폭력, 살인, 전쟁을 만들어 내는,
신에 대한 다섯 가지 오류가 있다.
첫째, 신이 무엇인가를 필요로 한다는 생각.
둘째, 신이 필요한 것을 얻는 데 실패할 수 있다는 생각.
셋째, 신에게 필요한 것을 당신이 주지 않았기에
신이 자기에게서 당신을 분리시켰다는 생각.
넷째, 신은 여전히 자기에게 필요한 것을 몹시 원하고 있어서
분리된 위치에 있는 당신에게 그것을 달라고
지금 요구하고 있다는 생각.
다섯째, 만일 당신이 신의 요구를 들어주지 않으면
신이 당신을 파괴할 것이라는 생각.

이런 이유로, 나는 모든 인류가 이 점에 대해 생각해 보기를 진심으로 긴급하게 요청한다.

신에 대한 오류는 삶에 대한 인류의 오류보다 우리에게 더 많은 해를 끼친다. 삶에 대한 우리 생각의 일부가 정확하지 않을 수 있음은 적어도 고려하려고 하지만, 신에 대한 그런 생각은 절대 받아들일 수 없기 때문이다. 따라서 이 오류들로부터 빠져나오려는 운동을 벌이기가 극도로 어렵다.

그렇지 않은 경우를 제외하고는. 인류의 현재 지식 체계가 신성에 대해 알아야 모든 것을 포함하지는 않을 가능성이 있다고 생각할 시기가 마침내 왔다고 판단하는 경우는 예외이다.

신에 대해 없어진 자료가 있거나 오해한 것이 있을 수 있음을 우리는 인정할 수 있는가?

이것은 '정말로 중요한 질문'이다. 우리가 신에 대해 오해한 것이 조금이라도 있는가?

이것은 신을 믿는 사람들 대부분이 묻기를 극도로 꺼려 온 질문이다. 사실상 금기이다. 신을 믿는 사람들 대다수가 신에 대해 '올바른 해답'을 가지고 있다고 믿기 때문에, 특정 방식으로 신을 믿어야 한다고 말할 것이기 때문이다. 만일 이런 방식으로, 즉 그들의 방식으로 신을 믿지 않으면 당신은 신을 전혀 믿지 않는 셈이다. 하지만 신에 대한 일부 원시적 개념에 따르면, 바로 그 이유 때문에 신이 당신을 벌할 것이다.

물론 그런 교리와 논리의 신을 받아들이지 않음에도 불구하고 신성에 대한 자각과 체험을 현실 속에서 하는 수백만 명의 사람들이 있다. 하지만, 압도적으로 많은 대다수의 사람들은 첫 번째 생각을 고수하며, 신을 특정 방식으로 이해하고 받아들여야 한다고 주장한다. 그러지 않으면 당신은 길을 잃은 것이며 천국에서 신을 다시 만날 기회마저 잃은 것이라고 말한다. 특별하고 특정한 방식으로 신에게 오는 것이 신의 요구 조건이라고 이 집단은 말한다. 이것은 우리를 다음 생각으로 안내한다.

신에 대한 첫 번째 오류

신이 무엇인가를 필요로 한다는 생각에서부터 일련의 오류가 시작된다.

이 말은 새로운 영성에서 말하는 신에 대한 확장된 생각에 어긋난다. 신은 모든 것이고 신이 아닌 것은 없다는 개념에 어긋난다. 새로운 영성의 관점에 따르면 신은 신이 아닌 삶의 요소와 표현들을 창조하지 않았다. 신은 창조자인 동시에 창조된 자이다.

그러므로 신은 아무것도 필요로 하지 않는다. 자기가 필요할지도 모를 모든 것이기 때문이다. 『신과 나눈 이야기』에서 말하듯, '모든 것은 하나이다. 그리고 그 하나는 스스로도 충분하다.'

신이 무엇인가를 필요로 한다는 생각을 버려라. 그러면 사실상 세계 모든 주요 종교의 토대를 전부 버리는 것이다. 아무것도 필요로 하지 않는데 왜 신이 무엇인가를 요구하고 요청하고 명령하겠는가? 그 목적이 무엇이겠는가? 그 동기가 무엇이겠는가? 어떤 부족함을 신이 채우려는 것이겠는가? 신의 바람이나 지시의 근거가 무엇이겠는가?

신에 대한 세 번째 오류를 뒤에서 다룰 때, 신은 아무것도 필요로 하지 않는다는 생각에 함축된 의미를 더 밝힐 것이다.

신에 대한 두 번째 오류

무엇인가를 필요로 하는 신을 상상하는 것도 놀랍지만, 그 신이 자기가 필요한 것을 얻는 데 실패할 수 있다고 판단하는 것은 더욱 놀랍다. 이것이 인류가 신에 대해 가지는 두 번째 오류이다. 이 두 번째 오류가 대부분의 인류 신학의 토대이다.

신이 자기에게 필요한 것, 특히 복종, 존경, 종속, 유일성을 얻지 못했기 때문에 우리에게 보여 주는 반응이 나왔다고 이 신학들은 말한다. 만일 아무것도 필요로 하지 않는다면 신은 아무것도 요구하지 않을 것이고, 따라서 화낼 이유도 없을 것이다. 그리고 이것은 지구 상 모든 신학의 토대를 뒤흔들 것이다. 그리고 이것으로 인해, 인간의 세속적인 선택과 행동, 결정의 절반가량에서 도덕적 권위의 존재 이유가 사라질 것이다. 우리 정의 체계의 많은 부분은 신이 필요한 것을 얻지 못했을 때 보일 반응을 도덕적 권위로 이용한다. 우리의 정치적 결정도 마찬가지다. 앞에서 언급한 미국 내 동성 간 결혼에 대한 논란, 근친상간이나 강간 시의 낙태를 둘러싼 정치적 싸움에 주목하라. 사회적 선택 또한 그렇다. 너무 많아서 다 나열하기 힘든 선택들이 그 근거로 삼는 내용이 바로 신을 화나게 만드는 행동이라고 종교가 말하는 가르침이다.

신에 대한 세 번째 오류

신이 필요로 하는 것을 당신이 주지 않았기 때문에 신이 자기에게서 당신을 분리시켰다고 이 세 번째 오류는 주장한다. 신의 필요를 충족시키지 못한 결과나 처벌로 우리가 신에게서 분리되었다고 주장한다.

이 신화에 따르면, 신은 우리의 복종을 필요로 했고, 우리가 이 필요를 충족시키지 못했기 때문에 우리를 응징했다고 한다. 분명히 신도 복수할 필요가 있기 때문이다. 몇몇 종교는 이것을 '완벽한 정의'의 필요성으로 재구성하기는 하지만.

이 세 번째 오류는, 만일 신이 있다면 왜 우리가 신에게서 분리되어 있는지를 스스로에게 설명하기 위한 인류의 필요성에서 나왔다. 신과 분리되어 있는 이유는 알아낼 수 없었지만, 왜 우리가 서로서로와 분리되어 있는지는 분명히 알고 있었다! 서로서로를 불쾌하게 했기 때문이다. 그래서 신도 똑같은 이유로 자신의 왕국에서 우리를 내쫓은 것이 틀림없다고 우리는 생각했다. 이렇게 해서 우리는 인간의 모습으로 인간과 비슷하게 신을 만들었다.

그러나 신이 필요로 하는 것을 우리가 주지 못했기 때문에 신이 자기에게서 우리를 분리시켰다는 생각은 오류이다. 왜냐하면 신은 필요한 것을 얻는 데 실패할 수 없고, 아무것도 필요로 하지 않기 때문이다.

만일 신과 우리가 분리되어 있지 않다면, 신과 우리는 하나이다. 만일 신과 우리가 하나라면, 그리고 신이 아무것도 필요로 하지 않는다면, 우리도 아무것도 필요로 하지 않는다. 이것이 의미하는 바는 아주 크다.

이것이 진정한 상태이며 삶의 가장 큰 비밀 중 하나이다.

바로 지금, 우리 대부분은 무엇인가가 필요하다고 생각한다. 신과 나눈 이야기 핵심 메시지 18을 살펴볼 때 이 점을 더 자세히 살펴볼 것이다. 그 생각이 지배적이다. 그 생각이 우리가 내리는 거의 모든 선택과 결정의 토대를 만들었다. 앞에서 말한 도미노 효과가 인류의 경험 전체에 어떤 영향을 미치는지 이제 우리는 알 수 있다.

신에 대한 네 번째 오류

위의 모든 오류로부터 다음 생각이 나온다. 신은 여전히 자기에게 필요한 것을 몹시 원하고 있어서 분리된 위치에 있는 당신에게 그것을 달라고 지금 요구하고 있다는 생각이다.

처벌로 인해 분리되었다는 생각에서부터, 비록 신의 필요를 충족시키지 못해 우리가 이미 처벌받고 있지만, 지금도 신의 필요를 충족시킬 것이 요구된다는 생각까지 발전한 것은 계속 저질러지는 실수의 한 예이다.

신을 둘러싼 우리의 해석 전체는 흥미로웠다. 하지만 자기의 필요를 채워 주지 못했기 때문에 신이 우리를 천국 밖으로 내쫓았음에도 여전히 천국 밖에서 우리가 자기의 필요를 지금 당장 충족시켜 주실 원한다는 생각보다 더 흥미로운 것은 없다.

이것은 하늘나라에서 이혼하기와 비슷하다. 함께 있을 때 자기의 필요를 충족시켜 주지 못했기 때문에 우리를 분리시켰음에도 불구하고 신은 우리에게 자기가 필요로 하는 것을 공급해 줄 것을 요청한다. 이것은 마치 지금 우리에게 '영적 배우자 부양 의무'가 요구되는 것과 같다.

우리는 우리 혹은 우리의 '영적 부모'가 천국에서 하지 않았던 일을 지상에서 하려고 한다. 즉, 신에게 복종하고, 신을 공경하고, 신을 기쁘게 하고, 절대 신을 불쾌하게 하지 않으며, 신에게 돌아가는 하나이고 유일하고 올바른 길을 찾아 그 길만을 이용하려 한다. 만일 이렇게 하면, 신은 자기가 내쫓은 장소로 다시 돌아오는 우리를 받아들일 것이다.

한편, 신이 지금 명령하는 대로 우리가 하지 않는다면?

신에 대한 다섯 번째 오류

신은 당신을 단순히 처벌하는 것만이 아니라 완전히 파멸시킬 것이라고 우리는 들었다. 신에 대한 다섯 번째, 마지막 오류는 이것이다. 만일 당신이 신의 요구를 들어주지 않으면 신은 당신을 파괴할 것이다.

많은 종교에서 그리고 수십억 명의 신도들이 이렇게 믿는다. 신의 요구를 만족시키지 못한 결과, 당신은 불에 탈 것이고 영원한 지옥의 불구덩이에 남아 헤아릴 수 없이 무자비하게 고통받을 것이라고 그들은 말한다.

이것이 내가 신의 '두 번째 벌'이라 부르는 것이다. '첫 번째 벌'은 에덴동산에서 쫓겨난 것이다. 두 번째 벌은 돌아갈 자격이 거부되어 영원히 계속되는 고난을 선고받은 것이다.

첫 번째 벌은 아마 경고였을 것이다. 교통경찰에게 받은 일종의 경고 딱지 같은 것이다. 두 번째 벌은 법을 다시 위반한 것에 대한 유죄 판결 후의 형벌이다. 이제 당신은 괴로움과 고통의 감옥이라는 감옥 중의 감옥에 가게 될 것이다.

일부 교리에 따르면, 그곳에서 당신은 파괴될 것이다. 그러나 아주 완전히 파괴되지는 않는다. 즉, 처벌은 결코 끝나지 않을 것이다. 당신은 영원히 처벌받을 것이다. 비교적 짧은 순간의 불복종 때문에 영원토록 처벌받는 것이다. 우주의 생애에서 보면 지상에서의 당신의 삶은 일시적이고 눈 깜짝할 순간보다 짧지만, 당신의 고통스러운 처벌은 영원히 지속될 것이다. 그러므로 처벌이 죄와 맞지 않으며 죄보다 훨씬 크다. 이것이 '공정하고 정의로운 신'의 생각이라고 몇몇 종교는 말한다.

이제 당신이 이해하고 있는 것을 살펴보자.

당신에게는 무엇인가를 필요로 하고, 자기가 필요로 하는 것을 얻을 수 없으며, 수천억 년 전 당신의 선조로부터 원하는 것을 얻을 수 없었기 때문에 당신을 내쫓았고, 자기가 이 순간 필요로 하는 것을 달라고 당신에게 지금 요구하고, 그것을 주지 않으면 당신을 영원히 처벌할 신이 있다.

이해했는가?

지금이거나, 결코 아니거나

신에 대한 우리의 이런 관념을 버려야 할 때라고 생각하는가? 이 관념은 너무 단순하고 제한적이라고 말하기에 지금이 좋은 시기이겠는가?

그것을 이해하면 모든 것이 바뀔, 우리가 신에 대해 완전히 이해하지 못하는 무엇인가가 분명히 있음을 선언하기에 영원의 시간 중 지금이 좋은 때인가?

더 극적으로 말하면, 곧 다가올 수십 년 안에 신과 삶에 대한 원시적인 생각을 넓히고 확장시키지 않는다면 어떤 탈출구도 없는 구석으로 뒷걸음질 쳐 내몰릴 수 있는가?

예전에 인류가 거의 멸종할 뻔했었다는 말이 『신과 나눈 이야기』에 나온다. 우리는 인류를 재건하고 다시 시작할 정도로만 가까스로 살아남았다. 똑같은 전환점 위에 우리는 다시 서 있는가? 신학이 우주론과 만나고, 우주론이 사회학과 만나고, 사회학이 병리학과 만나는 교차로에 다시 한 번 도달했는가?

지금 이 순간 우리는 여전히 '분리 신학'을 받아들이고 있다. 우리는 '이곳'에 있고 신은 '저곳'에 있다고 주장하는, 신을 바라보는 방식이다.

분리 신학의 문제점은 '분리 우주론'을 만든다는 점이다. 즉, 모든 것이 다른 모든 것과 분리되어 있다고 말하는, 삶 전체를 바라보는 방식을 만든다.

그리고 분리 우주론은 '분리 심리학'을 만든다. 즉, 나는 이곳에 있고 당신은 그곳에 있다고 말하는 심리적인 관점을 만든다.

그리고 분리 심리학은 '분리 사회학'을 만든다. 즉, 인류 사회 전체가 자신만의 개별 이익을 위해 분리된 개체로서 행동하도록 조장하는, 서로 관계 맺는 방식을 만든다.

그리고 분리 사회학은 '분리 병리학'을 만든다. 즉, 개인적, 집단적으로 우리 자신의 손으로 고통과 갈등, 폭력, 죽음을 만드는, 자기 파괴라는 병적 행동을 만든다. 이것은 인류 역사를 통해 지구상 곳곳에서 입증된다.

분리 신학이 '하나 됨의 신학'으로 대체될 때에만 우리의 병은 치유될 것이다. 우리는 신과 구분되어 있지만 신에게서 분리되어 있지는 않다. 앞에서 설명한 예를 다시 들면, 우리의 손가락은 구분되어 있지만 손에서 분리되어 있지 않은 것과 마찬가지다. 모든 삶은 하나라는 점을 이해해야 한다. 이것이 첫 걸음이다. 출발점이다. 이것이 지금의 상황을 끝내기 위한 시작이다. 새로운 창조의 시작이며, 새로운 내일의 시작이다. 이것이 '인류의 새로운 문화 속 이야기'이다.

하나 됨은 삶의 특징이 아니다. 삶이 하나 됨의 특징이다. 삶이 하나 됨 자체의 표현이다. 신이 삶 자체의 표현이다. 신과 삶은 하나이다. 당신은 삶의 일부이다. 당신은 삶의 바깥에 있지 않고 그럴 수 없다. 그러므로 당신은 신의 일부이다. 이것은 원이다. 이것은 깨질 수 없다.

이 메시지를 나날의 삶에 적용하기

'신에 대한 다섯 가지 오류'보다 더 인류에게 해로운 것은 없었다. 이 점을 일단 이해하면, 그 생각들이 잘못되었음을 증명하고 진실을 실제로 보이면서 우리의 삶을 살아가고 창조할 수 있다.

다시 한 번 우리는 그 위대한 단어와 만난다. 진실이다. 사실, 진실 같은 것은 없다. 그렇다, 『신과 나눈 이야기』 핵심 메시지 17을 살펴볼 때 14장에서 이 점을 더 다룰 것이다. 지금은 '우리의 진실'이라는 말을 사용하자.

내가 경험한 바에 따르면 '진실TRUE'이라는 말은 알파벳 머리 글자로 이루어진 낱말이다. 우리가 어떤 것을 '진실TRUE'하다고 말할 때, 우리는 그것이 '존재를 통해 이해한 현실The Reality Under-stood Existentially'이라고 말하는 셈이다.

그러므로 나의 세계 속에서는, 즉 어떠한 상태인가를 내 스스로 자유롭게 결정할 수 있는 내면의 경험 속에서는, 대개의 인류가 신에 대해 갖는 생각 대부분이 오류이다. '진실'은 이것이다. 신은 아무것도 필요로 하지 않으며, 설령 무엇인가를 필요로 한다 해도 자기가 원하는 것을 얻는 데 실패할 수 없으며, 자기에게서 인간을 분리시키지 않았고, 어떤 것을 달라고 우리에게 요구하지 않으며, 존재하지도 않는 요구를 들어주지 못했다는 이유로 우리를 결코 파괴하진 않을 것이다.

이 진실에 따라 살아감으로써 내 삶은 진실을 반영하게 된다. '반영'의 사전적 정의는 '가리키고, 보여 주고, 나타내고, 증명하고, 증거를 제시하고, 표명하고, 드러내고, 밝히고, 표현하고, 소통하고, 알리는 것'이다. 따라서 내 삶이 내가 자유롭게 선택한 내면의 경험을 반영할 때, 나의 외부 세계는 내면세계의 거울상이 된다. 그러면 내면세계가 외부 세계의 거울이 되고, 다시 외부 세계는 내면세계의 더 큰 거울이 된다. 서로가 서로를 계속 비추면서, 깊게 반사되는 전체 삶이 만들어진다.

마침내 삶의 환상이 깨질 때, 깊게 반사되어 지속되던 그 순간들이 밖으로 터져 나오는 커다란 기쁨의 순간을 만든다는 사실을 나는 알게 되었다. 더 정확히 말하면 마침내 내가 원하는 방식으로 다른 사람들이 환상을 저버릴 때.

모든 삶은 환상이다. 우리는 이 점을 깨닫고 인정해야 한다. 우리가 실제인 것처럼 경험하는 물질적 삶은 실제가 아니다. 우리 삶의 경험은 우리가 그렇다고 생각하는 것이다. 매 순간은 일련의 마음속 선택 전체를 기초로 우리가 경험하는 것이다. 이 내용은 『삶의 모든 것을 바꾸는 9가지 의식 혁명When Everything Changes Change Everything』의 '마음의 역학' 부분에 자세히 설명되어 있다.

셰익스피어는 말했다.

"생각이 악하게 만들지 않는 한 악한 것은 없다."

데카르트는 다른 말로 표현했다.

"나는 생각한다, 고로 나는 존재한다."

어떻게 이 모든 것을 나날의 삶에 적용할 것인가? 그것이 문제이다. 몇 가지 제안은 다음과 같다.

'신에 대한 믿음 노트'를 만들라. 알아차렸겠지만 나는 노트 애호가이다. 당신이 볼 수 있는 노트에 당신이 느끼는 것, 믿는 것, 삶을 어떻게 살아가고 있는지, 뜻대로 할 수 있다면 어떤 선택을 할지 메모하라. 그것은 값진 연습이다. 한 권에 모두 쓰는 일기와는 달리, 삶의 개별적 측면을 다루는 개별 노트를 만들 것을 나는 자주 제안한다. 이렇게 하면, 당신 삶에 중요한 영향을 미치는 어떤 주제가 주어지든, 그 주제에 대한 생각과 경험의 기록에 빨리 접근하게 된다. 일생에 걸친 그 생각과 경험을 추적하여 당신이 어디에 있었고, 지금 어디에 있으며, 어디로 가고 있는지 볼 수 있게 된다. '신에 대한 믿음 노트'에 신에 대한 당신의 현재 생각을 모두 나열하라. 신의 특정 측면에 대한 당신의 생각이 불분명하거나 알 수 없다면 다만 그렇게 적으라.

꙾ 신이 필요로 하고, 요구하고, 명령하고, 나무라는 것이 있다고 생각한다면 그 노트에 적으라.

꙾ 당신이 했던 일 중 신이 나무랄 것이 만일 있다고 생각한다면 그 노트에 적으라.

꙾ 다음 질문에 대한 답을 노트에 적으라. 당신 삶에서 누가 최종 권한을 가지고 있다고 믿는가? 무엇이 옳고 무엇이 그른가? 몇 가지만 적으라. 무엇이 선이고 무엇이 악인가? 몇 가지만 적으라. 무엇이 적절하고 무엇이 부적절한가? 몇 가지만 적으라. 무엇이 진정한 당신이고 무엇이 진정한 당신이 아닌가? 몇 가지만 적으라. 물론 이 마지막 질문은 커다란 화두를 던진다. 그러므로 '모든 인류에 대한 논문'을 쓰려 하지 말고 생각나는 몇 가지만 적으라. 그런 다음 노트를 덮고 나중에 다시 살펴보라.

꙾ 시간이 조금 지난 뒤, 이 노트로 다시 돌아가 그 질문들을 다시 살펴보라. 당신이 답으로 작성한 짧은 목록들을 검토하라. 당신 자신에게 물으라. 이것은 '옳고' 저것은 '그르다'고 누가 말했는가? 이것은 '선'이고 저것은 '악'이라고 누가 말했는가? 이것은 '적절'하고 저것은 '적절하지 않다'고 누가 말했는가? 이것은 진정한 당신이고 저것은 진정한 당신이 아니라고 누가 말했는가? 각 항목에서 '왜?'라고 물으라. 당신이 그 이름표들을 붙인 이유가 무엇인가? 이것이 당신의 현재 믿음에 대해 무엇을 말해주는지 살펴보라.

이 노트의 중간에 다다를 때쯤, '나날의 기록'이라는 항목을 만들고, 30일간 매일 밤 위의 주제나 당신이 경험한 비슷한 측면에 대해 당신이 그날 내린 판단이나 평가가 기억난다면 적으라. 한 달 동안 매일 빠짐없이 하루를 마무리할 때 이렇게 하라. 당신 자신을 지켜보면서 당신에게 일어난 변화에 주목하라.

온라인 백과사전에서 세상 모든 주요 종교들과 몇 안 되는 비주류 종교들의 믿음을 찾아보라. 이것은 장기 프로젝트이다. 그러니 매주 조금씩 하라. 이곳저곳에서 조금씩 시간을 보내며 다양한 종교와 신앙의 전통을 가진 사람들이 믿는 것을 다만 알아보라. 그것들을 알게 되면 스스로에게 물으라. 그 특별한 종교나 전통 중에서 당신의 믿음 체계의 일부로서 당신이 갖고 있는 것은 무엇인가? 당신의 답을 '신에 대한 믿음 노트'에 기록하라.

이 마지막 프로젝트는 당신의 몸과 마음, 영혼을 위한 놀라운 활동이다. 삶의 가장 중요한 주제인 신에 대해 당신 자신의 현실 속에서 당신이 '진실'이라고 정말로 생각하고 주장하는 것과 완전히 일치되는 기분을 느낄 기회가 될 것이다.

당신이 시작할 수 있도록, 다음의 세 가지를 함께 해 보자.

제칠일안식일 예수재림교

제칠일안식일 예수재림교는 잘못됨 없는 성서의 진실을 믿으며, 구원은 오직 예수 그리스도에 대한 믿음을 통해서만 온다고 가르친다. 예수재림교는 조건부 영생을 믿는다. 인간 스스로는 영원불멸의 영혼을 지니지 못했고, 신의 힘을 통해서만 삶이 영원히 지속된다고 믿는다. 만일 신을 믿지 않으면 인간은 존재를 멈추게 된다. 고의로 신의 존재와 힘을 부정한 것이기 때문이다. 그러나 지옥이란 장소는 없다. 인간은 고통받는 것이 아니라, 그저 존재하는 것을 멈출 뿐이다.

또한 예수재림교는 '생각을 통한 영감'을 믿는다. 신이 성경을 쓴 저자들의 생각에 영감을 불어넣었고, 저자들은 자신의 말로 그 생각들을 표현했다는 것이다.

어떤 면에서, 이 생각이 당신의 믿음과 일치하는가? 당신은 이것들에 대해 생각해 본 적이라도 있는가? 만일 그렇다면 당신의 생각과 결론은 무엇인가? 이것을 당신의 노트에 적으라. 만일 이 종교에 대한 다른 의문이 있다면 백과사전이나 영성에 대한 참고 서적에서 제칠일안식일 예수재림교를 찾아보라. 또는 컴퓨터에서 인터넷을 검색해 보라.

여호와의증인

여호와의증인은 신이 곧 인간 존재의 현재 시대를 끝내리라고 믿는다. 예수 그리스도가 세운 하늘나라 정부는 현존하는 인간들의 정부를 대체할 것이고, 여호와의증인이 아닌 모든 것은 파괴되어 진정한 숭배자들의 사회가 만들어질 것이다.

여호와의증인은 통치 위원회의 해석에 따라 성경의 많은 부분을 문자 그대로 해석하고 모든 믿음의 근거를 성경에 둔다. 신은 창조자이자 최고의 존재라고 여호와의증인은 믿는다. 그들의 믿음에 따르면, '여호와'라는 이름의 신은 '무한하지만 다가갈 수 있다.' 신은 천국에 살고 있으며, 모든 곳에 존재하는 것은 아니다. 신과 개인적인 관계를 갖는 것은 가능하다. 신은 친절하고 자비로우며, 지옥이라 불리는 장소에서 악한 사람들에게 영원히 고통을 주지는 않는다. 자기의 통치권을 사람들에게 강요하지는 않지만, 자기를 섬기는 사람들만을 구원한다.

사탄은 본래 천사였으나, 자만심이 커져서 신으로 숭배받기를 원하게 되었다고 여호와의증인은 믿는다. 사탄은 아담과 이브를 설득하여 신이 아닌 자신에게 복종하게 했다. 사탄을 파괴하는 대신 신은 나머지 인류의 충성심을 시험하기로 했다. 자유 의지가 허락될 때, 유혹과 박해 아래서 사람들이 신에게 복종하는지 보기로 했다. 사탄은 신의 적이고 이 세상의 보이지 않는 지배자라고 여호와의증인은 믿는다. 악마는 본래 천사였으나, 다툼이 생겼을 때 신에게 반항했고 사탄 편을 들었다고 믿는다.

신의 왕국은 문자 그대로 하늘에 있는 통치 기관이며, 1914년에 만들어서 예수 그리스도의 다스림을 받는 곳이고, 144,000명의 인간이 올라가는 곳이라고 여호와의증인은 가르친다. 지구를 범죄와 질병, 죽음, 가난 없는 세상으로 만들기 위해 신은 이 왕국을 이용할 것이며, 궁극적으로 지구를 낙원으로 바꿔 놓을 것이다. 죽은 뒤에는 영혼이 더 이상 존재하지 않으며, 죽음은 비존재의 상태로 여겨진다. 죽은 뒤에도 살 수 있는 유일한 희망은 부활이라고 믿는다. 부활을 통해 신은 새로운 몸을 가진 똑같은 개인을 재창조한다. 144,000명의 사람들이 하늘로 부활하여 그리스도 아래서 사제로서 다스리는 사람이 되지만, 나머지 인류 중 '신도'들은 지상 낙원에서의 물질적 삶으로 격하될 것이라고 믿는다.

여호와의증인은 자신들만이 유일하고 진실한 종교라고 일관되게 주장한다. 다른 모든 종교는 사탄의 지배 아래 있다고 믿는다.

어떤 면에서, 이 생각이 당신의 믿음과 일치하는가? 당신은 이것들에 대해 생각해 본 적이라도 있는가? 만일 그렇다면 당신의 생각과 결론은 무엇인가? 이것을 당신의 노트에 적으라. 만일 이 종교에 대한 다른 의문이 있다면 백과사전이나 영성에 대한 참고 서적에서 여호와의증인을 찾아보라. 또는 컴퓨터에서 인터넷을 검색해 보라.

바하이교

19세기 페르시아에서 바하올라가 창시한 바하이교는 모든 인류의 영적 합일을 강조한다. 바하이교는 시대의 필요에 부합하는 종교를 세운 모세, 붓다, 예수, 무함마드 등 역사상 '신성한 메시지 전달자들'을 인정한다. 바하이 교도에게는 가장 최근의 메시지 전달자가 바압과 바하올라이다. 바하올라의 삶과 가르침이 과거 경전들의 '종말의 시간'에 대한 약속을 지켰다고 그들은 믿는다.

오늘날 전 세계적 규모에서 평화와 정의, 일치를 확립할 필요가 있다고 바하이 교도들은 믿는다.

바하이 교리는 세 가지 핵심 원리를 기초로 한다. '신의 일치, 종교의 일치, 인류의 일치'가 그것이다. 인류를 탈바꿈시키려는 목적을 지닌 신성한 메시지 전달자들을 통해 신이 주기적으로 자기의 의지를 드러낸다고 그들은 믿는다. 그리하여 종교는 대대로 질서 있고 일치되며 발전하는 것처럼 보인다.

바하이 경전에 따르면, 인간은 '이성적인 영혼'을 가지기 때문에 신의 지위를 인식하고 인간과 창조자와의 관계를 인식할 수 있다. 모든 인간은 신성한 메시지 전달자를 통해 신을 인식하고 그 가르침을 따라야 할 의무가 있다. 인식과 복종, 인류에 대한 봉사, 규칙적인 기도, 영적인 실천을 통해 영혼은 신에게 더 가까워진다. 바하이 교도들은 이것이 영적인 이상이라고 믿는다.

죽고 나면 영혼은 다음 세계로 이동한다고 바하이교는 믿는다. 그곳에서 영혼은 물질세계에서 이룬 영적 발전을 근거로 심판받고, 그 결과에 따라 영적 세계에서 진보해 간다. 천국과 지옥은 죽음 뒤에 오는 보상과 처벌의 물리적 장소가 아니라 영적인 상태이며, 신과 가까운가 먼가의 차이만 있다.

1921년에서 1957년까지 바하이교 지도자로 임명된 쇼기 에펜디는 바하올라의 가르침의 주요 원리와 바하이교의 토대라고 생각하는 내용을 다음과 같이 요약했다.

미신과 전통에 구애받지 않는, 진리를 향한 독립적인 추구, 전 인류의 하나 됨이라는, 중심축이 되는 신앙의 원리와 근본적인 교리, 모든 종교의 기본적인 일치, 종교, 인종, 계층, 민족 등 모든 형태의 편견에 대한 규탄, 종교와 과학 사이에 존재해야 하는 조화, 인류라는 새가 높이 날아오를 수 있게 하는 두 날개인 남성과 여성의 평등, 의무 교육의 도입, 보편적인 보조 언어의 채택, 극심한 빈부 차이 철폐, 국가 간 분쟁 판결을 위한 세계 재판소

설립, 봉사 정신으로 행해진 일의 숭배 수준으로의 격상, 인간 사회의 통치 원리인 정의의 찬미, 모든 민족과 국가 보호를 위한 방어벽인 종교의 찬미, 모든 인류의 최상의 목표인 영원하고 보편적인 평화 수립. 이것들은 바하올라가 선언한 본질적인 요소의 대표적인 내용이다.

어떤 면에서, 이 생각이 당신의 믿음과 일치하는가? 당신은 이 것들에 대해 생각해 본 적이라도 있는가? 만일 그렇다면 당신의 생각과 결론은 무엇인가? 이것을 당신의 노트에 적으라. 만일 이 종교에 대한 다른 의문이 있다면 백과사전이나 영성에 대한 참고 서적에서 바하이교를 찾아보라. 또는 컴퓨터에서 인터넷을 검색해 보라.

신학 비교하기

이 세 가지 신앙의 일부 가르침들과 2장에 나오는 『신과 나눈 이야기』의 핵심 메시지들을 비교하면 흥미로울 것이다.

『신과 나눈 이야기』는 종교인가? 아니다. 단언컨대 명백히 아니다. 그렇다면 신학인가? 그렇다. 단언컨대 명백히 그렇다.

사전은 신학을 '신을 연구하고 분석하며, 신의 속성과 우주와의 관계를 연구하고 분석하는 것'으로 정의한다.

더 광범위하게, 신학의 기원과 초기 용도에 가깝게 살펴보면, '신학theology'이라는 단어는 고대 프랑스어와 라틴어를 통해 그리스어 '테올로고스theologos'까지 거슬러 올라간다고 정보 제공

사이트 www.eHow.com는 말한다. 이것은 '테오스theos_신'과 '로고스logos_말'에서 유래했으며 '신들에 대한 담론을 펼치는 사람'을 의미한다.

이 요소들을 놓고 볼 때, 『신과 나눈 이야기』는 전적으로 신학이다. 신에 대한 연구이다.

무엇보다도, 신에게서 받은 경전이나 신에 대한 경전 중 틀림없고 확실한 것은 없다고 『신과 나눈 이야기』는 단정한다. 성경, 바가바드기타, 코란, 우파니샤드, 탈무드, 모르몬경, 베다, 그 밖의 책들이 바로 그렇다. 이 책들은 뛰어난 영감의 순간에 인간들이 적었지만 그렇다 해도 인간에 의해 쓰인 책이다. 그러므로 큰 지혜를 담고 있겠지만, 오류도 들어 있을 수 있다. 그런 책은 전적으로 글자 그대로, 단어 하나하나 받아들이지 않는 것이 좋다.

『신과 나눈 이야기』는 사람들이 그 말을 '신의 진실'로 받아들여서는 절대 안 된다고 아주 분명히 충고한다. 대신, 무엇 때문에 그 말들이 가치 있는가에 의미를 두어야 한다고 말한다. 모든 영적인 것들 중에서 '유일하고 최종적인 권한'으로서, 그 말들을 삶에서 발견한 통찰과 지혜의 다른 출처와 더불어 고려해야 하지만, 궁극적으로는 그 말들에 대한 자기 고유의 대답, 자기 고유의 깊이 있는 앎, 자기 고유의 내부 지침, 자기 고유의 개인적 경험을 항상 참조해야 한다고 조언한다.

엘런 G. 화이트(제칠일안식일 예수재림교 창시에 주도적인 역할을 한 사람)의 말, 메리 베이커 에디(미국 종교 단체인 크리스천사이언스의 창시자)의 글, 찰스 필모어와 머틀 필모어(신사상 운동의 단일교회를 창시한 부부)의 생각, 어니스트 홈스(미국의 신사상 운동 작가이자 지도

자)의 사상, 윌리엄 밀러(미국 침례교 목사였으나 세상의 종말을 주장하는 재림파가 됨), 찰스 테이즈 러셀(여호와의증인 창시자), 조지프 스미스, 바하올라, 그 밖의 인간 메시지 전달자들의 선언처럼, 『신과 나눈 이야기』에서 받은 메시지들은 신에게서 영감을 받는 경험을 한 많은 사람들 중 단지 한 사람이 공유하는 말로 여겨야 한다. 그들은 신성에게 영감을 받아, 불완전한 인간 필터를 통해 받은 자신들의 것이 아닌 영적 지혜와 통찰들을 이 세상에 가져오고 밝히며 명확히 하여 가능한 한 있는 그대로 기록하고 전달하려 하였다.

그러나 위 목록에 있는 사람들과는 달리, 나는 나를 통해 나온 메시지들 주변에서 종교가 생겨나기를 희망하거나 바라지 않고, 기대하거나 요청하지 않으며, 제안하거나 권하지도 않는다. 단지 사람들이 그 메시지들을 깊이 조사하고 살펴보기를 희망한다. 합리적으로 고려하고 진지하게 사색하기를 희망한다. 끝으로, 만일 『신과 나눈 이야기』 핵심 메시지들이 사람들 삶에 유효하고 유익하다고 여긴다면 그 메시지들을 개인의 하루하루 체험에서 받아들이고 유용하게 적용할 수 있기를 희망한다. 더 멋지고 더 기쁘며 더 평화롭고 더 영광스러운 지상에서의 집단 경험을 만드는 도구로서 도움이 되기를 희망한다. 이 모두가 영혼의 영원한 여정과 신의 끝없는 표현의 일부로서 도움이 되길 희망한다.

10
희망, 신념, 앎

자각에는 세 가지 단계가 있다. 희망, 신념, 앎이다.
영적인 성숙은 세 번째 단계에서부터 살아가는 것이다.
첫 번째인 희망은 강력하고, 두 번째인 신념은 훨씬 더 강력하며,
세 번째인 앎은 가장 강력하다.

영혼의 여행에 대해 말하는 것은 모두 다 좋지만, 그 여행은 대부분의 인간과 관련된, 삶을 관통하는 여정이다. 또한 마땅히 그래야 한다. 지상에서의 우리 삶의 목적은 삶을 무시하는 것이 아니라 온전히 사는 것이다. 태어나서 죽을 때까지 그 여정을 기쁘게, 경이롭고 창조적으로 표현하며, 자기완성을 이루려는 목적을 가지고, 고통 없이, 다른 사람에게 고통을 주지 않고 계속하는 것이다. 그것이 우리의 첫째가는 관심사였다면 아주 좋았을 것이다.

『신보다 행복한*Happier Than God*』은 다음과 같은 놀라운 관찰로 시작된다.

삶은 행복하라고 존재하는 것이다.
당신은 그 말을 믿는가?
이 말은 사실이다. 주위를 둘러보면 그렇게 보이지 않는다는 것을 나는 알고 있다. 그러나 사실이다. 삶은 행복하라고 존재하는 것이다.
당신은 행복하도록 되어 있다. 만일 지금 행복하다면 더 행복하도록 되어 있다. 아주 행복할지라도 훨씬 더 행복해질 수 있다.

얼마나 행복해질 수 있는가? 대체 얼마나 행복해질 수 있는가? 글쎄, 당신은 신보다 더 행복해질 수 있다.

한번은 어느 여성이 매우 부유한 남자에 대해 말하는 것을 들었다. 그녀는 말했다. "그는 신보다 더 많은 돈을 가지고 있어!" 이것이 내가 의미하는 바이다. 나는 최상급을 쓰려는 것이다.

때마침 당신이 신보다 더 행복해질 수 있는 공식이 있기 때문이다. 모든 신비주의자들은 그것을 알았고, 신비로운 지혜의 스승들 대부분이 알았으며, 현대의 몇몇 영적 메시지 전달자들이 알고 있다. 하지만 그것은 몇 세기에 걸쳐 일종의 '신비 공식'이 되었다. 왜냐하면 아주 많이 말해지지는 않았기 때문이다. 많이 말해진 것이 전혀 아니었다.

왜 그런가? 간단하다. 영적 스승들과 메시지 전달자들이 말을 건 사람들 중 '신비 공식'이 만들 수 있는 결과를 믿을 수 있는 사람은 거의 없었다. 아무도 믿지 않는 것을 말할 때 당신의 인기는 매우 떨어진다.

그러므로 지성과 영성의 깨어남의 시대라고 여겨지는 오늘날에도, 많지 않은 스승들과 영적 메시지 전달자들이 이 공식을 드러낸다. 설령 알고 있다 해도 그렇다. 혹은 말한다 해도 절반만을 말한다. 그들 대부분은 이 공식에서 가장 가슴 벅찬 나머지 절반을 비밀로 한다. 그러므로 우리가 여기서 다루려는 것은 놀라운 진실이지만 당신은 나머지 절반을 알지 못한다.

이 책은 계속해서, 당신 주변에서 어떤 일이 일어나든 행복해지도록 실제로 보장하는 삶으로의 접근법을 놀랍도록 상세하게 설명한다. 나는 『시크릿The Secret』이란 책과 영화에 나온 메시지를 상세히 설명하기 위해 이 책을 썼다. 『시크릿』은 긍정적인 생각이 우리 삶에 미칠 수 있는 막대한 영향에 대해 말했으며, 노먼 빈센트 필(긍정적 사고를 강조한 미국의 목사) 박사가 쓴 『긍정적 사고방식 The Power of Positive Thinking』의 전통 방식에 나오는 많은 내용을 전달했다. 그러나 『시크릿』은 개인적 창조 과정에서 신의 역할을 거의 무시했다. 『신보다 행복한』은 그 커다란 간격을 메우면서 그 '시크릿(비밀)'을 극적으로 변화시킨다.

삶의 어느 과정에서든 신을 제외시키는 것이 도움이 되는 경우를 나는 보지 못했다. 신이 삶이고, 삶이 신이기 때문이다. 두 단어는 서로 바꿔 쓸 수 있다. 그러므로 신 없이 내 삶을 살아간다는 것은 폐를 쓰지 않고 숨 쉬려는 것과 같고, 눈을 뜨지 않고 보려는 것과 같으며, 머리를 쓰지 않고 생각하려는 것과 같다. 내가 어떻게 신을 관여시키지 않고 살 수 있겠는가?

물론 나는 그럴 수 없다. 그런 일은 불가능할 것이다. 그러나 내가 신을 관여시키지 않고 살고 있다고 상상하기란 불가능하지 않다. 이것이 오늘날 많은 사람들이 하고 있는 것이다. 그들은 신 없이 삶을 살아가고 있다고 상상한다.

그렇지만 거기에 잘못된 점은 없다. 부도덕한 행위가 아니며, 가장 높으신 분에 대한 모욕이 아니라는 뜻이다. 신을 '모욕'하는 것은 가능하지 않다. 그러나 신 없이 살아간다는 것은 엔진을 켜지 않고 자동차를 운전하려는 것과 다소 비슷하다.

지금 당신은 실제로 그렇게 할 수 있다. 시동을 끄고 내리막길을 내려가는 동안은 그렇게 할 수 있다. 그러나 삶의 일부는 오르막길이며, 그때 당신은 그 힘을 이용하는 것이 여행을 훨씬 더 쉽게 만듦을 알게 된다.

물론 삶에서 당신은 언제나 '그 힘을 이용'하고 있다. 왜냐하면 삶이 '그 힘'이기 때문이다. 그러나 그 힘을 의식적으로 이용하면 큰 차이가 생긴다. 그러지 못하는 것은 어둠 속에서 불 켜진 손전등을 가지고 있지만 주머니 안에 넣어 두는 것과 같다. 손전등이 있음을 당신이 잊었거나 심지어 모르고 있기 때문이다.

신의 힘과 관련된 비결은 그 힘이 그곳에 있음을 자각하는 것이다. 그것은 우리를 다음 메시지로 안내한다.

신과 나눈 이야기 핵심 메시지 21

자각에는 세 가지 단계가 있다. 희망, 신념, 앎이다.
영적인 성숙은 세 번째 단계에서부터 살아가는 것이다.

『신과 나눈 이야기』의 역할은 인류를 위한 새로운 영적 본보기가 될 새로운 신학을 펼쳐 놓는 것이다. 또한 우리 삶을 다시 건설할 실용적인 도구를 우리 모두에게 제시하는 것이다. 이번에는 우리가 늘 원하던 방식으로. 『신과 나눈 이야기』시리즈에 속한 아홉 권의 책은 세상 속에서 때때로 마주치는 위험한 지대를 가로지르는 데 도움을 주는 진정한 길 안내서가 된다.

간단히 말해, 신이 말해 준 것을 분명히 알게 되면 매일매일의 경험이 편안해지며, 심지어는 삶에서 마스터의 수준을 향해 가는 데도 도움이 된다. 『신과 나눈 이야기』의 3천 페이지 대화를 철저히 살펴 본 뒤, 9권의 대화에서 25가지 가장 중요한 메시지를 선별하는 데 내가 시간을 들인 이유가 그것이다. '영혼의 여행'에서 우리가 가려는 곳에 어떻게 도달할 수 있는지 그 메시지들은 보여 준다. 왜 이 여행을 하는 것이 중요한지와 그곳으로 가는 도중 발을 헛디디지 않는 방법도 말해 준다.

가장 지가 있는 존재가 가려는 곳은 자각의 장소이다. 그러므로 이제 그 내용을 살펴보자.

어떤 스승들은 당신의 자각을 '확장'한다는 관점에서 말한다. 그러나 당신은 그렇게 할 수 없다. 엄격한 의미에서 자각이 '커지는 것'은 불가능하다. 단지 미니애폴리스(미국 미네소타 주의 도시) 지역에 도착했기 때문에 미니애폴리스가 더 커지는 것이 아닌 것처럼, 당신이 자각에 이르렀기 때문에 자각이 확장되는 것은 아니다.

당신의 자각은 있는 그대로이다. 자각은 점점 더 '커지지' 않는다. 자각은 영혼 안에 있고, 영혼은 지금까지보다 혹은 지금보다 더 커지지 않으며 어떤 면에서 '더 많아지지'도 않기 때문이다.

확장되는 것은 당신의 마음이다. 쉽게 이해하자면, 자각은 영혼 안에 있고 주의는 마음 안에 있다고 말할 수 있다.

그러므로 삶에서 지금 당장 일어나고 있는 일을 달리 말하면, 당신은 현재 당신의 자각에 더 큰 주의를 기울이고 있다. '자각'하는 것과 영혼이 자각하고 있는 것에 주의를 기울이는 것은 완전히 별개이다. 대부분의 사람들은 대개의 경우 영혼이 자각하고 있는 것을 무시한다.

이 두 가지의 뒤섞임이 의식이라 불리는 것이다. 당신의 마음이 당신의 영혼에 주의를 기울일 때, 그리하여 당신의 마음과 영혼이 똑같은 데이터를 지니고, 똑같은 생각을 가지며, 똑같은 시각을 소유할 때, 당신은 완전히 의식하고 있다고 말할 수 있다.

따라서 실제 용어로 말하면 영혼의 자각이 마음의 주의와 가까워질 때 확장되는 것은 당신의 의식이다.

마음이 자각이라는 높은 상태를 체험할 수 있는 길에는 세 군데 정류장이 있다.『신과 나눈 이야기』는 각각을 설명한다.

희망의 장소

'희망'은 자각에 이르고자 하는 사람이 다다르는 첫 번째 장소이다. 희망을 개의 두 눈과 꼬리 사이에 흐르는 에너지로 유쾌하게 묘사하는 말을 나는 들은 적이 있다(독일계 미국 시인 리젤 밀러의 시 '희망'에 나오는 표현). 희망은 놀라운 에너지이다. 당신이 희망을 결코 버리지 않기를 바란다. 희망은 모든 종류의 긍정적인 행동과 선택, 결정을 만들어 내고, 시작하게 하며, 뒷받침하기 때문이다. 그리고 그 길에서 열정과 흥분을 일으키기 때문이다.

그렇지만 희망은 자각으로 가는 길의 첫 번째 정류장일 뿐임에 주목하라. 왜 희망이 마지막 정류장이 아닌가? 희망은 어떤 것이 일어나거나 일어나지 않을 가능성이 높다고 인정하는 장소이기 때문이다. 만일 그것이 일어날 것임을 확신한다면 우리는 그것이 그렇게 되기를 '희망'할 필요가 없을 것이다. 만일 어떤 것이 '그렇다'고 확신한다면 '그렇기를' '희망'할 필요가 없을 것이다.

따라서 희망이란 특정한 조건이나 상황, 환경이 일어날 수도 있고 일어나지 않을 수도 있음을 인정하는 것이다. 희망하는 사람은 자신이 희망하고 있는 것이 이루어질 것인지 궁금해 하는 사람이다. 그곳에는 확신감은 없지만 그 일이 일어날 수 있다는 소망감, 낙관감이 있다. 그것은 괜찮다. 희망은 '기회가 없다'고 스스로에게 말하지 않은 것을 의미한다. 하지만 희망은 개인적 창조 과정에서 가장 약한 에너지이다.

거듭 말하지만, 이것은 희망이 효과 없거나 쓸모없는 에너지라는 뜻이 아니다. 자각과 자각이 만들어 내는 마스터의 수준을 향해 나아갈 때 쓸 수 있도록, 신이 우리에게 준 훨씬 강한 에너지가 있다는 의미이다.

자각은 결국 내면의 경험을 만들고 그것이 삶에서 바깥으로 드러나게 하는 에너지이다. 왜냐하면 우리로 하여금 그 결과가 이미 일어났음을 알게 하기 때문이다. 그것이 이미 그러하며, 그것을 자각하게 되는 일은 다만 기다리는 것뿐임을 알게 하기 때문이다. 이 점은 나중에 더 살펴보자.

그러므로 희망은 우리를 자각 상태 외곽에 도달하게 해 준다. 이것은 그 신성한 상태 안에 완전히 있는 것과 같지는 않지만, 자각 상태로부터 멀리 떨어진 것보다는 낫다.

신념의 장소

신념은 자각으로 가는 길의 두 번째 정류장이다. 신념의 장소에 도달한 사람은 그 신성한 상태의 중심에 훨씬 가까워진다.

신념은 어떤 일이 일어날 것인지 궁금해 하거나 일어날 수 있다고 생각하는 것이 아니라, 그것이 일어나리라 확실하게 느끼는 것이다. 이것은 소망으로부터의 비약적인 발전이다. 훨씬 높고, 훨씬 강력한 에너지이다.

만일 에너지를 하나의 자석이라 생각한다면, 어떤 결과와 경험을 우리에게 끌어다 주는 도구라 생각한다면, 신념은 희망보다 열 배 큰 끌어당기는 힘을 가진다. 신념은 모든 결과가 존재하는 맥락의 장으로부터 결과들을 우리에게 강하게 끌어당긴다. 맥락의 장은 내 친구 디팩 초프라가 '무한한 가능성의 장'이라 부르는 것이다. 이 점에 대해서도 뒤에서 더 살펴보겠다.

신념은 자각 상태 안에 있지만, 그 중심에 놓여 있는 것은 아니다. 하지만 우리는 의심의 경계는 넘었고, 그것은 매우 좋다. 우리는 먼 길을 왔으며, 결과를 궁금해 하고 추측하며 짐작하는 장소는 이미 오래 전에 떠나 왔다. 우리는 특정한 결과가 뒤따를 것이라는 신념을 가진다. 그렇게 될 것임을 신뢰한다는 의미이다. 확신을 갖는다는 의미이다. 자신감을 갖는다는 의미이다. 그리고 이것은 결과에 대한 높은 수준의 낙관을 만든다.

그렇지만 신념은 특정한 결과가 물질화되지 않을 가능성이 여전히 남아 있다는 선언이다. 확신의 공간에서는 신념의 다른 이름인 '신뢰'가 필요하지 않음을 아는 것이 중요하다.

'신념'의 정의는 어떤 사람이나 어떤 것에 대한 '완전한 신뢰'이다. '신뢰'의 정의는 어떤 사람이나 어떤 것에 대한 '확고한 믿음'이다. 그러나 '믿음'은 여전히 믿음이고 절대적 자각이 아니다. 어떤 것을 믿는 것과 어떤 것을 아는 것은 별개이다.

특정한 사건의 결과가 '올바르게' 나타날 것이라고 '신뢰'하거나

'믿을' 필요는 없다. 아주 강하게 확신을 가지면 '신뢰'는 이제 공식의 일부도 아니고 '믿음'은 오래전에 떠나 온 것이 된다. 그리하여 무슨 결과가 생기든 그것이 개인의 진화에서 완벽한 그다음 단계임을 다만 아는 것에 자리를 내준다.

앎의 장소

자각으로 가는 길의 이 마지막 정류장은 한 사람이 머물 수 있는 가장 강력한 장소이다. 그것은 절대적 앎의 장소이다. 이곳에서 평화를 발견할 수 있다. 부드러운 기쁨을 발견할 수 있다. 완전한 평온함과 신성한 고요를 낳는 일종의 깊은 확신을 발견할 수 있다.

이것은 '확실하다고 느끼는' 것이 아니라 '긍정적'인 상태가 되는 것이다. 여기에는 차이가 있다.

시작하는 자는 희망을 가진다. 배우는 자는 신념을 가진다. 마스터는 앎을 가진다. 마스터가 아는 것은 삶에서 일어나는 어떤 결과든 관련된 사람 모두에게 최고와 최선을 만들어 낼 것이라는 점이다. 마스터의 세계에서는 다른 방식이 될 수 없다. 따라서 마스터는 특정한 결과를 희망하지 않는다. 특정한 결과가 나타날 거라는 신념도 갖지 않는다. 마스터는 모든 결과가 완벽하다는 것을 확실하게 알고 있다. 있는 그대로, 일어나는 그대로, 나타나는 그대로 완벽하다는 것을 알고 있다.

마스터는 이 점을 알고 있다. 물질세계에서는 모든 결과가 함께 창조되고, 협력하여 나타나며, 공동으로 만들어진다는 것을 마스터는 이해하기 때문이다. 그렇게 하여 로버트 하인라인(미국의 SF 문학 소설가)의 멋진 문구를 빌리자면 존재하는 모든 시기와 장소에서 모든 상황, 모든 순간, 모든 곳에서 모든 영혼의 목적에 정확히 부합하게 된다.

자각에 도달하기

'자각으로 가는 길'을 여행하는 진심어린 탐구자는 이제 이렇게 물어 보리라 예상할 수 있다.

"좋아요, 이해해요. 그러나 질문이 있어요. 어떻게 하면 이 세 장소에 도달할 수 있나요? 그중 한두 개는 건너뛸 수 있나요? 아니면 단계별로 모두 통과해야 하나요?"

첫 번째 질문에 대한 대답은 이것이다. 그곳에 도달하기 위해서는 지도를 보는 것이 유용할 것이다. 앞에서 말했듯이 『신과 나눈 이야기』가 제공하는 것이 그 지도이다. 『신과 나눈 이야기』는 안내서이다. 이 경우, 시리즈 9권 전체가 그렇다. 그 책은 끝없이 호기심을 갖는 마음을 위한 지침이다. 가슴을 위한 청사진, 행동 양식, 기준, 본보기를 제공한다. 그곳에 도달하는 길을 알려 준다.

그러나 『신과 나눈 이야기』가 자각으로 가는 유일한 길은 아니다. 이 책에서 하고 있는 것처럼 이 점을 반복해서 분명히 밝히겠다. 하지만 『신과 나눈 이야기』는 한 가지 방법이며, 전 세계 수백만 명에게 매우 효과적인 방법이었다.

그렇다, 우리는 곧장 앞으로 갈 수 있다. 희망이나 신념에서 멈춰 설 필요는 없다. 꼭대기에 오르기 위해 사다리의 모든 계단을 밟을 필요는 없는 것과 마찬가지다. 그렇지만 때론 모든 계단을 밟을 때 오르기가 더 쉬워진다. 그러므로 만일 당신이 절대적 자각의 장소에 아직 있지 않다면 모든 단계를 밟아도 괜찮을 것이다. 혹은 절대적 자각의 장소에 있는 자신을 발견했다가 그곳에 없는 자신을 발견했다가, 또다시 그곳에 있었다가 없었다가 하는 경우에도 마찬가지다.

나는 내 삶에서 완전한 앎의 장소에 들어갔다 나오곤 했다. 그리고 지금까지 아주 오랜 기간 그곳에 머물 수는 없었다. 남은 내 삶은 말할 것도 없다. 그러나 몇몇 사람은 그렇게 했다. 고대의 스승이나 성인 또는 현자가 아니더라도 그렇게 했다. 그렇게 하면서 바로 지금 이 행성에 살고 있는 사람들이 있다. 내가 개인적으로 아는 사람들 몇몇이 그렇게 한다. 그러므로 그것이 가능하다고 당신에게 약속할 수 있다.

그곳에 가기 위해 그리고 그곳에서 영원히 머물기 위해 나는 노력하고 있다. 나와 함께하고 싶다면, 'CWG Connect' 공동체에 접속해도 좋다. 오늘날의 놀라운 기술 덕분에, 이제 전 세계 사람이 서로 연결될 수 있고, 서로 공유하며, 서로 격려하고, 서로 지지하며, 서로 일깨워 주고, 영혼의 여행을 함께 걸어갈 수 있다. 이 전 세계적 공동체는 『신과 나눈 이야기』가 자각으로 가는 훌륭한 길임을 알아낸 사람들의 애정 어린 집단이다. 그곳에 합류함으로써 지지받는 느낌을 느끼고 싶다면 다만 컴퓨터를 켜고 www.CWGConnect.com에 접속하라.

이 메시지를 나날의 삶에 적용하기

희망, 신념, 앎이라는 삶을 위한 도구, 자각으로 가는 디딤돌은 모두 강력하다. 이 점을 다시 한 번 분명히 하고 싶다. 첫 번째인 희망은 강력하고, 두 번째인 신념은 훨씬 더 강력하며, 세 번째인 앎은 가장 강력하다.

매일매일 삶과 만날 때 이 도구를 사용하기 위한 몇 가지 방법을 제시하고자 한다.

〜 살아가면서 어떤 상황과 환경에 처할 때 당신의 언어를 살펴보기 시작하라. 당신이 '적절하게 말하고 있는지' 확인하기 위해 입에서 나오는 모든 말을 주시할 필요는 없으며, 그렇게 권하지도 않는다. '영적인 적절성'은 '정치적인 적절성'과 비슷한 점이 많다. 때로는 둘 다 이 땅에 어두운 그림자가 될 수 있다. 하지만 말이 에너지를 지닌다는 점을 아는 것은 유용하다. 정말로 말은 에너지로 이루어져 있다. 되풀이해 반복하는 말은 한 사람의 생각과 '개인적 창조 과정'에 장기적인 영향을 미치는 사고 체계를 만들 수 있다.

〜 "나는 희망한다."라는 말을 "나는 매우 확신한다."라는 말로 바꾸겠다고 결심하라. 또는 모든 것이 완벽한 순서에 따라 일어날 것이라는 "신념을 가진다."라는 말로도 바꾸겠다고 결심하라. 이후 "나는 희망한다."를 당신의 어휘에서 차츰 없애 나가면서 "나는 확신하다."나 "신념을 가진다."를 "나는 안다"로 교체하라.

〜 특히 '개인적 창조 과정'에 참여할 때, 집안일에 대해 이야기

하거나 친구와 수다 떠는 것만이 아니라 '나는 안다'의 에너지를 의식적으로 불러일으키도록 노력하라. 특정한 결과를 점점 더 적게 요구하고, 어떤 결과가 일어나든 점점 더 긴장을 풀라. 나는 이런저런 특별한 결과가 일어나기를 '희망한다.' 또는 '확신한다.'를 '나는 모든 일이 결국 완벽하게 될 것임을 안다.'로 대체하라. 개인적 창조 과정에 관해 더 알고 싶다면 『신보다 행복한』을 구해서 읽어 보라.

꽃 말하거나 심지어 생각할 때도 당신의 말에 느낌을 더하라. 특히 어떤 것을 의도적으로 체험하기 위해 당신의 말과 생각을 이용하고 있다면 더욱 그렇게 하라. '느낌은 영혼의 언어이다.'라고 『신과 나눈 이야기』는 말한다. 이 느낌의 언어를 이용해서, 당신이 체험하고 싶은 것이 무엇인지 우주와 이야기하라. 당신 삶에서 실현되는 걸 몹시 보고 싶은 특별하고 구체적인 결과가 정말로 있다면, 당신의 말과 더불어 느낌을 이용하라. 특정한 결과를 마음속에 그려 보라. 그런 다음, 마음속에 그리고 있는 것이 일어난다면 정확히 어떤 느낌이 들지 느껴 보라. 생각, 시각화, 느낌이라는 이 황금 트리오는 내가 찾은 가장 강력한 조합이다. 무한한 가능성이 있는 맥락의 장으로부터 특정한 결과와 체험을 불러일으키고 끌어당기는 방법이다.

꽃 '개인적 창조 과정'에 참여할 때 기대나 요구를 놓아 버리라. 일단 목적을 정했고 당신의 바람을 말했다면, 이런저런 식으로만 일어나야 한다는 생각을 모두 내려놓으라. "이 점에 대해 혹은 더 나은 것에 대해 신께 감사드립니다."라고 말하라. 그리고 진심으로 그렇게 하라!

〰️ 앞으로 30일 동안, 적어도 하루에 한 번씩 자각 연습을 하라. 이 연습 시간을 요일별로 바꿔라. 가령, 월요일은 아침 10시, 화요일은 낮 12시, 수요일은 오후 3시, 목요일은 저녁 6시, 금요일은 늦은 밤처럼 하라. 실제로 당신의 휴대폰에 일정을 등록해 놓아라. 알람이 울리면 하던 일을 모두 멈추고 자각 목록을 만들라. 자신에게 물으라. '나는 바로 지금, 바로 이곳에서 무엇을 자각하고 있는가? 한두 시간 전에는 무엇을 생생하게 자각하고 있었나? 그때 아무것도 구체적으로 자각하지 못했다면, 지금 되돌아보니 자각하고 있는 것이 있는가?' 그만하고 숨을 깊이 쉬라. 주위를 둘러보라. 현재 당신의 주의를 끄는 모든 것 하나하나를 자세히 들여다 볼 때, 당신에게 보이는 것을 보라. 당신에게 들리는 것을 들으라. 그 순간 당신이 느끼는 것을 깊이 느끼라. 그것에 대해 당신이 알고 있는 것을 알라. 그리고 당신이 안다는 것을 알라.

자각은 키울 수 있다. 자각 상태로 옮겨 갈 수 있도록 스스로 허락하라. 그런 다음 그곳을 넘어, 자각한다는 것을 자각하게 되는 곳까지 가라.

이것은 거울 속 거울 속 거울에 반사된 당신 모습을 보는 것과 같다. 우리 모두는 그런 경험을 한 적이 있다. 당신은 마음을 가지고도 이렇게 할 수 있다. 당신이 자각하고 있는 대상을 자각하라. 그리고 당신이 자각하고 있는 대상을 자각하고 있음을 자각하라. 당신에게 부탁하고, 당신을 초대하라.

이것은 당신의 의식을 확장하는 강력한 도구가 될 수 있다. 자각은 확장될 수 없지만 의식은 확장될 수 있음을 기억하라. 가능한 한 많은 시간을 완전히 의식하라. 그날의 사건, 해야 할 일들의 목록, 그 순간 집중을 방해하는 것, 삶의 압박과 세부사항과 요구 조건은 강제적이고 당신의 주의를 분산시킬 수 있다. 괜찮다. 다민 주목하라. 이내 당신은 사건들, 압박, 요구 조건들을 어떻게 이용해야 할 지 배우게 될 것이다. 그리하여 당신은 '가장 내밀한 자각'으로부터 멀어지기보다는 그곳으로 안내될 것이고, 당신의 더 높은 의식을 부분적으로가 아니라 완전히 느끼게 될 것이다.

🕊 이것과 관련하여, 당신 삶에서 가장 중요한 책 한 권이 될 도서를 구해서 당장 읽으라. 켄 케이즈 주니어의 『의식상승의 길—집착을 벗어나기 위한 실생활 사랑법A Handbook to Higher Consciousness』이다. 그는 몇 해 전 세상을 떠나 '이어짐의 날'을 맞이했지만 우리 모두에게 이루 말할 수 없는 큰 선물을 남겼다. 그 책은 내 삶의 방향을 바꿔 놓았다. 나는 이 점에 대해 영원히 감사할 것이다. 이 책은 대부분의 서점에서 구할 수 있다.

11
먼저 그렇게 돼라

사람들은 삶이 '가지기-하기-되기'라는 순서로 작용한다고 믿는다.
더 많은 시간과 돈, 사랑 같은 것을 '가지게' 되면
책을 쓰고, 취미 생활을 하고, 휴가를 보내는 등 무엇을 '할' 수 있고,
그럼으로써 행복해지거나 만족감을 느끼게 '될' 수 있다고 믿는다.
사실은 '되기-하기-가지기'의 패러다임을 거꾸로 하고 있다.

아주 어린 시절부터 쉰이 넘을 때까지 나는 삶이 어떻게 작용하는지 알고자 했다. 그것은 한 가지 질문을 반세기 넘게 살피는 것이었다. 나는 건성으로도 해 보고 집중해서도 해 보고, 단순하게도 해 보고 복잡하게도 해 보았다. 이 모든 노력들이 어떤 지혜나 통찰을 가져다주었으리라 생각하겠지만 그렇지 않았다. 나는 그런 것들을 경험하지 못했다. 나이 쉰이 되어도 열다섯 살 때보다 더 아는 것이 거의 없다고 생각했다.

과장이 아니다.

나는 신을 경험하지 못했고, 사랑에 대해 아무것도 모르는 느낌이었으며, 관계가 어떻게 작용하는지 이해하지 못했고, 삶의 모든 신비는 신비로 남아 있었다. 내가 왜 이곳에 있는지, 이것이 모두 무엇에 대한 것인지 알 수 없었다. 내가 이곳에 있다는 것, 지상에서의 삶이라 불리는 이 모든 것 중간에 주저앉아 있다는 사실만 알고 있었고, 최선을 다하려고 노력하고 있었다.

그러나 이 모든 일에는 분명 어떤 이유가 있을 것이고, 우리 어머니가 자주 말씀하시던 이 미친 짓에 대한 어떤 방법은 최소한 있을 것이었다. 그러나 그런 것이 있었다 해도 둘 다에 대한 지식이 내게는 전혀 없었다. 아무런 개념도 없었다. 그래서 내 생애 전체는 아니더라도 그날이나 그 주, 그 달에라도 어떤 목표나 희망, 바람, 어떤 활동이나 경험, 계획, 어떤 목적이나 기능, 대상에 나 자신을 붙잡아 두려 노력하며 매일 아침 일어났다.

이런 것들 중 당신에게 익숙하게 들리는 것이 하나도 없다면 당신은 운이 좋은 사람이다. 당신은 당신이 누구인지, *왜* 존재하는지, 당신이 무엇인지, 어디로 가고 있는지, *왜* 그곳으로 가고 있는지, 그곳으로 가는 길은 무엇인지 조금은 알고 있었던 것이다.

이것들은 사소한 질문이 아니다. 당신을 만족시킨 답이 있었다면 좋은 일이고 신이 당신을 축복한 것이다. 나는 예순을 향한 모퉁이를 돌았지만 이 중 아무것도 없었다.

그리고 갑자기 이 모두를 가지게 되었다.

상상할 수 있겠지만 이 경험은 나를 근본까지 흔들었다. 나에게 한꺼번에 주어진 이 모든 내용을 내가 믿을 수 있겠는가? 그것이 실용적이기는 할 것이며 나날의 삶에 적용할 수는 있겠는가? 그 답이 실생활에 가치가 있기는 하겠는가?

이 세 가지 질문 모두의 답이 '그렇다'임을 나는 알게 되었다. 단연코 그렇다! 그러나 나는 신과 나눈 대화에서 들은 내용을 먼저 실제로 '이해'하고, 실제로 받아들이고, 실제로 이용해야 했다. 그러지 않으면 퍼즐의 다른 조각들이 하나도 제자리를 찾지 못할 것이고 삶의 신비가 하나도 풀리지 않을 것이었다.

이 메시지는 분명 내 삶에서 들은 가장 중요한 말이다. 지금까지 맞닥뜨린 삶에 대한 데이터 중 가장 중요한 부분이다. 그것이

문을 두드렸다. 마침내 문을 두드린 것이다. 그것은 내 모든 질문들에 답을 주지는 못했지만 내 모든 문제들을 해결했다. 삶을 훨씬 수월하게 만들었다. 나는 다음 메시지에 대해 말하는 것이다.

신과 나눈 이야기 핵심 메시지 20

삶은 되기—하기—가지기의 패러다임 속에서 기능한다.
대부분의 사람은 이것을 거꾸로 한다.
우선 무엇인가를 '가져야' 어떤 것을 '할' 수 있고,
그래야 바라는 대로 '된다'고 상상한다.
이 과정을 거꾸로 하는 것이
삶에서 마스터의 수준을 경험하는 가장 빠른 길이다.

대부분의 사람들이 삶에서 이 공식을 거꾸로 적용한다는 말은 농담이 아니다. 나는 이 사실을 내 삶의 첫 53년 동안 나 자신에게서 발견했다.

『신과 나눈 이야기』 1권과 3권의 대화 덕분에 나는 이 점을 아주 빠르고 명확하게 이해하게 되었다. 『신과 나눈 이야기』 3권에서 다시 들은 내용은 이것이다. 대부분의 사람들은 삶이 '가지기—하기—되기'라는 일반적인 순서와 과정으로 작용한다고 믿는다는 것이다.

사람들은 더 많은 시간과 돈, 사랑 같은 것을 '가지게' 되면 책을 쓰고, 취미 생활을 하고, 휴가를 보내고, 집을 사고, 관계를 시작하는 등 마침내 무엇을 '할' 수 있고, 그럼으로써 행복해지거나 평화로워지거나 만족감을 느끼거나 사랑에 빠지는 등 어떤 것이 '될' 수 있다고 믿는다.

사실 그들은 '되기―하기―가지기'의 패러다임을 거꾸로 하고 있다. 말했지만 나도 그렇게 했었다. 그것이 삶이 작용하는 방식이라고 들었기 때문이다.

올바른 순서로 되돌리기

우리가 생각하는 것과는 달리 실제 우주에서는 '가짐'이 '됨'을 만들지 않으며 오히려 그 반대이다. 우선 당신은 '행복'이나 '평화', '만족', '사랑' 등으로 불리는 것이 '되어야' 한다. 그런 다음 그 '됨'의 자리에서부터 무엇을 '하기' 시작한다. 이내 당신은 자신이 하고 있는 것이 언제나 '가지길' 원했던 것을 가져다주게 됨을 발견하게 된다.

그러므로 공식은 '가지기―하기―되기'가 아니라 '되기―하기―가지기'이다.

이 창조의 과정―이것이 개인적 창조 과정이다―이 일어나게 하는 방법은 당신이 '가지고' 싶은 것을 살펴보고, 그것을 '가지게' 된다면 어떻게 '될' 것 같은지 스스로에게 묻는 것이다. 그런 다음 그 됨의 상태로 곧장 가라. 그곳에 도달하려고 애쓰지 말고 그곳에서 시작하라.

이런 식으로 당신은 지금까지 '되기―하기―가지기'의 패러다임을 적용해 온 방식을 다시 거꾸로 하여―실제로는 바르게 하는 것이지만―우주의 창조적 힘을 거스르기보다는 그 힘과 함께 나아간다.

이 원리를 말해 주는 간단한 표현이 있다.

'삶이 당신에게 어떻게 작용하는가는 당신이 무엇이고 어떤 상태에 있는가에 주로 달려 있다.'

『신과 나눈 이야기』 3권은 시간이 조금만 더 많고 돈이 조금만 더 많고 사랑이 조금만 더 많다면 정말로 행복해질 거라고 생각하는 사람에 대해 생각해 보게 함으로써 이 내용을 설명한다. 그 사람은 지금 당장 '행복하지 못한 것'과 자신이 원하는 시간이나 돈, 사랑을 가지고 있지 못한 것 사이에 직접적인 연관이 있다고 생각한다.

매 순간 행복한 '상태'인 사람을 상상해 보자. 그 사람에게는 정말로 중요한 모든 것을 할 시간이 있고 필요한 모든 돈이 있으며 일생 동안 지속될 충분한 사랑이 존재함을 관찰하는 것은 흥미롭지 않은가? 그 사람은 우선 '행복한 상태로 존재함'으로써 '행복해지는' 데 필요한 모든 것을 가지고 있음을 알게 된다!

냉장고에 붙여 놓을 글

먼저 어떻게 되겠다고 결정하는 것이 종종 당신의 경험 속에 그것을 만들어 낼 수 있음이 밝혀졌다. 셰익스피어가 말했듯이 "되느냐 마느냐, 그것이 문제로다.(죽느냐 사느냐, 그것이 문제로다)To be, or not to be. That is the question."이다. 행복은 마음 상태이다. 모든 마음 상태처럼 행복은 행복 자체를 물리적인 형태로 다시 만든다.

이 책에 있는 많은 말들처럼 이것은 『신과 나눈 이야기』 3권에서 나온 것이다. 냉장고용 자석에 써 놓기 좋은 글이다.

"모든 마음 상태는 그 마음 상태 자체를 다시 만든다."

당신은 물을 것이다. 그렇게 '되기' 위해 필요하다고 느껴지는 것을 갖고 있지 않는데도 어떻게 우선 행복하게 '될' 수 있느냐고? 혹은 더 풍요로워지거나 더 사랑받는 것처럼 당신이 찾고 있는 어떤 것이든 어떻게 '될' 수 있느냐고?

해답은 '당신이 가진 것처럼 행동하라'이다. 왜냐하면 당신은 가지고 있지만 다만 모르고 있기 때문이다. 이것이 '비밀 공식'의 가장 중요한 부분이다. 당신은 이미 행복을 가지고 있고, 이미 만족을 가지고 있고, 이미 사랑을 가지고 있으며, 이미 풍요로움과 평화, 기쁨, 지혜, 신의 다른 모든 측면을 가지고 있다. 모든 것이 당신 안에 저장되어 있다. 그것이 '진정한 당신'이다. 그것들이 진정한 당신들이다. 당신은 그것들을 다른 곳에서 찾을 필요가 없다. 당신 안의 자기로부터 밖으로 꺼내기만 하면 된다. 당신은 진정한 당신이 되기만 하면 된다.

이것이 바로 '마치고' 싶은 곳에서 '시작하라'는 말이 의미이다. 당신이 그것들을 찾는 사람이 아니라 그것들의 근원임을 아는 경우이다. 이것이 바로 자각이다.

그러나 이것은 "해 낼 때까지 그런 척 해라."라고 부르는 것으로써 삶에 다가가려고 자신을 '속이는' 것이 아니다. 어떤 것이 '될' 때 당신은 정말로 '속일' 수 없다. 당신의 행동은 진심에서 우러나와야 한다. 행하는 모든 것을 진심으로 하라. 그러지 않으면 그 행동의 혜택을 잃게 될 것이다. 개인적 창조 과정이 작동하기 위해

자연법칙은 몸, 마음, 정신이 생각, 말, 행동과 일치되고 조화를 이
룰 것을 요구한다.

진실함을 진심으로 경험하라

당신이 진심으로 행복하지 않은데 어떻게 행복하게 '될' 수 있
는가? 진심으로 풍요롭다고 느끼지 않는데 어떻게 풍요롭게 '될'
수 있는가? 진심으로 사랑받는다고 느끼지 않는데 어떻게 사랑받
게 '될' 수 있는가?

당신은 당신이 그렇다고 진심으로 경험해야 한다. 당신은 진심
으로 느껴지지 않는 그 모든 것들이 당신임을 경험해야 한다. 진
심으로 느껴지지 않는 것을 경험하는 가장 빠른 길은 다른 사람
이 당신으로 인해 그것을 경험하도록 하는 것이다.

이것은 위대한 비밀이다. 삶의 가장 위대한 비밀일지도 모른다.
당신이 경험하기 바라는 것을 다른 사람으로 하여금 경험하게 하
면 당신이 그 경험을 찾는 사람이 아니라 그 근원임을 자각하게
된다. 이것이 당신 삶의 전체 패러다임을 바꾼다. 당신은 자신이
원하는 것을 찾는 대신 당신이 원하는 것을 내어 주는 방법을 찾
으려고 한다.

그런데 당신이 가지고 있지 않은 것을 어떻게 내어 줄 수 있겠
는가?

당신이 가지고 있음을 앎으로써이다.

어떻게 하면 알게 되는가?

순환 논리이다. 내어 줌으로써이다!

그러므로 행복하기로 선택한다면 다른 사람을 행복하게 하라. 풍요롭기로 선택한다면 다른 사람을 풍요롭게 하라. 사랑받기로 선택한다면 다른 사람을 사랑받게 하라.

이것은 매우 단순하다. 또한 매우 강력하다.

진심으로 하라. 개인적으로 무엇을 얻기 위해 하지 말고 다른 사람이 특정한 경험을 하기를 진심으로 원하기 때문에 하라. 내어 주는 모든 것을 당신은 경험하게 될 것이다.

마지막으로 다시 한 번 말한다. 어떻게 그런가? 왜 그런가? 어떤 것을 내어 주는 바로 그 행동이 당신으로 하여금 당신이 내어 줄 그것을 가지는 경험을 하게 하기 때문이다. 이 원리는 『신과 나눈 이야기』 책들에서 두 마디로 표현되었다.

'근원이 돼라.'

어느 것이 먼저인가?

지금 가지고 있지 않은 것을 다른 사람에게 내어 줄 수는 없다. 그러므로 다른 사람의 삶에서 당신이 원하는 모든 것의 근원이 될 때, 당신의 마음은 당신에 대한 새로운 결론, 새로운 생각에 다다른다. 다시 말해 당신이 그것을 가지고 있음에 틀림없다는 생각이다. 그렇지 않으면 내어 줄 수 없기 때문이다.

그러나 당신은 이렇게 말할 것이다. 다른 사람의 삶에서 어떤 것의 근원이 될 수 있다면 왜 자신의 삶에서는 그것을 불러오지 못하는가?

그렇게 할 수 있다. 바로 그 과정을 설명하겠다.

당신은 대답할 것이다. "그렇군요. 하지만 왜 다른 사람에게 먼저 주어야만 합니까? 나 자신에게 왜 먼저 줄 수 없나요?"

『신과 나눈 이야기』에 나온 대답은 인간 심리와, 또한 우리 자신에 대해 배운 이야기와 관련 있다고 말한다. 간략히 말하면 우리는 우리가 가치 없다고 배웠다. 그러므로 우리 자신에게 주라고 스스로 허락하기는 무척 어렵다. 반면 다른 사람은 우리가 줄 수 있는 모든 도움을 받을 가치가 있고 자격이 있음을 우리는 쉽게 알아차리고 인정할 수 있다. 그렇다면 다른 사람에게 일부러 자주 주는 것이 그 비결이다.

그러나 자기 자신을 위해 똑같은 것을 얻으려 하거나 당신에게 없는 것을 얻기 위한 수단과 방법으로 이 비결을 쓸 수는 없다. 그 과정 뒤에 놓인 진정한 동기가 당신의 현실을 계속 만들어 낼 뒷받침 생각을 만들기 때문이다.

아니, 다른 사람에게 줄 때는 당신이 이미 그것을 가지고 있음을 알고 보여 주는 입장에서 해야 한다. 그렇게 할 수 없다면 그 일은 생각도 하지 말라. 분석하거나 계산하지 말라. 당신이 원하는 것을 다른 사람이 필요로 하는 모습을 보면 다만 내어 주라. 자발적으로 하라. 당신 자신을 놀라게 하라. 지갑에 손을 뻗어 20달러 지폐를 그냥 주라. 다음 달에 그 행동이 당신에게 아무런 피해도 입히지 않았음을 알게 될 것이다. 사실 당신은 기분이 좋아졌다. 그리고 정말 흥미롭게도 약 일주일 뒤 판매 상여금을 받게 된다. 혹은 잊고 있던 세금을 환급받는다. 혹은 미국 동부에 있는 변호사가 전화로 상속 재산에 대해 알려 준다.

그러면 당신은 의아해할 것이다. 어느 것이 먼저인가? 닭인가,

달걀인가?

모두 마음 길들이기에 대한 것

당신은 머리카락 길들일 때와 똑같은 방법으로 마음을 길들일 수 있다. 그것을 나타냄으로써 당신의 마음에게 당신에 대한 새로운 생각을 계속 보여 주면 그것이 당신의 경험이 된다. 당신은 점점 더 그것이 '되기' 시작한다. 일단 어떤 것이 '되기' 시작하면 당신은 자각이라는, 우주에서 가장 강력한 창조 기계에 기어를 넣은 것이다. 겉으로는 반대처럼 보이지만, 당신은 진실을 보여 줌으로써 진정한 실체가 무엇이고 당신에 대한 진정한 진실이 무엇인지 알게 되었다.

생각해 보면 이 과정의 단순함은 놀랍고도 명백하다. 다른 사람을 행복하게 할 때보다 더 행복할 때가 없음을 당신은 잘 알고 있다. 다른 사람과 나눌 때보다 풍요로움을 더 많이 경험하는 때가 없음을 삶은 당신에게 가르쳐 주었다. 다른 사람이 사랑받는다고 느끼게 된 직접적인 원인이 될 때, 가장 깊은 축복의 느낌이 사랑받는 느낌은 당신의 느낌이 된다. 당신은 이 점을 분명히 알고 있다.

세상 모든 위대한 종교의 메시지 전달자들은 저마다의 방식으로 이 원리를 정확하게 가르쳤다. 개인적으로 나에게 가장 친숙한 메시지는 이것이다.

"남이 너희에게 해 주길 바라는 대로 너희도 남에게 해 주어라."

이것은 그저 기분 좋은 말이나 훌륭한 경구가 아니다. '삶이 작

163

용하는 방식'에 대한 분명한 지침이다. 도덕에 대한 것이 아니고 메커니즘에 대한 것이다.

이것을 알게 되면 당신은 삶에서 마스터의 수준에 이를 준비를 갖추게 된다.

이 메시지를 나날의 삶에 적용하기

영적이고 즐거운 삶을 위해 '되기―하기―가지기' 패러다임보다 더 강력하고 실용적이고 사용하기 쉬운 도구를 나는 본 적이 없다.

우리 안에 머무는 영적 자각을 불러일으키고, 우리가 영적 정체성을 분명히 알고 있음을 보여 주게 한다는 점에서 이것은 영적인 도구이다. 당신을 통해 흘러나오는 신성을 경험하는 것보다 더 영적인 것은 삶에 없다.

이것은 실제 삶의 '현장에서' 즉시 작용하기 때문에 실용적인 도구이다. 일주일이나 이 주일 뒤, 한 달쯤 뒤가 아니라 매 순간 이 도구를 쓸 수 있다.

나날의 경험에서 '되기―하기―가지기'의 패러다임을 쓰는 방법에 대한 제안은 다음과 같다.

당신 삶에서 반복적으로 일어날 것임을 확실히 알고 있는 상황이 주어질 때마다 당신이 어떻게 '되기'를 바라는지 미리 선택하라. 예를 들어 정기적으로 여행하는 사람이라면 마침내 어느 여행에선가는 비행기 출발이 지연될 것임을 확실히 알 수 있다. 당신이 결혼을 했고 배우자가 약속에 늦는 경향이 있다면, 정말로 제 시간에 와야 할 어떤 일에 배우자가 늦을 때가 있음을 확실히 알 수 있다. 그런 상황에서 어떤 상태가 되기로 당신은 결정하겠는가?

🌙 예상하지 못했던 일이 삶에서 일어나면 잠시 멈추고 자신에게 물으라. "이 일에 대해 나는 어떻게 '되고' 싶은가?" 그런 다음 그 '존재 상태' 속으로 걸어 들어가라. 이것은 반응의 과정이라기보다는 창조의 과정이다. 삶은 반응의 과정이 아닌 창조의 과정으로 계획되었음을 기억하라. '지금'이라는 황금기마다 삶이 당신에게 하라고 초대하는 것은 당신이 누구인가에 대해 가지고 있던 가장 큰 비전보다 더 큰 버전으로 스스로를 새롭게 재창조하는 것이다. 그러므로 경미한 자동차 사고를 당하거나 집 열쇠를 잃어버리거나 생각지도 못한 친구가 당신을 실망시키는 등 스트레스받는 상황에 있음을 예기치 않게 발견하면 그 순간 그것을 자신에게 물어 볼 기회로 이용할 수 있다. 지금 일어나는 일에 대해 어떻게 '존재'하고 싶은가? 그런 다음 그 존재 상태 속으로 가라.

🌙 지금 당장 삶에서 더 가지고 있었으면 하는 것 다섯 가지를 적어 보라. 물질적인 것일 수도 있고 경험일 수도 있다. 당신보다도 분명 이것들을 훨씬 덜 가진 사람들을 찾아보라. 이것들을 그들에게 주라. 생각하거나 계산하거나 분석하지 말고 한 번에 하라. 그냥 내어 주라. 그들의 얼굴이 밝아지면 당신이 그들에게

줄 것을 가지고 있었음을 깨닫는 것이 얼마나 놀라운 느낌인지 관찰하라. 그 느낌이 당신의 자아감에 영향을 주게 하라.

당신은 이제 이렇게 말할 것이다. "그래요. 이것이 풍요로움이나 사랑 같은 것에는 통할 거라는 걸 알겠어요. 하지만 더 살기 좋은 곳처럼 물질적인 것에는 어떻게 작용하나요? 예를 들어 내가 정말로 원하는 것이 너 살기 좋은 곳이라면 말이죠. 내가 어떻게 다른 사람에게 더 살기 좋은 곳을 줌으로써 그것을 구현하나요?"

몇 해 전 '실용적인 형이상학'을 매주마다 가르쳤던 모임에서 한 여성이 똑같은 질문을 던진 기억이 난다. 그 여성을 '수'라고 부르겠다.

수와 그녀의 남편은 몇 년째 줄곧 작은 아파트 한 채에 살고 있었다. 둘 다 열심히 일하면서 언젠가 꿈의 집을 사기 위해 돈을 모았다.

"당신의 이론이 나에게 어떻게 적용된다는 거죠?"

그녀는 알고 싶어 했지만 별로 호의적이지는 않았다. 그녀의 좌절감이 말하고 있음을 알 수 있었다.

내가 물었다.

"당신은 그렇게 할 의향이 있나요? 당신은 그 이론이 작동되게 할 의지가 있나요?"

그녀가 말했다.

"이봐요, 내가 다른 사람을 위한 더 좋은 집의 '근원이 될' 수 있는 방법은 이 세상에 없어요. 우리 스스로를 위해서도 그렇게 할 수 없다고요. 당신의 그 순진한 '과정'은 작용하지 않을 거예요."

내가 다시 물었다.

"당신이 그렇게 할 의향이 있나요?"

그녀는 나를 똑바로 쳐다보며 말했다.

"알았어요. 그럴 의향이 있어요. 하지만 이런 일에는 그게 작용할 수 없다고요."

내가 말했다.

"당신이 그렇게 말한다면요."

그녀가 물었다.

"무슨 뜻인가요?"

"내 말은, 당신이 그렇게 말하니까 당신에게 그대로 이루어질 거라는 뜻입니다."

"좋군요. 더 진부하네요. 이 사람을 사랑해야 한다는 말처럼."

"이보세요. 당신이 삶에 좌절하고 있다는 걸 알고 있어요. 이해해요. 하지만 당신이 될 수 없다고 말하는 걸 우주는 당신에게 줄수 없어요. 그게 규칙이에요. 그것이……, 그 텔레비전 프로그램에서 뭐라고 부르죠? 맞아요, 그것이 '제1 지침(TV 드라마 『스타 트렉』에 나오는 지침으로 다른 행성의 문제에 간섭하지 않는 규칙을 뜻함)'이에요. 그러니 이 과정이 작용하지 않을 거라고 당신이 말하면 어떻게 되는지 아세요? 그건 작용하지 않을 거예요. 당신이 그 길에 너무 많은 장애물을 놓고 있으니까요. 당신의 에너지는 장애물 아니면 기회를 만들어 내요. 당신이 선택하는 거예요."

수는 잠시 침묵을 지키더니 말했다.

"알겠어요. 좋아요. 남편도 내가 끝없는 비관론자라고 말해요. 그러니 그걸 포기해 볼게요."

"훌륭합니다. 이제 당신은 내가 말한 이 과정이 작용하게 할 의향이 있나요?"

"네. 진심으로 그래요. 정말로 그러길 바라죠."

"그 과정이 이루어질 수 있다고 생각하나요?"

"내가 긍정적으로 생각하면 그럴 수 있다고 봐요."

"좋아요. 비결은 '어떻게'를 묻지 않는 거예요. 다만 의지를 가지세요."

"네. 알겠어요."

일주일 뒤의 일이었다. 놀라지 마시라. 수는 몹시 흥분한 채 일주일 뒤의 바로 그 수업에 돌아왔다. 그녀는 사람들과 그 이야기를 나누기를 학수고대하고 있었다.

그녀가 입을 열었다.

"목요일 저녁이었을 거예요. 신문을 읽고 있는데 주말에 시작할 프로젝트에 자원봉사자를 구한다고 쓰여 있었어요. 집이 불탄 어느 가족에게 사흘 만에 새 집을 지어 주는 것이었어요. 이런 일을 하는 '해비타트'라는 단체가 있었어요. 그 단체에서는 자원봉사자를 모집하고 있었어요. 누구든 환영한다고 하더라고요.

공사 현장에 가면 정확히 무엇을 하면 되는지 사람들이 말해 줘요. 망치질을 하거나 목재를 나르거나 방금 설치한 수도꼭지의 광을 내기만 해도 당신은 도움이 될 수 있어요. 나는 생각했어요. '세상에. 이게 바로 내가 원하는 걸 다른 사람에게 주는 방법이야. 말하자면 살기 좋은 곳을!' 그래서 남편과 나는 토요일에 그곳으로 갔어요.

그곳엔 사람이 백 명쯤 있었어요. 우리는 사흘 만에 집 한 채를 완성했어요. 그곳 사람들이 신청서를 가져오더니 매달 약간의 돈을 기부할 의향이 있는지 물었어요. 다른 곳에서 이런 프로젝트에 쓸 자재비를 내는 거죠. 우리는 '물론이죠.'라고 말했고, 바로 그때 그곳에서 다른 사람을 위한 더 좋은 집의 근원이 되는 길을 발견했어요."

수업을 듣는 사람들은 동시성의 원리에 놀라워했지만 수는 이 야기를 마치려면 아직 한참 먼 상태였다. 그녀가 외쳤다.

"잠시만요! 아직 할 얘기가 더 남아 있어요. 월요일 밤 우리는 조지 삼촌에게 전화를 받았어요. 회사에 중요한 임원 자리가 갑자기 생겨서 파격적으로 승진하게 되었는데 그 일이 미국 전체에 걸쳐 있는 일이라는 거예요. 하지만 놓치기엔 너무 좋은 기회여서 가족이 이사를 해야 한대요. 침실 네 개가 있는 지금 집을 어떻게 해야 할지 생각 중이랬어요.

삼촌은 방법을 찾는 몇 달 동안 우리가 삼촌 집을 봐 줄 수 있는지 궁금해 했어요. 아니면 더 좋은 방법이 있는데, 삼촌 집을 빌리는 것에도 관심이 있냐고 물었어요. 나는 그런 곳을 빌릴 비용을 감당할 수 없을 거라고 말했어요. 우리 집을 사려고 지금도 돈을 모으고 있다고.

삼촌이 말했어요.

'이 집을 사는 조건으로 빌리면 어떠니? 월세를 좋게 해 주마. 그리고 집이 마음에 들어서 네가 사기로 결정하면 네가 낸 월세는 전부 구매 대금에 넣어 줄게. 게다가 너에게 필요한 서류도 내가 준비할게. 넌 융자 신청 자격을 얻기 위해 은행에 갈 필요도 없어. 너는 가족이고, 난 네가 적격이라는 걸 안다. 그리고 우린 낯선 사람이 아닌, 우리가 알고 사랑하는 사람에게 이 집이 돌아갔으면 좋겠다."

수는 이 말을 할 때 감격에 겨워했다.

"우리 다음 달에 이사 가요!"

수업 듣는 사람들은 크게 환호했다.

천사들은 노래 불렀다.

그리고 신은?

글쎄……. 신은 다만 크게 미소 지었다.

12
온전하게 살아가기

삶은 행복해야 하는 것이다. 그리고 내부분의 경우,
행복 아닌 다른 것이 될 이유는 정말로 없어야 한다.
삶이 지속적인 불행의 경험이 되어야 할 이유는 분명 없다.
하지만 우리가 쪼개진 사람들로 살아갈 때,
삶은 큰 스트레스가 되고 불행해진다.

삶은 거의 모든 사람에게 계속해서 펼쳐지는 신비인 것 같다. 무슨 일이 일어났고 무슨 일이 일어나고 있든 지속적인 평화와 조화 속에 살아가는 진정한 마스터들이 있어 왔고 지금도 존재한다. 그러므로 개인적으로 그런 영적 발전 수준에 도달하는 것이 가능함을 우리는 알고 있다. 하지만 극소수의 사람만이 '아주 잠시 동안' 그 상태를 이루는 것을 나는 보아 왔다.

내가 관찰한 바로는 우리 대부분에게 삶은 계속해서 한 번에 한 층만을 드러내 보인다. 나에게도 분명 그랬다. 내가 신과 나눈 이야기도 여러 해에 걸쳐 일어난 것이었다.

내가 알게 된 것은 이 세상이 구도자들로 여전히 가득 차 있다는 점이다. 바깥에 존재하는 모든 지혜와 모든 백과사전 속 데이터, 세상 모든 종교의 모든 신성한 경전에 담긴 모든 영적 메시지들, 세상 철학들이 우리에게 제시하는 모든 깊은 통찰들, 이 모두에도 불구하고 우리는 살아가고 있는 삶에 대해 여전히 많은 것을 모른다. 그러므로 이정표를 찾는다. 통찰을 찾는다. 이 모든 것을 어떻게 헤쳐 나가야 할지, 어떻게 살아가야 할지, 어떻게 꾸려가야 할지에 대한 조언을 바라며 서로에게 의지한다. 그리고 만일 운이 좋다면 신과 관계를 맺는다. '개인적인 관계'를.

만일 운이 좋다면 우리는 우주에 존재하는 '지혜의 근원'과 연결될 능력을 갖게 된다. 운이 아주 좋다면 그 근원과 교류하고 그것을 친구로 경험하고 자원으로 활용할 수 있게 된다.

나는 그렇게 할 수 있을 만큼 운이 좋았다. 그래서 영적인 지침과 이정표가 많이 주어졌다. 그것들은 길을 따라가는 데 도움이 되었다. 칠십 대에 접어들면서 나는 그 어느 때보다도 나 자신과 전체 삶의 경험에 편안해졌다.

나는 아주 많은 것들을 관찰하고 되새길 기회가 있었고, 내 삶의 최근 15년 동안 이 모두를 한데 모아 나날의 체험에 온전한 접근법을 만들어 낼 용기를 냈다.

'쪼개진 자신'을 한데 모으기

지난 몇 십 년 동안 우리는 '온전하게 살아가기'에 대한 많은 이야기를 들어 왔다. 25년 전 나는 『온전하게 살아가기 수식지』라는 샌디에이고 주간지의 편집 주간까지 맡았다. '온전한'의 사전적 의미는 '어떤 것의 일부를 긴밀하게 서로 연결되어 있는 것으로 이해하고 전체를 참고함으로써만 설명할 수 있는 것이 특징임'이다.

뭐라고?

누가 이런 정의를 썼는지 궁금하다! 내가 그 단어를 정의한다면 '어떤 것에 접근하는 전체 체계'를 의미한다고 단순하게 말할 것이다.

나에게 온전하게 산다는 것은 내가 누구인가의 개념 전체가 다른 모든 사람, 모든 것 전체와 상호작용하면서 표현되고 체험되는 것을 의미한다. 내 일부가 다른 누군가나 어떤 것의 일부와 상호작용하기보다는. 내가 보기에는 이렇게 부분적으로 사는 것이 나와 대부분의 사람들이 가장 흔하게 살아가는 방식이기는 하지만 말이다.

많은 사람들은 다른 사람과 '하나 됨의 감가'을 느꼈을 때 그 순간이 순식간에 지나감을 체험한다. 어떤 일과 관련된 다른 모든 사람이나 심지어 다른 모든 것과 하나 됨을 느꼈을 때도 마찬가지다.

그런 순간을 한두 번 체험했다면 더없는 행복감이 빨리 지나간 것으로 기억할 것이다. 하나 됨의 체험은 하나 됨의 개념과는 달리 경이로움이다. 마음은 그것을 어떻게 활용할지, 그것을 가지고 어디로 가야 할지 정확히 알지 못한다. 그렇기 때문에 의심할 여지 없이 가능한 한 빠른 시간 내에 우리를 분리 상태로 돌아오게 한다. 이 점을 이해해야 한다. 우리가 하나 됨을 체험할 때 에고는 우리의 존재 자체가 위협받는다고 생각한다.

일생 동안 나는 온전한 인간으로 사는 법을 알고 싶었다. 그것이 모든 삶에서 하나 됨을 체험하는 첫 단계이다. 과거에는 나 자신을 어떤 면에서는 '쪼개진' 것으로 체험했었다. 말하자면 나의 한 부분은 이 방향으로 가려 하고 다른 부분은 다른 방향으로 가려 하며 세 번째 부분은 동시에 양쪽 방향으로 가려 하는 것이다! 나는 삶 속에서 내가 '찢어짐'을 여러 번 느꼈다.

나 자신이 누구인지에 대한 이처럼 쪼개진 감각은 분명 나로 하여금 최근까지도 순조로운 것, 쉬운 것, 평화로운 것은 절대 없는 삶을 살게 했다. 내가 특별히 끔찍한 시간을 보내고 있었기 때문이 아니라, 뭐랄까 내 삶에 필요 이상으로 많은 도전과 실망과 깊이 불행한 순간들이 확실히 있었기 때문이다. 이렇게 말하게 되어 유감이지만 내가 생각했던 것보다 더 다른 사람들을 깊이 불행하게 만드는 순간들도 많이 있었다.

앞에서 이야기한 것처럼 삶은 행복해야 하는 것이다. 그리고 대부분의 경우, 행복 아닌 다른 것이 될 이유는 정말로 없어야 한다. 삶이 지속적인 불행의 경험이 되어야 할 이유는 분명 없다. 하지만 우리가 쪼개진 사람들로 살아갈 때, 두 명의 스승과 세 개의 목표를 받들고, 우리가 어떻게 되어야 하는지에 대해 네 명의 서로 다른 사람이 가지고 있는 네 개의 다른 생각을 받들려고 할 때, 확실히 삶은 큰 스트레스가 되고 불행해진다.

그러므로 삶의 초대는 우리 자신을 '쪼개지 않는 것'이고, 다시 한 번 전체가 되는 것이다.

멋진 지침

우리는 온전하고 완전한 존재로서 이 물리적인 체험을 하러 왔다. 하지만 우리는 삶으로 하여금 우리를 갈라놓고, 어떤 경우에는 찢어 놓도록 허락했다.

그러므로 이제는 '본래의 전체성'의 자리로 돌아가서 우리의 모든 상호작용이 그곳에서 나와야 한다. 당신의 경우는 잘 모르겠지만 나는 그곳으로 가는 데 도움을 얻고 그곳에서부터 살아가는 데 도움을 얻기 위해 앞에서 말한 것처럼 지침이 필요했다. 그래서 『신과 나눈 이야기』에서 이 메시지가 주어졌을 때 기뻤다.

신과 나눈 이야기 핵심 메시지 19

온전하게 살아가기의 세 가지 핵심 개념은
정직함, 자각, 책임감이다.
이 원칙에 따라 살면 당신 삶에서
자신에 대한 분노가 사라질 것이다.

삶을 절반 정도 살 때까지도 나는 자신에 대한 분노가 내 삶의 일부라는 것을 깨닫지 못했다. 서른다섯 번째와 마흔 번째 생일 사이 어디쯤 내가 스스로에 대해 진정으로 매우 행복해 하지 않음이 분명해졌다. 그렇다, 나는 사실 많은 것에서 나 자신에게 화가 나 있었다.

주로 나는 내가 이 세상에 보여지는 그런 사람인 것에 스스로에게 화가 났다. 내가 그토록 끔찍하고 지독하고 형편없는 사람이어서가 아니었다. 내가 스스로에 대해 생각하는 방식대로 다른 사람들이 나를 경험하지 않는 것이 분명하기 때문이었다. 사실 나는 내가 누구인지에 대해 주변 사람들이 경험하고 말한 내용과는 완전히 다른 생각을 가지고 있었다.

나는 스스로에게 이렇게 말했고 때로는 몇몇 친구에게 불평을 털어놓았다.

"아무도 나를 이해하지 못 해. 사실 내가 아는 사람 중에서 나

만큼 오해받는 사람도 없을 거야."

이 중 당신에게 익숙하게 들리는 것이 하나도 없을 수 있고, 많은 것이 익숙할 수도 있다. 하지만 내 경험에 대한 이 설명이 독특한 것은 아니라고 당신에게 말할 수 있다. 그래서 나는 나 자신을 문자 그대로 합쳐 놓을 방법에 대한 이정표와 조언과 통찰을 찾기 시작했다. 솔직히 말하면 나는 종교와 철학과 심리학이 내게 말한 대부분을 거부했다. 모두 너무 단순하게 느껴졌기 때문이다.

그러다가 『신과 나눈 이야기』에 나온 경험과 맞닥뜨렸다. 거기서 들은 내용 역시 너무 단순하게 느껴졌다. 어떤 경우에는 천진난만하고 순진하기까지 했다. 그러나 이번에는 귀 기울여 듣기로 했다. 그 경험 자체가 무척 놀랍고 영적으로 열려 있었기 때문이다. 그래서 그 메시지를 받아들였고, 눈에 보이는 것보다 더 많은 것이 이곳에 존재할 가능성을 고려하기로 했다. 겉으로 보기엔 매우 단순할 수 있지만 사실은 더 깊고 더 풍부하게 삶을 바라보고 나 자신을 체험하게 하며, 겉보기에 단순해 보이는 것의 진정한 복합적인 측면에 좀 더 감사할 기회를 줄 수 있는 가능성을 고려하기로 했다.

이 점은 『신과 나눈 이야기』의 열아홉 번째 핵심 메시지에 대해 특히 그렇다. 겉으로 보기에 이 메시지는 매우 명백하고 무척 단순하며 당황스러울 정도로 순진해 보인다. 물론 정직함, 자각, 책임감은 모든 사람의 삶에서 중요한 특징들이다. 이 점은 이해하기 꽤 쉽다.

하지만 겉보기에 단순한 그 메시지 아래 놓여 있는 것을 봤을 때 나는 그곳에 있을 거라고 맨 처음 상상했던 것보다 더 많은 것을 발견했다. 이 세 가지 핵심 개념을 하나씩 살펴보자.

정직함

삶에서 내가 발견한 것 하나는 정직하기가 쉽지 않다는 점이다. 쉬울 거라고 생각했지만 틀렸었다. 보아 하니 다른 사람들도 똑같은 사실을 발견한다는 것을 알게 되었다.

우리는 자신을 작은 조각과 단편으로 부수는 법을 배웠기 때문에 자신을 쪼개게 되었다. 우리 조각의 일부는 삶의 많은 영역에서 우리에 대한 진실이다. 또 다른 일부는 다른 사람들이 진실을 알지 못하게 하려고 우리가 만든 방패이다. 때로는 우리 자신이 진실을 알지 못하게 막으려는 방패이다. 또는 우리 스스로 인정하지 못하게 막으려는.

인간 경험의 역설은 이것이다. 부모는 정직이 매우 중요한 품성이라고 설명하면서 아이들에게 사실을 말하라고 가르치지만, 정반대로 정직함의 결여를 몸소 보인다는 점이다. 아이들을 직접 다룰 때뿐 아니라 아이들이 목격하는 삶의 다른 영역에서도 그렇게 한다. 지루할 걸 알고 있는 파티에 가지 않으려고 먼저 약속해 놓은 사회적인 의무가 있다고 엄마가 거짓말하는 것을 아이들은 듣는다. 사실은 야구장에 놀러 가는 것인데도 아파서 회사에 나가지 못한다고 아빠가 전화하는 것을 듣는다. 따라서 부모는 아이들에게 허락받지 못할 일, 처벌받을 일, 하고 싶지 않은 일을 하지 않으려면 정직하지 말아야 한다고 가르친다. 아이들이 이 상황을 이해하는 데는 오랜 시간이 걸리지 않는다.

그러므로 많은 사람들에게 정직함은 진정한 도전이 되었다. 우리가 들은 것과는 달리 정직함이 언제나 이익이 되지는 않음을 배웠기 때문이다. 너무도 자주, 정직함은 이익이 되지 않는다. 너무도 자주, 우리가 바라던 것과 정반대되는 결과를 가져온다. 그러므로 우리는 정직해지지 않는 법을 배운다. 바라건대, 무척 중요하거나 정말로 큰일에 대해서는 그러지 않을 것이다. 하지만 때로는, 아주 가끔은 중요하고 큰일조차 그렇게 한다.

목적은 정직할 것이냐 정직하지 않을 것이냐가 아니라 그 순간을 어떻게 모면할 것이냐이다. 이것이 바로 효과적인 우리의 생존 본능이고, 인간의 경험 엔진을 추진시키는 것은 바로 그 본능이다. 우리는 생존에 도움이 된다면 정직해지는 법을 배우고, 완전히 똑같은 이유로 정직해지지 않는 법을 배운다.

그런데 이 '정직이라는 것'에는 눈에 보이는 것 이상이 존재한다. 적지 않은 용기가 수반된다. 적지 않은 결심이 수반된다. 적지 않은 의지가 수반된다. 모든 사람과 모든 것에 항상 정직해지기로 결심했을 때 받을 것이 거의 분명한 비난을 우리는 기꺼이 받아들여야 한다

그것이 무엇이든 우리는 진실을 말할 결심이 되어 있어야 한다. 여기에는 굳은 결심이 필요하다. 어떻게 해서든 정직해지려는 결심과 의지에 뒤따를 결과가 무엇이든 참아 낼 힘이 있어야 한다.

14장에서 '진실을 말하는 다섯 가지 단계'를 살펴볼 때 이 정직함의 문제를 더 깊이 다룰 것이다. 지금은 이것만 알아 두면 된다. 정직함이 온전하게 살아가기 위한 단순한 아이디어이고 순진함에 가까운 간단한 지침이라고 생각했다면 오해한 것이다. 결코 그렇

지 않다. 그러므로 "정직함은 패기 없는 자에게 어울리지 않는다." 라는 말에 대해 다만 정직해지자. 정직함에는 한 사람의 성장을 향한 매우 수준 높은 헌신이 필요하다.

언제나 정직해야 하는가?

이 문제를 잠시 생각해 보자. '정직함'은 정말로 성장과 관계있는가? 우리가 모든 일에 늘 완전히 정직하다 해도 무슨 상관인가? 누가 신경 쓰겠는가? 만일 정직함이 도움이 되는 만큼, 적어도 그만큼 자주 누군가를 다치게 한다면 어떻게 정직함이 모든 경우에 정당화될 수 있겠는가? 어쩌면 때론 정직하지 않은 것이 가장 좋은 방침일 것이다. 이것이 사실일 수 있는가?

대부분의 사람들이 그렇듯이 당신도 이 모두에 의문이 생긴다면 브래드 블랜튼의 멋진 책을 추천하고 싶다. 그는 『진실만 말하면서 세상을 사는 법Radical Honesty』이라는 책을 쓴 명석하고 독특한 심리학자이다. 나는 몇 해 전 『신에게 정직한Honest to God』이라는 책을 그와 함께 썼다. 그 책에서 우리는 모든 하나하나의 경우에 한 명 한 명 모두에게 정직한 것이 실제로 가장 좋은 방침인지 논의했다. '옥신각신'했다는 것이 더 나은 표현일 것이다. 아마 당신에게도 그 대화가 흥미로울 것이다.

이곳에서 이 모두를 다루지는 않겠다. 그 책에는 책 한 권의 가치가 있기 때문이다. 그러나 삶에서 완전히 정직한 것보다 더 못한 것이 이익이 되는 경우는 극소수라는 블랜튼 박사의 의견에 내가 동의한다는 점은 말하고 싶다. 사실 블랜튼 박사는 그런 경우가 전혀 없다고 말했던 것 같다.

이 말은 내가 모든 사람에게 매 순간 완전히 정직을 실천하며 산다는 뜻은 아니다. 정직하지 않은 것이 이익이 되지 않는 경우는 매우 드물다는 뜻이다. 이렇게 말하면서도 나 자신은 자주 "진실, 완전한 진실, 오직 진실뿐이므로 신이여 나를 도와주소서(미국 법정에서 증인이 진실을 말하겠다고 선서할 때 하는 말)."를 다 말하지 않음으로써 '나 자신을 보호'하곤 한다. 다른 사람들도 그렇게 하는 것을 나는 보았다. 많이.

그러므로 온전한 인간으로 살기 위해, 우리의 쪼개진 자신이 계속 표현되는 것에 종말을 고하기 위해, 상대적으로 단순해 보이는 일을 더 부지런히 함으로써 우리는 한 종으로서 이익을 얻게 됨을 알 수 있다. 그 일은 '다만 진실을 말하는 것'이다.

이 점에 대해 한마디 더 하고 싶다. 언제나 진실을 말하는 것이 쉬워지는 유일한 경우는 진실했을 때의 결과가 나를 해칠 가능성이 없다고 생각하는 때인 것 같다. 나를 해칠 가능성이 없다는 생각은 내가 누구인지에 대해 스스로 가지고 있는 큰 개념에 의지할 수 있는 듯하다. 스스로를 신성의 한 측면과 개체로 본다면 나는 내 정체성뿐 아니라 그 정체성의 의미를 깊이 자각하면서 삶을 살아갈 것이다. 그것이 우리를 다음의 설명으로 이끈다.

자각

이 책의 앞부분에서 자각에 대해 이미 다루었다. 자각은 존재의 상태이며, 궁극적으로는 마음의 상태가 될 수 있다. 10장에서 이미 다루었듯이 자각으로 가는 길에는 세 가지 정류장이 있다. 희망, 신념, 앎이다. 지금 설명하는 내용과 관련해서, 나의 현재 자각 상태는 나를 다음 세 가지 중 하나로 이끈다. 진실을 말하는 것이 나를 해치지 않으리라고 '희망'하거나, 그러지 않으리라는 '신념'을 가지거나, 나는 어떤 식으로도 다치거나 피해 입을 수 없다고 '아는' 것이다.

만일 내가 진정으로 누구인지, 다른 모든 사람들이 진정으로 누구인지에 대해 완전히 자각하는 상태에서 편히 쉰다면, 나는 정직해지는 것을 절대 꺼리지 않을 것이다. 꺼려할 이유가 없다. 그러므로 자각은 온전하게 살아가기 위해 내가 처음에 생각했던 것보다 확실히 더 큰 열쇠이다. 다른 사람의 경험에 예민해지는 것을 설명할 때도, 특히 내가 자극해 다른 사람이 창조하는 경험에 예민해지는 것을 설명할 때도 자각이 이런 맥락으로 사용된다.

만일 온전하게 살아간다면 우리는 현재 순간과 우리 자신을 발견하는 매 순간을 온전히 '받아들이게' 되는 것 같다. 우리는 사람들이 하는 말뿐 아니라 그들의 느낌에도 귀를 기울인다. 우리가 하는 말뿐 아니라 우리의 느낌도 관찰한다. 그리고 다음 사실에 익숙해진다. 다른 사람에게 우리의 느낌을 숨길 수 있다고 생각한다면 우리 대부분은 틀렸다.

그러므로 자각은 그 순간 전체에 귀 기울이는 것이고, 그 순간을 경험하는 당신과 다른 모든 사람을 위해 그 순간 속에 들어 있는 모든 것에 귀 기울이는 것이다. 여기에도 용기와 결심, 의지가 필요하다. 우리가 차라리 무시하고 싶어 하는 많은 요소와 측면이 삶의 매 순간 속에 있기 때문이다. 그것들은 우리를 불편하게 하거나 우리에 대해 너무 많은 것을 드러낸다. 혹은 다른 사람에 대해 너무 많은 것을 드러낸다. 흔히 말하는 '너무 많은 정보'이다. 우리는 다른 사람에 대해 혹은 현재 맞닥뜨리고 있는 순간에 대해 '너무 많은 정보'는 원하지 않는다.

그러므로 만일 완전한 자각이 너무 많은 정보를 준다면 어떤 식으로 완전한 자각을 체험하는가? 이것은 멋진 질문이 된다. 이 질문은 삶을 살아가면서 우리 대부분이 직면하는 도전들을 분명한 말로 나타낸다.

나의 경우, 내 삶의 모든 순간이 간직하는 모든 데이터, 모든 체험, 모든 감정, 모든 느낌, 모든 정보에 나 자신을 열기로 결심했고, 그것이 유일한 삶의 방식이 되게 했다. 하지만 정직함과 마찬가지로 내가 항상 이런 식으로 산다는 주장은 아니다. 하지만 그것이 가야 할 길임은 알고 있다.

정직함과 마찬가지로 '자각'에도 눈에 보이는 것보다 훨씬 많은 것들이 존재한다. 더 많이 알게 되고 더 많이 자각하게 될수록 바로 지금, 바로 이곳에서 일어나는 일, 그 일이 일어나는 방식, 그 일이 특정한 방식으로 일어나게 하는 데 내가 하는 역할, 그로부터 생기는 결과에 더 많은 책임감을 느끼게 되기 때문이다. 이 모두는 우리를 짧은 세 단어의 마지막 단어로 인도한다. 방금 전까지 무척 단순해 보였던 그 단어로.

책임감

우리가 삶의 모든 일들에, 또한 다른 사람들을 자극하여 그들 삶에 일어나게 한 경험들에 완전하게 전적으로 절대적인 책임을 지려 하지 않는 한 우리는 온전하게 살아갈 수 없다. 책임이 없는 척 할 수 있고 마치 그런 듯 행동할 수는 있지만 실제로는 책임지지 않을 수 없다. 삶에서 일어나는 일들의 원인이 우리라는 사실을 우리는 받아들여야 한다.

사람들이 자신의 삶에 완전하게 전적으로 책임지는 법을 배울 때 삶이 변화하는 것을 나는 보았다. 그들이 내리는 결정과 선택이 변화를 만든다. 그들이 받아들이는 행동과 사건이 변화한다. 심지어 그들의 생각도 변화한다.

『신과 나눈 이야기』는 희생자도 악인도 없음을 우리에게 말해 준다. 이 말의 뜻은 우리에게 일어나는 모든 일에 우리 모두가 책임이 있고 삶에서 우리를 통해 일어난 모든 일에 책임이 있다는 것이다.

내가 강연에서 이 말을 나눌 때 사람들의 첫 반응은 회피하는 것이다. 사람들은 삶에서 자기 책임이 없었던 일들이 일어난 온갖 순간들을 즉시 끄집어내고 싶어 한다. 하지만 우리는 물질적인 이야기를 하는 것이 아니라 형이상학적인 이야기를 하는 것이다.

형이상학적 차원에서, 즉 온전하게 살기로 선택한다면 삶을 계속해 갈 수 있는 유일한 차원에서, 우리는 삶의 모든 사건, 모든 상황, 모든 환경, 모든 결과에 책임이 있다. 우리의 진정한 정체성을 놓고 볼 때도 그래야 한다. 우리는 다른 모든 영혼들과 대규모로 협력하며 함께 창조해 가고 있다. 하지만 협력 관계가 있다고 해서 모든 사건과 조건에서 우리가 맡은 역할에 대한 책임이 덜어지지는 않는다. 형이상학적 차원에서는, 우리가 누구인지에 대해 가졌던 가장 큰 비전보다 더 큰 버전으로 우리 자신을 새롭게 재창조하게 하는 최적의 사람과 장소, 환경이 우리에게 끌려온다.

내가 생각해 낼 수 있는 가장 생생한 예는 예수 그리스도 같은 사람일 것이다. 예수의 삶과 죽음을 살펴볼 때 우리는 스스로에게 물어야 한다. "어떤 차원에서 예수는 자신이 체험하고 있는 것에 책임이 있었는가?" 그는 십자가 처형의 희생자였는가? 아니면 매우 높은 영적 형이상학적 차원에서 그 원인이었는가?

그가 십자가 처형의 원인이었음을 받아들인다면, 즉 그에게 아무 일도 일어나지 않았고 모든 것이 그를 통해 일어났음을 받아들인다면, 우리는 스스로에게 물어야 한다. "크든 작든 우리 삶에 일어난 모든 '십자가 처형'에 대해 매우 높은 영적 형이상학적 차원에서 우리가 그 사건의 원인이었는가?"

예수는 자신의 십자가 처형에 책임이 있지만 우리는 우리의 십자가 처형에 책임이 없다고 말한다면 우리는 형이상학적 비진실을 주장하는 것이다. 우리 모두는 하나가 아니고, 우리 중 어떤 사람은 다른 사람들보다 우월하며, 어떤 사람은 신성하겠지만 다른 사람들은 '그저 인간일 뿐'이라는 비진실이다.

이 말들은 당신 개인의 정체성과 나의 정체성에 대한 궁극적 실체를 부인하는 것이다. 그러므로 삶이 우리에게 가져와 우리로부터 다른 사람에게로 보낸 모든 것들에 책임을 지는 것 외에는 달리 갈 곳이 없다.

그러므로 정직함, 자각, 책임감이 온전하게 살아가기 위한 재료로서 단순하게 들릴 수 있지만 결코 그렇지 않음을 알 수 있다. 하지만 이것들을 부담으로 경험할 필요는 없다.

마스터는 온전하게 살아가기의 세 가지 요소를 표석으로 경험하지 않고 보석으로 경험한다. 우리 모두가 지구에 온 목적인 삶을 풍요롭게 온전히 표현할 홀륭한 기회로 여긴다.

정말로 내가 정직해지는 순간, 가능한 한 온전히 자각하는 순간, 이미 일어난 일과 지금 일어나고 있는 일, 앞으로 일어날 모든 일에 대해 나 스스로 높은 수준의 책임감을 경험하려는 순간, 나는 그 어느 때보다 더 자유롭고, 더 즐겁고, 더 강력해지는 것을 느끼며, 살아 있음에 더 설레어하는 경험을 했다. 그러므로 이것들은 부담이 아니다. 이것들은 선물이고 놀라운 도구이다. 그것이 이것들에 대한 진실이다.

이 메시지를 나날의 삶에 적용하기

핵심 메시지 19를 나날의 삶에 적용하는 방법에 대한 몇 가지 조언은 다음과 같다.

🌙 어떤 사람에게든 정직하지 못했던, 당신이 기억하는 최근 네 가지 사건을 나열하라. 당신이 그 사람이나 사람들을 찾아가 이 사건을 해결하려 할 때 어떤 것이 요구될지 살펴보라. 왜 그렇게 하지 않는지 스스로에게 물어 보라. 그런 다음 그들에게 전화하거나 직접 만나서 당신이 영적 성장을 위한 개인적인 과정 중에 있으며 완전히 솔직하지는 않았던 과거의 말을 지우고 싶다고 말하라. 이렇게 하도록 스스로를 허락하라. 결과에 대해서는 걱정하지 말라. '정직함의 기적'과 연결되었다는 점 때문에 마침내

는 기분이 훨씬 더 좋아질 것이다.

🌿 당신이 다른 사람과 함께하고 있었고, 당신이나 다른 사람이 한 부정적이고 해로운 말과 행동의 영향을 자각했으면서도 무시했던 경험을 떠올려 보라. 그 안에 담겨 있는 것을 자각했지만 반응하지 않고 그 순간이 지나가도록 바라본 것이 당신 뱃속에서 어떻게 느껴졌는지 살펴보라. 그런 경험을 다시는 창조하지 않겠다고 당신 삶에서 결심하라.

🌿 당신에게 진실로 책임이 없다고 느꼈기 때문에 책임을 부인한, 다른 사람과의 관계에서 일어난 삶 속 세 가지 사건을 생각해 보라. 그 순간들을 다시 점검하면서 높은 영적, 형이상학적 차원에서 그 사건이나 상황에 당신이 어떤 식으로든 책임이 있을 수 있었는지 살펴보라. 살펴본 결과 당신이 의식하게 된 것을 3~5 단락으로 써 보라.

🌿 앞으로 3일을 보내면서 마음속에 한 가지 질문을 품으라. 아무 거리낌도 제한도 없이, 내 삶에 일어나는 모든 일들과 내가 지금 교류하는 사람들의 삶에 일어나는 모든 일들에 내가 책임이 있다면 어떻게 하겠는가? 내가 이 순간을 헤쳐 가는 방법을 바꾸고 변화시킬 길이 있는가?

🌿 자신에게 물어보라. 만일 있다면, 어떤 차원에서 나는 다른 사람들의 느낌과 반응에 책임이 있는가? 이 책을 다 읽고 난 몇

주 뒤 당신이 볼 수 있는 작은 노트에 이 질문에 대한 답을 적으라.

🌙 마지막으로 주목할 만한 형이상학적 질문을 하라. 당신이 지금 읽고 있는 이 책의 내용에 누가 책임이 있는가? 내가 이 내용을 이곳에 두었는가? 혹은 아주 높은 영적, 형이상학적 차원에서 당신이 그 원인이 되어, 나에 의해 그 내용이 이곳에 적힌다음 당신의 주목을 끌게 했는가? 이곳에서 누가 무엇을 하고 있는가? 마법사는 누구이고 이 속임수는 대체 무엇인가?

13
열 가지 환상

우리 모두가 신의 눈에는 같은 존재라는 사실이 드러났다.
하지만 세상의 종교는 이 말을 받아들일 수 없고 지지할 수 없다.
세상의 모든 종교와 모든 정당, 그리고 이른바 상류층들은
자신들이 다른 종교나 정당, 계급보다 '낫다'는 개념에
자신의 존재를 의존하고 있기 때문이다.

삶이 정확히 어떻게 작용하는지 신에게 설명해 달라고 요청할 때 흥미로운 결과는 신이 당신에게 설명해 주리라는 점이다.

이것의 흥미로운 결과는 다시는 삶을 예전처럼 볼 수 없게 되리라는 점이다.

또한 이것의 흥미로운 결과는 아침부터 저녁까지 당신의 경험 전부가 바뀌리라는 점이다.

『신과 나눈 이야기』 책들의 놀라움과 흥미로움이 바로 이것이다. 첫 번째 책부터 마지막 책까지, 앞표지부터 뒤표지까지 모두 읽어 보라. 이 책들은 완전히 새로운 우주론을 제시한다. 완전히 새로운 구조이다. 삶이라 불리는 보다 큰 체험을 뒷받침하는 완전히 다른 구조이다.

이 구조는 단지 다르기만 한 것이 아니다. 지각 있는 존재들의 우주 공동체에서 새롭게 떠오르는 지성체라는 우리의 존재에 훨씬 더 적합하다. 우리는 우리 자신에 대한 '오래된 이야기'가 우리에 대해 우리에게 드러내 보이는 것보다 훨씬 큰 존재이다.

이 마지막 문장은 반복해도 될 만큼 충분히 중요하다고 생각한다. 다시 말하겠다. 우리는 우리 자신에 대한 오래된 이야기가 우리에 대해 우리에게 드러내 보이는 것보다 훨씬 큰 존재이다.

『신과 나눈 이야기』 책들이 하는 역할은 우리에게 새로운 이야기를 제시하는 것이다. 그것은 삶을 바라보는 또 다른 방식을 제공한다. 우리가 정확히 누구인지를 체험하고 표현할 때 우리를 공격하기보다는 지지하는 또 다른 방식을 제공한다. 우리가 지구에 완성하러 온 목적에 도움이 되는 또 다른 방식을 제공한다.

『신과 나눈 이야기』 시리즈 전체 책 중에서 『신과 나눈 교감』만큼 나에게 큰 영향을 준 책은 없었다. 이 책은 신의 일인칭 시점으로 전달되었고, 내 쪽에서의 질문이나 교류가 전혀 없었다. 요약하자면 이 책은 우리가 21세기의 미래로 다가갈 때 신이 세상에 보내는 메시지로 이루어져 있다.

보기 드문 주장

신이 이런 수단을 써서 세상에 말을 전했다고 설명하는 것이 나로서는 매우 뻔뻔한 일임을 알고 있다. 하지만 나에게는 다른 선택권이 없다. 나는 『신과 나눈 이야기』 책들을 접하게 된 전 세계 독자들에게, 내 경험이 정확히 어떠했고 인류에게 전달하라고 나에게 주어진 것이 무엇이었는지를 나눌 수 있을 뿐이다.

'인류에게 전달하라고 나에게 주어진 것'이라는 표현조차 건방지게 들린다. 이 단어들이 내 앞의 컴퓨터 화면 속에 보이면 나는 애써 그 단어들을 그대로 남겨 두어야 한다. '삭제' 버튼을 누르지 않고 이 책에서 말하려던 것을 바꾸지 않기 위해 애를 써야 한다.

혹은 책을 출간하기 위해서도. 그렇게 할 때마다 늘 나 자신과 똑같은 내면의 싸움을 벌인다. 만일 이 모두가 내 상상이면 어쩌나?

내 책들을 읽었다면 이미 알고 있겠지만 나는 신에게 바로 그 질문을 던졌다. 신의 대답이 무엇이었겠는가?

"무슨 차이가 있겠느냐? 다른 것들처럼 네 상상도 내가 쉽게 만들 수 있다는 걸 모르느냐? 나는 너에게 딱 맞는 생각과 말과 느낌을 전달할 것이다. 어떤 순간이 주어지든, 한 가지나 몇 가지 장치를 써서 설명하려는 목적에 딱 맞도록.

너는 이 말들이 나에게서 온 것임을 알 것이다. 왜냐하면 네가 자발적으로 이토록 분명하게 말한 적이 한 번도 없기 때문이지. 네가 이미 이 질문들에 아주 분명히 답했었다면 이 질문들을 하고 있지 않을 것이다."

내가 물었다.

"음, 그렇다면 신은 누구에게 말을 하나요? 특별한 사람들이 있는 건가요? 특별한 때가 있는 건가요?"

내가 받은 답변은 다음과 같다.

"모든 사람이 특별하고 모든 순간이 황금기란다. 어느 하나가 다른 것보다 더 특별한 사람, 더 특별한 시간은 없단다. 많은 사람들은 신이 특별한 방식으로 특별한 사람들하고만 대화할 거라고 믿으려 하지. 이것은 많은 사람들에게서 내 메시지를 들을 책임을 회피시켜 주지. 하물며 내 메시지를 받을―'받는 것'은 '듣는 것'과 또 다른 문제이지만―책임은 더 회피시켜 주지. 그리고 다른 누군가의 말이 전부라 여기게 만들지. 너는 나에게 귀 기울일 필요가 없다. 왜냐하면 다른 사람들이 모든 주제에 대해 나의 말을 이미 들었다고 너는 결정했으며 그들로 하여금 듣게 했으니까.

다른 사람들이 들었다고 하는 내 말에 귀 기울임으로써 너는 생각할 필요가 전혀 없기 때문이다.

대부분의 사람들이 개인 차원에서 내 메시지를 외면하는 가장 큰 이유가 이것이다. 네가 내 메시지를 직접 받고 있음을 알게 되면 너에게는 해석할 책임이 있다. 다른 사람, 심지어 2천 년 전 사람들의 해석을 받아들이는 것이 지금 이 순간 네가 아주 잘 받고 있을 메시지를 해석하려 애쓰는 것보다 훨씬 안전하고 훨씬 쉽다.

하지만 나는 새로운 형태의 신과의 대화에 너를 초대한다. 양 방향의 대화이다. 사실 나를 초대한 것은 너이다. 바로 지금, 이런 형태로, 너의 부름에 응답하여 내가 너에게 왔기 때문이다."

이 대화의 핵심은 신이 우리 모두에게 항상 말하고 있다는 점이다. 이 핵심은 『신과 나눈 이야기』 책들의 다른 곳에도 나와 있다. 그러므로 신이 나에게 말하고 있다는 내 말에서 받을 충격이나 얼얼함이 이로 인해 덜어지길 바란다. 이러한 부류의 사람이 나 혼자만은 아니다. 모든 사람이 일생에 걸쳐 '신과 나누는 이야기'를 경험하고 있다. 아마도 다른 이름으로 부르겠지만.

당신이 판단하라

이 모두의 가장 좋은 부분은 이것이다. 당신은 『신과 나눈 이야기』 시리즈 책들로부터 이익을 얻기 위해 신과의 대화가 실제로 일어났다는 개념을 받아들일 필요가 없다. 신이 존재한다는 개념도 받아들일 필요가 전혀 없다. 내가 제안하고 싶은 점은 이것뿐이다. 당신에게 다가온 메시지를 읽고 그 메시지로 하여금 스스로 말하게 하라는 것이다.

수백만의 사람들이 그렇게 했다. 수백만의 사람들이 그 책이 특별하고 통찰력 있으며 놀라울 정도로 가치 있고 자신의 영적 성장에 큰 도움이 된다고 생각했다. 나는 이 결과에 겸허해진다. 나와는 관련 없다고 확신하기 때문이다. 나는 다만 받아 적기만 했을 뿐이다.

이런 배경 때문에 나는 『신과 나눈 교감』이 인류 앞에 놓인 가장 혁명적이고 영적인 메시지라고 말하고 싶다. 그 메시지의 핵심은 모든 삶이 환상이라는 점이다.

이 말은 우리가 전에 들어 본 것이다. 완전히 새로운 정보가 아니다. 새로운 것은 우리가 지금 이 책에서 환상에 대한 각 측면마다 각 부분마다 깊고 풍부하게 설명하고 있다는 점이다. 여기서 우리는 환상이 어떻게 작용하며 왜 최초에 자리 잡게 되었는지 듣게 될 것이다.

그것은 마치 우리가 우주의 '위대한 마법사'의 커튼을 넘어 무대 뒤 공간으로 들어간 것과 같다. 이제 우리는 마법사의 속임수를 이해하고, 그 속임수가 어떻게 이루어지는지, 왜 우리가 그것을 그토록 즐기는지 이해하게 된다.

하지만 이 점을 더 설명하기 전에 당신이 가지고 있을 생각 하나를 없애고 싶다. 신이 여기서 하고 있는 일이 모두 게임이라는 생각이다. 우리는 신의 장난감이 아니고, 신은 우리를 데리고 장난하지 않는다. 우리가 이곳 지구 위에서 하고 있는 일은 우리가 환상과 함께 추는 춤이 언뜻 보여 주는 것보다 훨씬 신성하다.

우리는 이곳에서 매우 특별한 일을 '하려고' 한다. 우리는 신성을 표현하려고 한다. 이 책의 뒷부분으로 가면서 이 점을 더 많이 보게 될 것이다. 지금은 이 모든 것 아래에 놓인 기본 생각으로 가 보자.

신과 나눈 이야기 핵심 메시지 18

인간은 환상이라는 정교한 무대 속에 살고 있다.
인간의 열 가지 환상은 다음과 같다.
'필요가 존재한다, 실패가 존재한다, 분리가 존재한다,
부족함이 존재한다, 요구가 존재한다, 심판이 존재한다,
처벌이 존재한다, 조건이 존재한다, 우월성이 존재한다,
무지가 존재한다.'
이 환상들은 인류에게 도움을 주려는 것이지만,
인류는 그것을 이용하는 법을 배워야 한다.

여기서 신이 우리에게 말하는 바는 우리에게 보이는 어떤 것도 우리가 생각하는 대로가 아니라는 점이다. 우리는 분명 물리적인 현실 세계 속에 살고 있다. 하지만 그것이 우리에게 갖는 의미는 모두 우리가 만든 의미이다. 반복하자면, 모든 사람, 모든 장소, 모든 상황, 모든 환경, 모든 사건은 우리가 그럴 것이라고 생각하는 것이다. 우리는 특별하고 성스러운 이유 때문에, 삶을 살아가는 동안 우리의 의미를 만들고 있다.

우리 삶의 모든 의미는 그 의미가 담긴 맥락의 장에서 나온다.

맥락이 모든 것을 만든다. 우리는 우리 자신을 맥락의 장 속에 놓아두었다. 매우 거대하기 때문에 우주의 우주를 포함하고, 매우 웅장하기 때문에 나비의 경이로움과 장미의 아름다움, 밤하늘의 영광—인류의 장엄함은 말할 필요도 없다—으로 자신을 표현하는 곳이다.

이 모든 것, 모든 조각이 신성 자체가 물질화된 것이다. 신은 단순히 개념적으로뿐만 아니라 체험을 통해 신 자체를 알아 가기로 선택했고, 이렇게 하기 위한 수단으로 물질성을 만들었다. 이 개념은 전에 들어 본 적이 있을 것이다. 하지만 이제는 들어 본 적 없는 내용을 살펴보기로 하자. 신과 우리가 만든 환상들 몇 가지를 살펴보자.

이곳에서부터 시작된다

인간의 첫 번째 환상은 '필요가 존재한다'이다. 우리는 창조의 가능성 자체를 창조하기 위해 필요가 존재한다는 환상을 만들어야 했다. 아무것도 필요하지 않다면 어떤 것도 창조할 필요가 없을 것이다.

사실은 이렇다. 우리는 아무것도 필요하지 않다. 우리가 신성 자체이기 때문이다. 하지만 신성인 그것은 자기의 모든 측면을 경험하기를 갈망했다. 여기에는 신성의 가장 장대한 측면이 포함된다. 즉, 드넓은 상상력의 한계와 경계를 지나 모든 지평선을 넘어 눈이 볼 수 있는 가장 먼 곳까지 경이로움과 영광을 창조하는 힘, 그것을 드러내 보이는 능력, 그것을 만드는 기쁨이다.

우리 자신이 보고 있다고 상상하는 물리적인 '현실'은 '모든 것인 전부'가 헤아릴 수 없이 확장되면서 신이 무한히 현존하는 것에 지나지 않는다.

이제 왜 환상이 필요한지, 그리고 왜 첫 번째 환상, 필요가 존재한다는 개념에서 이것이 특별히 사실인지 설명하겠다.

처음부터 끝까지 무척 좋았던 영화를 보았다고 상상해 보자. 이야기의 첫 순간부터 영화의 마지막 장면까지 당신은 그 전에 경험한 모든 것을 초월하여 희열과 황홀감, 경이로움과 흥분감, 기쁨과 행복 상태에 있었음을 알게 된다.

이것은 당신이 본 가장 훌륭하고 가장 특별한 영화이다. 너무도 훌륭하기 때문에 영화가 끝날 때 당신은 주변 사람 모두에게 말한다. "다시 봅시다!" 그리고 정확히 그렇게 한다. 날이 지나면 한번 더 본다. 시간이 지나도 여전히 더 자주 본다. 대사를 따라하고 장면들을 믿을 수 없을 만큼 정확히 묘사할 수 있을 때까지.

이제는 당신이 이 영화 보기를 결코 지겨워하지 않는다고 상상해 보자. 한 가지만 제외하면 말이다. 당신은 구성을 알고, 영화가 어떻게 끝나는지 알며, 모든 대사를 알고, 영화 속 장면을 전부 안다. 어떤 것도 당신을 놀라게 할 수 없고, 당신을 기쁘게 할 수 없으며, 처음 경험했던 때에 받은 그 충격을 만들 수 없다.

그러므로 가장 좋아하는 영화임에도 마침내 당신은 그 영화를 선반 어딘가에 놓아두고 한동안 다시 보지 않기로 결심한다. 선반에서 영화를 꺼내 들고, 겉에 쌓인 먼지를 털어 내고, 재생 장치에 집어넣고, 다시 보기까지 몇 년이 걸릴 수도 있다. 운이 좋다면 몇몇 중요 장면을 잊어버렸을 것이다. 운이 좋다면 많은 순간들을 처음인 것처럼 맞닥뜨릴 것이다. 당신은 주변 사람들에게 이렇게 말할 것이다.

"아, 맞아! 이 부분을 잊고 있었어! 앞으로 두고 보세요!"

그러면 당신이 보고 있는 것의 기쁨은 실제로 두 배가 된다. 무슨 일이 벌어질지 정확히 알고 있다 해도 다시 보기가 무척 기다려진다. 이제 당신이 잊지 않은 세부사항들은 흥미로워지며, 모든 것을 다시 보고 모든 것을 다시 체험하도록 실제로 당신을 유인한다.

하지만 잠시 동안 당신은 전에 이 영화를 보았음을 잊어야만 했다. 잠시 동안 당신의 마음은 적어도 몇몇 장면과 몇몇 대화, 몇몇 행동과 결과가 완전히 새롭다는 생각을 해야만 했다. 혹은 적어도 새롭다고 느꼈어야 했다. 우리는 모두 이런 경험을 한 적이 있다. 가장 좋아하는 옛날 영화를 보고서 이와 똑같은 경험에 맞닥뜨린 적이 있다.

방금 나는 '인간의 열 가지 환상'이 왜 이런 식으로 존재하는지 설명했다.

신성한 당신의 일부는 그 모험에 다시 한 번 기뻐하고, 그 영광에 다시 한 번 기뻐하고, 그 즐거움에 다시 한 번 기뻐하고, 설렘과 흥분, 행복과 멋진 표현에 기뻐하며, 전에 맞닥뜨린 것을 마치 처음인 것처럼 맞닥뜨리는 데서 오는 자기실현의 경험에 기뻐한다.

마법의 근원

우리로 하여금 이렇게 하게 만드는 것, 그러한 마법을 창조하게 하는 것은 우리가 사랑이라고 부르는 것이다. 사랑은 특별한 에너지이며, 사랑을 표현할 완전하고 온전한 말은 찾을 수 없다. 그리고 그 에너지는 매우 마법 같아서 오래된 것을 새것으로, 과거를 현재로, '가 보았고 해 본 것'을 '다음에 무슨 일이 일어날지 궁금함'으로 변화시킬 수 있다.

삶의 현재 순간으로 불러왔을 때 이 특별한 마법은 모든 것을 완전히 새롭게 만들고 그 체험이 처음인 것처럼 흥미롭게 할 수 있다. 이렇게 하는 것이 사랑이다. 사랑이 이것을 지속시키며, 사랑이 이 마법을 가능하게 한다. 왜냐하면 그 마법이 사랑 자체이기 때문이다. 한 사람의 삶 전체에 걸쳐 매 순간 경이로운 형태로 표현되는 것이다.

나는 종종 인간이 하는 성 경험이 삶 자체의 축소판이라고 말해 왔다. 이런 관찰에 대해 무신경하게 말하려는 의도는 조금도 없다. 만일 오래된 연인과 낭만적인 관계를 맺고 있다면 당신은 인간이 성적으로 접촉할 때 상대방이 하려 하는 모든 움직임을 알고 예측하고 기대하고 자각할 수 있다. 오랫동안 연인이었을수록 더 사실일 것이다. 예전에 일어난 적 없는 일은 일어날 수 없다는 시섬까지 이르게 될 것이다. 아, 그렇지만 완전히 새롭게 느낄 수 없다는 의미는 아니다.

이곳에서 사랑이 들어온다.

신은 이 세상을 매우 사랑해서 우리에게 마법을 걸 능력을 주었다. 사랑을 나누는 동안뿐 아니라 삶 자체의 매 순간을 최대한 즐기는 동안에도.

물론 내가 이 모든 것을 만들어 낸 것일 수도 있다. 그래야만 한다고 상상하는 것일 수도 있다. 하지만 더 나은 삶의 방식을 알고 있다면 말해 달라. 왜냐하면 반세기가 훌쩍 넘도록 찾아보았지만 내가 당신에게 말하고 있는 내용을 신이 내게 말해 주기까지 나는 발견하지 못했기 때문이다.

환상을 축복하라, 저주하지 말라

그러므로 이제 우리는 '삶의 환상'의 이유와 목적을 이해했다. 다시 말하지만 이 환상들 중 첫 번째는 우리에게 무엇이 필요하다는 생각이다. 물론 우리 모두는 신이 아무것도 필요로 하지 않음을 알고 있다. 그리고 당신은 신성의 개체이기 때문에 당신 역시 아무것도 필요로 하지 않는다. 하지만 당신은 필요가 현실의 일부라는 환상 속으로 발을 들여 놓는다. 그 필요를 정확히 만족시키는 경이로움을 체험하고, 순간순간 필요하다고 생각하는 것을 그대로 창조하는 경이로움을 체험하기 위해서이다.

마스터는 이 모든 것을 보고 이해하는 사람이며, 이 중 어떤 것도 궁극적 실체와 관계없음을 아는 사람이다. 마스터는 자신에게 아무것도 필요하지 않음을 알고 있다. 진실인 것, 지금 이 상태, 지금 이곳에서 일어나고 있는 것만으로 완벽히 행복하고 완전히 만족할 수 있음을 알고 있다.

모든 마스터들은 이 깊은 평화의 장소에서부터 앞으로 나아가고, 거듭해서 환상 속으로 발을 들여 놓는다. 진정한 자기의 경이로움과 영광을 직접 보여 주고, 다른 영혼이 진정한 정체성을 찾은 다음 자신과 똑같은 일을 하도록 도와주기 위해서이다. 이것이 모든 마스터가 지금까지 한 일이다.

그러므로 우리는 필요가 존재한다는 생각을 축복한다. 그렇지 않음을 증명할 수단을 주기 때문이다. 그것이 지금까지의 가장 큰 마법의 속임수이다.

그 밖의 '인간의 열 가지 환상'은 전부 첫 번째 환상에서 나온다. 자세히 살펴보면 각각의 환상이 그다음 환상을 만들어 낸다는 사실을 알게 될 것이다. 이 내용은 『신과 나눈 교감』에 전부, 완벽하고 훌륭하게 설명되어 있다. 아직 읽지 않았다면 지금 당장 읽고 싶을 것이다. 하지만 지금 여기에선 이 환상들 중 몇 가지만 선택하여 자세히 살펴보자. 사물의 전체 구조에서 가장 중요하다고 생각하는 것들만.

이 책에서 설명하고 싶은 또 다른 환상은 *실패가 존재한다, 우월성이 존재한다, 무지가 존재한다*이다.

이 책의 앞부분에서 읽었기 때문에 당신은 심판과 처벌이 존재하지 않음을 알고 있다. 분리가 존재하지 않음을 이미 알고 있다. 그것은 이제 부족함이 존재하지 않음으로 이어진다. 그러므로 그것들을 이곳에서 더 이상 분석할 필요는 없다.

'요구가 존재한다'가 환상임도 당신은 이미 알고 있다. 아무도 다른 누구에게 요구하지 않는다. 특히 신은 우리에게 요구하지 않는다. 필요가 존재하지 않기 때문이다. 필요한 것이 없다면 요구하는 것도 없다. 신이라 해도.

이것은 매우 놀라운 생각이다! 아무것도 요구하지 않는 신을 상상할 수 있는가? 그럴 수 있다면 당신은 궁극적 실체에 들어선 것이다.

이제는 그렇게 분명하지는 않은 환상들을 살펴보자.

당신이 실패할 수 있는 단 한 가지

'실패가 존재한다'는 환상보다 더 나날의 인간의 경험에 부정적인 영향을 미치는 것은 없다. 이 환상은 당신의 상상보다 더 많은 사람들을 도중에 멈추게 한다. 어떤 하나의 조건이나 환경보다도 더 많은 노력을 억제하고, 더 많은 가능성을 차단하며 더 많은 계획과 더 많은 약속을 잘라 버린다.

하지만 『신과 나눈 교감』에서 신이 우리에게 와서 한 말은 실패란 존재하지 않는다는 점이다. 사실은 '실패하는 것'이 당신이 실패할 수 있는 단 한 가지 일이다! 나는 이것을 '신성한 이분법'이라고 부른다. 당신이 체험하는 모든 것, 당신이 하는 모든 것, 당신이 표현하는 모든 것, 당신이 창조하는 모든 것은 당신이 시작한 여행에서 당신을 앞으로 나아가게 한다.

그렇다, 여행이 존재한다. 이 모든 것에 대한 이유가 존재한다. 환상을 환상으로 체험하는 단순한 기쁨 너머로 확장되는. 우리가 시작한 여행은 영혼의 여행이다. 그것은 우리가 진화라고 불러 온 과정이다.

물론 신은 언제나 존재했고, 지금도 존재하며, 언제나 존재할 것이다. 그러므로 신은 진화할 수 없다. 하지만 우리는 진화할 수 있다. 각 개별 영혼은 멋진 신의 마지막 선물을 받았다. 점점 더 많은 것이 될 수 있는 능력이다.

이 과정은 실제로 더 많은 것이 되는 것이 아니라 언제나 그러했고 언제나 그러하여 언제나 그럴 것임을 더 많이 자각하게 되는 것이다. 다시 말해 '완전히 이해하는 것'이다. 이 말은 이젠 고인이 된 로버트 하인라인이 만든 기억될 만한 표현이다. 그의 고전 『낯선 땅 이방인Stranger in a Strange Land』은 신을 이해하기 위한 한 종족의 탐구와 삶의 체험에 대한 멋지고 통찰력 있는 이야기이다.

그러므로 '진화'는 사실 성장의 과정이 아니라 기억하기의 과정이다.

당신은 아무것도 발견할 수 없다

사랑에 빠진다는 인간의 그 체험으로 다시 돌아오도록 하자. 다른 사람을 진실로 사랑할 때 우리는 매우 기쁘고 놀랍게도 누군가를 점점 더 많이 사랑할 수 있음을 알게 된다. 비록 당신은 첫 순간부터 사랑할 수 있는 만큼만 사랑했다고 생각하겠지만.

사랑의 경이로움과 영광은 확장될 수 있다는 점이다. 혹은 그렇게 보인다는 점이다. 실제로 일어나는 일은 언제나 그곳에 있었던 것을 당신이 다만 더 많이 경험하는 것이다. 확장된 것은 사랑이 아니라 당신의 자각이다. 그 이유 때문에 우리는 사랑하는 사람에게 낱말 하나하나를 그대로 의미하며 이렇게 말할 수 있다. "나는 매일 점점 더 너를 사랑해."

모든 삶에 대해서도 마찬가지다. 신에 대해서도 마찬가지다. 신과 삶은 하나이고 똑같기 때문이다. 그러므로 창조자에게 다음과 같은 감사의 말을 하는 것은 모든 인간 영혼의 가장 경이로운 기도가 된다. "나는 매일 점점 더 당신을 사랑합니다."

우리가 신과 그토록 깊이 사랑에 빠지는 이유 중 하나는 실패가 존재할 수 없도록 신이 삶을 창조했기 때문이다. 우리는 우리가 가려는 곳에 도달하는 데 실패할 수 없다. 우리가 누구인지 체험하는 데 실패할 수 없다. 무엇이 진정한 진실이고 그것이 정말로 어떠한지 기억하는 데 실패할 수 없다.

분명 때로는 마치 실패가 일어난 것처럼 보일 수 있다. 하지만이 모든 것은 환상이다. 실험실의 과학자는 이 말을 완벽히 이해한다. '실패'한 실험조차 성공으로 보인다. 자신이 하고 있는 더 큰 발견의 과정에서 앞으로 나아가기 위해 자신이 알아야 할 것을 그 과학자에게 더 많이 보여 주기 때문이다.

실제로 발견 같은 것은 없다. 언제나 그러했고 지금도 그러하며 언제나 그러할 것은 '발견'될 수 없다. 우리는 '발견discover'하는 것이 아니라 '덮개를 벗길uncover' 뿐이다. 우리는 삶의 진실을, 갑자기 찾아 낸 오래 묻힌 보석처럼 덮개를 벗겨 낸다. 보물은 삶자체 속에 묻힌 채 항상 그곳에 있었다. 우리는 보물을 발견한 것이 아니라 덮개를 벗긴 것이다.

이것이 우리 모두와 관련되어 있는 전체 과정을 설명하는 멋진 방식이다. 일어나는 일을 정확히 이해할 수 있도록 신이 이 비유를 내게 주었다.

그러므로 내 삶의 큰 전환점은 실패가 존재할 수 없음을 깨달은 때였다. 삶의 시작부터 가장 최근의 순간까지도 내가 아무것도 실패하지 않았음을 깨달은 때였다. 이제 나는 과거에 '잘못'했다고 생각한 일들과 성취에 '실패'했다고 생각한 모든 일들을 가지고 나 자신에게 매를 드는 일을 그만둘 수 있다.

모든 것은 일어난 바로 그대로, 생겨 난 바로 그대로 완벽하다. 지금 바로 일어나고 있는 것처럼. 마스터는 이 말을 이해한다.

이런 이해를 가지고 일상생활을 실제로 어떻게 살아갈 수 있는지 더 알고 싶다면 바이런 케이티(우울증을 앓는 주부였다가 어느 날 깨달음을 얻은 영적 교사)가 쓴 아무 책이나 읽어 보라. 삶을 바꾸는 그녀의 책『네 가지 질문 Loving What Is』은 인류에게 선물이 되었다. 마찬가지로 에크하르트 톨레(우울증을 앓는 과학자였다가 깨달음을 얻어 영적 교사가 됨. 쓴 책으로『지금 이 순간을 살아라』와『삶으로 다시 떠오르기』등이 있다)의 아무 책이나 읽어 보라. 그는 내가 만나본 사람 중 가장 특별한 사람이다. 내가 이곳에서 방금 말한 모두를 완벽히 이해하고 매일 그 이해에 맞춰 완벽하게 산다. 바이런 케이티가 그러는 것처럼.

모든 것이 일어나야 할 바로 그대로 정확히 일어나고 우리가 실패한 것은 아무것도 없음을 알게 되면 얼마나 자유롭겠는가? 이것은 우리 자신의 과거에 대한 안일한 변명이 아니라 정통한 설명이다.

삶의 가장 큰 유혹

우월성의 개념보다 인간의 삶에 더 유혹적인 것은 없음을 나는 배웠고 체험했다. 하지만 모든 인간의 삶에 실패가 존재할 수 없다면 우월성도 마찬가지로 환상이어야 한다. 살아 있는 사람 어느 쪽에도 실패가 존재하지 않으면 어떤 한 사람이 다른 사람보다 '더 나음'이 존재하지 않음을 알게 된다.

우리 모두가 신의 눈에는 같은 존재라는 사실이 드러났다. 이 말은 놀랍고도 숨 막힐 만큼 사실이다. 하지만 세상의 종교는 이 말을 받아들일 수 없고 껴안을 수 없고 지지할 수 없으며 아무에게도 감히 제안할 수 없다. 세상의 모든 종교와 모든 정당, 그리고 확신컨대 이른바 상류층들은 자신들이 다른 종교나 정당, 계급보다 어떤 식으로든 어느 정도 '낮다'는 개념에 자신의 존재를 의존하고 있기 때문이다. 우월성을 없애라. 그러면 많은 사람들과 집단이 자신들에 대해 특별한 점이라고 느끼는 것이 없어질 것이다.

우월성을 다른 사람에 대한 차별을 정당화하는 데 사용하지만 않는다면 그렇게 나쁘지는 않을 것이다. 다른 이들과의 싸움에 사용하지 않는 것은 말할 것도 없다. 하지만 우월성의 개념은 극도로 추악한 것이라서 극도로 추악한 결과를 제외한 다른 것을 만들 수 없다. 정원의 아름다움은 한 종류의 꽃이 다른 꽃보다 더 우월한 데 있는 것이 아니라 첫눈에 보았을 때 동등한 영광의 화려함이 분명해 보인다는 데 있다. 밤하늘도 마찬가지다. 밤하늘의 어느 부분이 다른 부분보다 더 영광스럽다는 것인지 내게 말해 보라.

왜 우리가 인류를 정원의 아름다운 꽃이나 밤하늘 보듯이 볼 수 없는지는 내 영역을 초월해 있다. 하지만 신이 우리를 보듯이 전 인류를 그렇게 본다면 우리는 주변 세상에서 쉽게 관찰할 수 있는 숨 막힐 듯한 똑같은 아름다움을 정확히 보게 될 것이다. 하지만 신이 알고 있고 이해하고 있는 것을 우리가 알고 이해할 거라곤 기대할 수 없다고 말하는 사람들이 있다. 이것은 인간의 마지막 환상으로 나를 이끈다. 무지가 존재한다는 개념이다.

세상에서 가장 큰 거짓말

우리가 모르고 있을 뿐 아니라 알게 될 수 없으며 영원히 알 수 없는 것이 있다는 개념보다 인간의 정신에 해가 되는 것은 없다.

"신의 방식은 불가사의하다."는 지금까지 말해진 것 중 가장 큰 거짓말이다. 신에 대해 불가사의한 것은 없고, 삶에 대해 불가사의한 것도 없으며, 당신과 당신이 누구인지, 왜 이곳에 있는지, 어떻게 하면 그것을 가장 잘 체험하고 표현할 수 있는지에 대해 불가사의한 것도 없다.

신에 대해서도 우리가 완전히 알 수 없고 완전히 이해할 수 없으며 완전히 체험할 수 없는 것은 없다. 이것이 신의 가장 큰 약속이다. "구하라. 그러면 찾을 것이다. 두드려라. 그러면 너에게 열릴 것이다." 우리는 신을 거짓말쟁이라 부르려 하는가?

당신의 우주론과 마음속 깊은 믿음에서, 무지와 우월성과 실패가 존재한다는 개념을 없애라. 그러면 당신이 진정으로 누구인지에 대한 가장 장엄한 경이로움과 가장 큰 영광을 온전히 표현하는 데 걸림돌이 되는 마지막 장애물을 제거하게 될 것이다.

이 메시지를 나날의 삶에 적용하기

우리가 이해하는 대부분 혹은 이해했다고 생각한 대부분이 환상이라는 개념을 우리의 매 순간 경험 속으로 통합시키는 방법을 찾는 것은 어려울 수 있다. 다시는 더 깊이 살펴보지 않을, 흥미로운 생각에 지나지 않는다면 통합시키려는 시도조차 아무런 이익이 없을 것이다. 그렇다면 나날의 삶에서 이 개념을 좀 더 실제처럼 만들기 위해 할 수 있는 몇 가지 방법은 다음과 같다.

૨ '열 가지 환상 노트'를 만들라. 이 노트의 첫 부분에 십 년 전쯤 틀림없이 필요하다고 생각한 것들을 나열하라. 그 목록 옆에 어떤 필요가 충족되었는지 표시하고, 충족되지 않은 필요에 특별한 표시를 하고, 당신이 생각하기에 오늘날도 여전히 느끼고 있는 필요를 표시하라.

૨ 현재 조건과 관계없이, 당신은 여전히 이곳에 있고, 최고 수준의 행복을 여전히 체험할 수 있으며, 여전히 당신 자신을 즐겁게 표현할 수 있음에 주목하라. 바로 오늘 당신이 되어 있는 상태, 하고 있는 행동, 가지고 있는 소유물, 그 상태가 되고, 그 행동을 하고, 그 소유물을 가지기 위해 당신이 필요하다고 생각한 것이 필요하지는 않았음에 주목하라.

૨ 당신 삶에서 완전히 실패라고 생각하는 세 가지를 노트에 나열하라. 각 목록 밑에 그 '실패'로부터 배운 것에 대해 한 단락 정도 적으라. 혹은 그 결과로 체험한 것에 대해. 당신의 '실패'가 전혀 실패가 아니었고 바로 지금 당신이 있는 곳으로 정확히 데려다주기 위한 디딤돌이었음을 알게 되더라도 놀라지 마라. 그전에 체험한 것보다 더 큰 지혜와 더 큰 이해, 더 큰 능력, 더 큰

통찰, 더 큰 자각의 장소로 데려다주기 위한 디딤돌이었음을. 당신을 이곳으로 데려다준 것이 어떻게 실패일 수 있었겠는가?

꿈 또한 노트에 당신이 과거 '우월감'을 느낀 사람이나 집단을 나열하라. 왜 그렇게 느꼈는지 한 단락 정도 적으라. 그 근거가 무엇이었는가? 두 번째 단락에 오늘날 당신이 그 사람이나 그 집단에 대해 어떻게 느끼는지 표현하고 그 이유를 설명하라. 비록 당신의 느낌이 바뀌지 않았더라도. 그렇다면 특히 더.

꿈 당신이 느끼기에 스스로가 당신보다 우월하다고 생각하는 사람들을 나열하라. 이것이 당신에게 어떤 영향을 주는지 그리고 그 사람을 볼 때 당신이 그 사람에게 어떻게 반응하는지 한 단락 정도 쓰라.

꿈 당신이 알지 못하고 이해하지 못할 것 같은 것이 있다는 생각이 다음번에 들면 간단한 실험을 하라. 그 특별한 것을 완전히 알고 이해하는 데 필요한 모든 것을 하라. 우주를 자원으로 이용하라. 세상을 도구로 이용하라. 우리는 인터넷을 통해 인류 전체의 축적되고 누적된 지혜에 접근하게 되었음을 어느 때보다 지금 더 많이 발견하게 될 것이다. 마우스 버튼을 눌러 클릭함으로써 우리는 우리가 모른다고 생각한 모든 것에 접근할 수 있다. 어떻게 무지가 존재할 수 있겠는가?

꿈 어떤 차원에서든 당신이 알지 못한다고 느끼는 것이 삶의 지혜, 삶의 통찰이라면 지금 당장 이 책을 덮고 눈을 감으라. 당신이 이해하고 있는 신에게 요청하라. 당신이 이해할 수 없다고 생각하는 것이 대체 무엇인지 더 크게 자각하고 온전히 알 수 있는 장소로 당신을 데려가게 해 달라고 하라. 마음속에서 이 질문을 완성하기도 전에 신이 이미 대답하더라도 놀라지 마라. "네가 청하기도 전에 나는 대답할 것이다."는 유명한, 신의 또 다른 약속이다. 그것은 진실이기 때문에 유명해졌다.

14
진실을 말하라

당신에 대한 당신의 진실을 당신에게 말하라.
타인에 대한 당신의 진실을 당신에게 말하라.
당신에 대한 당신의 진실을 타인에게 말하라.
타인에 대한 당신의 진실을 타인에게 말하라.
모든 것에 대한 당신의 진실을 모두에게 말하라.

우리가 환상의 구조 속에 살아간다는 사실은 축복이다. 왜냐하면 그 구조 속에서만 각자 자기 현실의 창조자가 될 수 있기 때문이다.

만일 '현실'이 고정되어 있다면, 어느 개인이든 자기 영혼의 목표에 맞도록 현실을 조금 바꾸고 변화시키고 수정하는 것이 매우 어려울 것이다. 유연한 현실 속에서만 그렇게 바꾸는 것이 가능하다. 그러므로 유연한 현실은 신이 우리에게 준 가장 큰 선물이다.

이 말은 우리의 환경에 '변함없는 것'이 없다는 뜻은 아니다. 변함없는 것을 만들기는 무척 쉽다. 우리는 어떤 것에 대해서든 서로 동의하기만 하면 된다. 그러면 우리가 동의한 것이 변함없는 조건이 된다.

문제는 이것이다. 변함없는 조건과 변화하는 환경 둘 다를 동시에 만들어 내는 공간 속에서 어떻게 삶을 살아갈 수 있는가?

우리는 많은 것에 '동의하기로 동의'해야 한다. 우리는 숟가락을 '숟가락'이라 부르고, 하늘을 '하늘'이라 부르고, 빨강을 '빨강'이라 부르고, 파랑을 '파랑'이라 부르고, 노랑을 '노랑'이라 부른다. 밤에

별을 가리키며 별들이 '저 위'에 있다고 말한다. 땅을 가리키며 땅이 '저 아래'에 있다고 말한다. 언어마다 문화마다 이 변함없는 것은 그대로 남아 있다. 그것들은 이 공간 속에 서로 협상하며 사는 데 도움을 준다.

우리는 우리 경험의 이런 측면이 변함없는 것으로 유지되는 이유가 '사실'이기 때문이라고 생각한다. 하지만 그것은 결코 이유가 아니다. 우리가 '사실'이라 부르는 것은 우리 모두가 아주 오랫동안 계속 동의해 온 물리적 환경과 감정적 경험의 요소일 뿐이다. 사실 수 백 년, 수 천 년 동안 그래 왔다.

하지만 지구를 한 바퀴 돌아 본 우주비행사는 '별'이 '저 위'에 있다는 사실에 동의하지 않을 것이고, 별들이 자신의 왼쪽이나 오른쪽에 있었다고 말할 것이다. 그리고 지구를 내려다보는 것이 아니라 '올려다보는' 것처럼 느꼈을 것이다! 그러므로 당신도 알 수 있을 것이다. 모든 동의는 맥락과 관련 있다.

맥락 속에 삶의 경이로움과 가장 큰 도전이 동시에 들어 있다. 우리는 맞닥뜨리는 맥락에 따라 문자 그대로 '모든 것을 만들어 내고' 있다. 그러므로 잘 만드는 것이 좋다. 그러지 않으면 큰 곤경에 처할 것이다.

이것이 정확히 우리가 한 것이다.

큰 문제는 이것이다. 삶의 순간들이 만드는 물결의 흐름 속에서 우리 자신을 표현하고 체험하기 위해, 우리는 변함없는 것으로 유지시키기로 동의한 그 변함없는 것을 원하게 되고 또한 필요로 한다. 따라서 변함없는 것의 어떤 것도 바꾸기를 유별나게 꺼려한다.

그러므로 이 세상에 대해 '알려진 사실'이라고 생각해 온 것을 바꾸기 어려웠다. 그 '사실'들이 완전히 부정확하다는 것이 밝혀진 때조차.

태양이 지구 주위를 돌지 않음을 다만 인정하는 데 인류가 얼마나 큰 어려움을 겪었는지 상상도 하기 어려울 것이다! 우리는 비범한 사람 한 명을 당대 가장 명망 있는 종교에서 제명시켰다. 변함없는 것 중 하나가 변함없는 것이 결코 아니라고 감히 말하려 했기 때문이다. 사실이라고 상상한 것을 바탕으로 우리가 가지고 있던 생각에 불과하다고. 어떤 면에서 그것은 우리가 만들어 낸 정교한 이야기였다.

의사들이 세균의 존재를 시인하는 것도 똑같이 어려웠다. 일부 교회 부속학교의 선생님들은 왼손잡이가 악마의 표징이 아님을 인정하기 어려웠다. 그러므로 왼손잡이 학생의 왼팔을 등 뒤로 묶은 채 열성인 오른손으로 글 쓰는 법을 억지로 가르칠 필요가 없다고 인정하기가. 내가 이 이야기를 꾸며 냈다고 생각하는가? 이것은 우리 할아버지 시대에 많은 교회 부속학교에서 실제로 일어난 일이다.

어떤 것이 사실이 아니라는 반박할 수 없는 증거에도 불구하고—그것이 전부 말도 안 된다는 점은 말할 필요도 없고—변함없는 것으로 품어 온 믿음을 뒤흔들기는 무척 어렵다. 변함없는 것이라고 생각한 것이 단순한 환상이라고 우리는 오랜 시간에 걸쳐 반복적으로 들어야 한다. 사실이라고 생각한 것이 명백히 틀리다는 말을.

오늘날 이 시대의 질문은 이것이다. 이와 마찬가지로, 지금 우리가 변함없는 것이라고 생각하는 것 중 무엇이든 실제로 사실이 아닐 수 있는가? 그리고 그것들 중 어느 하나가 신과 관계될 수 있는가?

그러므로 삶의 환상이라 불리는 이 축복과 함께 다가오는 커다란 도전은 이것이다. 새롭고도 더 유익한 환상들을 과거보다 더 빨리 만들어 낼 의지가 필요하다는 점이다. 말하자면 우리는 발빠르게 움직여야 한다. '시대의 흐름에 따를' 수 있어야 한다.

만일 삶 속에 날아다니는 모래가 있어야 한다면 적어도 우리 앞에 쌓이지는 말아야 한다. 가로지를 수 없도록, 바람이 지시하는 모양대로 놓이지는 말아야 한다. 오히려 모래는 우리의 선택에 따라 무너뜨릴 수 있는, 아름다운 성으로 만들어져야 한다.

간단히 말해 우리는 반응하기보다 창조해야 한다. 환상의 세상 속에 살 거라면 우리를 방해하는 환상이 아닌 우리에게 도움이 되는 환상을 만들어 보자.

필요한 것은 선택이다

물론 무엇을 하려 하는지에 대해 아무 생각이 없다면 우리에게 도움이 되는 결과를 만들 수 없다. 도움이 되는 환상을 만들기 전에 우선 우리가 누구이고 어디에 있는지, 왜 이곳에 있는지, 무엇이 '되려' 하는지 이해해야 한다.

이 이해에 다다르는 것이 우리에게 두 번째로 큰 도전이었다. 왜냐하면 그 목표조차 우리가 원하는 방식대로 창조하라고 신이 초대한 것이기 때문이다. 그것은 이해에 다다르는 것이 아니라 선택에 다다르는 것이다.

이때 우리는 거울의 복도 안에 있는 자신을 발견하게 된다. 맨 처음 반사된 모습을 들여다보고, 그 모습이 여러 번 반사된 모습을 들여다본다. 우리는 자신의 반사된 모습의 반사된 모습이다. 이렇게도 표현할 수 있다. 우리는 자신에 대한 생각이 반사된 모습이다.

내가 나 자신을 '용기 있다'고 생각하면 스스로를 용감한 사람으로 볼 것이고 용감한 사람처럼 행동할 것이다. 이런 식으로 나의 행동은, 나 스스로를 어떻게 생각하는지를 바탕으로, 내가 그 행동들을 어떻게 보고 있는가를 반영하게 된다. 어떤 사람은 '용기 있다'고 하는 것을 다른 사람은 '무모하다'고 한다. 나는 나 자신이 반사된 모습의 반사된 모습이 된다.

내가 나 자신을 '불운아'나 '실패자'로 본다면 삶에서 어떤 일들이 일어날 때 나 자신을 '실패하는 것'로 볼 것이다. 다른 사람의 삶에서 똑같이 일어나는 일이 그들에게는 '승리'로 보임에도 불구하고.

그러므로 '인생의 거울의 복도'에서 우리는 우리의 반사된 모습의 반사된 모습의 반사된 모습이 된다는 것을 관찰하게 된다.

마찬가지로 신에 대한 우리의 체험은 신에 대한 우리 생각이 반사된 모습이다. 즉 『신과 나눈 이야기』에 간략히 설명된 것처럼 "삶이란 삶 자체의 과정을 통해 삶에 대해 삶에게 알려 주는 과정이다." 그리고 삶이 삶에 대해 당신에게 어떻게 알려 주느냐는, 삶의 과정이 당신에게 어떻게 알려 주었는가에 대해 당신이 당신 자신에게 어떻게 알려 주었는가에 달려 있다.

이것은, '삶은 당신이 생각하는 그대로'라는 말의 또 다른 표현이다.

『이상한 나라의 앨리스』부터 영화 〈매트릭스〉까지 오래된 이야기와 새로운 이야기 둘 다 우리에게 만물의 이 절대적 상태를 언뜻 들여다보게 했다. 이 이야기들 전체를 꿰뚫는 관통선은 사실 똑같다. 우리가 전부 만들어 내고 있다는 것이다! 어떤 것은 당신이 그렇다고 말하는 그대로이다.

언뜻 들여다본 이것들은 그 본질상 은유이며, 매일 경험하는 물리적 삶의 신비를 다룬다. 하지만 영적인 실체를 다루는 신학이라 볼 수는 없다. 우리는 결국 모든 삶이 은유일 수 있다는 생각은 기꺼이 하려 하지만, 신학 또한 그럴 수 있다는 추측은 전혀 하려 하지 않는다.

비록 다른 것에 대한 이해는 전혀 그렇지 않다고 해도 신에 대한 이해는 절대적으로 완전하며 옳다고 우리는 스스로에게 말해 왔다.

그렇다면 몇 해 전 NBC 방송국 『투데이 쇼』에 나가 매트 라우어와 나누라고 신이 제안한 메시지를 사람들이 받아들이기 얼마나 어려울지 상상할 수 있을 것이다. 다섯 마디로 된 그 메시지는 이 책의 시작 부분을 기억해 보면 된다.

"너희는 나를 완전히 잘못 이해했다."

이 말은 신이 인류에게 줄 수 있었던 가장 큰 선물이다. 이것은 우리의 '가장 신성한 이야기'를 만들 때 '모든 것을 다시 할' 기회를 준다. 우리 자신을 새롭게 재창조할 뿐 아니라 우리의 신도 새롭게 재창조하도록 우리를 초대한다. 신에 대해 지금까지 우리가 가지고 있던 가장 큰 비전보다 더 큰 버전으로.

우리는 감히 그렇게 할 수 있는가?

우리는 신에 대한 생각을 감히 바꿀 수 있는가? 이야기를 창조한 자 자체에 대한 '새로운 이야기'를 감히 만들 수 있는가?

그렇게 하지 못한다면 지금 우리가 살아가고 있는 그 이야기의 결말이 행복하지 않을 것이다. 달리 말해, 주의하지 않는다면 우리가 잘못 향하고 있던 바로 그곳으로 가고 말 것이다.

그러므로 인류는 지구 상 역사 전체를 통틀어 가장 큰 하나의 '선택의 순간'이 될 만한 곳에 다다랐다. 과거를 결정함으로써 미래를 결정하는 때이다. 어제 사실일 거라고 생각했던 것이 오늘 경험하겠다고 결심하는 것과는 다름을 알아차리겠다고 결정하는 때이다. 새로운 구조를 파괴적인 방식이 아닌 건설적인 방식으로 만들어서 우리가 진정 누구이고 언제나 어떤 사람이 되려 했는지에 대한 온전한 가능성을 마침내 체험하고 표현할 수 있게 하는 때이다.

미래학자 겸 선지자인 바버라 막스 허버드가 말한 것처럼 이것이 바로 지각 있는 존재의 우주 공동체 속으로 인류가 탄생하는 순간이다. 나는 그녀의 비유에 전적으로 동의한다.

하지만 이 '새로운 이야기'의 기본 구성 요소로 무엇을 이용해야 하는가? 무엇이 다음번의 변함없는 것이 되어야 하는가? 적어도 한동안은? 우리 주위의 모든 것과 존재하는 모든 것에 대해 우리 자신에게 말하고 싶은 새로운 것이 있는가? 이 지구 상에서 우리 자신을 표현하고 체험할 다른 방법이 있는가? 전통을 바꿀 수는 있지만 궤도는 바꾸지 않는 대신, 늘 가고 싶어 하던 바로 그곳으로 우리를 데려가는 방법이?

신성하고 확실하고 진실하다고 오랫동안 간직해 온 개념을 재구성하면 우리에게 도움이 될 것인가?

왼손잡이가 악마의 표징이라는 생각을 마침내 놓아 버리는 그 순간 흑인은 백인보다 열등하다는 생각을 드디어 놓아 버려도 이제 괜찮은가? 동성끼리는 서로에 대한 사랑을 성적인 방식으로 표현할 수 없다는 생각은? 여성은 남성보다 못한 존재이므로 그 열등함 때문에 권력의 요직에 앉히면 안 된다는 생각은? 사람들은 자기 자신을 자유롭게 제약 없이 다스리는 것이 불가능다는 생각은? 신이란 자기의 요구와 지시를 그대로 따르지 않으면 끝내 '우리에게 복수하는', 난폭하고 화내며 보복하고 처벌하는 존재라는 생각은?

그리고 가장 대담한 질문일 텐데, 이제는 절대적 진실 같은 것이 존재한다는 개념을 놓아 버려야 할 때인가?

『신과 나눈 이야기』는 위 질문들과 더 많은 질문들에 모두 그렇다고 말한다. 우리에게 더 이상 도움이 되지 않으며, 상상할 수 있는 최상의 목표를 이루지 못하게 눈에 띄도록 명백히 가로막아 가장 저급한 것만을 남겨 주는 모든 것들을 바꿔야 할 때인가라는 질문에 그렇다고 답한다.

『신과 나눈 이야기』의 내용은 스물다섯 가지 놀랍고도 혁명적인 구조를 인류 앞에 제시한다. 실체와 신학을 수정하는 것이기 때문에 만일 인류가 받아들인다면 세상을 뒤집을 내용이다. 아니면 바로잡는 것인가?

이러한 새로운 이야기 속에는 마음을 뒤흔드는 다음 개념이 들어가 있다.

'절대적 진실'이란 것은 없다. 모든 진실은 주관적이다.
이 틀 안에서 진실을 말하는 다섯 가지 단계가 있다.
당신에 대한 당신의 진실을 당신에게 말하라.
타인에 대한 당신의 진실을 당신에게 말하라.
당신에 대한 당신의 진실을 타인에게 말하라.
타인에 대한 당신의 진실을 타인에게 말하라.
모든 것에 대한 당신의 진실을 모두에게 말하라.

신에게서 받은 이 메시지 속 개념을 받아들인다면 우리가 그렇다고 생각한 사실상 모든 것이 우리 앞에서 해체된다. 앞에서 말한 것처럼, 이것이 지금까지 우리가 받은 가장 큰 선물일 것이다. 모든 인류가 그 선물을 받을 완벽한 순간일 것이다.

무엇이 '어떠하다'에 대해 우리가 현재 가지고 있는 생각 중, 대부분의 생각은 아니라 해도 많은 부분이 앞에서와 같이 해체될 수 있다. 그중 가장 중요한 생각은 절대적 진실 같은 것이 존재한다는 생각일 것이다.

객관적인 의미에서 절대적 진실이 존재하지 않는다는 생각을 받아들이면, 우리는 주위 세상을 어떻게 인지하고 체험하는지에 대해 전적으로 책임을 지는 공간 속에 놓이게 될 것이다. 이 세상에서 희생당한 사람들이나 자신이 통제할 수 없는 삶의 사건들 때문에 짓밟힌 사람들이 그 일들에 책임이 있다는 의미가 아니다. 아무도 『신과 나눈 이야기』가 그런 말을 한다고 믿지 않기를 바란다. 그렇지 않다.

우리가 개별적으로 체험하는 삶의 사건들은 협력하여 만들어진 것이고, 집단의식의 결과와 소산이라는 점도 『신과 나눈 이야기』는 분명히 한다. 여기에는 강간과 강도 같은 피해뿐 아니라 건강 문제, 경제 상황, 환경 문제 같은 주변의 조건들도 포함된다.

아무리 끔찍할 사건일지라도 그 사건에 대한 내면의 반응이 전적으로 우리 통제 아래 있다는 점도 『신과 나눈 이야기』는 분명히 밝힌다. 그곳에 우리 자신의 현실을 창조할 힘과 자유가 있다.

강간에서 강도, 질병, 파산에 이르기까지 똑같은 외부 사건을 경험했지만 그 경험에 완전히 다르게 반응하고 대응한 많은 사람들이 존재한다.

객관적인 의미에서 절대적 진실이 존재하지 않는다는 개념을 받아들인다면, 어떤 것도 객관적으로 '그렇지' 않고 모든 '진실'은 주관적임을 깨닫고 인정하게 될 것이다. 말하자면 어떤 것은 보는 사람의 눈에만 '그렇다.'

만일 '보는 사람'의 다수가 환경, 조건, 상황, 사건 등을 같은 방식으로 본다면 그들은 상호 동의에 의해 이후 현실이리 불리는 것을 실제로 창조하는 것이다.

이 '체계'가 어떻게 작용하는지 깨닫고 나면 우리는 놀라운 결론에 이르게 된다. 지금까지 스스로 깨닫고 인정하고 시인한 것보다 훨씬 더 많이 우리가 집단 현실을 지배하고 있으며 늘 지배해왔다는 점이다. 더 확장되어 우리의 개별 체험까지도.

집단적인 규모에서 지구 온난화는 완벽한 예이다. 우리 중 충분한 사람들이 지구 온난화가 '실제'라고 동의할 때까지 그것은 그렇지 않다. 지구 온난화는 한 사람의 '현실' 속에는 존재하지만 다른 사람의 '현실' 속에는 존재하지 않는다. 두 사람 모두 똑같은 외부 데이터를 보지만 각자 그로부터 완전히 다른 내부 결론을 이끌어 낸다.

충분한 사람들이 외부 데이터의 해석에 동의할 때 '진실'이 만들어졌다고 말한다.

모든 '진실'이 현재 수중에 있는 외부 데이터를 기반으로 마음속에서 만들어졌다는 집단적 자각에 인류가 마침내 도달한다면, 신의 존재와 참본성, 바람, 요구사항처럼 인류 앞에 여전히 놓인 가장 큰 신비가 단순한 하나의 질문에 달려 있음을 마침내 깨닫게 될 것이다. 이 주제에 대한 모든 데이터가 현재 수중에 있는가? 아니면 이 모든 것에 대해 우리가 모르는 것이 여전히 있을 가능성이 있는가? 그것을 알게 되면 모든 것이 바뀔 수 있는?

새롭게 재구성된 사회에서 우리는 어떤 종의 일원이든 늘 맞닥뜨리게 될 가장 용기 있는 순간으로 자신을 초대할 것이다. 그것은 우리가 결정 내리는 자라고 우리가 결정하는 때이다. 우리가 창조자인 동시에 창조된 자임을 받아들이는 순간이다.

자신을 신성하다고 보는 종만이 그러한 개념을 받아들일 수 있다. 하지만 겸손은 어떻게 되는가? 자만심이야말로 가장 촉망받던 천사 루시퍼가 신에게 처벌받은 이유 아닌가?

종교적 가르침들에 따르면 루시퍼는 한때 빛의 천사였다. 사탄으로도 불리는 루시퍼는 자신이 신과 동등하다고 주장했다. 이런 모욕에 화가 난 신은 그를 죽은 자들의 나라 하데스로 영원히 추방했다. 최악의 죄를 저질렀기 때문이라고 한다.

하지만 모든 부모는 자기 자식이 자신과 똑같이 성취하기를, 심지어는 능가하기를 바라지 않는가? 그렇게 하면 자식들은 최악의 죄를 저지르는 셈인가? 아니면 사실 이것은 모든 사랑하는 부모들의 궁극적 바람인가?

그렇다면 신은 지구 위 우리의 아버지보다 덜 자애롭고 덜 너그럽고 아량이 좁으며 덜 자비로운가?

지각 있는 존재 중 가장 용감하고 가장 고도로 진화한 종만이 감히 이 개념을 받아들일 수 있을 것이다. 매우 광범위해서, 자신이 신성과 동등해질 수 있는 가능성까지 포함하는 개념을.

이 시대의 인류가 머지않아 그 존재가 될 것이다.

그렇지 않은 것이 아니라면.

우리는 그것마저 결정해야 한다.

도대체 '진실'이란 무엇인가?

절대적 진실 같은 것이 존재하지 않는다는 개념이 처음에는 개인 차원에서 가장 잘 적용될 것이다. 만일 우리 안에서 매일 내부적으로 경험하는 것을 통제할 수 있고 바꿀 수도 있음을 이해하고 경험하기 시작한다면 우리는 집단적인 외부 경험 역시 바꾸는 방향으로 첫걸음을 내딛은 것이다.

현재 개인 차원에서 우리가 하는 모든 것, 우리가 하는 모든 체험은 우리 자신과 주변 사람들, 장소, 사건, 환경에 대해 우리가 '진실'이라고 믿는 것에 근거를 두고 있다. 이것의 가장 슬픈 점은 아주 많은 사람들이 스스로 만든 '진실' 체계 속에서조차 살고 있지 않다는 점이다. 말하자면 진실을 가지고 있고, 진실을 유지하며, 그 진실이 절대적으로 '그렇다'고 마음속으로 생각하지만, 나날의 바깥 체험을 창조하며 살아갈 때는 너무도 자주 이 진실을 보여 주지 못한다.

『신과 나눈 이야기』는 모든 진실이 주관적임을 우리에게 말해 준다. 즉, 그것은 우리에게만 '진실'이다. 나에게 진실인 것이 당신에게는 진실이 아닐 수 있다. 대부분의 경우 진실이 아닐 것이다.

우리가 '진실'이라 부르는 것은, 객관적인 사건, 상황, 조건이라고 생각하는 것을 주관적으로 체험하는 것에 불과하다. 그러나 그 사건, 상황, 조건의 객관성조차 의문을 품어야 한다.

이제 양자 물리학은 '관찰되는 것 중 관찰자에 의해 영향을 받지 않는 것은 없음'을 우리에게 말해 준다. 다시 말해, 어떤 것을 바라보는 행위는 관찰되는 대상에 에너지를 보내 그 대상의 에너지와 상호작용하게 한다. 모든 삶이 상호작용하는 에너지이다. 물리학에서 얻은 이 놀라운 발견은 우리가 우리 현실의 창조자라는 형이상학적 주장을 과학적인 용어로 표현했다.

이처럼 매우 변하기 쉬운 만물의 상태를 고려할 때, 만일 우리가 자기 바깥에서 맞닥뜨리고 있는 것에 대해 우리 안에서 결정한 바를 적어도 알아차리고 인정할 수 있다면 도움이 될 것이다. 그러므로 『신과 나눈 이야기』는 스스로를 알 수 있게 하고 서로를 알 수 있게 하는 공식을 우리에게 제공한다. 이것이 앞에서 말한 '진실을 말하는 다섯 가지 단계'에 요약되어 있다.

'진실을 말하는 다섯 가지 단계'를 받아들이고 실천하면, 삶에 대한 상호 동의를 만들 수 있는 새롭고 근본적인 토대가 생길 수 있다는 것이 『신과 나눈 이야기』의 생각이다.

우리는 동의에 의해 살아간다고 했던 말을 기억해 보라. 숟가락은 숟가락이고, 꽃은 꽃이며, 위는 위이고, 아래는 아래이다. 물론 앞에 든 예처럼 당신이 우주비행사라면 무엇이 위이고 무엇이 아래인지에 대한 관념 전체가 달을 '내려다보고' 지구를 '올려다보는' 순간 사라질 것이다. 그러므로 우리가 불변의 이해라고 생각하는 것조차 단지 맥락에 의한 것임을 알 수 있다.

우리는 맥락의 장 속에 살고 있다. 그 맥락의 장이 변화하면, 혹은 더 정확히 말해 좀 더 넓은 시각에서 맥락의 장을 바라보게 되면, 우리의 '진실' 또한 변한다. 그 편이 나을 것이다. 그러지 않으면 삶에 대한 지각이 확장되는 순간 깊이 갈등하게 될 것이다.

하지만 지금 무엇이 우리의 진실이지 알 수 없고, 알릴 수 없고, 선언할 수 없고, 나타낼 수 없다면 우리는 우리의 진실을 변화시킬 수 없다. 바로 그 이유 때문에, 우리가 누구인지에 대해 예전에 가졌던 가장 큰 비전보다 더 큰 버전으로 자신을 새롭게 재창조하려 할 때 '진실을 말하는 다섯 가지 단계'가 강력한 도구가 될 수 있다.

첫 번째 단계

신은 우리에게 우선 '당신에 대한 당신의 진실을 당신에게 말하라'고 조언한다. 이렇게 하기 쉽다고 생각할 것이다. 하지만 가장 힘들고 어려운 일일 수 있다. 이것은 우리가 스스로에게 완전히 정직해질 것을 요구한다.

그리고 이제는 『신과 나눈 이야기』에서 나온 이 메시지들이 놀라운 방식으로 서로 얽혀 있음을 알 수 있다. 왜냐하면 정직함, 자각, 책임감이 '온전하게 살아가기'의 세 가지 핵심 개념이라고 앞에서 들었기 때문이다. 이제 우리는 스스로에 대한 자신의 진실을 마주하고 인정하면서 그 세 가지 개념을 적용하게 된다.

물론 당신에 대한 당신의 진실은 끊임없이 변화할 것이다. 당신이 끊임없이 변화하기 때문이다. 어제의 당신 상태는 오늘의 상태가 아니며, 오늘의 상태는 내일의 상태가 분명 아닐 것이다. 하지만 오늘의 당신 상태는 오늘의 상태이다. 그것이 오늘에 대한 진실이다.

9장에서 나는 '진실TRUE'이라는 영어 단어를 머리글자로 이용해 말을 만들었다. 내 경험상 내가 '진실'이라고 말하는 것은 '존재를 통해 이해한 현실The Reality Understood Existentially'이라고 이야기했었다. 말하자면, 개별적 자유와 개인적 의지의 행위이다. 어떤 것은 내가 그렇다고 말하기 때문에 '진실'이다. 그러므로 나에게 진실이다.

어떤 것이 수십 년이나 수백 년에 걸쳐 많은 사람들에게 똑같은 방식으로 '진실'이었다면, 인간은 습관적으로 그것을 '진실'이라고 부른다. 이런 차원에서 경험한 '진실TRUTH'을 머리글자로 표현하면 다음과 같다. '역사를 통해 이해한 일시적인 현실 Temporary Reality Understood Throughout History'이다. 이것은 진실을 그다지 '일시적'이지 않게 만든다. 그렇지 않은가?

그러나 모든 '진실'은 일시적이다. 이 사실을 더 빨리 받아들일수록 우리는 더 나아질 수 있다. 나에게는 그렇게 보였다. 그러면 우리가 특정한 시기에 특정한 방식으로 특정한 진실에 얽매이지 않기 때문이다. 그 특정한 진실을 우리는 이 세상에서 '정치'나 '종교'라 부르곤 한다.

당신이 알아야 하는 것

그러므로 이 책에서 '진실'이라는 단어를 쓸 때 그것이 존재를 통해 이해한 현실을 말하는 것임을 이해하길 바란다. 나는 이 책에서 내가 진실이라고 결정한 것을 말하고 있으며, 당신에게도 진실일 수 있는지 살펴보기 바라는 것을 말하고 있다.

'진실을 말하는 다섯 가지 단계'의 첫 단계에서 우리는 바로 지금, 바로 여기, 당신에게 진실인 것을 말하고 있다. 이와 관련하여 첫 번째 단계는 당신에 대한 진실을 당신에게 말하라고 요청한다. 좋은 것이든 나쁜 것이든, 즉 당신이 선과 악이라 부르는 것 전부를. 당신의 모든 면이 어떠한지, 삶의 외부 사건과 사람들과의 관계가 어떠한지 다만 말하라.

누구와도 나눌 필요는 없다. 다른 누구도 알 필요가 없다. 하지만 당신은 알아야 한다. 당신은 매 순간 분명해야 한다. 그렇지 않으면 외부 경험의 너무 많은 것들에 대해 내면에서 혼란스러워질 것이다.

두 번째 단계

진실을 말하는 두 번째 단계는 타인에 대한 당신의 진실을 당신에게 말하도록 요청한다.

이 역시 행동보다 말이 더 쉬울지 모른다. 사람들이 다른 사람에 대해 자기 스스로를 자주 속이고 싶어 한다는 것을 나는 살면서 알게 되었다. 그 전형적인 예는 자신과 삶을 함께 나누던 사람을 더 이상 사랑하지 않음을 마음속으로 깨달은 때이다.

사람들은 그 생각이 떠오를 때마다 즉시 거부하고, 그런 생각은 하지 말아야 한다고 자신에게 말한다. 자기는 잠시 화가 난 것뿐이고, 특정 사건이나 상황에 반응하는 것뿐이라고. 그러므로 그 사람들은 제 기능을 하지 못하는 관계 속에 아주 오래 남게 된다. 몇 년 동안 마음속으로 해 온 말이 다만 '진실'이 아니라고 자기 자신을 설득하면서.

이때 사람들은 '사랑한다'와 '서로 맞는다'라는 느낌 사이에서 계속 혼란스러워하는 자신을 발견한다. 사람들은 두 느낌이 하나가 되어야 한다고 생각한다. 다른 사람과 서로 맞고 조화를 이룬다고 느끼면 사랑에 빠졌다고 자신에게 말한다. 그 조화가 깨지면, 특히 오랜 시간에 걸쳐 이런 일이 일어났다면 그 사람을 더 이상 '사랑하지 않는다'고 자신에게 말한다.

생산적이고, 창의적이고, 평화롭고, 다른 사람에게 도움이 되기 위해서는 내가 조화로운 환경 속에 있어야 함을 나는 알게 되었다. 나와 조화를 이루지 못하는 사람을 사랑하는 것이 전적으로 가능하다는 것도 알게 되었다.

나에게 어려웠던 점은 이런 개념을 없애는 것이었다. 누군가를 사랑한다는 것은 그 사람과 함께 살아야 하고, 감정상 불협화음이 생겨도 내 남은 날들과 인간으로서의 여정 전체를 그 속에서 보내야 함을 뜻한다는 개념을. 만일 내가 누군가를 사랑하게 되고, 사랑한다고 말하고, 영원히 헌신적으로 사랑하기로 했다면 어떤 경우든 그들과 함께 머물러야 하고, 그들을 떠나는 것은 그들을 사랑하지 않음을 선언하는 것이라고 생각했었다. 이 점에서 나는 사랑과 육체적 가까움을 혼동했었다.

그 결과 나는 여러 개의 '영원한' 관계를 만들었다. 내 사랑을 받아들인 모든 사람과 오래도록 함께 살아야 한다고 느끼며.

이렇게 한 사람이 내가 처음은 아닐 것이다.

다른 사람에 대한 진실을 나에게 말하는 법을 마침내 배우게 되었을 때 드디어 나는 새롭고 좀 더 기능적인 방식으로 관계들을 절충해 갈 수 있었다. 너무도 많은 사람에게 상처를 주고 나서야 그럴 수 있었다는 것이 유감이다.

당신이 이와 똑같은 덫에 빠지거나 그 안에 남아 있을 이유는 없다.

세 번째 단계와 네 번째 단계

진실을 말하는 다음 번 단계에서는 나 자신에 대한 나의 진실을 다른 사람에게 말하도록 요청된다.

이것은 솔직하고 열린 마음으로 다른 사람과 말을 주고받으며, 나 자신에 대해 마음속으로 생각하고 체험하는 모두를 드러내는 것을 의미했다. 그 사람들 앞에서 전부 완전히 발가벗는 것이었다.

사랑하는 사람 앞에서 육체적으로 발가벗고 있기는 상대적으로 쉽고 심지어 흥분되기까지 한다. 하지만 똑같은 사람 앞에서 정신적 감정적으로 발가벗고 있기는 어렵고 대개 무척 불편하다. 이것은 인간 행동의 흥미로운 측면이다.

우리는 겉으로는 기꺼이 완전히 보여 주려 하지만 내면에 대해서는 그렇지 않다. 그 결과, 여러 해 동안 함께 살았던 사람들, 쉰 번째 결혼기념일을 맞이하는 남편과 아내는 보통 당신이 생각하는 것 이상으로 많은 면에서 서로에게 실질적으로 이방인일 수 있다.

진실을 말하는 세 번째 단계를 받아들이고 실천한다면 앞의 내용이 진실이 아닐 것이다. 하지만 그런 실천에는 엄청난 용기가 필요하다. 우리는 거절당할 위험을 무릅써야 한다. 거절이란 많은 인간이 가지고 있는 가장 큰 두려움이기 때문에, 거절을 감수하려면 많은 이들에게 가장 큰 용기가 필요하다.

하지만 무엇을 받아들이고 있는지 모르는데 그 사람이 우리를 받아들여서 우리에게 무슨 이익이 있겠는가? 얼마나 오래 우리는 우리의 춤을 계속 출 수 있겠는가? 육체적으로 노출되기를 더 이상 참기 어려운 그 순간, 정신적 감정적으로는 계속 노출되지 않기를 얼마나 오랫동안 바랄 수 있겠는가? 동시에 두 방향으로 가는 듯한 이 열차에 얼마나 오래 타고 있을 수 있겠는가? 사랑하는 사람에게 "나를 완전히 알아 줘. 하지만 그 점에 대해서는 묻지 마."라고 얼마나 오래 말할 수 있겠는가?

이것은 진실을 말하는 세 번째 단계로 우리를 인도한다. 다른 사람에게 그 사람에 대한 우리의 진실을 말하는 것이다. 용기에 대해 말하고, 용감함에 대해 말하고, 용맹에 대해 말하라! 여기에는 가장 높은 수준의 용기가 필요할 것이다. 하지만 얼마만큼 드러내고 싶은가로 서로 싸우는 두 당사자 사이에서 '중립 지대'를 넘어 그 순간의 진실에 일단 항복하면, 가장 큰 자유로움을 느끼는 경험이 된다.

당신과 어떤 양질의 관계를 맺고 있는 어떤 사람이든 당신이 그들에 대해 모든 면에서 정말로 어떻게 느끼는가를 아는 것은 매우 중요하다. 큰일과 작은 일. 명백한 것과 그다지 명백하지 않은 것. 중요한 것과 사소한 것. 그들은 그 모두를 알 필요가 있다. 정말로 그들은 그 모두를 알 권리가 있다.

삶이란 손의 패를 감춘 채 내기를 하는 포커 게임이 아니다. 삶이란 솔리테르 게임(카드를 펼쳐 놓고 하나씩 뒤집으며 카드 모양에 따라 순서대로 정렬하는 게임으로 혼자서 할 수 있음)이다. 이 게임은 탁자 위에 모든 카드를 올려놓고, 우리 바로 앞에 카드의 앞면이 보이게 한다. 비록 우리가 짝을 지어, 때로는 무리를 지어 한다고 해도 삶은 솔리테르 게임이다. 현실 속에는 하나인 우리만 있기 때문이다.

다섯 번째 단계

이것은 우리를 진실을 말하는 마지막 단계로 인도한다. 모든 것에 대한 진실을 모두에게 말하는 것이다.

이제 우리는 정말로 자유를 체험한다. 어떤 것을 어떤 사람에서 감춰야 할 필요에서 자유로워지면 당신은 지금까지 상상한 가장 즐겁고, 창의적이고, 역동적이고, 유동적이고, 생동감 넘치고, 진정한 방식으로 삶을 자유롭게 살아 나간다.

인간의 열 가지 환상이 존재한다고 앞에서 말했다. 첫 번째 환상은 필요의 환상이다. 이제 이 말을 당신에게 하겠다. 필요에서 자유로워지면 당신은 자유롭게 나아간다.

진실을 말하는 다섯 번째 단계는 우리에게 이런 자유를 가져다준다. 이제 우리는 삶을 계속해 갈 수 있다. '좋게 보이거나' '올바르게 이해하거나' '영적으로 깨달아야' 할 필요에 구애받지 않고, 거절을 피하기 위해 되어야 하고, 해야 하고, 가져야 한다고 생각한 그 무엇에도 구애받지 않고.

이것이 '완전한 투명성'의 단계이다. 이 세상이 익숙해져 있지 않은. 이런 종류의 투명성이 우리의 개인 삶뿐 아니라 사업부터 정치, 교육, 종교, 그 사이에 있는 모든 것에 이르기까지 전체 집단 경험에서도 흔해질 때, 모든 사람이 모든 것에 대해 모든 것을 아는 그런 사회를 우리는 만들게 될 것이다. 그리고 하나인 모두everyone에 대해 아는 사회를.

그런 생각은 우리에게 다음과 같은 질문을 생각해 보도록 도전장을 던진다. 왜 우리는 어떤 것을 비밀로 유지할 필요가 있는가? '비밀 유지'와 '사생활'의 차이점은 무엇인가? 우리 생각 속 무엇이 우리로 하여금 어떤 것이든 '사적인 것으로' 유지할 필요가 있다고 생각하게 하는가? 왜 '사랑'이라 불리는 이것은 가장 고차원으로 표현될 때 사생활의 필요를 마술 같이 지우는가?

우리는 사랑하는 다른 이와 거리를 둘 필요가 있는가?

그런가? 만일 그렇다면 거리를 두어야 하는 것은 무엇이겠는가? 만일 그렇지 않다면 어찌하여 사랑과 친밀함Intimacy(내 안을 보라into me see)은 '사생활'의 필요성을 없애는가?

사랑과 친밀함이 안전함을 만들기 때문인가? 우리는 무슨 일이 있어도 '안전'하다고 느끼고 계속해서 사랑받는다고 느끼게 되는가? 우리 자신이 있는 그대로 받아들여진다고 느끼게 되는가? '비밀'과 '사생활'의 필요를 느끼게 하는 것은 우리가 있는 그대로 받아들여지지 못하고 사랑받지 못하리라는 두려움 때문 아닌가?

이것은 이 행성 위에서 서로 어떻게 행동해야 하는지에 대한 단서가 되는가? 완전히 변화된 사회를 원한다면 어떻게 행동하면 되는지에 대한 단서가 되는가?

이 메시지를 나날의 삶에 적용하기

'진실을 말하는 다섯 가지 단계'가 이해하기는 쉽지만 적용하기는 어려움을 나는 알게 되었다. 적어도 나에게는 그랬다. 나는 여전히 이 단계 전부와 늘 함께하지는 못한다. 하지만 예전보다는 가까워졌다.

핵심 메시지 17을 나날의 삶에 적용할 수 있는 방법에 대한 몇 가지 의견은 다음과 같다.

 '진실 노트'를 만들라. 그렇다, 나도 안다. 우리는 노트 만드는 그 일상을 또 한다. 하지만 앞에서 설명한 것처럼 삶의 많은 측면을 위해 노트를 만들고 그 안에 중요한 내용을 적는 것은 당신이 늘 체험하고 싶어 하던 대로 삶을 재창조하는 강력한 도구가 될 수 있다. 그러므로 협조하고, 이 점에 대해 다투지 말라. 다만 노트를 만들라!

՞ 이제 '진실 노트'에 삶의 모든 영역에서 자신에 대해 현재 알고 있는 모든 진실을 맨 처음으로 적으라. 생각해 낼 수 있는 모든 구성 요소로 당신의 이야기를 나누라. 그것들은 돈, 사랑, 섹스, 신, 일과 직업, 재능과 능력, 아이와 육아, 외모와 신체적 특징, 정신적 특징, 집과 환경, 일상생활을 하면서 현재 경험하고 알고 있는 자신에 대한 다른 모든 진실일 것이다. 스스로에게 정직해진다면 약간 불편할 수 있다. 괜찮다. 그 불편함을 경험하라. 불편함이란 치유가 막 일어나려 한다는 소식에 지나지 않는다.

՞ 이제는 그 노트에, 다른 사람과 관련된 당신의 현재 진실에 대해 비슷한 항목을 만들고 글을 쓰라. 당신의 배우자, 자녀, 친구, 이웃, 상사, 심지어 신처럼 당신 삶 속의 다른 어떤 사람이어도 된다.

՞ 이제는 당신 자신에 대해 드러낸 이것들을 가져가―이렇게 적는 것은 정신적 경험에 형상을 부여할 뿐이다―사람들에게 알려라. 말하자면 그 글에 따라 살아가기로 선택하라. 그 글에 따라 살아가는 첫 번째 단계는 그것들을 말하는 것이다. 이때는 이 말을 기억하면 좋다.

"네 진실을 말하라. 하지만 네 말들을 평화로 달래라."

՞ 오늘부터는 앞으로 모든 것에 대해 모든 이에게 완전히 전적으로 진실되겠다고 결정하라. 그 사람이 입고 있는 옷이나 머리 모양이 마음에 안 든다고 사람들에게 말하며 다니라는 뜻이

아니다. 어떤 것에 대한 질문을 구체적으로 받았을 때 혹은 어떤 주제에 대해서든 열려 있는 양방향 교류를 하고 있을 때 당신 자신을 온전히 전적으로 드러내고, 완전히 발가벗고 서서 당신이 반드시 보이게 하라는 것이다. 진정한 자기를 표현하고 체험한다면 이 경험을 두려워하지 않을 것이다. 정말로 당신은 그 경험을 초대하고 열렬히 기다릴 것이다. 우리를 부분적으로만 체험할 수 있다면 어떻게 다른 사람들이 우리를 완전히 알고 전적으로 받아들일 수 있겠는가? 이것은 모든 관계에서 모든 인간 앞에 놓인 질문이다. 삶은 이 질문에 가장 큰 용기를 가지고 답하도록 당신을 초대한다. 만일 그렇게 하면 가장 큰 보상을 받을 것임을 삶은 약속한다.

🌙 문화, 종교, 사회, 정당, 학교, 가족이 당신에게 가르친 모든 '진실'에 의문을 품으라. 물론 이 책 속의 모든 진실에도 의문을 품으라.

🌙 당신 삶 속 '가장 중요한 진실' 스물다섯 가지를 적어 보라. 각각의 항목 옆에 왜 당신이 그것을 사실로 간직하고 있는지 적으라. 그리고 그 사실들을 바꿀 수 있는 것이 만일 있다면 무엇인지 적으라.

🌙 사람들이 당신에 대한 진실을 말할 수 있는 안전한 환경을 만들기 위해 필요한 모든 일을 하라. 그들에게도 똑같은 것을 해달라고 요청하라. 사랑하는 이가 당신에게 무엇을 말하든 당신

의 사랑 안에서 완전히 안심할 수 있게 하기 위해 당신이 할 수 있는 일이 만일 있다면 무엇일지 그와 이야기하라.

🌊 다른 사람과 하고 싶은 중요한 '진실 말하기'가 있다면 무엇이든 개인적으로 미리 적어 놓음으로써, "네 진실을 말하라. 하지만 네 말들을 평화로 달래라." 접근법을 연습하라. 물론 이것은 대개 불가능하다. '진실의 순간'은 한순간 즉시 생겨나기 때문이다. 하지만 다른 사람에게 정말로 말하고 싶은 것이 있지만 '적당한 때'를 기다리고 있음을 알고 있는 순간이 있다. 이 기술을 연습할 좋은 때이다. 당신이 이 주제에 대해 가지고 있는 모든 부정적 에너지가 빠져나가고 해소되게 하면서, 그 부정적 에너지를 가장 잘 해소시키는 말들로 하고 싶은 말을 적으라. 그런 다음 당신이 쓴 내용을 다시 살펴보라. 당신이 지닐 수 있는 부정적인 에너지, 상처가 될 수 있는 에너지, 판단하는 에너지는 없애되 의도나 의미는 전혀 퇴색시키지 않고 똑같은 내용을 말할 수 있는 방법이 있는지 살펴보라.

🌊 목소리 어조나 얼굴 표정은 실제 말 만큼이나 중요한 에너지 전달자임을 인식하라. 그러므로 평화롭게 진실을 이야기할 때는 이 모두를 고려하라.

🌊 이 단순한 과정을 즐기라. 종이 한 장을 꺼내, 바로 지금 당신에게 중요한 세 사람의 이름을 적으라. 각 이름 밑에 공란을 많이 남겨 두라. 그 공란에 다음 문장을 완성시켜 쓰라. "내가 당

신에게 말하기 두려운 것은……" 만일 있다면 무엇이 당신에게 떠오르는지 살펴보고, 가능한 한 이른 시일 내에 그것을 이야기할 방법을 찾으라.

❧ "내가 당신에게 말하기 두려운 것은……"이라는 말로 실제 대화를 시작하는 것을 두려워하지 말라. 어떤 것에 대해 솔직하게 말해도 되는지 그 사람에게 늘 묻도록 하라. 이 점에 있어 진실되라. 그저 형식적으로 묻지 마라.

❧ 날마다 신에게 당신의 진실을 말하라. 화가 났다면 화를 내라. 감사하다면 감사하라. 좌절감을 느끼고 의문이 생긴다면 정확히 그대로 하라. 매일 진실로 신과 대화하라. 한 방향으로만 하지 마라. 종이 위에서 하라. 그리고 가장 놀라운 대답을 받을 준비를 하라. 하지만 주의하라. 당신의 삶이 변화하길 원하지 않는다면 이것을 하지 마라.

15
반대의 법칙

당신이 어떤 것을 선언하는 순간,
그것과 닮지 않은 모든 것이 공간 속에 나타날 것이다.
이것이 반대의 법칙이다.
삶에는 다른 선택이 없다. 반대의 법칙은 내 삶 속에 나타나야 한다.
개인적 창조 과정이 그것을 요구하기 때문이다.

인류가 한 종으로서 자신과 신에 대해 지금까지 받아들인 모든 것에 의문을 품을 용기를 낼 때, 자신이 진실로 '신의 모습으로 신과 비슷하게' 창조되었음을 믿을 정도로 충분한 용기를 낼 때, 마침내 인류는 늘 의도했던 대로, 우주의 모든 지각 있는 존재에게 열려 있는 대로, 자신을 표현하고 체험할 수 있을 것이다.

우리 모두 알고 있듯이 인류 속의 개인들은 이렇게 해 왔다. 때때로 그들의 이런 행동은 그렇게 할 수 없거나 우리의 믿음 때문에 그렇게 하기를 거부하는 사람들, 혹은 신에 대한 우리의 이해 때문에 그렇게 하기를 두려워하는 나머지 사람들의 주의를 끌게 되었다.

매우 뚜렷한 방식으로 이렇게 해 온 몇몇 사람들은 우리의 주목을 받았고 우리 역사에서 눈에 띈다. 우리는 그들을 성인이나 현자, 구루, 순교자, 영웅이라 부른다. "우리는 신성하지 않고 신의 일부가 아니다. 우리는 신성한 표현과 체험의 차원까지 절대 올라갈 수 없고 올라가지 않을 것이다."라는 인류의 중심 생각을 거슬렀기 때문이다.

하지만 지금 인류에게 주어진 순간은 우리 자신을 성인, 현자, 구루, 영웅이라 부르도록 초대한다. 선택된 몇 명만이 아니라 우리 구성원 모두를. 신의 아들인 한 명의 남성만이 아니라 모든 남성이다. 기쁨 넘치고 은총 가득한 단 한 명의 여성만이 아니라 모든 여성이다. 신성한 단 한 사람만이 아니라 모든 사람이다.

신의 의도는 신의 장엄함을 우리 중 단 한 사람이나 선택된 몇명에게만 주려는 것이 아니다. 신의 지각 있는 모든 창조물에게 신의 특성을 전부 주려는 것이 신의 의도이다. 신은 이것을 정확히 그리고 세심하게 했다. 지각 있는 모든 존재는 정말로 '신의 모습으로 신과 비슷하게' 만들어졌다.

우리는 이 이야기를 몇 세기 동안 들어 왔지만 그 이야기를 '궁극적 실체'로 받아들일 수 있을 법한 곳으로 이제 막 나아가고 있다. 신성모독자나 배교자, 이단자로 불리지 않으면서 받아들일 수 있는 곳으로. 정신 나갔다, 미쳤다, 비상식적으로 제멋대로다, 허풍 떤다 등의 분류표를 붙이지 않고도 받아들일 수 있는 곳으로. 공동체 내에서 소외감을 느끼거나 배척당하거나 규탄받지 않고도 받아들일 수 있는 곳으로.

실패인가 돌파구인가의 선택

인류는 '돌파구 직전'에 서 있다. 언제나 돌파는 실패가 위협받을 때 일어난다. 그리고 지금보다 더 많은 면에서 완전하게 전적으로 실패하리라 위협받은 적은 인류의 역사에서 단 한 번도 없었다.

앞에서 말한 것처럼 우리의 집단 경험 중에서 우리가 의도했던 대로 작용하는 것은 아무것도 없다. 우리는 주의 깊고 세심하게 정치적, 경제적, 생태적, 교육적, 영적 체계와 해결책을 만들었지만, 이 중 어느 것도 원래 계획대로, 우리가 그토록 오래 갈망해 온 결과를 만들지 못했다. 우리의 정치, 경제, 영성이나 나머지 것 중 어느 하나라도 실제로 작용하고 있다고 생각하는 사람이 있다면 큰 망상에 빠져 있는 것이다.

'망상'과 '환상'에는 차이가 있다. 환상은 마술이고, 망상은 비극이다.

우리가 해야 할 일, 우리의 기회, 삶으로부터 초대는 비극적인 망상에서 마법적인 환상으로 옮겨가는 것이다. 우리는 순수한 창조의 힘을 이용하여 이렇게 할 수 있다. 우리가 그래야 한다고 들어 온 것 같은 망상적인 현실 속에 계속해서 살기보다는 모든 삶이 환상임을 알고, 그 후 환상에 불과한 현실을 우리가 바라는 그대로 만들면서.

하지만 이 특별한 기회의 가장자리에 서 있는 동안 우리 모두가 알고 있어야 할 내용이 있다. 다음의 글을 쓴 사람은 프랑스 시인이자 성직자, 철학자였던 아폴리네르였는데 내가 조금 바꾸어 실었다.

"끝으로 오라."
"그럴 수 없다. 우린 두렵다."
"끝으로 오라."
"그럴 수 없다. 우린 떨어질 것이다!"

"끝 으 로 오 라."
그리고 그들이 왔다.
그래서 그들을 밀었다.
그러자 그들이 날았다.

나는 것에 비유하기

조금이라도 이륙하고자 한다면 우리는 하늘을 날 수 있는 가능성을 기꺼이 고려해야 한다. 그 어느 때보다 지금 이 가능성을 고려해야 한다. 활주로의 끝까지 달려가고 있기 때문이다. 지금은 새로운 방향으로 이륙하거나 악몽 같은 미래를 떠안거나 둘 중 하나를 해야 할 시간이다. 우리의 오래된 믿음에 뿌리박고 있으면 불가피하게 만들어질 미래를.

하지만 우리가 가장 바라고 꿈꿔 온 미래를 창조하려는 용기와 확신을 갖고 움직일 때, 그 길에서 직면하게 될 것을 이해하는 것이 중요하다. 다음 내용을 완전히 이해하는 것이 중요하다.

신과 나눈 이야기 핵심 메시지 16

당신이 어떤 것을 선언하는 순간,
그것과 닮지 않은 모든 것이 공간 속에 나타날 것이다.
이것이 반대의 법칙이다.
이 법칙은 당신이 표현하기 바라는 것을 체험할 수 있는
맥락의 장을 만든다.

이 요소는 삶이 어떻게 작용하는지를 이해할 때 중요하다. 우주의 이 불변의 법칙을 알지 못하면 우리는 포기하고픈 유혹, 물러나고픈 유혹, 무릎 꿇고픈 유혹, 가장자리에서 발을 내딛어 날기를 피하고픈 유혹을 받을 것이다. 우리는 죽을 만큼 놀라고 두려워하고 무서워할 것이다.

정말로 그것이 수억 명의 사람들의 삶의 본성이다. 그들은 문자 그대로 무서워 죽을 것 같아 한다. 말하자면 아침부터 저녁, 처음부터 끝, 삶의 시작부터 마지막까지 두려움 속에 산다.

우선 그들은 부모를 두려워한다. 그런 다음 스승을 두려워한다. 그러고 나서 고용주를 두려워한다. 이제는 이웃을 두려워한다. 그러고는 자신의 나라를 두려워한다. 그리고 그중 일부 사람들 혹은 많은 사람들이 신을 두려워한다.

왜냐하면 자신들이 추구하고 희망하는 것을 제외한 모든 것이 주위에서 일어나기 때문이다.

하지만 '반대의 법칙'은 무서워할 것이 전혀 아니다. 이 법칙은 결국 우리를 삶의 과정과 방향에 대해 큰 힘을 가질 수 있는 곳으로 데려간다. 이 효과를 목격할 때 우리는 마침내 올바른 방향으로 움직이고 있음을 확신하고 드디어 편히 쉴 수 있기 때문이다.

물론 이 법칙은 우리의 직관에 완전히 반하는 것이다. 우리가 창조하려고 선택한 것과 반대되는 것을 볼 때 우리는 잘못된 방향으로 움직이고 있고 잘못된 일을 하고 있으며 잘못된 결과를 만들고 있다고 생각한다. 대개 그 정반대가 사실이다. 이것이 바로 반대의 법칙이라 불리는 이유이다.

그러므로 그 법칙이 어떻게 작용하는지 살펴보자.

그것은 일어나야 하는 일이다

'반대의 법칙'은 신과 대화를 나누는 동안 나에게 주어진 분류 표에 지나지 않는다. 내가 거의 모든 것에 대해 결정을 내리는 순간, 어디서든 갑자기 어떤 장애물이나 걸림돌에 맞닥뜨리는 것 같은 이유를 이해할 수 있도록 주어진 것이다. 내가 표현하고 체험하려고 하는 것 '이외의' 것이 즉시 내 지평선 앞에 커다랗게 나타난다. 겉으로 보기에는 내가 그 목표를 가지고 앞으로 나아가지 말아야 하는 온갖 이유들을 보여 주는 것 같다.

우리가 이해하지 못하는 것은 삶은 이렇게 해야 한다는 점이다. 우리의 선택이 표현되는 것을 체험할 수 있는 맥락의 장을 삶이 만들기 위해 일어나야 하는 일이다.

이 내용은 『신과 나눈 이야기』의 대화 속에 상세하게 설명되었고 이 책 8장에서도 이미 다루었다. 하지만 이제는 내가 나의 삶과 다른 이들의 삶에서 보았던 이 법칙과의 실제 만남을 살펴보겠다. 왜 작용하는가뿐 아니라 어떻게 작용하는가도 더 잘 알기 위해서이다.

시빙 Ceiving의 비밀

내가 체험한 바에 따르면 '개인적 창조 과정'은 세 단계로 일어난다. 첫째, 우리에게 아이디어가 생긴다. 둘째, 우주는 그런 아이디어가 담길 수 있는 맥락을 즉시 만들고, 그 맥락 속에서 그 아이디어 자체를 두드러지게 하고, 보게 하고, 체험할 수 있게 하는 대비되는 요소를 제공한다. 셋째, 우리는 각각의 대비되는 요소를 정확히 있는 그대로, 장애물이 아닌 기회로 본다. 본래의 창조물을 가지고 앞으로 나아갈 수 있는 권한을 주는 것으로 본다.

나는 이것을 종종 '시빙Ceiving의 과정'이라 부른다.

지구 상 언어 중에 이런 단어가 없다는 것을 잘 알고 있지만, 영어를 기준으로 이 멋진 표현을 더 살펴보자.

모든 창조는 우리가 어떤 것을 품을conceive 때 시작된다. 우리는 이런저런 종류의 아이디어를 갖는다. 이것이 구상의 순간이다. 우리는 새로운 생각을 낳는다.

우리가 어떤 것에 대한 아이디어를 갖는 순간, 마음은 그 아이디어를 살펴본다. 마음은 그것을 살펴보고 자세하게 점검한다. 그러므로 우리는 우리가 구상conceive한 것을 인지perceive한다.

그것을 어떻게 인지하는가, 우리 마음속에서 어떻게 보고 평가하는가가 그것을 어떻게 체험할지를 결정할 것이다. 그것은 좋은 생각인가 나쁜 생각인가? 기능을 하는가 하지 않는가? 가능한가 불가능한가? 그렇게 하면서 우리는 앞으로 나아가야 하는가, 하지 말고 뒤로 물러서야 하는가?

그러므로 우리는 우리 자신에게 그 아이디어를 다시 주지만, 원래 형태대로가 아니다. 오히려 우리는 그 아이디어를 받는다 receive. 다시 한 번 시브ceive한다! 하지만 이제는 우리가 구상 conceive한 것의 인지perceive로부터 발전된 형태이다. 이것이 흠 없는 구상(원문인 immaculate conception은 기독교에서 성모 마리아의 '원죄 없는 잉태'를 뜻하기도 함)인 경우는 드물고, 오히려 원래 구상한 것의 뒤틀린 형태이다.

우리는 우리가 구상conceive한 것을 인지percieve한 것을 어떻게 받을receive 것인가에 매우 주의를 기울여야 한다. 만일 주의하지 않으면 우리 자신을 속이기deceive가 매우 쉽기 때문이다. 말하자면 우리가 하려고 했던 바로 그 일을 하지 않을 것이다. 우리는 우리 구상conception의 인지perception의 받음reception 때문에 속임수deception를 만들어 낼 것이다.

많은 사람들은 위대한 아이디어가 구상된 후 태어나기 전에 그 아이디어를 지웠다. 반대의 법칙 때문에 그렇게 했다. 기회가 아닌 반대되는 것으로 인지한 것과 맞닥뜨렸기 때문이다.

진실을 아는 것

이 점을 이해한다면 삶에서 장애물처럼 보이는 것들을 못 본 체하는 것이 현명하다. 혹은 그것들에게서 영향력을 빼앗는 것이 낫다. 그 장애물들은 우리가 정확히 올바른 방향으로 움직이고 있음을 알려 주는 표지판일 뿐이다. 현실 속에 나타나도록 우리가 선택한 것들을 체험할 수 있는 맥락의 장이 만들어졌음을 나타내는 안내문이다.

8장의 예로 돌아가 보자. 어둠이 다가올 때 우리는 그 어둠을 빛인 우리 자신을 알기 위한 기회로 본다.

그러므로 이런 '장애물'이 불쑥 나타나면 그 장애물들이 왜 존재하는지 알아차려야 한다. 즉, 우리가 올바른 길 위에 있다는 증거임을 알아차리고 앞으로 계속 나아가야 한다.

이 과정 전체를 형이상학의 영역에서 없애고 평범한 물질적 삶이라 불리는 틀 안에 놓아 둘 때 우리는 이 모두를 단순한 '결의' 나 '끈기'라 이름 붙일 것이다. 혹은 '신념 지키기'나 '인내심 보여 주기'라고 이름 붙일 것이다. 형이상학적으로는 '진실을 아는 것'이라 불린다.

영적인 관점에서 우리는 이해한다. 반대되는 것이 존재하는 맥락의 장을 벗어나면 아무것도 이룰 수 없고 표현할 수 없고 체험할 수 없음을. 이 말은 우리 앞에 나타난 반대되는 것을 놀랍도록 다른 방식으로 다루도록 도움을 준다. 우리는 뒤로 밀리기보다는 앞으로 밀쳐진다. 꺼지기보다는 켜진다. 플러그가 빠지기보다는 꽂혔다고 느낀다. 그러므로 우리의 다음 번 장엄한 창조의 영광과 목표를 향해 경주하며 신중하게 나아간다.

그렇다, 하지만 만일

이런 질문을 던지는 사람들이 있다. 만일 우리가 이루려거나 체험하려는 것과 반대되는 것이 반복적으로 끝없이 나타나면 어떻게 하는가? 몇 달이나 심지어 몇 년에 걸쳐 그치지 않고 여러 번 되풀이해서 나타나면? 이것은 매우 합당한 질문이다.

우리 모두가 이 의문을 품고 있다고 확신했기 때문에 나는 이 질문을 스스로 살펴보아야 했다. 그리고 이 반대의 법칙 주변에 더 살펴보고 설명해야 할 함축된 내용이 있다는 사실을 알게 되었다.

나 자신의 삶 속에서, 일어나는 조건과 상황이 내가 하려고 시작한 일을 지속적으로 더 이루기 어렵게 만든다면 나는 즉시 두

가지를 살펴본다.

첫째, 반대의 법칙이 기능적으로 작용하지 못하게 막는, 내가 내 근본 믿음의 일부로 유지하고 있는 것이 있는가? 처음에 기회라고 생각한 것을 반대되는 것으로 다시 바꾸는 것이?

그러므로 반대의 법칙은 내 믿음을 점검할 기회를 준다. 내가 지금 되고 싶고, 하고 싶고, 가지고 싶어 하는 것을 되지 못하게 하고, 하지 못하게 하고, 가지지 못하게 하는 무엇을 나는 마음 깊은 현실의 일부로 붙잡고 있는가?

이제 이 질문을 당신 자신에게 던졌을 때, 당신이 삶에서 가고 싶어 하는 곳에 가지 못하게 하는 믿음을 붙잡고 있지 않을 가능성을 객관적으로 생각해 보자. 내 경험상 이런 일은 드물기는 하지만 불가능한 것은 아니다. 그렇다면 두 번째 질문을 던질 차례이다.

둘째, 내가 잘못된 방향으로 가지 않고 잘못된 일을 하지 않고 잘못된 결과를 만들려고 하지는 않지만, 다만 잘못된 방법이나 잘못된 때에 하고 있을 가능성은 없는가?

이것은 종종 예전에 생각하지 못했던 곳으로 나를 데려간다. 필요한 것은 목적지의 전환이 아니라 방향의 전환이라는 점이다. 이 두 가지는 똑같지 않다.

방향을 바꿀 때 우리는 목적지를 버리는 것이 아니다. 다만 그곳에 도달하는 다른 길을 택하는 것이다.

둘 중 어느 것인가?

그렇다면 다음의 사실을 알게 되는 것은 당연하다. 반대의 법칙은 우리가 바라는 바를 체험하게 만들기 위한 맥락의 장 이상을 우리에게 줄 수 있다. 지금은 이루어지기에 완벽한 때가 아니거나, 그 결과를 만들어 낼 가장 효율적이고 효과적인 방법이 아닐 거라는 영혼의 신호도 반대의 법칙은 우리에게 준다.

그러므로 반대의 법칙은 한 쪽이 아닌 양쪽으로 적용된다.

물론 이 말은 또 다른 매우 합당한 질문으로 이어진다. 이 두 가지의 차이점을 우리는 어떻게 아는가?

나에게는 이것이 강조와 일관성의 문제이다. 내가 체험하고 싶은 것과 반대되는 것이 내 선택이나 결정 직후에 나타난다면, 나는 보통 빙긋 웃으며 자각한다. 나는 이런 일이 일어날 줄 알고 있었다. 그것이 일어나야 함을 알고 있었다. 삶에는 다른 선택이 없다. 반대의 법칙은 내 삶 속에 나타나야 한다. 개인적 창조 과정이 그것을 요구하기 때문이다.

하지만 반대되는 것처럼 보이는 것이 계속해서 오래도록 자신을 드러낸다면, 그리고 나의 개인적 믿음 체계 안에서 나의 가장 큰 소망이 실현되지 못하게 하는 에너지를 붙들고 있는 곳을 솔직히 찾지 못했다면, 나는 다음과 같은 관념에 무릎 꿇는다. 지금 당장 나에게 그것이 가장 고귀한 최선은 아니라는 영혼의 신호가 사실 주어지고 있는 것이라고. 다시 말하지만 이것 역시 반대의 법칙이 표현되는 방식이다.

그러므로 문제는, 생겨나는 장애물들과 반대되는 것들의 강도와 지속 시간이다.

이곳에 눈에 보이는 것보다 더 많은 것이 있는가?

이제 나는 약간 '신비주의'처럼 들리는 말을 하겠다. 하지만 당신에게 완전한 도움이 되기 위해 내가 살펴보아야 하는 것이다.

『신과 나눈 이야기』를 읽었다면 알고 있겠지만 우리 모두는 흔히 환생이라 불리는 과정을 통해 많은 생애를 살았을 뿐 아니라 지금 체험하고 있는 생애를 한 번 이상 살 수도 있다. 정말로 여러 번이다.

『신과 나눈 이야기』 시리즈의 마지막 책인 『신과 집으로 *Home with God*』는 다음과 같은 사실을 우리에게 알려 준다. 우리는 어떤 특정 생애를 원하는 만큼 반복할 수 있는 축복을 선물 받았다. 생애의 점점 더 많은 순간에 신성의 표현의 완성에 점점 가까이 다가가고, 완벽에 점점 가까이 다가가는 수단으로 그 한 가지 정체성을 이용하기 위해서이다. 이것이 바로 모든 영적 마스터들이 마스터의 경지에 이른 과정이다.

예전에 경험한 생애를 살아갈 때 우리는 '데자뷰'라 불리는 순간들과 맞닥뜨리는 자신을 흔히 발견한다. 마치 그 순간을 예전에 경험했던 것처럼 모든 것이 그대로이다. 이 일은 우리를 갑자기 멈춰 서게 한다. 우리는 주위를 힐끗 둘러보며 이런 일이 어떻게 가능한지 의아해한다. 심지어 주변 사람들에게 소리 내어 말할지도 모른다.

"세상에, 이 모든 걸 예전에 경험한 적이 있어! 모든 것이 그때와 똑같아! 당신은 그곳에 앉아 있었고 나는 여기 서 있었지. 우린 이런 말을 하고 있었어. 난 이것과 똑같은 일을 예전에 경험한 적이 있어!"

당신이 아는 것보다 더 많은 사람들이 그런 순간을 경험했다. 아마 당신 자신도 한두 번 경험했을 것이다. 만일 그렇다면 내가 여기서 무슨 말을 하고 있는지 정확히 이해할 것이다. 신과 나눈 대화에서 나는 그 순간들이 복제된 생애로부터 이 생애로 '스며 든' 것이라고 들었다. 반투명 용지 다발 위에 떨어진 한 개의 물방 울처럼.

반대의 법칙에 대한 논의 관점에서 나는 자주 이렇게 느꼈었다. 기회가 사실 장애물이 될 때, 이것은 우리의 '다른 자아'가 '현재 자아'에게 주는 신호가 물리적으로 나타난 것이라고. 우리가 이 특정한 일을 예전에 시도한 적이 있지만 아주 잘되지는 않았다는 신호가.

다른 식으로 설명해 보겠다.

나는 우리가 시간의 선을 따라 모든 장소에 동시에 존재하고 있다고 생각한다. 만일 이것이 사실이라면 미래에도 자기가 있고, 현재에도 자기가 있으며, 과거에도 자기가 있다.

이 우주론에서 '과거', '현재', '미래'는 존재하지 않으며 영원한 현재만 존재한다. 영원한 현재의 땅에서 우리가 현재 무엇을 체험 하는가는 어느 특정한 삶을 표현하는 의식이 어디에 집중하고 있 는가에 달려 있다.

어떻게 하면 영혼의 목표를 가지고 가장 잘 나아갈 수 있는지에 대해 우리가 우리 자신에게 방향을 제시할 수 있다고 나는 생각한다. 우리의 성스러운 삶 자체의 표현을 통해 영적 영역에서 물리적 영역으로 옮겨 갈 때 우리가 이루려고 했던 것을 이루면서.

만일 우리 모두가 진정으로 신과 하나라면, 만일 우리의 의식이 모든 시간 속 모든 것의 모든 체험을 아우르는 지점까지 진정으로 확장된다면, 우리 마음의 일부가 우리 영혼의 일부에 가닿을 수 있음은 상상할 수 있다. 그 영혼은 로버트 하인라인이 말하는 그 모든 '존재하는 시기와 장소'에서 자신이 하고 있는 모든 모험을 알고 있다.

이런 상상도 해 볼 수 있다. 마치 철도 건널목의 신호등처럼, 영혼은 우리가 가고 있는 방향으로 계속 나아가기에 완벽한 시기가 아닐 수 있으며 어쩌면 방향을 바꿀 차례임을 우리에게 '경고'하는 것에 지나지 않을 것이다. 혹은 적어도 약간 기다릴 시간이라고. 이 특정한 정체성을 지닌 또 다른 여행이 만드는 것과 똑같은 것을 우리의 현재 생애가 만들어 내기를 바라지 않는다면 말이다. 그것을 원하는 경우라면 그대로 앞으로 나아가라!

믿음은 필요하지 않다

이 말이 이상한 생각처럼 들리고, 많은 사람들이 '현실'이라고 불러 온 것에서 너무도 동떨어진 이론처럼 들려서 받아들이고 수용하기 어려울 것임을 나는 알고 있다. 당신이 받아들이거나 받아들이지 않거나는 별로 중요하지 않다.

여기서 내가 말하고 싶은 것은 이것뿐이다. 당신이 체험하려고 하는 것과 '반대되는 것'이 창조 순간의 초기 단계에 나타나면, 그 분명한 반대되는 것을 그대로 헤치고 나아가고 그것을 기회로 보라. 인내심과 결의를 가지고 전념하라. 나는 내 삶에서 그렇게 했고, 이 접근법이 강력하며 이루어질 것임을 약속할 수 있다.

'반대되는 것'처럼 보이는 것이 오랫동안 계속해서 나타나고 그 강도가 점점 커진다면, 바로 앞에서 열심히 설명한 두 번째 유형의 영혼의 신호에 속할 것이다.

이것이 내가 이 주제에 대해 줄 수 있는 지혜이다. 이것은 나에게 많은 도움이 되었다. 당신에게도 그러하길 바란다.

이 메시지를 나날의 삶에 적용하기

삶의 모든 일처럼 반대의 법칙은 보기보다 복잡하다. 위의 설명이 증명해 보이듯이. 하지만 여전히 우리에게 유용할 수 있다. 이점에 대해서는 의문이 없다.

이 법칙을 이해하면 우리의 단념하는 행동을 단념시킬 수 있다. 우리의 멈추는 행동을 멈추게 할 수 있다. 이 점이 좋은 면이다. 그러므로 이 모두를 당신의 나날의 삶에 어떻게 적용할 수 있는지 몇 가지 실용적인 제안을 알려 주겠다.

🍃 당장 나가서 바이런 케이티의 책 『네 가지 약속』을 사라. 앞에서 이 책에 대해 말한 적이 있는데 다시 이야기하겠다. 한 사람의 삶을 나아지게 하는 강력한 수단이기 때문이다. 케이티가

253

'작업'이라 부르는 것을 시작하라. 그녀를 아는 모든 사람은 그녀를 이름이 아닌 성으로, '케이티'라 부른다. '작업'은 일어나는 당신의 모든 생각을 보통 때보다 훨씬 깊이 살펴보도록 초대하는 간단한 자기 성찰의 과정이다. 특히 당신이 체험하고 싶은 것과 반대되는 것에 대한 생각들을 가지고 작업해 보라. 케이티의 과정에서 살펴보라고 권하는 질문들을 스스로에게 해 보라. 그것이 사실인가? 그것이 사실임을 확실히 알 수 있는가? 그 생각을 믿을 때 당신은 어떻게 반응하고, 무슨 일이 일어나는가? 그 생각이 없다면 당신은 어떤 사람이 되겠는가? 그럼 다음 케이티가 '뒤바꾸기'라고 부르는 것을 한다. 그것은 당신의 삶을 바꿀 수 있다. 바이런 케이티가 만들고 우리에게 선물해 준 '작업'에 대해 좀 더 알고 싶으면 그녀의 작업 홈페이지 www.TheWork.com 로 가 보라.

🌙 현실화시키고 싶은 멋진 생각이나 신나는 비전이나 환상적인 꿈을 다음에 갖게 된다면 어떻게든 하라. 즉 어떤 것도 당신을 멈추지 못하게 하라. 물론 단기간 안에 다 하라는 말은 아니다. 그리고 '단기간'이란 하루 이틀을 의미하지 않는다. 나라면 많은 시간이 흐른 후에야, 어떤 것을 계속해서는 안 된다는 영혼의 신호를 삶이 당신에게 보낸다고 생각할 것이다. 나에게 걸리는 시간은 보통 며칠이나 몇 주가 아니라 몇 달이나 몇 년이다. 분명 나는 끈기 있다.

🌙 나의 모토는 '길이 있다면 내가 길을 찾을 것이다.'이다. 신이

이런 종류의 다짐을 좋아한다고 나는 생각한다. 이런 다짐은 다음과 같은 신호를 천국에 보낸다. 우리는 우리가 진정으로 누구인지 알고 있고, 어떤 힘이 우리의 힘인지 알고 있으며, 그 힘이 표현될 수 있는 맥락의 장을 이해하고 있고, 그것을 표현하는 길에 어떤 것도 들어서지 못하게 하려 한다는 신호를. 비록 조금 기다리거나 다른 방법으로 표현하라는 '영혼의 신호'는 따른다 해도.

당신이 체험하고 있는 것이 반대의 법칙이 짧은 시간 나타난 것이든, 혹은 방향을 바꾸어야 한다는 분명하고 확실한 신호가 오래도록 나타난 것이든, 당신의 삶에 이 특별한 방식으로 나타남으로써 당신을 축복하는 것을 축복하고, 축복하고, 축복하라. 삶 속 모든 것, 그러니까 모든 것이 당신 자신의 이익을 위한 것이다. 프랑스 친구 자크 슈크롱은 『만일 삶이 당신을 위한 최선만을 원한다면?What If Life Only Wanted the Best for You?』이라는 아름다운 책을 썼다. 이것은 탁월한 질문이다. 스스로가 답을 하는 질문이다. 삶은 당신을 위한 최선만을 원한다. 이런 식으로 보게 되면 우리는 삶을 이런 식으로 체험한다. 이것은 그처럼 단순하고 훌륭하다.

마무리하기 전에, '조금 기다리거나 다른 방법으로 표현하라는 영혼의 신호'에서 '다른 방법으로 표현하기'를 좀 더 살펴볼 가치가 있다.

앞에서 말한 것처럼 방향 바꾸기는 목적지를 바꾼다는 뜻이 아니다. 산으로 올라가는 길은 한 가지 이상 존재한다. 당신이 체험하고 싶어 하는 것은 행위의 과정이 아니라 언제나 존재 상태임을 주목하라. 당신이 하는 것, 즉 당신이 해야 한다고 생각하는 것은 언제나 다만 존재 상태를 이루기 위해 필요하다고 생각하는 것에 지나지 않는다.

하기 시작한 것을 마칠 수 있다면 당신이 어떻게 될 것 같은지 살펴보라. 당신은 뛰어나게 될 것인가? 유명해질 것인가? 강력해질 것인가? 부유해질 것인가?

당신은 행복해질 것인가? 성취감을 느낄 것인가? 만족할 것인가? 흡족할 것인가?

이 모든 것들 그리고 그보다 많은 것들이 삶에서 우리가 되려고 하는 것이다. 우리가 하는 것들은 우리 전체가 그것이 되기 위해 우리의 몸을 움직여야 한다고 생각하는 방식, 우리의 마음을 써야 한다고 생각하는 방식에 지나지 않는다.

하지만 그 목적지에 다다르는 또 다른 길이 있다면?

이처럼 완전히 탈바꿈시키는 생각을 삶 속에 적용하려면 우선 이렇게 하라. 이렇게 저렇게만 할 수 있다면 당신이 어떻게 될 지에 대해 스스로에게 말한 것을 구체적인 말로 정하라. 그런 다음 바로 그렇게 되게 하는, 생각해 낼 수 있는 적어도 세 가지 다른 방법을 나열하라. 마지막으로, 삶 속에서 어떤 순간, 어떤 사건, 어떤 창조의 결과로도 되고 싶은 것을 신성의 차원으로 올리라. 당신이 체험하고 표현하고 싶은 것은 신성 자체라고 결심하라. 당신이 육체를 띠고 이곳에 온 유일한 이유가 그것이라고 결심하라.

만일 이것이 당신에게 '진실'일 수 있다면―'진실'은 존재를 통해 이해한 현실임을 기억하라—당신이 삶에게 가지고 있는 모든 희망과 모든 꿈, 모든 비전을 이 잣대로 재어 보라. 스스로에게 물으라.

내가 지금 하고 싶은 일은 내 삶을 이용하여 표현하고 체험하기 위해 내가 하는 선택과 무슨 관계가 있는가?

이 특정한 일을 하기 위해 내 시간과 에너지를 쓴 결과 물리적 현실에서 만들어지는 신성의 어떤 측면을 나는 보고 있는가?

이러한 질문들은 당신의 개인적인 선택과 결정뿐 아니라 삶 전체를 완전히 새로운 맥락 속에 옮겨 놓을 수 있음을 자각하라.

16
삶의 목적

당신이 무엇을 하는가는 당신이 누구인가와 아무 관계가 없다.
그것을 결정하는 것은 당신이 어떤 존재 상태인가이다.
당신은 가슴이 원하는 것은 무엇이든 선택할 수 있다.
하지만 당신 가슴이 원하는 것은 '존재의 상태'이지
고용의 상태가 아니다. 직업이란 어떻게 하면
당신이 되고 싶은 것이 되는지 당신이 결정한 것이다.

인류가 미래에 천 년간의 평화를 누리게 되리라는 얘기를 들은 적이 있다. 상상할 수 있는 가장 웅대한 내일로 어느 날 발을 들여놓게 되리라고 역사상 예언가들과 선지자들은 예언했다. 우주적 존재이며 신성이 드러난 존재로서 마침내 우리의 물려받을 참된 권리를 주장하면서.

바로 이런 일이 일어나리라는 것이 나의 믿음이다. 이 새롭고 놀랍도록 웅장한 삶의 표현의 문 앞에 우리가 와 있다는 것이 또다른 믿음이다. 지금 우리가 해야 할 일은 문을 두드리는 것뿐이다. 한 마스터가 앞을 내다보고 말한 것처럼 "구하라. 그러면 찾을 것이다. 두드려라. 그러면 너희에게 열릴 것이다."이기 때문이다.

당신과 내가 이 정점의 순간에 지구에 당도하여 생을 보내면서, 이 특별한 과도기적 사건을 목격하고 거기 참여하고 있다는 것은 내게 우연의 일치나 실수, 뜻밖의 일처럼 보이지 않는다. 내 생각에 당신의 영혼과 나의 영혼은 약속과 계획, 의도에 따라 이곳에 왔다.

당신과 나, 우리는 이곳에 온 적이 있다고 나는 믿는다. 이 행성 위에서 육체적 삶을 살기 위해 방문한 것이 이번이 처음은 아니다. 우리는 돌아오겠다고 약속했고, 인류를 물질로 구현된 신성의 차원으로 끌어올릴 때까지 계속해서 돌아오겠다고 약속했다.

'구원자' 한 명이나 '마스터' 한 사람의 시대는 지나갔다. 앞서 온 성인과 현자, 구원자와 마스터는 모두 이곳에 와서 해야 할 일을 했다. 그들은 우리를 일깨워, 우리 모두가 성인이고 현자이며 우리 모두가 구원자이고 마스터일 가능성을 깨닫게 했다. 이제 그들은 우리 속에서 다시 한 번 걸어간다. 하지만 이번에는 우리를 이끌기 위해서가 아니라 자기완성의 과정에 우리와 함께 참여하기 위해서이다. 예전에 왔을 때의 목적은 본보기를 보여 우리를 이끄는 것이었다. 오늘날의 목적은 협력을 통해 우리를 지지하는 것이다.

이런 차원의 협력 덕분에, 지난날 '마스터들'만 체험했다는 것을 많은 다른 사람들이 체험하고 있다. 그러므로 우리는 수백만 명의 사람들이 숭고하고 경이로운 삶을 사는 것을 보고 있다. 수천 명의 메시지 전달자들이 삶에 대한 통찰과 이해를 형제자매들과 나누기 위해 앞으로 나아가는 것을 본다. 이번 생애의 개인적 체험을 토대로는 그 메시지 전달자들이 알 방법과 이해할 방법이 없었을 통찰과 이해들이다. 하지만 지구의 모든 사람들은 이제 느리지만 일정하게 전진하면서 이 점을 하나씩 깨닫고 있다. 집단의식에 다다를 능력이 모두에게 주어졌고, 한 순간의 알아차림을 통해 집단의식으로부터 영원한 지혜를 끄집어낼 능력이 모두에게 주어졌음을.

지금은 인류의 변화의 시기이다. 인류가 마침내 진정한 정체성을 지니고 살아가도록 스스로를 초대하는 때이다.

그러므로 『신과 나눈 이야기』 스물다섯 가지 핵심 메시지 중에서, 책 속 대화가 우리와 나누려 하고 우리에게 영감을 주려 하는 다른 모든 것의 토대가 되는 것이 이 개념이다.

신과 나눈 이야기 핵심 메시지 15

*삶의 목적은 당신이 누구인가에 대해 가져 온 가장 큰 비전보다
더 큰 버전으로 스스로를 새롭게 재창조하는 것이다.*

내가 기억하는 동안만큼은 나는 이곳에서 무엇을 하고 있는지 궁금했었다. 여덟 살 때 침대에 누워 천장을 바라보며 내가 왜 살아 있는지조차 궁금해 했던 기억이 난다. 분명 그 모든 것에 어떤 목적이나 기능, 이유가 있을 것이라고 생각했었다.

나는 그 질문들을 부모님께 가지고 갔다. 친절하게도 부모님은 최선을 다해 답해 주셨다. 하지만 이 시대의 질문을 당신에게 가져오는 여덟 살 꼬마에게 무슨 말을 하겠는가?

그런 다음 내가 다닌 성당 부속학교 학급의 수녀님들께 그 질문을 가지고 갔다. 하지만 사람들이 자신의 박사 논문 과정 마지막 해에 던지는 질문을 하는 일학년 아이에게 수녀님이 무슨 말을 하겠는가?

그래서 그 질문을 우리 성당 신부님께 가지고 갔다. 분명 신부님은 아실 거라고 나는 스스로에게 말했다. 특히나 그분이 몬시뇰(주교가 되지 못한 나이 많고 덕망 높은 사제를 이르는 명예 호칭)이고

사제복에 빨간 단추가 달려 있는 분이라면! 하지만 몬시뇰이 주교에게, 주교가 추기경에게, 추기경은 교황에게 답해 달라고 의탁해야 할 질문을 던지는 여덟 살 소년에게 몬시뇰이 무슨 말을 하겠는가?

그래서 나는 누구에게도 진정으로 만족스러운 답을 얻지 못한 채 어린 시절을 빠져나왔다. 대부분의 성인 시절 역시 해답을 얻지 못한 채 지냈다. 쉰셋이 되어 마침내 내 영혼에 진실하게 울리는 어떤 것을 듣기 전까지는.

그것은 신과 나눈 이야기 속에서였다. 신이 내게 직접 이렇게 말하는 것을 체험했다.

"그래, 이 정도면 충분하다. 너는 알고자 하는 열망이 진실하고 정직했다. 고작 어린아이였을 때부터 거의 반세기 동안 너는 그 질문을 살펴보았다. 네 탐구는 하찮은 것이 아니었다. 네게 의미 없지도 않았다. 그래, 이 정도면 충분하다. 너는 직접적인 대답을 받을 자격이 있다. 그 대답은 다음과 같다."

그러고 나서 위의 메시지를 받았다.

우리가 알 필요 없는 것

놀라운 점은 나를 위한 가장 큰 비전이 무엇인지 신은 신경 쓰지 않는다는 것이다. 나는 그 사실을 알게 되었다. 신은 이 점에 있어 어떤 것도 선호하지 않는다. 그러므로 진정한 나 자신이 정육점 주인이라고 생각하든 빵집 주인이라고 생각하든 촛대 만드는 사람이라고 생각하든 내 삶의 목적은 매우 단순하다. 그것보다 더 큰 버전이 되는 것이다.

하지만 나는 결국 알게 되었다. 이것이 내 직업과는 관계없음을. 이 점에 대해서는 조금 있다 다루겠다.

내 삶에 대한 나의 선택에 신이 관여하지 않는다는 생각은 어릴 때 줄곧 들었던 말과는 무척 달랐다. 가톨릭 신앙 안에서 자란 아이인 나는 신께서 나를 위한 계획을 가지고 있다는 말을 여러 차례 들었었다. 우리 모두를 위한 계획이 있다고 우리 반 수녀님은 분명히 말씀하셨다. 하지만 그 계획이 무엇인지는 한 번도 말씀하지 않았다. 천국으로 돌아갈 수 있도록 가능한 한 착해지려 노력해야 한다는 것 말고는.

그래서 그렇게 했다.

나는 가능한 한 착해지려고 노력했다.

그리고 그래야 한다고 생각한 것만큼 착하지 않았을 때는 고해를 하러 가서 내가 한 나쁜 짓을 모두 신부님께 말씀드렸다. 그러고는 신부님이 하라고 준, 죄를 없애는 보속을 했다. 그래서 내가 저지른 죄들을 면죄받을 수 있었다. 그러고는 다음 날 미사에서 성체를 받아 모셨다. 그런 다음 또다시 내 갈 길을 갔다! 잘못된 행동에 대한 부담 없이! 어디로 가고 있는지 모르는 여정을 다시 시작하도록 또다시 영감을 받아!

이것이 감정적, 영적, 심리적, 인간적으로 좌절스럽다고 생각한다면 당신은 절대적으로 옳다. 특히 아홉 살 혹은 열 살일 때. 스물두 살 혹은 스물일곱 살에게도. 혹은 서른아홉 살이나 쉰여섯 살에게도! 어디로 가고 있는지에 대해, 심지어 왜 가고 있는지에 대해서도 아무 개념이 없을 때 내가 가려는 곳에 어찌 갈 수 있겠는가?

그것이 내 불쌍한 마음 상태였다. 이 모든 것을 체험한 것이 나 혼자뿐이었다면 좋지 않았겠는가? 그저 제대로 살지 못하는 것이 보잘것없는 나 혼자뿐이었다면 좋지 않았겠는가? 어린 시절의 상처 때문에 고통스러워하고, 험난한 성인기의 비극에 맞대응하며, 그 이유를 전혀 이해할 수 없음을 깨닫는 것이? 단순히 그뿐이라면 좋지 않았겠는가? 하지만 그렇지 않았다.

우리 모두는 한 배에 타고 있다

공식적으로 나는 훌륭한 어린 시절을 보냈다. 나에게는 멋진 부모님이 있었다. 모든 기회가 나에게 주어졌다. 아니, 우리가 엄청나게 잘 살지는 않았다. 사실은 중하위 계층이었다. 하지만 1950년대 미국 중하위 계층은 세상의 나머지 90퍼센트와 비교할 때 매우 잘 사는 편이었다. 무척 감사한 일이다. 그러므로 이 점에 대해서는 불만이 없다.

그렇다면 어른이 된 후 삶의 비극들은? 전혀 없었다. 비극은 다만 일어나지 않았거나 내 삶에 존재하지 않았다. 나는 운이 좋은 사람에 속했다. 이 말을 당신들 모두에 대해 할 수 있다면 좋겠지만 나는 내가 운이 좋은 편에 속한다고만 말할 수 있다. 그렇다면 무엇이 문제였는가?

그것은 단순히 내 문제만이 아니라 수백만 명의 사람들이 다양한 이유로 직면한 문제였다는 점을 말하고 싶다. 우리 대부분은 존재의 이유로서 납득이 가는 그 어떤 것도 부모님이나 선생님,

공동체, 전 세계 사회로부터 다만 받지 못했다.

우리는 급박하게 묻는다. 우리의 존재 이유가 무엇인가?

내가 이 질문을 들고 신을 불렀을 때 내가 받은 반응은 위에 있는 열일곱 단어로 된 답이었다. 그것은 모든 사람에게 통할 수 있는 대답이고, 나는 그 표현의 대칭성을 좋아한다. 스물다섯 가지 핵심 메시지 중에서, 왜 우리가 이곳에 있고 어떻게 하면 이곳에서의 존재를 목적 있고 의미 있고 경이롭게 만들 수 있는지에 대해 진정 알 필요가 있는 모든 것을 열일곱 단어로 알려 주는 하나의 표현이다.

이제 우리가 해야 할 일은 우리가 누구인지에 대해 지금까지 가졌던 가장 큰 비전이 무엇인지 결정하는 것뿐이다. 우리가 내리는 선택을 가지고 신이 우리에게 잘못되었다고 하지 않을 것임을 아는 것은 얼마나 큰 자유인가! 결국 신은 우리를 위한 계획을 가지고 있지 않음이 밝혀졌다. 우리는 요구하지 않는 신의 기대를 좌절시킬 가능성보다 우리 부모의 기대를 실망시킬 가능성이 더 크다.

그러므로 모든 선택은 우리에게 열려 있다. 신은 우리가 이곳에 하러 온 일을 하는 데 올바른 길도 잘못된 길도 없음을 분명히 말했다.

삶 속의 실제 예

내 삶을 돌이켜 보면 내가 이 메시지를 그 전에 받았음을 깨닫게 된다. 신과 나눈 이야기에서 체험했던 것과 놀랍도록 가까운

265

멋진 방식으로. 당신 역시 삶으로부터 계속 메시지를 받았지만 다만 하나로 연결시키지 못한 것은 아닌지 궁금하다.

예전의 내 체험을 말해 주겠다. 아주 멋진 예이기 때문이다.

젊었을 때 나는 메릴랜드 주의 큰 공공기관에서 중요한 일을 했었다. 그러던 어느 날, 어떻게 하면 우리 같은 기관이 연방 정부와 특별하고 특정한 교류를 계속할 수 있는지에 대한 종합 계획을 세우라는 요청을 받았다. 그 계획은 의회 소위원회에 제출될 예정이었다.

이 계획서를 어떻게 쓰고 어떻게 제출해야 할지 아무 생각도 떠오르지 않았다. 나는 이런 일과 씨름해 본 적이 한 번도 없었다. 미국 의회처럼 엄숙하고 중요한 기관에 그런 중대하고 중요한 자료를 제출하는 방법을 내가 어떻게 알았겠는가?

나는 아버지에게 전화를 걸어 상황을 설명했다. 내가 물었다.

"이 문서를 어떻게 만들어야 할까요? 우리 기관이 뭘 하려는지는 알아요. 하지만 그걸 워싱턴에 보내야 할 보고서에 어떻게 넣어야 할지 모르겠어요."

내가 좌절감을 다 토로할 때까지 아버지는 참을성 있게 들으셨다. 그러더니 조용히 말씀하셨다.

"아들아, 내가 아무것도 가르치지 않던?"

나는 핵심을 찌르는 말이 나오길 기다렸다.

"어떤 일을 하는 데 '올바른 방법'이란 없단다. 네가 하는 방법만 있을 뿐이란다."

나는 아무 말도 하지 못했다. 나는 생각했다. 깊이. 이것이 사실일 수 있을까? 그러자 아버지가 계속 말씀하셨다.

"너를 믿어라. 어느 쪽도 기대할 수 없다면 네가 하려는 그 방법대로 해라. 네가 생각하기에 최선인 방법으로 그냥 해라."

나는 아버지에게 감사하다고 하고는 전화를 끊었다. 마음속에서 내가 스스로에게 외치는 소리가 들렸다.

"오, 필요한 게 그게 다야? 난 그걸 할 수 있어. 난 여기에 어떤 규칙이 있는 줄 알았어. 효과가 있으려면 이 모든 것이 '눈에 띄어야' 하는 어떤 방법이 있는 줄 알았어."

그래서 내가 생각한 방식 그대로 보고서를 만들었고 워싱턴으로 보냈다. 몇 주 뒤, 의회 소위원회의 사무 보조원에게 전화를 받았다. 이 주제에 대한 의회 공청회를 열기로 한 곳이었다. 그가 말했다.

"선생님께 요청드릴 것이 있습니다."

"네, 뭔가요?"

"우리는 선생님 기관과 비슷한 전국의 다른 기관들로부터 제안을 받고 있습니다. 모두가 똑같은 질문에 답을 하죠. 우리는 그 기관들에게 선생님의 형식으로 제안서를 다시 작성하라고 요청하고 싶습니다. 우리 위원회 구성원이 보기엔 선생님의 정보가 가장 접근하기 쉽고, 이해하기에 가장 단순하며, 설명 방식이 가장 간결합니다. 앞으로 이런 종류의 서류를 제출하라고 할 때 모두 이 문서를 견본으로 하고 싶습니다. 선생님의 허락을 받을 수 있겠습니까?"

마음을 진정시킨 뒤 나는 의회에 보내는 특정한 보고서에 대해 내가 더 좋은 방법을 발명했음을 깨달았다. 이제는 '올바른 방법'이 될 그것을.

설마 장난은 아니겠지?

대부분의 사람들이 아직 떼지 않은 발걸음

나는 자랑하려고 이 이야기를 한 것이 아니다. 나 자신에 대해
으스댈 필요는 오래전에 넘어섰다. 만일 운이 좋다면 쉰과 일흔
사이 어딘가에서 그 필요가 사라진다. 그리고 나는 운이 좋았다.
이 이야기가 우리 모두와 관련 있다고 생각하기 때문에 소개했다.
예전에 나의 아버지가 하신 말씀이 '우리 아버지'인 신이 좀 더 최
근에 내게 한 바로 그 말임을 나는 이해하게 되었다.

그러므로 삶의 목적은 당신이 누구인지에 대해 지금까지 가졌
던 가장 큰 비전보다 더 큰 버전으로 새롭게 자신을 창조하는 것
이다. 그것이 어떠해야 하는지, 어떻게 되어야 하는지, 어떻게 될
필요가 있는지, '올바른 길'이 무엇인지는 아무도 당신에게 말해
주지 않을 것이다. 당신 스스로가 모든 것을 결정해야 한다.

하지만 이것은 대부분의 사람들이 아직 떼지 않은 발걸음이다.
"당신 자신에 대해 가지고 있는 가장 큰 비전이 무엇입니까?" 하
고 평범한 사람에게 물으면 대개 말하지 못한다. 구체적으로 말하
지 못한다. 만일 말할 수 있다면, 거의 대부분 하는 말이 이 세상
에서 하고 있는 것이나 하고 싶어 하는 것과 관계있다. 하지만 당
신이 무엇을 하는가는 당신이 누구인가와 아무 관계가 없다. 그
것을 결정하는 것은 당신이 어떤 존재 상태인가이다.

당신은 가슴이 원하는 것은 무엇이든 선택할 수 있다. 하지만
이 점을 알아야 한다. 당신 가슴이 원하는 것은 '존재의 상태'이지

268

고용의 상태가 아니다. 직업이 아니다. 직업이란 다만 어떻게 하면 당신이 되고 싶은 것이 되는지 당신이 결정한 것이다.

당신은 당신이 원하는 신성의 어떤 측면이든 선택할 수 있다. 하지만 신성의 어떤 측면이 되는 것이 당신이 물질세계로 온 바로 그 목적이다. 당신은 지혜와 명확함, 자비와 이해, 인내와 관용, 영감과 창조, 치유와 사랑이 되기로 선택할 수 있다. 이 사랑은 신이 당신에 대해 가지고 있는 것과 같은 사랑이다. 당신을 통해, 당신으로서, 온 세상을 향해 흐르는 사랑이다. 건방지다고? 어떤 사람은 건방지다고 하겠지만 나는 그렇게 생각하지 않는다. 신도 그렇게 생각하지 않는다는 걸 나는 안다. 신이 이렇게 말할 거라고 나는 확신한다.

"내겐 신나는 선택처럼 들리는군!"

이 메시지를 나날의 삶에 적용하기

이 특별한 메시지를 나날의 삶에 적용하는 방법을 찾기는 쉬울 것이다. 메시지 자체가 이해하기 매우 쉽기 때문이다. 이 메시지는 인간이 하는 체험의 핵심 속으로 곧장 달려간다. 영혼에게 노래한다. 회의론적인 마음에 감동을 주기까지 한다. 이것은 쉬운 일이 아니다.

이 메시지를 나날의 삶에 적용하는 몇 가지 방법은 다음과 같다. 당신 스스로 더 많은 방법을 찾을 수 있을 거라 확신한다.

🌀 또 하루가 가기 전에 지금 당장, 당신이 누구인지의 가장 큰

버전이 무엇인지 결정하라. '맞아야 한다'에 대해서는 걱정하지 말라. 당신이 틀릴 수 있는 길은 없다는 걸 이해했으면 좋겠다. 다만 결정하라. 다만 선택하라.

🜪 이 결정을 하면서, 죽을 때까지 어떻게든 이 결정을 지켜야 한다는 걱정도 하지 말라. 이 개념은 당신 자신을 매일 새롭게 재창조하는 것이다. 혹은 당신이 설레고 싶다면 매 시간마다. 혹은 정말로 날아오르고 싶다면 매 분마다. 당신 삶의 매 순간은 당신의 재탄생의 시간임에 주목하라. 과거에 지나간 모든 일들에도 불구하고, 아직 아무 일도 일어나지 않았고 당신이 정확히 어떻게 되고 싶은지를 결정할 수 있는 공간. 이 공간은 신이 당신에게 줄 수 있는 가장 큰 선물이다. 당신이 주는 의미를 제외하고는 어떤 것도 아무런 의미를 지니지 않음에 주목하라. 그런 다음 당신의 과거가 아무것도 의미하지 않는다고 결정하라. 당신 자신에 대해 그다음으로 큰 개념을 알려 준다는 점을 제외하고는.

🜪 위의 선택들을 하고 바로 다음 날, 다음 주, 다음 달을 보내면서, 삶이 당신에게 놀랍고도 일관성 있게 당신이 창작한 장면을 연기할 완벽한 무대를 제공해 준다는 것에 주목하라. 셰익스피어라는 자가 다시 나온다. 그는 이 개념을 완벽하게 말했다. 그렇지 않은가?

"온 세상이 무대이고, 모든 남자 여자는 배우일 뿐이다. 배우들은 각자 등장하고 퇴장하며, 자기에게 주어진 시간에 한 사람

이 여러 역할을 연기한다." (『뜻대로 하세요』2막 7장에 나오는 구절)

삶은 우리 모두를 이렇게 초대한다.

'우리 역할을 잘 연기하라. 역할 연기를 즐기라. 재미있어 보이지 않을 때면 지혜를 가져오라. 지혜가 성공적이지 않으면 인내심을 가져오라. 인내심이 부족해지면 받아들임을 가져오라. 받아들임이 어려우면 감사를 가져오라. 왜냐하면 감사는 지금 일어나고 있는 일이 일어나지 말았어야 한다는 생각을 뒤바꾸기 때문이다. 그러면 우리는 평화를 발견한다.'

17
삶과 당신

밤하늘의 별은 자신의 성장과 꽃 피움이 완성될 때
신성을 온전히 표현한다. 별이 더 해야 할 일은 없다.
별은 물리적 영역에서 자신이 해야 할 것처럼 보이는 일을 했다.
그 과정이 완성되면 슬퍼할 이유가 없다. 축하하기만 하면 된다.
인간은 인간의 성장과 꽃 피움이 완성될 때 신성을 온전히 표현한다.

나는 어떤 이유 때문에 『신과 나눈 이야기』의 스물다섯 가지 핵심 메시지를 역순으로 살펴보기로 결정했다. 2장에 나와 있듯이 메시지들을 원래 순서대로 보면 논리적인 전개에 따라 한 가지 메시지가 다른 메시지로 이어진다. 하지만 메시지들을 좀 더 깊이 분석하고 살펴보면서 나는 마지막 메시지부터 시작해서 거꾸로 작업을 했다. 우리가 어떻게 그곳에 다다랐는지 좀 더 분명히 보게 하기 위함이다.

다른 신학들처럼 신에 대한 연구의 바탕이 되는 생각과 통찰, 지혜의 구성 요소들은 중요하다. 하지만 이 점은 이를테면 영화를 뒤에서부터 거꾸로 돌려 볼 때 특히 더 드러날 수 있다. 나는 혼자서 생각에 잠길 때 자주 그렇게 해 보는 삶의 지점에 와 있다. 내가 어디에 와 있는지를 지금까지는 알고 있다. 사건마다, 결정마다, 선택마다, 순간마다, 가장 최근의 순간부터 그 앞의 순간까지 내가 어떻게 해서 이곳까지 오게 되었는지 살펴보는 것은 나에게 언제나 유익하다.

삶을 돌아볼 때 나는 내 삶을 체험한 순서대로 생각하지는 않는다. 탄생부터 지금까지 살펴보지는 않는다. 오히려 현재에서 어제로, 그런 다음 그 전날로, 그러고는 그보다 몇 달 혹은 몇 년 전으로 거슬러 돌아보고, 더 길었던 그 앞의 성인 시절, 청년 시절 그리고 유년 시절을 돌아본다.

이런 식으로 내가 '아하'라 부르는 순간을 자주 체험한다. 뒤이어 낸 카드를 볼 때 그 전에 낸 카드 각각의 영향을 미리 알 수 있기 때문이다. 어찌하여 지금 들고 있는 패를 가질 수 있었는지 깨닫게 된다. 전에 낸 카드들이 현재 내 패의 전개에 미친 영향을 보게 된다.

이 체험을 더 잘 이해하고 싶다면 이렇게 하라. 체스 경기를 처음부터 끝까지 하면서 당신과 상대방의 움직임을 모두 기록해 놓으라. 그런 다음 이제 막 끝낸 그 경기를 거꾸로 해 보라. 앞의 움직임 하나하나가 어떻게 경기 마지막에 발견되는 상황을 만들었는지 살펴보라. 한편 이것은 체스에 숙달하는 법을 배우기에 아주 좋은 방법이다. 그리고 한 사람의 삶을 역방향으로 살펴보면 왜 앞으로 나아갈 때 큰 통찰을 얻을 수 있는지 이해하기에 좋은 방법이다.

그러므로 영적으로 혁명적인 『신과 나눈 이야기』의 우주론을 살펴보면서 나는 그 내용을 마지막부터 처음까지 살펴볼 기회를 당신에게 주기로 선택했다. 각각의 핵심 메시지가 어떻게 그 전의 표현으로부터 나왔는지 알 수 있게 하고, 그럼으로써 일련의 '아하!' 순간들을 만들기로 했다. 당신이 결국 어디서 끝나게 될지 모른다는 단순한 이유 때문에 처음부터 현재까지 살펴볼 때는 가능하지 않았을 순간들이다.

그러면 우리는 마치 탐정이 미스터리를 바라보듯이 인류의 새로운 문화 속 이야기를 바라보고, 제시된 새로운 영적 패러다임을 바라본다. 인류는 그 현장에 당도했고, 무엇이 일어났는지 정확히 알고 있다. 하지만 어떻게나 왜에 대해서는 알지 못한다. 그러므로 인류는 일어난 일이 어찌하여 일어났는지를 자신에게 말해 줄 단서와 신호, 암시를 찾기 시작한다.

당신은 영적인 탐정이다

신이 말해 준 것들을 살펴보기 위해 이곳에 동참했기 때문에 당신은 탐정이 되어야 한다. 인류가 현재 체험하고 있는 현장에 도착하고, 우리가 어찌하여 이러한 장소에 오게 되었는지 그 신비를 풀어야 한다. 인류에게 자신에 대한 또 다른 생각을 진실하게 제시하고 인류 전체의 이야기를 새롭게 재창조할 기회를 주는 곳에.

물론 우리의 미래가 여기에 달려 있다. 『신과 나눈 이야기』 우주론은 마침내 인류 전체에 대한 열린 초청장이 된다. 인류의 문화 속 이야기를 다시 쓰고, 한 종으로서 우리가 누구인지 다시 결정하고, 이곳 지구 위에서 무엇을 하고 있는지 새롭게 선택하며, 왜 그것을 하고 있는지 알리게 한다. 그리하여 개인 혹은 집단의 미래를 세울 수 있는 새로운 기초, 새로운 토대를 놓게 한다. 혹은 로버트 케네디(미국 존 에프 케네디 대통령의 동생으로 법무부 장관을 지냈다)가 기념비적인 연설에서 말했듯이 '더 새로운 세상을 추구하게' 한다.

3천 페이지가 넘는 『신과 나눈 이야기』 대화의 전체 메시지 중에서 우리가 이번에 살펴볼 내용은 더 새로운 세상의 일부로서 내게 가장 큰 인상을 주었다. 우리가 이제 다루려는 내용을 자세히 살펴본다면 앞 장들에서 도달한 결론에 어떻게 이를 수 있었는지 알게 될 것이다.

하지만 이번 장은 한 번 빠르게 읽어서는 내용을 흡수하기 어려울 것임을 경고하고 싶다. 이곳에서 말하는 내용은 처음 들었을 때 아주 수월하게 넘길 수 있는 것이 아니었다. 당신에게도 도진이 될 것이다.

그렇다면 시간의 여유를 가지라. 어떤 단락들은 한 번 이상 읽고 싶을 수도 있다. 천천히 가라. 모든 것을 흡수하고, 읽어 나가면서 무슨 말이 쓰여 있는지 깊이 생각하라. 내가 어떻게 앞에서 한 말들을 할 수 있었는지를 좀 더 깊이, 좀 더 풍부하게, 좀 더 온전히 이해하게 되는 멋진 '아하'의 순간이 이제 올 것이다.

신이 인류에게 주는 놀랄 만한 그 말을 살펴보자.

신과 나눈 이야기 핵심 메시지 14

당신의 삶은 당신과 아무 상관 없다.
그것은 당신의 손길이 어떤 사람들의 삶에 닿는가의 문제이고
어떻게 닿는가의 문제이다.

삶이 나와 아무 상관 없다는 체험을 하기까지 내게는 반세기가 넘게 걸렸다. 내가 보아 온 다른 모든 사람들처럼 물론 나도 내 삶이 모두 나와 상관있다고 추측했었다.

내 주변의 모든 삶이 나와 상관있다고 생각할 정도로 내가 건방지지는 않았다. 하지만 개인적으로 체험하고 있던 삶의 가장 큰 부분이 나와 상관있다고 추측하는 것은 완벽히 타당해 보였다. 이제 정반대의 내용을 말하는 신이 여기 있다. 내가 이해한 신이. 나의 삶은 나와 아무 상관 없고, 만일 상관있다는 생각을 했다면 내가 잘못 이해했다고 말하는 신이다.

얼마나 놀랍고, 얼마나 큰 충격이며, 나를 흔들어 깨우는 말인가!

처음에는 반박하고 싶었다. 어떻게 나의 하루하루 체험이 나와 아무 상관 없을 수 있는가? 이 정보를 가지고 나는 무엇을 하리라는 기대를 받겠는가? 내 삶 속에서 이것을 어떻게 기능적으로 이해해야 하는가?

이제 이 핵심 메시지와 함께 15년 넘게 살고 나니, 나날의 체험에서 실천하면 이 메시지가 가장 보상이 크고 가장 도전적이라고 말할 수 있게 되었다.

이 메시지는 모든 것을 바꾸었다. 아침에 일어날 이유를 바꾸었다. 그 날을 살아갈 목적을 바꾸었다. 밤에 머리를 베개에 베고 누워 천장을 응시하며 내가 무엇을 이루었고 그것이 무슨 의미가 있는지 궁금해할 때 그 날 맞닥뜨린 것들에 대한 이해를 바꾸었다.

확실히 이 메시지는 삶을 바라보는 새롭고 급진적인 방식이다. "나는 어떤 것이 필요하다."라는 말로 내 삶을 생각하기 시작한다면 나의 필요에 주의를 기울이고, 그 필요가 만족되었는지 확인하는 데 시간을 보내야 한다는 생각이 들 것이다. 하지만 나와 아무 상관 없는 행동들에 시간을 보낸다면 그 필요는 충족되지 않을 것이다. 그러므로 삶이 나와 아무 상관 없다는 생각은 나 자신에 대한 별개의 개념을 받아들일 것을 요구한다. 개인 차원에서 나는 아무것도 요구하지 않는다는 개념이다.

이 가능성을 좀 더 깊이 살펴보면서 나는 요구와 바람의 차이를 깨닫게 되었다. 내가 아무것도 요구하지 않는다는 사실이 내가 아무것도 바라지 않는다는 의미는 아님을 이해하게 되었다. 과거에 나는 바람을 요구로 보았다. 두 가지는 하나가 되었다. 마치 내가 '바요'라는 새로운 낱말을 만든 것 같았다. 만일 내 삶이 내 바람을 충족시키지 못하면 행복해질 수 없을 거라고 느끼게 되었다. 이 말은 내 바람을 충족시키는 것이 요구된다는 의미였다.

이 내용을 좀 더 살펴보다가, 인류가 신에 대해서도 완전히 똑같은 실수를 해 오고 있음이 문득 분명해졌다. 신이 바라는 것이 있기 때문에 요구하는 것이 있다고 우리는 결론 내렸었다. 신은 아무것도 필요로 하지 않고 신의 본질은 그 정의상 있는 그대로의 모든 것을 아우르는 것임을 마침내 깨달았을 때 나는 신이 바라는 것과 신이 요구하는 것의 차이에 좀 더 면밀히 주의를 기울이기 시작했다.

신이 요구하는 것은 아무것도 없다. 하지만 신이 바라는 것은 있다. 어떤 것을 바란다는 것은 누군가 그것을 가지고 있지 않음을 의미하는 것이 아니다. 그것을 가지고 있고 무척 사랑하여 좀 더 체험하기로 선택함을 의미한다.

이런 식으로 신은 완벽히 행복할 수 있고 더 행복해지기를 바랄 수 있다!

278

우리도 마찬가지다. 우리는 심지어 *신보다 더 행복한Happier Than God* 상태를 바랄 수도 있다. 같은 이름으로 된 책이 말하고자 하는 바가 그것이다. 내가 신에게 영감을 받아 쓴 이 책에서 나는 나 역시 행복해지기 위해 어떤 것을 요구하지 않으면서 바랄 수 있음을 알게 되었다.

이것은 사소한 '기억해 내기'가 아니었다.

마스터들이 그 말을 한 이유

내가 진정으로 누구인지 기억해 냈을 때, 내 영혼이 내 안에 있는 신의 존재이고 증거임을 이해했을 때, 나는 아무것도 요구할 수 없음을 알게 되었다. 내가 바랄 수 있는 모든 것이 쉽게 닿을 수 있는 곳에 있기 때문이다. 바로 내 안이다.

내 안을 살펴보아야 한다는 생각은 물론 처음부터 하지도 않았다. 나는 삶의 첫 50년을 내 바깥에서 내가 바라는 것이 무엇인지 찾으며 보냈다. 그리고 그것을 찾을 수 없게 되자, 내가 '바라던' 것을 얻어야 한다는 갈수록 커지는 압력은 그것을 내가 '요구하는' 것으로 변화시켰다. 어느 순간부터는 행복해지기 위해 내가 그것을 필요로 하는 것처럼 보이기 시작했다.

삶이 나와는 아무 상관 없고 나의 손길이 어떤 사람들의 삶에 닿는가의 문제이며 어떻게 닿는가의 문제라고 신이 내게 말했을 때 놀라운 깨달음으로 눈이 뜨였다. 그 순간 내가 기억해 낸 것이 언제나 진실이었다는 깨달음 때문이었다. 그것은 다음과 같다. "나는 아무것도 필요로 하지 않는다. 내가 한때 필요하다고 생각한 모든 것을 가지는 체험을 하는 방법은 그것을 다만 내어 주는 것이다."

'가짐'은 '받음'을 통해서가 아니라 '줌'을 통해 체험된다. 우리가 삶으로부터 얻는 것이 아니라 삶에게 주는 것이 삶에서 우리가 가지고 있는 것을 체험하게 한다. 그리고 그 체험을 통해 우리는 우리가 진정 누구인지 온전히 깨달을 수 있다.

왜 모든 시대의 영적 마스터들이 모두 이 말을 했는지 나는 문득 이해하게 되었다. 그들은 저마다 자신의 방식으로 말했다.

"받는 것보다 주는 것이 더 행복하다."

그렇다, 그렇다, 나는 청년 시절 내내 이 말을 들었지만 아무도 왜 이 말을 진실로 받아들여야 하는지 한 번도 설명해 주지 않았다. 아무도 이 말의 형이상학적 의미를 설명해 주지 않았다. 집의 부모님도, 학교의 수녀님들도, 성당의 신부님들도, 동네의 어르신들도, 내가 살았던 더 큰 사회도, 내가 보아 온 이 세상도. 나는 왜, 어찌하여 '받는 것보다 주는 것이 더 행복할' 수 있는지 주변의 누구에게서도, 어느 것에서도 가르침을 받지 못했다. 물론 좋은 말처럼 들리긴 했다. 하지만 왜 그것이 사실인지 아무도 내게 말해 주지 않았다. 말해 줄 수 있을 것 같은 사람도 없었다.

그러고 나서 이 행성 위에서 반세기 넘게 보낸 뒤 나는 신과 경이로운 대화를 나누었고 다음의 말을 들었다. 너무도 단순해서 마치 그것이 '숨겨진 위대한 진실'인 것처럼 공유하는 것이 이제는 자칫 당혹스러워 보인다. 바로 이 말이다.

'주는 것이야말로 우리가 가진 것을 증명하고 그리하여 체험하는 것이다.'

280

빙고! 나는 연결 고리를 만들어 냈다! 그제야 나는 이해했다. 우리 자신을 온전히 체험하고 싶다면 어떤 것에도 손을 뻗을 필요가 없고 모든 것을 내어 줄 필요만 있음을.

이 개념은 적잖이 중요한 앞부분의 이해에 달려 있었다. 우리는 우리가 바라던 모든 것을 소유하고 있음을 알아야 했다. 사실 그것은 늘 우리 안에 있었다.

하지만 이 개념을 어떻게 받아들일 수 있겠는가? 태어나서부터 체험한 모든 것이 우리에게 그 정반대가 사실임을 보여 주는 것 같은데?

인류 앞에 놓인 가장 큰 도전

이 개념은 인류 앞에 놓인 가장 중요한 질문이 되었다. 어떻게 하면 우리는 우리가 아무것도 필요로 하지 않는다는 개념을 상상하고, 받아들이고, 수용할 수 있겠는가? 하루하루의 체험이 이 말이 사실이 아니라고 증명하는 것 같은데?

대답은 놀라울 정도로 간단하다. 우리는 인류라고 불리는 하나의 일치된 존재로서의 바로 그 존재를 이용해서 인류의 필요를 만족시킬 수 있는 능력을 보여 주어야 한다.

우리 각자가 나머지 모든 사람들의 필요를 만족시킨다면 우리 중 아무도 아무런 필요를 느끼지 않게 되고, '인류는 필요한 것이 없다'라는 신의 약속과 예언은 이루어진다.

이것이 바로 신이 하는 일이다. 어떤 종류의 바람이든 체험할 때 신은 이미 가지고 있는 것으로 그 바람을 다만 만족시킨다. 그러므로 신은 아무것도 '필요로 하지' 않는다.

하지만 인류가 이것을 체험하기 위해서는 우리 자신이 사실 하나의 일치된 존재임을 이해해야 한다. 우리 모두가 한 몸의 일부임을. 우리는 모두 하나가 경구에 지나지 않는 말이 아니라 우리의 신성을 표현하기 위해 우리에게 계획된 길이고, 우리 자신을 체험하도록 의도된 길이며, 우리가 기능하도록 되어 있는 길이라고 결정해야 할 것이다.

하지만 만일 우리가 모두 하나인 것처럼 행동한다면, 즉 우리가 서로를 위해 존재하고, 서로서로 나누고 서로를 보살핀다면, 결핍과 필요와 고통이 지구 위에서 사라지리라고 결론짓는 것이 현실적인가?

물론 우리는 알 방법이 없다. 한 번도 그런 시도를 감히 해 보지 않았기 때문이다. 적어도 대규모 단위로는 그러지 못했다. 물론 이와 똑같이 행한 문화가 있었다. 공동체를 이루어 살고, 전체로서 기능하며, '한 사람은 모두를, 모두는 한 사람을'을 기정사실로 받아들이는 문화이다. 그러한 문화와 사회에서는 인간의 행복 수준이 드높다는 사실에 주목하게 된다. 그리고 전체 인류가 이런 식으로 산다면 온 행성 위의 삶이 어떻게 될지 궁금증을 남긴다.

하나 됨은 목표가 아니라 방법이다

하지만 그러한 집단 경험의 창조가 영혼의 구체적인 목표는 아니다. 물질세계로 온 영혼의 의도는 한 가지이고 단순하다. 물질화를 통해 신성 자체를 표현하고 체험하며, 신성 자체가 되고 그것을 이루는 것이다. 하나 됨의 실천이 그것을 하는 가장 빠른 방법이다. 하나 됨은 방법이지 목표가 아니다.

삶은 물리적으로 만들어진 신이고, 물리적인 삶의 각 측면과 요소는 완성으로 표현되는 특별한 형태에 이를 때 신성을 온전히 표현한다.

장미는 자신의 성장과 꽃 피움이 완성될 때 신성을 온전히 표현한다. 장미가 더 해야 할 일은 없다. 장미는 물리적 영역에서 자신이 해야 할 것처럼 보이는 일을 했다. 그 과정이 완성되면 슬퍼할 이유가 없다. 축하하기만 하면 된다.

밤하늘의 별은 자신의 성장과 꽃 피움이 완성될 때 신성을 온전히 표현한다. 별이 더 해야 할 일은 없다. 별은 물리적 영역에서 자신이 해야 할 것처럼 보이는 일을 했다. 그 과정이 완성되면 슬퍼할 이유가 없다. 축하하기만 하면 된다.

인간은 인간의 성장과 꽃 피움이 완성될 때 신성을 온전히 표현한다. 인간이 더 해야 할 일은 없다. 인간은 물리적 영역에서 자신이 해야 할 것처럼 보이는 일을 했다. 그 과정이 완성되면 슬퍼할 이유가 없다. 축하하기만 하면 된다.

우리는 우리의 필요를 채우기 위해 사는 것이 아니라 우리의 잠재력을 표현하기 위해 산다. 이 두 가지는 같지 않다.

우리 대부분은 우리의 잠재력을 우리의 현실로 증명할 때 그 잠재력을 온전히 표현한다. 우리가 체험하기 위해 필요로 하는 것이 아니라 지금 당장 체험하겠다고 선택하고 있는 것으로 증명할 때 말이다.

그러므로 내 삶은 나와 아무 상관이 없고, 그 삶에 나의 손길이 닿는 당신, 다른 모든 사람들과 상관있다. 이렇게 삶으로써 지난 시절 내가 갈망하고, 도달하려 하고, 노력한 모든 것들이 어렵지 않게 나에게 왔음을 발견하게 되었다.

만일 이것이 이 메시지를 받아들이고 당신 삶에서 시도해 볼 만한 충분한 이유가 되지 않는다면, 그럼 나도 답을 모르겠다.

이 메시지를 나날의 삶에 적용하기

삶은 매일, 매 시간, 매 순간 핵심 메시지 14를 나날의 체험의 기초로 삼을 끝없는 기회를 우리에게 마련해 준다. 그렇게 할 수 있는 몇 가지 방법이 있다.

🌙 당신이 오늘 하는 온갖 사소한 일들을 살펴보라. 일터에 가고, 진료를 받으러 의사에게 가고, 자동차를 손보러 정비소에 갖다 놓는 일이나 오늘 당신의 시간을 잡아먹는 그 밖의 모든 행동 같은 큰일들 말고 작은 일들을 살펴보라. 컵을 쓴 뒤 싱크대에서 헹구는 일. 개를 쓰다듬는 일. 간단히 요기하는 일. 사랑하는 사람과 만나고 헤어질 때 나누는 인사말들. 모든 사소한 일들. 그 일들을 다만 살펴보라.

🌙 이제 그 일들을 왜 하는지 스스로에게 물으라. 당신 자신을 위해 하는가? 다른 사람을 위해 하는가? 당신 자신을 위해 한다는 것을 깨달았다면 그 점에 대해 어떤 느낌이 드는지 주의를 기울이라. 다른 사람을 위해 한다는 것을 깨달았다면 그 점에

대해 어떤 느낌이 드는지 주의를 기울이라.

ꟿ 오늘 이후로 당신이 할 모든 일은 당신과 상관없다고 결정하라. 당신이 그 일을 하는 이유는 필요해서도 아니고, 해야 해서도 아니고, 당신에게 요구되어서도 아니다. 당신이 하는 모든 일이 다른 사람에게 하는 기여로 여겨지기 때문이다. 이 방법이 더 쉽다면 이렇게 생각하라. 다른 사람에 대한 직접적인 기여로 여겨지기 때문이 아니라, 어찌 되었든 다른 사람에 대한 기여로 여겨지기 때문이다. 그런 다음 지금 당신이 하고 있는 일이 왜 그리고 어떻게 다른 사람에게 기여하는지 깊이 생각해 보라. 다른 사람에게 어떤 것을 요청하는 것조차 그들이 자신을 특정한 방식으로 체험할 기회를 주는 것인지 당신 자신에게 물으라. 일단 이 이해와 자각에 도달하면 오늘 이후부터는 그 입장에서 모든 행동을 하라.

ꟿ 하루하루 지날수록 다른 사람의 삶에 간접적인 기여뿐 아니라 직접적인 기여도 좀 더 자주, 좀 더 부드럽게, 좀 더 의두적으로 하기 시작하라. 당신은 아무것도 필요하지 않다고 결정하라. 당신을 행복하게 하기 위해 지혜도, 지식도, 이해도, 사랑도, 행복도, 인내도, 자비도, 성취도, 그 어떤 것도 필요하지 않다고 결정하라. 이 모든 것들이 이미 당신 안에 존재한다고 결정하라. 삶에서 당신이 해야 할 단 한 가지는 그것들이 당신으로부터 다른 사람의 삶 속으로 흘러나가게 하는 것이라고 결정하라. 즉, 자신들은 이런 것이 필요하며 그것을 얻으려면 몇 가지 외부적인

원천에 의존해야 한다는 환상 속에 여전히 살고 있는 사람의 삶 속으로. 당신 자신이 '원천'이 되게 하라. 이것이 당신에게 어떤 작용을 하는지 살펴보라. 이것이 당신을 위해 어떤 작용을 하는지 살펴보라.

아! 이제 우리는 원이 완성되었음을 알게 된다! 그러므로 당신이 하고 있는 일은 결국 당신 자신을 위해 행해짐이 밝혀진다! 물론 이 말은 사실이다. 하나인 우리만 존재하기 때문이다. 그러므로 당신이 다른 사람을 위해 하는 것은 당신 자신을 위해 하는 것이다. 당신이 다른 사람을 위해 하지 못한 것은 당신 자신을 위해 하지 못한 것이다. 그러므로 삶은 당신과 상관있음이 밝혀진다. 하지만 작은 당신이 아닌 큰 당신이고, 부분적인 당신이 아니라 범우주적인 당신이다.

삶의 목적은 하나가 바라는 것을 하는 것이다. 작은 하나가 아니다. 큰 하나이다. 유일한 하나이다. 이 말을 완전히 이해한다면 당신은 '신성한 이분법'이라 불리는 것을 충분히 체험하며 살 수 있을 것이다. 그리고 그것이 지구 위 당신 체험의 모든 것을 변화시킬 것이다.

18
당신은 창조자

일어나고 있는 일이 겉보기에는 어떤 식으로는 당신에게 손해가 되거나
상처를 주거나 당신 개인에게 해가 되는 것 같아 보여도
영혼은 알고 있다. 그것은 당신이 누구이고
이곳에서 무엇을 하고 있는지에 대한 극히 제한적인 이해를 바탕으로
마음이 만들어 낸 평가에 불과하다는 것을.

만일 하나가 바라는 것을 지구 상에 드러내 보이는 과정에 진정으로 참여하려 한다면, 우리는 삶의 사건들을 어느 정도 통제하고, 일부 지휘권을 가지며, 나날이 체험하는 환경을 지시하고 창조할 능력을 적어도 약간은 가질 필요가 있을 것이다.

우리 대부분은 정반대로 표현되는 삶을 체험했다. 우리는 어느 것에든 통제권이 거의 없는 듯하다. 우리는 우리에게 최상인 것을 신이 책임지고 결정한다고 들었다. 신을 믿지 않는 사람이라면 운명의 뜻대로 되리라 생각한다. 만일 운명론자가 아니라면, 어떤 특정한 결과도 전혀 보장하지 못하는 임의적인 우주 속 일련의 임의적인 사건들을 단순히 해결해 나가는 것이 우리 자신이라고 생각한다.

다시 한 번 우리는 인류의 위대한 형이상학자 윌리엄 셰익스피어에게 의지한다. 그는 이 모순된 생각의 딜레마를 작품 속 독백에서 완벽하게 포착했다.

"죽느냐 사느냐, 그것이 문제로다. 가혹한 운명의 돌팔매와 화살로 고통받는 것이 나은가, 고난의 바다에 맞서 무기를 들고 저항

하여 끝내는 것이 나은가, 어느 것이 더 고귀한 정신인가?"

무엇을 할 것인가? 무엇을 할 것인가? 우리가 무엇을 하는지가 중요하기라도 한가? 우리는 이곳에서 다만 장난을 하고 있을 뿐인가? 우리 스스로 아주 조금이라도 책임이 있다고 생각하면서 자신과 서로를 속이고 있는가?

대부분의 신학은 그런 질문에 대해 걱정조차 하지 말고 다만 신에게 의지하라고 말한다. 끊임없이 기도하고 무한한 믿음을 가지라고 말한다. 이 말은 흥미로운 이분법을 제시한다. 우리가 선호하는 결과가 일어나리라는 무한한 믿음을 갖는다면 왜 굳이 기도해야 하는가? 그러나 우리는 청하는 것이 주어질 것이라는 믿음을 가지라는 말을 듣는다. 하지만 먼저 청해야 한다고. 물론 우리는 신과 좋은 관계를 유지해야 한다. 그러지 못하면 세상의 모든 기도는 아무 소용이 없을 것이다.

대체로 이것이 이 세상 대부분 종교의 메시지이다. 단순하게 전달했지만 대개 그렇다. '새로운 영성'에서 신이 우리에게 건넨 내용은 조금 다르다. 그것이 핵심 메시지 13에 나타나 있다.

신과 나눈 이야기 핵심 메시지 13

당신은 창조의 세 가지 도구를 이용해서
자신의 현실을 창조하는 자이다.
생각과 말과 행동이 그것이다.

이것은 가장 흥미로운 동시에 가장 위험한 세계 '신사상 운동'

의 가르침이다. 이것은 우리에게 완전한 책임이 있다고 말하며 그 점에서는 전적으로 정확하다.

하지만 이 말은 바깥 현실에 책임을 지는 것이 한 개인의 체험이라는 뜻으로 여겨지게 되었다. 달리 말하면 단독적인 성질과 능력이라고. 우리는 주변 세상에서 맞닥뜨리는 현실에 대해 혼자 단독으로 책임이 있다고 믿게 되었다.

당신도 분명히 배웠겠지만, 이 말은 정확하지 않다.

설명되지 않은 것

우리가 자기 현실의 창조자라고 말한 사람들은 우리가 이 일을 협력해서 하고 있다는 설명을 자주 하지 못했다. '우리가'에서 '우리'는 하나인 우리이다. 우리가 모두 하나라는 명제에서 시작하지 않는다면 우리는 자기 현실의 창조 과정을 위험천만하게 오해할 것이다.

이번 핵심 메시지에 나와 있듯이, 창조의 세 가지 도구는 사실 생각과 말과 행동이다. 하지만 지구 위 삶의 외부적 체험을 만들어 내는 것은 인류의 집단 생각이고, 우리가 하는 모든 말의 조합이며, 많은 우리들이 하는 행동이다.

그러므로 반가운 소식은 이것이다. 이 세상 전쟁과 엄청난 고통을 일으키는 질병과 전염병, 지구 전역에 큰 슬픔을 불러일으키는 빈곤, 좋든 나쁘든 우리가 매일 목격하는 그 밖의 물리적 표현에 당신 혼자 책임이 있는 것은 아니다.

이것은 나쁜 소식이기도 하다. 왜냐하면 우리가 우리 체험을 통제할 수 없다는 처음의 말을 확인하는 것 같기 때문이다. 삶에 대해 아무런 지휘권이나 권한이 없고, 가혹한 운명의 돌팔매와 화살로 고통받는 낮은 지위에 있다는 말을.

하지만 『신과 나눈 이야기』는 우리가 그런 위치에 있지 않음을 분명히 한다. 그렇다면 세상의 이 두 가지 관점을 어떻게 화해시킬 것인가?

용어 정의

'당신의 현실'이라는 문구가 무슨 뜻인지 이해하는 것부터 시작하자. 우리의 새로운 사전에 따르면 이 문구는 집단적인 물리적 삶이 외부로 나타난 것 자체가 아니라, 그렇게 외부로 나타난 것을 우리 각자가 내면에서 어떻게 체험하는가를 의미한다.

이 책에서 이 주제가 나온 것이 이번이 처음은 아니다. 하지만 이제 좀 더 자세히 살펴보자.

신은 말한다. 우리의 체험을 창조하는 것은 우리 바깥에서 일어나는 일이 아니라고. 그러므로 우리가 누구인지와 그것을 나타내는 방식에 대한 우리의 현실을 창조하는 것도. 우리의 체험을 창조하는 것은 일어나고 있는 일에 대해 내면에서 하는 결정이라고. 우리의 체험을 창조하는 것은 우리 내면의 선택이다. 우리의 독자적인 결론, 개인적인 평가이다.

간단하게 설명하겠다. 모든 것은 우리가 그렇다고 말하는 그대로이다. 즉 누군가 역설적으로 말했듯이 한 사람의 이익이 다른 사람에게는 독이고, 한 사람의 쓰레기가 다른 사람에게는 보물이며, 한 문화의 가장 높은 가치가 다른 문화에서는 배척되고 버려진 관념이다.

단번에 분명해 보이지는 않겠지만 이 속에 위대한 힘이 있다. 여기에 들어 있는 힘은 우리 자신을 겉보기에 분명해 보이는 것으로부터 분리시켜 마음 안에서 그 일에 대한 우리 자신의 체험을 만들게 한다.

믿기 힘들겠지만 튀긴 시금치를 실제로 좋아하는 사람들이 있다. 사실이다. 사람들이 이런 걸 먹는 것을 나는 실제로 본 적이 있다. 더 달라고 하는 것도! 분명 그들은 내가 포크를 들어 체험하지 않는 것을 체험하고 있다. 이것이 대체 무슨 뜻인가? 이것은 우리가 개별적으로 분류표를 붙이도록 맞춰진 모든 집단 경험에 분류표를 붙일 수 있는 우리의 개별적 능력에 대한 것이다.

토요일의 비는 그저 토요일의 비일 뿐이다. 그 비는 객관적인 사건이다. 일어나는 일일 뿐이다. 내 친구 에크하르트 톨레가 말하듯이 '발생하는 것'일 뿐이다. 비를 어떻게 생각하고, 따라서 어떻게 체험하는가는 당신의 문제이다.

'반응'이 '창조'가 될 때

보자마자 분명해 보이는 것보다 훨씬 큰 힘이 여기에 존재한다. 그 이유는 다음과 같다. 우리가 바라는 방식대로 외부 환경에 대한 내면의 현실을 체험하고 창조할 위치에 놓여 있을 때 우리는 엄청난 양의 내면 에너지를 만들기 시작한다. 그 에너지는 외부 세계에 투영되었을 때 그 외부 현실이 영적 마스터의 내면적 경험을 점점 더 가깝게 반영하도록 세상에 영향을 주기 시작한다.

우리가 바깥의 사람, 장소, 사건에 대해 적대감이나 부정적인 생각을 품는다면, 그 바깥의 사람, 장소, 사건에 투영하는 에너지가 그 사람, 장소, 사건을 변화시키기 시작한다. 만일 충분히 많은 사람이 외부 사건에 대한 내면의 경험에서 적대감과 부정적인 생각을 없앤다면, 우리는 개인적 표현의 모음을 통해 집단 창조 자체에 협력하여 영향을 주기 시작한다. 이런 식으로 한 사람이 세상을 바꿀 수 있음이 알려져 왔다.

그러므로 마더 테레사와 마틴 루터 킹 목사, 레흐 바웬사(폴란드의 노동 운동 지도자로 노벨평화상을 수상했으며 폴란드 2대 대통령을 지냈다), 글로리아 스타이넘, 하비 밀크 같은 사람들, 그리고 당신과 나는 지금까지 그 누가 상상한 것보다 더 많은 영향을 집단 현실에 주게 되었다.

나는 널리 알려진 사람들의 집단에 당신과 나를 넣었다. 그들은 자신이 무엇을 하고 있는지 알고 있었던 반면 우리 중 많은 이들은 그렇지 않다는 것이 그들과 우리의 유일한 차이점이기 때문이다.

많은 사람들은 자신이 무엇을 하고 있는지 모른다. 나 역시 그 집단에 여러 번 속했다고 고백하겠다. 하지만 이제는 내가 세상을 살아가는 방법이 주변 세상에 영향을 주고 세상을 바꾼다는 사실을 알고 있다. 내가 이 사실을 늘 이해했던 것은 아니다. 크게 보아서는 분명 그러지 못했다. 겉으로 드러나는 삶을 내면에서 어떻게 보겠다고 선택하는 방식이 그 겉으로 드러나는 것에 영향을 준다는 사실을 나는 알지 못했다.

많은 사람들, 아마도 대부분의 사람들은 그렇게 드러나는 것에 자신이 아무런 통제권도 없다고 생각할 것이다. 자신의 유일한 대응은 그것들에 반응하는 것이라고 생각한다. 하지만 우리는 단순히 반응할 힘뿐 아니라 우리의 반응을 창조할 힘을 지녔다. "당신은 당신 현실의 창조자이다."라는 말의 의미가 그것이다.

당신의 힘은 당신이 생각하는 것보다 크다

이 점에 대해 오해하지 말라. 개인이 인류로 알려진 집단을 바꿀 힘에는 끝이 없다. 두 명 이상이 모이는 곳마다 그 힘은 기하급수적으로 커진다. 1배, 2배, 3배, 4배로 커지는 것이 아니라 2배, 4배, 8배, 16배, 32배로 커진다.

정오에 태양이 종이에 내리꽂혀 종이를 뜨겁게 한다는 것을 알고 있다면, 태양과 종이 사이에 돋보기를 놓아둘 때 무슨 일이 일어날지 살펴보라. 세상에 불을 피우고 싶다면 신이 우리에게 내리쬐고 있는 가장 고귀한 생각을 확대하기로 선택하라.

당신은 이 고귀한 생각들을 마음속이 아닌 영혼 속에서 발견할 것이다. 왜 마음속이 아닌가? 만일 마음에 귀 기울이면 생존에 대한 생각, 생존에 무엇이 필요한지의 생각, 두려움에 대한 생각, 두려움을 줄이는 데 무엇이 필요한지의 생각, 권력에 대한 생각, 권력 표현에 무엇이 필요한지의 생각, 분노에 대한 생각, 분노 해소에 무엇이 필요한지의 생각, 위협에 대한 생각, 위협을 피하는 데 무엇이 필요한지의 생각 등을 발견하게 될 것이다. 영혼 속에서는 이런 생각들을 발견하지 못할 것이다.

과거에 내 책에서 말했지만 이곳에서 다시 설명하겠다. 당신의 마음은 이 삶의 체험의 저장고이다. 반면 당신의 영혼은 영원한 지식의 저장고이다. 당신의 마음은, 마음이 생각하기에 일어나고 있는 것을 바탕으로, 마음이 관찰하기에 일어날 것 같은 것에만 반응할 수 있다. 당신의 영혼은, 일어날 것임을 알고 있는 것을 바탕으로, 지금 일어나고 있는 일에 반응한다. 영혼은 무엇이 일어나고 있는지 알고 있다. 왜냐하면 일어나고 있는 일의 창조에 당신의 영혼이 다른 영혼들과 협력했기 때문이다. 당신의 마음에게는 이것이 일어나고 있는 일처럼 보이지 않는다. 그러므로 마음이 당신에게 말하는 것은 대개 지금 당장 일어나고 있는 일과 관련이 없다. 우리는 관련이 있다고만 생각한다.

일어나고 있는 일이 겉보기에는 어떤 식으로든 당신에게 손해가 되거나 상처를 주거나 당신 개인에게 해가 되는 것 같아 보여도 영혼은 알고 있다. 그것은 당신이 누구이고 이곳에서 무엇을 하고 있는지에 대한 극히 제한적인 이해를 바탕으로 마음이 만들어 낸 평가에 불과하다는 것을. 마음은 당신이 당신 몸이라고 생각하고, 이곳에서 하고 있는 일은 생존을 위한 노력이라고 생각한다.

지금 일어나고 있는 일에 대한 마음의 평가와 예상이 당신 몸에 대해 '진실'이라는 것으로 판명될 경우에도, 영혼은 당신 영혼이 어떤 식으로도 여전히 상처받지 않고, 손해 보지 않고, 해를 입지 않았음을 알고 있다. 당신 존재의 전체성을 고려할 때 그런 일은 불가능하기 때문이다. 이 전체성이 이곳에서 하고 있는 일을 고려할 때 그런 일은 일어나지 않을 것이다.

그러므로 가장 높은 차원에서 당신 자신의 내면 현실의 창조자가 되기 위해 삶은 당신을 초대한다. 마음의 체험으로부터가 아니라 영혼의 지식으로부터 창조하라고.

정말로 우리는 우리 자신의 현실을 창조한다. 하지만 그 과정은 이 말이 나타내는 것만큼 단순하지는 않다. 그것은 단순히 도로 위에 새로운 자동차를 만들어 내거나 당신 목둘레에 다이아몬드 목걸이를 만드는 것, 현관문 밖에 번쩍이는 새 자전거를 만드는 것이 아니다. 슬프지만 이 모두가 책 『시크릿』에서 '개인적 창조의 힘'을 보여 주는 예로 쓰였다. 아니, 그렇지 않다. 개인적 창조의 힘이란 빛나는 새로운 당신을 만드는 것이다. 그것은 어떤 것을 얻고 이루는가가 아니라, 어떤 것을 표현하고 체험하는가이다. 실로 그것은 당신이 표현하고 체험할 수 있는 최상의 것이다. 신성을 표현하고 체험하는 것이다.

이 메시지는 『신과 나눈 이야기』에 거듭 나타나 있다. 이 책에서도 여러 번 등장한다. 이 메시지는 당신의 받아들임을 기다리고 있다. 혹은 당신은 과거에 살았던 그대로 삶을 계속 살아가도 된다. 선택은 당신의 것이다.

이 메시지를 나날의 삶에 적용하기

한 순간이라도, 이 모든 것이 매우 쉽고, 매우 단순하며, 마치 누워서 떡 먹기 같고, '할 일이 아무것도 없다'는 말처럼 들리게 하고 싶지는 않다. 내 체험이 그러했다고 말한다면 거짓말일 것이다. 당신의 체험도 그러할 것이라고 말하고 싶지 않다. 이것은 도전적이다. 변화를 만들기 때문에 도전적이다.

하지만 시간이 지난 뒤에는 훨씬 쉬워진다. 우리의 모든 지혜로운 전통의 성인과 현자, 구루가 우리에게 그렇게 말했다. 개인적 변화의 과정은 우리가 나아갈수록 쉬워진다. 이 시점에서 존 에프 케네디가 대통령 취임 연설에서 한 경이로운 표현을 인용하고 싶다.

"이 모든 것이 처음 백일 동안 이루어지지는 않을 것입니다. 처음 천일 동안도 아니고, 어쩌면 우리 생애 동안에도 이루어지지 않을 것입니다. 하지만 우리 시작합니다."

어떻게 시작할 것인가가 질문이 된다. 그 실제 작업을 이제 막 시작한 내가 주는 몇 가지 제안은 다음과 같다.

🍃 당신을 화나게 하거나, 걱정하게 만들거나, 정신적 괴로움과 감정적 동요 속으로 내던지기 시작하는 일이 삶 속에서 일어나는 순간, 들어온 데이터를 가지고 당신의 마음이 무엇을 하고 있는지 살펴보라. 그런 다음 그것에 대한 마음을 바꾸라. 당신은 그렇게 할 수 있다. 이것은 단순히 일어난 일에 대한 마음의 문제이다. 당신의 마음에게 가장 낮은 것보다는 최상의 것을 생각하라고 지시하라. 이 과정은 『삶의 모든 것을 바꾸는 9가지 의식 혁명』에 잘 설명되어 있다.

🍃 적어도 하루에 세 번은 마음이 영혼의 지식에 가닿도록 연습하라. 다양한 방법으로 할 수 있다. 내가 쓰는 한 가지 방법은 이것이다. 당신의 몸과 마음이 지금 직면하고 있는 것에 대해 당

신의 영혼이 어떤 것이든 알고 있는지 물으라. 영혼에게 물으라. "내 마음이 결론을 이끌어낼 수 있는 체험으로까지 확장되는 지식을 네가 가지고 있다면, 그것이 무엇일까?" 바꿔 말하면 다만 영혼에게 질문하라! 이것이 내가 신과의 대화를 시작하게 된 길이다. 당시에는 그걸 하고 있다는 걸 몰랐지만 그것이 이 모든 체험이 시작된 과정이다. 내 영혼은 신과 직접 연결시켜 주는 매체이다. 그러므로 내가 신과 나눈 대화도 바이런 케이티가 질문이라고 부르는 과정으로 시작했다. 지금 일어나고 있는 일에 대해 당신이 생각하고 있는 것이 사실인지 영혼에게 물으라. 영혼은 진실을 말해 줄 것이다. 언제나.

꿈 영혼으로 가는 출입구는 매우 쉽게 열린다는 점을 알고 있으라. 하지만 마음이 먼저 그 문을 두드리는 데 동의해야 한다. 이 동의가 없다면 마음은 모든 것을 막으려 할 것이다. 마음 주위를 돌아가려 애써도 영혼에 가닿을 수 없다. 마음속 목소리를 끄는 것은 불가능하지만 그 방향을 돌리는 것은 가능하다. 영혼에 가닿기 위해 마음을 쓰는 방법에 대한 설명은 『미래 인간 선언문』에 나와 있다. 관련된 부분은 www.TheWaytotheSoul.net에 올려져 있다.

꿈 매 순간 삶을 반응의 체험보다는 창조의 체험으로 만들겠다고 선택하라. 환영하고 싶지 않은 일이 삶에서 일어나면 "이것이 무슨 의미인가?" 하고 묻지 말고 "나는 이것이 무슨 의미이기를 원하는가? 이것이 무슨 의미가 되도록 선택하겠는가? 이것이 무슨 의미가 되도록 의도하겠는가?" 하고 물으라. 그런 다음 당신에게 답을 주기 위해 마음에게 주의를 기울이지는 말라. 당신이 마음에게 답을 주라. 이것을 '마음먹다'라고 부른다. 대부분의 사람들은 마음을 시켜 자기 스스로에게 무엇을 생각하라고 말한다. 마스터들은 자신들의 마음에게 무엇을 생각하라고 말한다.

🌊 자주 보는 곳 적어도 세 군데에 다음 문구를 붙여 놓으라. "내가 주는 의미 말고 다른 의미는 전혀 없다." 옷장, 화장실 거울, 자동차 계기판 위, 혹은 세 군데 모두에 붙여 놓아도 된다. 이 말이 새겨진 팔찌를 실제로 차고 다니는 사람을 나는 알고 있다. 혼란스러워질 것 같은 유혹의 순간이나 상황 속으로 삶이 자신을 데려갈 때마다 그는 자기 안에서 일어나는 느낌을 바라보고, 오른손을 뻗어 왼쪽 팔목에 찬 팔찌를 어루만진다. 그렇게 하여, 그곳에 새겨진 메시지에서 나오는 에너지가 자신의 몸속을 흐르고 바로 즉시 더 큰 평화가 있는 곳으로 옮겨가게 한다.

🌊 우리가 이곳에서 무엇을 하고 있는지 이해하고, 삶의 목적을 좀 더 명확히 하고, 나날의 체험이 우리에게 제시하는 기회를 좀 더 분명히 보라. 그렇게 하면 다가오는 사건이 무엇이든 그것을 제각각의 축복으로 볼 것이다. 그 순간 당신은 영혼의 여행의 완성을 향해 나아간다. 생애에서 한 번 이상은 완성에 가닿을 수 있다. 그것이 완성의 아름다움과 경이로움, 영광이다. 당신은 이 과정 속에서 결코 '완벽하게 완성'될 수는 없고 그것을 바라

지도 않는다. 오히려 거듭해서 완성됨을 체험하고 싶어 한다. 이 이유 때문에 삶은 있는 그대로의 모습으로 '나타난다.'

🍃 이곳에서 내가 강조한 핵심을 다른 곳에 따로 적으라. 마스터는 이것을 이해하기 때문에 외부 현실에 대한 그의 내면적 경험은 외부 현실에 영향을 주고 그것을 재창조하기 시작한다. 그리하여 외부 세계 속 특정한 부정적 마주침과 체험은 그 영향력이 약해지고, 빈도가 줄어들며, 결국은 모두 사라진다.

한 번은 어떤 사람이 나를 아주 독특한 방식으로 묘사했다.
"당신은 어깨 위에 파랑새를 얹고 다니는군요."
이것이 칭찬하려던 것인지는 확실히 모르겠다. 아마도 약간의 언짢음과 시기심이 섞여 있었던 것 같다. 이 말을 한 사람은 내가 운이 좋아서 이런 성향을 가지게 되었고 그 성향이 운 좋은 성장 과정의 부산물이거나 단순한 유전적 재능이라고 생각한 것 같다. 나 역시 이것을 키우는 데 한몫했다는 것을 그는 알아차리지 못했다.
우리 모두는 우리 자신의 내면 현실의 창조자이다. 우리, 우리의 어깨 위에 파랑새를 얹어 볼까?

19
사랑만 존재할 뿐

사랑만이 존재한다.
우리는 삶의 매 순간으로 하여금 사랑만이 존재함을 증명함으로써
그 사실을 기억한다.
삶이 제공하는 온갖 상황 속에서
오직 사랑만이 우리를 통해 모두에게 흘러가게 하면서.

그 파랑새가 나와 함께 계속 날아다니고, 내 주변에서 춤추고, 기회 있을 때마다 내 어깨 위로 뛰어오르는 데 도움을 주는 한 가지는 내가 다음의 사실을 깊이 알고 있다는 점이다. 단 한 가지의 진정한 감정, 단 한 가지의 진정한 체험, 단 한 가지의 진정한 정체성만 있다는 사실이다.

　　내 정체성만을 말하는 것이 아니다. 나는 신의 정체성을 말하는 것이고, 그 점에 있어서는 지구 상 모든 것, 천국과 온 우주에 존재하는 모든 것의 정체성을 말하는 것이다.

　　나를 비현실적인 낙관론자라 불러도 좋다. 하지만 아주 어렸을 때부터 나는 늘 삶이 내 편이라고 느꼈다. 나는 삶을 나와 겨루는 것이 아닌 나를 이루는 것으로 보았다. 어렸을 때는 '너 자신을 이루어라.'라는 조언을 여러 번 들었다. 나는 이것이 내가 '나 스스로를 한데 모아야' 한다는 뜻이라고 생각했다. 그리고 삶이 계속되는 동안 이 말을 정말 문자 그대로 받아들이기 시작했다. 지금 나는 내 삶을 하나의 교향곡으로 본다. 매 순간은 그 곡의 한 악장 같다. 그리고 살아가면서 그 부분을 작곡한다. 해가 갈수록 더

욱더 삶은 나와 겨루는 것이 아니라 나를 이루는 것이라고 나는 확신하게 되었다. 삶이란 '내가 바라는 삶의 방식을 만들어 가는' 과정 속에 나를 참여시키는 것이다.

삶이 나와 겨루는 일은 한 번도 일어나지 않았다. 왜 삶이 나와 겨루어야 하는지 아무런 이유도 알아낼 수 없었다. 나는 내가 우호적인 우주 속에 살고 있다고 생각했다. 이젠 인정하겠다. 그 생각의 많은 부분은 내가 훌륭한 환경 속 멋진 가정 안에서 가는 곳마다 행복한 체험을 하며 자랐다는 사실 때문일 것이다.

나에게는 늘 집에 계시는 어머니가 있었다. 어머니는 진짜로 형이랑 나와 함께 마룻바닥에 앉아 장난감을 갖고 놀아 주셨고, 점심때는 땅콩버터와 젤리가 들어간 샌드위치를 만들어 주셨다. 어머니는 삶 전체를 형과 나, 아버지에게 헌신하는 것처럼 보였다. 아버지는 열심히 일하셨고 하루도 결근하지 않았다. 집에 먹을 것을 가져다주었고 우리를 안전하고 확실하게 보호해 주었으며 1950년대 아버지로서 적합한 역할을 하셨다. 아버지는 우리 보이스카우트 단장을 맡았고, 낚시하러 우리를 캐나다로 데려갔으며, 뒷마당에서 나무를 벨 때 도끼를 어떻게 써야 하는지 보여 주셨다. 우리와 야구도 했는데, 사실은 어머니도 함께 하셨다. 보통 어머니와 내가 한 편이 되고 아버지와 형이 한 편이 되었다.

이것이 마치 50년대 텔레비전 시트콤에서 그대로 나온 시나리오처럼 보인다면 당신 생각이 맞을 것이다. 앞에서 설명했듯이 우리는 돈이 많지 않았다. 아마 중하위 계층으로 분류되었을 것이다. 하지만 우리가 가져야 할 정말로 중요한 것은 아무것도 부족하지 않았다. 그리고 무엇보다도 우리에겐 부모님의 사랑과 관심,

뚜렷한 헌신이 있었고, 우리 삶 속에 부모님이 크고 의미 있게 존재하고 있었다.

이 행성 위 모든 사람이 자신의 어린 시절을 이렇게 말할 수 있는 것은 아니다. 나는 이렇게 말할 수 있기 때문에 매우 운이 좋다는 걸 확실히 알고 있다. 그리고 이런 상황은 의문의 여지 없이 내가 삶에 대해 그토록 긍정적인 태도로 자랄 수 있었던 이유와 큰 관계가 있다. 삶은 내가 볼 수 있는 한, 내가 말할 수 있는 한, 내가 알 수 있는 한, 내 편에 있었다.

그러므로 나는 부모님께 큰 감사의 빚을 지고 있으며, 나를 그런 환경과 그토록 축복받은 장소에 놓아두고, 지구 위 여행에서 그렇게 일찍 삶의 '더 좋은 쪽'을 체험할 영광스러운 기회를 준 것에 대해 신에게 커다란 감사의 빚을 지고 있다.

그것은 영원히 계속되지 않았다

그렇기는 해도 즐겁고 사랑 넘치는 어린 시절이 누군가 긍정적인 태도로 자랄 거라는 보장은 하지 못한다. 많은 사람들이 이와 똑같은 좋은 성장 환경 속에 있었지만 '마땅히 받을 자격 있다'는 의식을 가지고 성인기로 들어간다. 그리고 자신이 받을 권리가 있다고 생각하는 것을 얻지 못하면 화를 내고 속상해하며 부정적이 된다. 결국 이것은 빈정거림과 분노로 바뀔 수 있고, 삶이 처음에는 우리 편이었지만 그 이후론 우리에게 등을 돌린 것 같은 오래 가는 감정으로 바뀔 수 있다.

나의 경우, 성인기 초반에 알게 되었다. 어린 시절을 보낸 안전한 컨테이너 밖에선 길이 훨씬 더 울퉁불퉁할 것임을. 직업을 찾고, 생계를 유지하고, 연애를 계속하고, 나날이 맞닥뜨리는 그 밖의 다른 무대 위에서 나를 지키는 것은 힘든 싸움이었고, 분명 위스콘신 주 밀워키 시 미첼 거리에서 내가 체험했던 것과는 엄청나게 달랐다. 그 거리에선 늘 모든 것이 괜찮았다. 분명히 괜찮아 보였다.

30대와 40대에 접어들며 성인의 경험 속으로 훨씬 더 깊이 들어갈수록 나는 깨닫기 시작했다. 나에게 그토록 멋진 환경을 만들어 주기 위해 부모님이 얼마나 열심히 일하셨는가를. 하지만 나 자신의 삶이 어려워지고 감정적으로 도전을 받기 시작했어도 어쩐 일인지 나는 예전의 생각을 절대로 잃지 않았고, 처음의 추측을 결코 버리지 않았다. 결국에는 모든 것이 늘 잘될 것이고, 모든 일이 괜찮아질 것이고, 걱정할 것은 없으며, 삶은 내 편이라는 추측이었다.

놀랍게도 그것이 바로 그 생각을 증명해 보이는 방식이었다. 그 뒤 눈 깜짝할 사이에 내게는 삶의 다른 면을 볼 기회가 주어졌다.

골칫거리

내 이야기를 알고 있다면 많이들 인지하고 있겠지만, 어느 날 나는 도로 위에서 운전을 하던 중 어느 남자가 내 차를 들이박는 사고를 당했다. 그 사고로 일곱 번째 목뼈가 뒤쪽으로 부러졌다.

좋은 일이 아니었다.

이해를 돕고, 또한 과장하는 것이 아님을 확실히 알리기 위해 이런 사건에 대해 백과사전에서 뭐라고 하는지 살펴보자.

흔히 '목 부러짐'이라 불리는 경추 골절은 목의 일곱 개 뼈 중
어느 뼈가 사고로 부러지는 것이다. 인간에게 일어나는 흔한 원
인의 예로는 차량 충돌과 얕은 물속으로 다이빙하는 것이다. 목
뼈나 뼛조각들의 비정상적인 움직임은 척수 손상을 유발할 수
있고, 그 결과 감각 상실, 마비, 사망을 불러올 수 있다.

놀랍게도 나는 저 세 가지 모두를 벗어났다. 듣자 하니 내 목은
저런 결과를 피할 수 있는 바로 그 자리에서 부러졌다고 한다. 하
지만 2년 반 동안의 재활 치료는 피할 수 없다.

나는 2리터 무게의 우유도 팔을 뻗어 들어 올릴 수 없었고, 2년
동안 목에 깁스를 하고 걸어 다녀야만 했다. 샤워할 때도 밤에 잘
때조차 어떤 이유로든 깁스를 떼지 못했다. 내 목은 움직일 수 없
게 보호되어야만 했다. 그것이 당신 삶의 가능성을 급격히 제한하
리라는 생각이 들지 않는다면 다시 한 번 생각해 보라.

하지만 나는 살아 있었고 불평거리가 없었다. 내가 돈을 벌 수
없고, 상대방의 자동차 보험 회사가 보상금을 깎으려고 협상하느
라 보상금 지급까지 2년 이상 걸렸으며, 음식물 교환권과 장애인
수당 등 사회 복지 제도의 혜택을 제외하고는 수입이 전혀 없었
고, 그것도 새로운 수당이 들어오기 전에 바닥난다는 점을 제외
하고는.

간단히 말하면 나는 결국 길바닥에서 살게 되었다. 바깥에서,
바람 속에, 몸을 피할 텐트만 달랑 있고 개인적인 교통수단은 전

혀 없는 곳에서. 믿기지 않겠지만 충돌 사고가 일어나고 몇 주 지나지 않아 내 차를 도둑맞았다. 삶이란 늘 장미 꽃밭 같은 것이 아니고, 어떤 사람들은 다른 사람보다 훨씬 못한 걸 가졌으며, 나도 이제부터 그런 사람 중 한 명이 될 것임을 신이 내게 보여 주려는 것 같았다.

결국 나는 노숙자 공원에서 살게 되었다. 다른 체류자들이 이미 차지하고 있는 열려 있는 땅이었다. 우리에게는 저마다 작은 야영지나 구역이 있었다. 어떤 사람들은 나무를 엇비슷이 세워 만든 거처나 임시 움막만 가지고 있었다. 어떤 사람들은 운이 좋아서 최소한 바깥 날씨로부터는 자신을 보호할 텐트를 가지고 있었다. 나는 운이 좋은 쪽에 속했다. 하지만 텐트 외에 가진 것이라곤 청바지 두 벌과 셔츠 세 벌, 구두 한 켤레, 야영용 스토브와 몇 가지 냄비, 프라이팬이 전부였다. 나는 아주 빨리 끝날 것 같은 야영 생활을 연장하고 있는 듯한 느낌이 들었다. 어디선가 간단한 일거리를 찾기까지 얼마나 걸릴까? 목에 치료용 깁스를 하고서라도.

그 대답이 '일 년에서 두 주 모자라는 기간'이 될 거라곤 상상도 하지 못했다.

아무도 '걸어 다니는 실업 급여 신청자'를 고용하고 싶어 하지 않았다. 36주 후 나는 작은 라디오 방송국에서 주말 일자리를 찾았고 그 일은 한 달에 4백 달러를 가져다주었다. 이 말을 해야겠다. 이것은 길바닥에서 사는 사람에겐 행운이다. 나는 감자튀김한 봉지를 사기에 충분한 돈이 되길 바라면서, 쓰레기통을 뒤져 찾은 빈 음료수 병이나 맥주 캔을 가게에서 돈으로 교환하지 않아도 다시 먹고 살 수 있게 되었다.

역설적이게도 내가 완전히 의미 없는 세상 속으로 다시 들어갔음을 깨달은 것은 길바닥에서 벗어난 뒤였다. 어떤 사람의 커다랗고 화려한 집 뒤편에 작은 오두막을 빌리고, 또 다른 지역 라디오 방송국에서 전일제 일자리를 찾은 뒤였다.

현실이 나를 강타하다

나는 하루에 열 시간, 열두 시간, 때로는 열네 시간을 일에 쏟아 부었고, 근근이 살아갈 만큼의 돈만 집으로 가져오며 나이 오십에 삶을 재건하려고 노력했다. 마음속에서 나 자신에게 소리치던 것이 기억난다.

"지구 위에서 반세기, 그런데 이게 그 결과야?"

다만 생존하는 것 외에는 내가 하는 일에서 아무런 목적도 찾을 수 없었다. 물론 여기저기서 약간의 행복을 손에 쥘 수는 있었다. 이따금 영화를 보러 가고, 좋아하는 음악을 틀고, 운이 좋으면 한 달에 한 번쯤 마음 맞는 새로운 친구와 사랑을 나누기까지 했다. 하지만 이렇게 되려고 했던 것인가? 이것이 내 삶이 될 것인가? 나는 사다리에 다시 오르며 반세기 뒤 새로 시작하기로 되어 있었나? 고맙지만 사양하겠다. 아주 고맙지만 나는 그렇게 생각하지 않는다.

내가 처음으로 신과 이야기를 나눈 것은 이 우울한 '재기의 시간' 동안이었다. 그 대화는 그 뒤로 출판된 책들 속에 내가 들은 말 그대로 나와 있다. 그리고 헐리웃에서는 이 전체 드라마를 한 편의 영화로 만들었다.

몇 년에 걸친 경험을 간단하게 줄인 이 설명은, 그렇다, 내 어깨 위에 그리고 우리 모두의 어깨 위에 파랑새가 얹혀 있음을 내가 당신에게 말하는 방식이다. 이러저러했기 때문에 나는 이른바 '정상적인 삶'으로 돌아가는 길을 발견했다. 그런 다음 꿈에 그리던 삶을 만들어 냈다.

이렇게 말하기는 했지만, 대부분의 경우 자신에게 아무 잘못이 없음에도 많은 사람들이 직면하는 극도로 어렵고 도전적인 상황을 고려할 때, 분명 그런 식으로 보이지 않을 것임을 이해한다. 이제 나는 이것을 개념적으로만이 아니라 경험으로부터 안다.

하지만 지금 내가 깊이 이해하고 있는 것을 당신과 나눌 자격을 갖추게 하는 것은 나 자신의 어렵고 도전적이었던 삶이다.

.

신과 나눈 이야기 핵심 메시지 12

사랑만이 존재한다.

아, 정말인가? 그러니까 자동차 사고와 목뼈 골절과 긴거리에서의 일 년은 넣지 않은 건가? 그게 아니라면 더 믿기 어려운 일인데, 이것들이 모두 신의 사랑의 표현이라는 것인가?

그러니까 사랑만이 존재한다고? 그렇다면 내 경험을 어떻게 설명하겠는가? 태어나서부터 열아홉 살까지 꽤 평탄한 여정을 향해 했고, 스무 살부터 쉰까지도 끔찍한 결과나 어려운 도전이 그다지 많지 않았음은 사실이다. 그 노신사가 뚜렷한 이유도 없이 내 차를 들이박기로 결정하기 전까지는 모든 것이 꽤 괜찮은 삶이었다.

물론 관계 속에 도전은 있었다. 그것들은 나와 다른 사람들을 슬프게 하고 실망시키고 때로는 서로에게 철저히 화내게 된 삶의 사건들을 만들었다. 하지만 나는 대처할 수 있었다. 물론 직장 생활에도 부침이 있었다. 하지만 그것도 대처할 수 있었다. 그렇다, 살아오면서 몇 가지 사소한 건강 문제도 있었다. 하지만 대처할 수 없는 것은 없었다.

이 모두는 상대적으로 평범한 삶의 틀 안에 쉽게 들어가는 것이다. 커다란 재앙도 없었고, 많은 사람들에게 이리저리 일어나는 다만 평범한 것들이었다.

아, 그러나 이제 나를 길거리에 나앉게 한, 인간으로서 엄청난 악몽 속에서 살아가게 한 상황이 일어났다. 관계가 깨졌고, 그래서 갈 곳이 없어졌다. 친아버지나 친어머니께 의지하고 싶지는 않았다. 창피했기 때문이다. 그리고 나는 정말로 몇 주 내에 그 상황 속에서 빠져나올 수 있으리라 생각했다.

그래서 텅 빈 주머니로 자존심을 지키며 노숙자 공원에 앉아 있었다. 그 날 하루를 버티기 위해 길에서 10센트, 25센트 동전을 구걸하며. 이것이 모두 신의 사랑이라고? 삶이 내 편이라고? 사랑만 존재할 뿐이라고?

물론이다.

길거리 대학

지난 후에 보니 그것은 삶이 지금까지 내게 할 수 있었던 가장 애정 어린 사건이었다고 말할 수 있게 되었다. 사랑은 모든 형상과 모든 크기, 많은 다양한 형태로 온다고도 말할 수 있게 되었다.

주머니 사정이 좋지 않은 한 사람을 도와줄 수 있는지 사람들에게 물으며 길거리를 터벅터벅 걷던 그 한 해 동안 나는 다른 어떤 삶의 상황이나 환경에서보다 더 많이 배웠고, 인간 본성에 대한 더 많은 통찰을 얻었으며, 내 존재의 핵심이 진정으로 무엇인지 좀 더 알게 되었다.

그것은 '길거리 대학'이었다. 나의 아버지가 '자유로운 교육'이라 불렀을 법한 것이다. 글쎄, 이 대학을 추천하지는 않는다. 하지만 나는 분명 고마워하고 있다.

황금 같은 유년기로 인해 내가 '마땅히 받을 자격 있다'는 의식을 조금이라고 가지고 있었거나 나를 향한 삶의 선한 흐름에 약간이라도 안주한 면이 있었다면, 그 모든 것이 빠르게 씻겨 나갔다. 삶이라 불리는 이 체험이 얼마나 고될 수 있는가 하는 새로운 인식이 그 자리에 들어왔다. 나는 진정으로 누구인가, 삶이란 진정으로 무엇인가, 왜 우리는 모두 이곳에 물리적 형태를 띠고 존재하는가에 대한 새로운 이해, 새로운 자각, 새로운 표현, 새로운 체험과 더불어.

지구 상에서의 내 시간은 삶에서 내가 쌓고 있는 것과 관계가 없음을 나는 알게 되었다. 삶은 개인적인 성공이나 성취, 권력, 부에 대한 것이 아니었다. 사실 삶은 삶이 무엇인지에 대해 내가 생각했던 것과 아무 관련 없음을 나는 배우게 되었다.

이것은 두 가지 흥미로운 효과를 가져왔다. 첫째, 내 바로 밑에서 발판을 잡아당겨 나를 불안정하게 했고 균형을 유지하려 노력하게 했다. 그런 다음 오해의 발판 위에 서 있을 때보다 훨씬 더 확고하게 설 수 있는 발판을 만들었다. 나는 다시는 넘어질 걱정을 하지 않아도 됨을 알게 되었다. 이 발판이 다시는 내 발밑에서 잡아당겨지지 않을 것이기 때문이다. 그것은 내 진정한 정체성, 진짜 목적, 삶과 신과의 하나 됨의 발판이었다.

신성의 거울

직면하고 있을 때는 나에게 일어날 수 있는 최악의 일이라고 생각했지만 몇 달 혹은 몇 년 뒤에는 지금까지 일어난 일 중 최상의 것이었음을 알게 된 경험과 맞닥뜨린 사람이 분명 내가 처음은 아니다.

하지만 내가 경험하게 되었을 때 그 일은 나의 모든 것을 바꾸었다. 개인적으로 나는 멋진 명제를 만나게 되었다. 삶에서 일어나는 모든 일은 그 이로움을 우리가 분명히 알지 못한다 하더라도 우리의 가장 큰 이로움을 위해 일어난다는 것이다.

사실은 내가 내 몸이나 마음과는 아무 관계없는 '영혼의 여행'을 시작했다는 더 큰 가능성을 처음 보게 된 것은 이 생각을 살펴보는 동안이었다. 몸과 마음은 그 여행을 시작하기 위한, 또한 그 길에서 영혼이 이루려 한 것을 얻기 위한 도구이고 장치이며 수단이라는 점을 제외하고는 내 몸이나 마음과는 아무 관계없는 여행이었다.

신과 나눈 대화는 내게 확신을 주었다. 나는 '진화'라 부를 수 있는 과정에 즐겁고 대담하게 참여하고 있는, 영원한 여정 위의 영원한 존재임을. 즉 '되어 감'의 과정에 참여하고 있는 존재임을.

그런데 무엇이 되는가? 진정한 나보다 더 큰 표현이 된다. '신성한 존재'가 된다. 삶이란 계속해서 커지는 자각의 순간들마다 신이 그 자신을 그 자신으로서 깨닫는 것이다.

거울 속 자신을 바라보고는, 자기 자신에게 늘 존재하고 있었지만 마치 처음 본 것처럼 갑자기 알아차리게 된 것이 있는가? 만일 그것이 긍정적인 것이었다면 당신 얼굴에 미소가 번지지 않았는가? 사실을 말해 보라. 거울 속 자신을 바라보고는 일순간 "어이, 있잖아, 난 보기 싫지 않아. 난 유쾌하고 좋은 사람이야. 난 내가 좋아!" 하고 깨달은 적이 있는가?

그런 경험을 한 적 있다면 이런 경험도 한 적이 있을 것이다. 당신은 당신의 아름다움과 선함을 부정하고 자신에게 이렇게 말한다. "오늘은 틀림없이 나에게 좋은 날이 될 거야. 오늘은 좋은 날이야. 그런데 아무도 진정한 나를 몰라."

여전히 핵심은 이것이다. 우리는 우리 자신을 알게 될 능력을 가지고 있고, 알게 된 것에 감사할 능력까지 가지고 있다는 점이다. 우리는 갑자기 보기 좋게 된 것이 아니다. 갑자기 유쾌하고 친절한 사람이 된 것이 아니다. 우리는 언제나 그랬다. 하지만 갑자기 이것을 알게 된 것이다. 그런 다음 즉시 부인하거나 깎아내릴지라도.

분명 당신은 당신 자신의 자비와 인내, 깊은 이해심과 지혜, 진정으로 사랑스러운 자신을 깨달은 순간을 경험한 사람에 속할 것이다. 분명 당신도 내가 그런 것처럼, 자신에게서 한 걸음 물러서서 자신을 더 깊이 자각함으로써 자신에게 감사해한 순간이 있을 것이다. 이것은 기분 좋고, 멋지고, 영광스럽고, 매우 특별한 인간

313

의 경험이다. 분명 당신은 적어도 한 번은 그런 적이 있을 것이다.

이것이 바로 신이 늘 경험하는 것이다.

우리와는 다르게 신은 그 뒤 신이 무엇인지 부인하지 않고, 그 경험에 기뻐한다. 그렇다면 신은 어떻게 이 경험을 만들어 내는가? 우리를 통해 그리고 물질세계의 다른 모든 삶의 표현을 통해서이다. 그 모든 것이 웅장하고, 그 모든 것이 경이로우며, 그 모든 것이 불가사의할 정도로 장엄하게 뒤얽혀 있고 아름답다.

이 모든 것이 신성이다. 이 모든 것이 사랑의 표현이다.

신에게서 전혀 기대하지 못했던 메시지

이제 나는 신이 내게 말한 매우 독특한 메시지를 나누고 싶다. 경고하겠다. 처음에는 이것이 '독특함' 이상으로 보일 것이다. 급진적으로 보일 것이다. 진정으로 '듣기' 위해서는 가장 깊은 이해의 차원 속으로 파고들어가야 할 것이다. 하지만 그 말은 당신이 듣기를 당신의 영혼이 바라고 있는 것이다. 삶에 대한 경이롭고 새로운 시각과 당신 삶 속 다른 사람들에 대한 경이롭고 새로운 시각을 제시할 것이기 때문이다.

신은 사랑이라고 나는 이야기했다. 사랑만 존재할 뿐이라고 나는 말했다. 그렇다면, 두려움은 무엇이란 말인가? 분노는 무엇이란 말인가? 증오는 무엇이란 말인가? 악은 무엇이란 말인가? 폭력과 살상은 무엇이란 말인가? 분명 이것은 사랑의 표현일 수 없다! 하지만 그렇다. 『신과 나눈 이야기』에 나온 메시지 중 가장 독특하고, 가장 놀라우며, 가장 기대하지 못했던 메시지가 이것이다.

"삶의 모든 표현은 사랑의 표현이다."라는 것이다.

당신이 어떤 것을 사랑하지 않았다면 다른 어떤 것을 미워할 수 없었을 것이다. 어떤 것을 그토록 절실히 사랑하지 않았다면 그것을 얻거나 유지하거나 보호하기 위한 수단으로 폭력이나 살상 같은 극단적인 수단을 쓸 생각조차 하지 못했을 것이다. 어떤 것을 강렬히 사랑하지 않았다면 그것을 가지지 못하거나 빼앗긴 것에 결코 화가 나지 않았을 것이다.

도둑들은 사랑 때문에 행동한다. 그들은 어떤 것을 무척 사랑하므로 절실히 가지고 싶어 한다. 그것을 얻을 다른 방법을 알지 못하기 때문에 훔치는 것이다.

'범죄'라 불리는 행동을 저지르는 사람들도 마찬가지다. 가장 끔찍한 범죄까지도. 강간. 살인. 모든 것이 사랑의 행위이다. 분명히 크게 왜곡된 행동이다. 의문의 여지 없이, 전적으로 받아들일 수 없는 행동이다. 나에 의해서도, 사회에 의해서도, 『신과 나눈 이야기』속 설명에 의해서도 용납할 수 없고 허용할 수 없고 용서할 수 없는 것이다. 아니, 용서할 수는 없지만 이해할 수는 있다. 그러므로 새로운 방식으로 품을 수는 있다.

그 누구도 사랑에서 나오지 않는 행동은 하지 않는다. 그 표현이 아무리 왜곡되어 있고 받아들일 수 없다 하더라도. 어떤 것을 사랑하지 않았다면 그들은 자신이 저지른 짓을 다만 하지 않았을 것이다. 신은 이것을 완전히 이해하고 있다.

신은 우리를 어린아이로 본다. 우리 행동의 영향이나 결과를 진정으로 이해하거나 신경 쓸 감정적, 영적 성숙함이 없는 아이로 본다. 그리고 더없이 추악하고 전혀 받아들일 수 없으며 인간의 관점에서 보면 절대 용서받을 수 없는 일을 하는 사람들이 우리 중에 조금 있다.

어떤 사람들이 저지른 어떤 짓은 성자나 되어야 용서할 수 있을 것이다. 어쩌면 정말로 성자 같으므로 용서가 필요 없다고 여겨지는 신만이 그럴 수 있을 것이다. 여기서의 메시지는 신의 관점에서는 모든 것을 용서할 수 있다는 것이 아니다. 받아들이긴 어렵겠지만, 모든 일이 우리의 언어로 사랑이라 불리는 우주 속 하나의 에너지에서 나온다는 것이다. 신의 마음속에서는 이해가 용서를 대신한다.

당신 마음속에서도 그렇다. 당신은 새벽 3시에 우는 아기를 '용서'할 필요가 없다. 아기가 왜 그러는지 이해하기 때문이다. 파이에 손을 뻗다가 우유 잔을 엎지른 어린아이를 '용서'할 필요는 없다. 어째서 그런 일이 아이에게 일어날 수 있는지 이해하기 때문이다. 일을 꼬이게 하거나 어렵게 만든 어른들조차 그 행동을 했을 때 왜 그랬는지 이해할 수 있다면 용서할 필요가 없을 것이다.

이해는 용서의 필요를 대신한다.

당신이 '용서할 수 없다'고 말하는 유일한 이유는 어떤 사람이 왜 그런 행동을 할 수 있는지 당신이 이해하지 않기 때문이다.

하지만 신은 이해한다.

알겠는가? 이것은 매우 단순하다. 신은 이해한다.

왜곡이 사라질 것이다

모든 행동이 사랑에 의해 탄생된다는 놀라운 통찰은 이제 일정

316

한 공간을 만들어 낸다. 그 속에서 우리는 왜 어떤 일이 일어날 수 있는지 마침내 완전히 이해할 수 있다. 사람들이 '나쁜 짓'이라 불리는 행동을 하는 이유는 '본질적인 에너지'가 심하게 왜곡되었기 때문임을 자각하게 하는 문이 열린다.

이것은 핵에너지와 매우 비슷하다. 우리 물리적 우주 속의 이 엄청나게 강력한 힘은 이로운 방식으로 사용될 수도 있고 이롭지 않은 방식으로 사용될 수도 있다. 사랑이 바로 그와 같다. 사랑은 물리적이건 비물리적이건 우주 전체의 가장 강력한 에너지이며, 우리가 '선'이라 부르는 것과 '악'이라 부르는 것을 만들 수 있다.

비틀리고 훼손된 마음의 왜곡 없이 사용된다면 우주의 '본질적 에너지'는 가장 좋은 친구이다. 우리가 살아가고 숨 쉬고 존재할 수 있는 환경을 만들고, 영혼의 목표를 완성하는 데 필요한 바로 그 조건을 매 순간 완벽하게 만들며 모든 바람을 뒷받침하는 환경을 만들어 낸다.

그런데 이 행성 위에서 우리가 서로에게 하는 행동이 때로는 왜곡된 생각과 분노 가득한 반응을 만들기도 하는가? 그렇다. 인류의 바로 그 생화학적 기제가 때로는 태어날 때조차 손상된 마음을 만들기도 하는가? 그렇다. 이 두 조건들이 때로는 장, 단기적 정신병을 만들고, 우리의 법체계조차 바로 그 이유 때문에 무죄로 선언하는, '일시적 심신 장애' 혹은 '한정 책임 능력'을 만드는가? 그렇다.

인류가 성장하고, 진화하고, 삶이 스스로를 표현하는 전체 과정을 더 많이 이해할수록 그러한 왜곡은 더 적어질 것이다. 첫째, 새로운 이해로 인해 우리가 서로에게 놀라울 만큼 다른 방식으로 행동하면서 모든 종류의 학대와 잔학 행위가 사실상 사라질 것이기 때문이다. 둘째, 삶의 모든 측면의 장기적 효과에 대한 자각이 늘어나므로 우리의 환경을 정화하고, 소비하는 내용을 바꾸고, 그 밖의 개인적 습관을 변화시키기 때문이다. 또한 생활방식을 변화시켜 인류가 가진 출생 시의 생화학적 불균형을 극적으로 줄이고 마침내는 모두 없애기 때문이다.

종합하면, 진화의 일부인 이 변화들은 새로운 종류의 인간을 만들 것이다. 노골적인 범죄가 집단 경험에서 사라질 뿐 아니라 '본질적인 에너지'의 다른 노골적인 왜곡도 사라질 것이다. 우리가 서로 사랑하는 법을 다만 배우지 못했음을 매일같이 증명하는 길은 인류가 저지르는 범죄에만 있는 것이 아니라 합법적인 행동—사랑하는 사람에게 심한 말을 하거나, 가까운 사람의 말이나 요구를 무시하고, 인생의 동반자를 배신하는 것 등—에도 많이 있기 때문이다.

'본질적인 에너지'는 사랑이고, 삶은 우리로 하여금 그 사랑을 가장 순수한 형태로만, 우리 안에서, 우리를 통하여, 우리로서, 매 순간 표현하도록 요구한다. 이것을 이해하고 받아들이는 지점까지 진화할 때 인류는 분명히 알게 될 것이다. 세계 인구의 5퍼센트가 세상의 부와 자원의 95퍼센트를 보유하고 통제하는 경제 체제를 만드는 것은 모든 인류에 대한 사랑의 표현이 아니라는 것을. 무자비한 절대주의와 추한 헐뜯기, 소외시키기, 규탄하기를 바탕으로 한 정책 결정 과정은 사랑의 표현이 절대 아님을 이해하게 될 것이다. 한 시간에 6백 명 이상의 아이들을 굶어 죽게 놓아두는 것은 사랑의 표현이 아님을 알게 될 것이다. '승자 독식' 사회와

'전리품은 승자에게' 문화를 만드는 것은 사랑의 표현이 아님을 알게 될 것이다. 특정 종교와 국적, 인종, 성적 기호를 가진 사람들을 2등급 시민으로 만들도록 부추기는 것은 사랑의 표현이 아님을 알게 될 것이다.

삶의 현재 초대

아직 우리가 그 지점에 도달한 것은 분명 아니지만, 항상 존재하는 본질적 에너지, 최상의 형태의 신과 언제나 이어질 수 있음을 알면서 개별적 삶을 살 수 있다는 것을 나는 알게 되었다. 이것이 바로 누군가 내 어깨 위에 있다고 말한 '파랑새'이다. 비록 예전에 들어 보았을 수도 있겠지만 내가 당신에게 시간을 내어 여기서 내 인생 이야기를 짧게나마 하려던 이유는 다음과 같다. 산 정상에서 인생을 보낸 사람으로서가 아니라 모든 것을 잃어버린 절망감과 사회가 완전히 저버린 삶을 사는 황폐함을 알게 된 사람으로서 말하는 것임을 당신이 알아주었으면 하기 때문이다. 매달 혹은 매주마다 아니라 매일, 매 시간 춥고 비 오고 폭풍우 몰아치는 세상 속에서 포근한 쉼터 없이, 다음 끼니 한 줌조차 보장되지 않으며, 당신의 손을 잡고 당신을 안아 주고 당신 옆에서 함께 걸으며 모든 것을 겪어 나갈 사람 하나 없이 살아남기 위해 고군분투해 본 사람으로서 말하는 것임을.

우리는 삶의 매 순간으로 하여금 사랑만이 존재함을 증명하도록 함으로써 그 사실을 기억한다. 삶이 제공하는 온갖 상황 속에서 오직 사랑만이 우리를 통해 모두에게 흘러가게 하면서. 인간이 행할 수 있는 놀라운 사례 하나를 들자면 바로 넬슨 만델라가 남아프리카공화국에서 25년 넘게 수감되어 있는 동안 한 일이다. 교도관들은 그가 석방되었을 때 눈물을 흘렸다고 한다. 그들은 가장 좋은 친구를 잃은 것이다.

그러므로 삶은 새로운 개인적인 윤리, 새로운 개인적인 표현, 새로운 개인적인 체험을 만들도록 우리를 초대한다. 사랑만이 존재한다는 삶의 가장 고귀한 진실을 모범으로 보이고, 계속 나타내며 살도록 우리를 초대한다.

그런 가능성, 그런 보여 줌, 그런 비범한 표현을 시작하기 위해 우리는 인간들의 사건의 '무엇' 뒤에 있는 '왜'를 깊이 이해하는 곳으로 옮겨 가도록 우리의 마음을 초대하기만 하면 된다.

왜 강도가 강도짓을 하고, 왜 테러리스트가 테러를 일으키고, 왜 사기꾼이 사기를 치고, 왜 살인자가 살인을 하는지 이해할 때 우리는 신성이 머무는 곳을 향해 위대한 걸음을 떼게 된다.

그 이해와 더불어 용서가 필요하지 않게 될 뿐 아니라 마야 안젤루(미국의 시인이자 소설가, 배우, 인권 운동가)의 멋진 말처럼 이렇게 말하게 만드는 놀라운 자각의 차원에 이르게 된다.

"더 잘 알게 될 때 우리는 더 잘 행동한다."

더 잘 알게 될 때까지 나는 할 수 있는 최선을 다할 것이다. 그리고 내가 만나는 모든 사람, 모든 장소, 모든 것을 사랑함으로써, 그리고 그것들이 나의 '진정한 정체성'을 표현하고 체험하기 위해 내 삶의 공간 속에 놓여 있음을 이해함으로써 그렇게 하기 시작할 것이다. 만일 왜곡 없이 이렇게 할 수 있다면 나는 마침내 자기완성의 지점에 도달할 것이다. 결국 이것이 내 삶 전체의 목적이었음을 깨달으며.

이 메시지를 나날의 삶에 적용하기

아마 큰 도전이기는 하겠지만, 평범한 사람이 이곳에 설명된 이해와 자각의 수준까지 올라가는 것은 가능하다. 넬슨 만델라가 그렇게 했고, 마더 테레사가 그렇게 했다. 많은 다른 평범한 사람들도 그렇게 했다. 그러므로 우리도 할 수 있다. 우리는 작은 일로 시작한다. 걸음마를 시작한다. 조금씩 나아가며 가고 싶은 곳으로 가고, 이것은 궁극적으로 큰 발걸음을 만든다. 그 길에 당신에게 도움이 될 몇 가지 작은 아이디어는 다음과 같다.

🍃 당신 자신을 먼저 사랑함으로써 당신 주변에 존재하는 모든 것인 사랑을 표현하라. 살고 있는 사회 속에서 완전히 받아들여지거나 온전히 훌륭한 것으로 여겨지지 않는, 당신 자신의 행동들을 살펴보라. 당신은 거짓말을 한 적 있는가? 남을 속인 적 있는가? 다른 사람에게 상처 준 적 있는가? 살면서 적어도 몇 번이라도 당신을 우선시하고 다른 사람을 뒷전에 놓고는 나중에 자신이 한 일을 돌아보며 부끄러워한 적이 있는가? 살면서 당신의 바람보다 더 자주, 당신이 알고 있는 자신보다 더 못하게 자신을 드러내 보인 적이 있는가? 당신이 나와 같다면 그 대답은 '그렇다'이다. 하지만 당신이 나와 같다면 당신은 당신 자신을 이해하고 사랑하는 곳으로 이미 움직였을 것이다. 더 잘 알고 그리하여 더 잘 하는 데 필요한 것을 하게 하는 곳으로.

당신의 가장 나쁜 행동에도 불구하고 자신을 이해하고 사랑하는 방법을 찾았다면 똑같은 선물을 줄 수 있는 사람이 주변에 있는지 둘러보고 살펴보라. 종종 그 선물을 우리 자신보다 남에게 주는 것이 더 쉬움을 발견하는 것은 많은 사람들의 삶의 역설이다. 하지만 처음에 우리에게 주는 법을 배울 수 있으면 그 선물을 남에게 주는 것이 더욱더 가능해지고 훨씬 자연스러워진다.

이 선물을 줄 수 있는 당신 삶 속 세 사람을 지금 당장 생각해 보라. 그 선물은 인간의 가슴속에서 시작된다. 처음에 조용하게 그 선물을 주는 곳인 당신의 내면에서 시작된다. 그런 다음 당신은 열린 마음으로 배려하고 자비롭게 사랑하면서 다른 사람과 대화할 때 소리 내어 말할 수 있다. 위에 정한 세 사람과 이번 주에 한번 해 보라.

나날의 경험을 하면서 삶의 매 순간과 맞닥뜨릴 때 이 질문을 스스로에게 하라. "사랑이라면 지금 무엇을 하겠는가?" 이것이 특별한 동기 부여가 되고 커다란 활력을 주는 질문임을 나는 알게 되었다. 나는 이 질문을 늘 이용한다. 다른 사람에 대한 사랑뿐 아니라 당신 자신에 대한 사랑도 이야기하고 있음을 기억하라. 이 두 가지는 서로 공존하지 못하는 것이 아니다. 이 점이 내가 삶에서 이해하게 된 가장 중요한 것이다. 나 자신을 사랑하는 동시에 다른 사람을 사랑하는 것은 가능하다. 그러므로 반드시 그렇게 하라. 하나를 위해 다른 하나를 희생해야 한다고 생각하지 마라.

꿀 우리의 일반적 정의에 따를 때 '사랑하는' 것으로 보이지 않는 행동을 하는 사람을 보면 당신 자신에게 물으라. 그리고 기회가 생기면 그 사람에게도 물으라. 그 사람이 너무도 사랑하여 그것을 표현할 수 있다고 느끼는 단 하나의 방법이 사랑의 왜곡인 것이 무엇인가? 이 질문에 대한 대답이 당신에게 새로운 차원의 이해를 가져다주는지 보라.

꿀 그다음으로는 집 밖으로 나오기로 결심하라. 집 바깥에서 어떤 일을 하거나 특정한 기능을 하기 위해서가 아니라 당신의 사랑을 세상과 나누고 표현할 구실을 다만 당신에게 주는 어떤 이유에 대해서든 그렇게 하라. 이것이 바로 당신이 무엇이든 하면서 시간을 보내는 이유가 되게 하라. 당신이 하고 있는 모든 일이 사랑의 형태가 되기 위함이라고 상상하라. 당신이 그날 하루를 어떻게 보내는가와 일상적인 일들을 하면서 어떻게 느끼는가에 이것이 어떤 식으로든 변화를 주는지 살펴보라.

꿀 마지막으로 다음 사실에 의탁하기로 결심하라. 사랑은 사랑이 당신을 통해 흐를 수 있는 만큼 당신에게 매 순간 올 수 있다고. 삶과 신은 당신에게 최선인 것만을 원하고, 당신에게 사랑을 흘려보낼 모든 방법을 찾는다. 그것을 다만 알게 되는 곳으로 옮겨 가는 방법을 찾을 수 있는지 살펴보라. 이제 그것에 의탁하라. 당신 자신이 그것에 의탁하게 하라. 앞으로 이런 일이 일어날 것임을 확신하는 곳으로 옮겨 가라. 당신이 어떤 점에서든 나와 비슷하다면, 그런 긍정적인 생각의 힘이 당신 삶을 바꿀 수 있음을 알게 될 것이다.

20
시간과 공간

내면의 경험이 외부 경험을 물들이기 시작한다.
어디에 있든 내가 있는 곳을 좋아하기 시작한다.
무엇을 하든 내가 하는 일을 좋아하기 시작한다.
누구와 함께 있든 나와 함께 있는 사람을 좋아하기 시작한다.

이제는 좀 더 비밀리에 전해지는 삶에 대한 몇 가지 이해와 설명으로 옮겨 가 보자. 『신과 나눈 이야기』 대화에서 우리에게 주어진 그것을. 그중 이 메시지가 가장 추상적이다.

신과 나눈 이야기 핵심 메시지 11

시간과 공간이란 것은 없다. 지금 이곳만 존재할 뿐이다.

『신과 나눈 이야기』가 우리에게 말하는 것은 이것이다. 시간과 공간이, 혹은 뛰어난 미래주의자 진 로든베리(TV 드라마 『스타 트렉』의 대본 작가)가 '시공간 연속체'라 이름 붙인 것이 순전히 우리 상상의 산물이라는 점이다. 시간과 공간은 인간 마음의 구조물이다. 제한되어 있지만 계속해서 커지는 우리의 이해를 고려해서, 우리가 처해 있는 환경을 약간이라도 이해하기 위해 만들고 조직화한 방식이다. 더 중요하게는 우리의 목적에 부합하도록 하기 위해.

나는 인류가 의식을 확장하고 자각을 확대하여 다음을 분명히 이해하는 틀 속에서 살 가능성을 미래에 그려 본다. 시간과 공간이란 만들어진 현실이고, 지각 속의 구조물일 뿐이며, 신성을 알고 체험할 수 있으리라 예상한 것보다 더 많은 기회를 우리에게 주면서 언제나 이곳, 항상 지금을 체험하게 하는 것임을.

시간과 공간 같은 개념을 설명할 때, 특히 그토록 제한적이고 조건적인 삶의 표현이 부재함을 설명할 때, 우리는 불신을 멈추고 안락 구역으로부터 걸어 나와 마음이 가장 쉽게 갈 수 있던 영역 너머로 움직일 필요가 있다.

이것을 이해해야 한다. 마음은 임신과 탄생 사이에서 생물학적 메커니즘이 활성화된 순간부터 모은 데이터만을 가지고 있다. 반면 영혼은 완전하고 온전한 자각의 저장고이며 영원한 지식 전체의 저장고이다.

영혼이 가지고 있는 방대하고 색다른 정보에 마음이 접근하여 그 정보를 흡수하기 시작할 때, 마음이 이해한 것, 가지고 있던 것, 창조한 것, 그 구조물이 허물어지기 시작한다. 우리는 이성이나 논리, 어떤 증거로도 뒷받침할 수 없고 지지할 수 없는, 비밀리에 전해지는 탐험 속으로 나아가고 있는 자신을 발견한다. 그러한 논의 속에서는 추측이 결론을 대신하고, 가능성이 확률을 대신하며, 허구가 사실을 대신한다. 그러므로 여기서 우리가 나아갈 곳은 그 틀 안이다.

사물의 본성

궁극적 실체 전체가 세 가지 형태로 존재한다고 개념화할 수 있다. 영적 영역, 물리적 영역, 순수 존재 영역이다. 삶의 이 세 가지 표현은 모두 동시에 존재하고, 언제나 하나의 '장소'에 존재한다. 이것은 궁극적 실체 속에서는 언제나 지금 이곳뿐이라는 말의 또 다른 표현이다. 또한 궁극적 실체 속에는 사랑만이 존재한다.

물리적 삶은 환상을 기초로 하며, 그 환상을 통해 우리는—적어도 마음속으로는—분리될 수 없는 것을 분리시킨다. 그리하여 전체인 것을 '부분들이 합쳐진 것'으로 관찰하고 체험할 수 있다. 그것은 전체를 온전히 표현하기 위해 그런 식으로 체험하도록 의도되었다.

그 개념을 좀 더 자세히 분석하기 위해 비유를 들어 보겠다.

새벽녘 산기슭에 방금 내린 눈의 아름다움을 생각해 보라. 상쾌하고 푸르스름한 흰 눈 위에 햇살이 반짝거리며 가슴 벅찬 광경이 만들어진다. 하지만 눈을 이루고 있는 것의 경이로움 때문에만 경이로운 것이다. 개별 부분의 숨 막힐 듯한 아름다움 때문에만 경이로운 것이다.

그 눈을 조금 모아서 한 송이 한 송이 따로 분리한 다음 고배율 현미경으로 보며 그 경이로운 아름다움을 체험할 때 이 사실이 확실히 증명된다.

산기슭에서 그 개별 눈송이들을 곧바로 녹지 못하게 하는 것은 눈송이들이 눈 자체와 하나라는 사실이다. 눈송이들은 눈이다. 눈은 눈송이들과 분리되어 있지 않으며, '눈송이들의 전체 합'이 눈이다. 눈송이들이 다른 눈송이들과 분리되어 있지 않기 때문에 모든 눈송이가 온전한 형태를 이루고 그 모양을 유지한다.

눈은 눈이고, 그 눈은 또 눈이다. 눈은 그 전체로 장엄하다. 부분들이 모여 전체를 이룰 때는 더욱 장엄하다. 하지만 이것을 체험하기 위해서는 전체를 이루는 부분들의 아름다움과 경이로움을 알아야 한다.

그것이 바로 신이 우리에게 하고 있는 것이다.

당신은 눈송이보다 못하지 않다

신의 모든 것을 신으로서 체험할 수 있게 하는 것은 신의 개별적, 이질적, 합쳐진 부분이다. 그 각각은 전체 자체만큼이나 장엄하고, 그것들 모두는 전체가 발산하는 장엄함을 만든다.

당신의 강력한 상상력을 이렇게 사용하고픈 유혹에 넘어가지 마라. 눈송이가 산기슭의 눈에 비해 못하듯이 당신도 신에 비해 다소 못하다고 생각하도록. 주위에 보이는 모든 것이 바로 삶의 모습 그대로이다. 역설적이게도 우리는 눈을 이루는 눈송이, 바다를 이루는 물방울, 밤하늘을 이루는 별을 바라보며 삶이란 그런 것이라고 생각한다. 신을 이루는 다른 모든 것들을 보며 똑같이 생각한다. 신을 이루는 우리만 제외하고는.

그 생각을 멈출 때이다. 이제는 당신을 제외한 모든 것이 아닌, 삶 속 모든 것이 신성의 표현임을 선언할 때이다. 그렇다, 당신은 신의 개체이고, 개체화는 분리가 아니다.

시간과 공간이라는 환상은 우리의 개체화를 가능하게 한다. 그리고 '궁극적 실체' 속에서의 시간과 공간의 부재는 눈처럼 순수한 신의 영혼을 영원히 '녹지 않게' 한다.

존재하는 모든 것을 개별 부분으로 분리하는 것은 단순히 하나의 과정이다. 그럼으로써 존재하는 모든 것이 시간과 공간을 이용하여, 합쳐져 있는 그 전체성의 경이로움을 느끼며 자신을 바라보고 체험할 수 있다.

시간과 공간이란 것이 없다는 개념은 나날의 삶에 실제로 적용할 것이 없어 보일 수 있다. 하지만 정반대가 사실일 수 있다. 우리의 이 『이상한 나라의 앨리스』 같은 우주 속에서 살아가기 위해서는, 존재하는 것들이 시간과 공산 속에 존재한다고 상상하는 것이 유용하고 필요하다는 것이 나의 진실이다. 하지만 시간과 공간이 환상임을 알면 비유적으로도 형이상학적으로도 여러 면에서 도움이 된다.

우선 우리는 시간의 흐름에 너무 많은 부정적인 에너지를 보내지 않게 된다. 그 대신 우리가 언제나 존재함을 알아차린다. 그러므로 제한된 시간이라는 개념이 삶 속에서 주는 긴박함을 우리 생각과 체험 속에서 없앨 수 있다. 우리는 좀 더 평화로워지고, 좀 더 고요해지며, 좀 더 집중하고, 좀 더 긴장을 풀게 된다. 그러므로 개별적으로 체험하는 현실 속에 우리가 열망하는 지속적인 평온함과 고요함을 더 만들 수 있게 된다.

또한 바로 이곳 말고는 실제로 공간이 존재하지 않는다는, 비밀리에 전해지는 이해 덕분에, 우리가 들어가고 나오는 허구의 공간을 모두 똑같은 공간으로 볼 수 있게 된다. 그 공간이란 다시 말해 신의 왕국이다. 혹은 천국이라 불러도 좋다. 이것은 중요하지 않은 생각이 아니다.

'지옥'을 '천국'으로 바꾸기

모든 장소가 똑같은 장소임을 알게 되었기 때문에 나는 이런저런 이유로 불쾌하거나 반갑지 않다고 판단한 물리적인 장소에 있을 때 엄청난 도움을 받았다. 그런 장소에서 나는 궁극적 실체를 더 깊이 이해하는 축복을 내 바로 앞에 있는 현재의 관념 속으로 가져오려고 했다. 그러면 조금 낯설지만 멋진 방법으로 그 더 깊은 이해 덕분에 내가 있는 그 '장소'에 대한 현재 경험이 종종 바뀌고 변화된다. 다르게 말하면 내면의 경험이 외부 경험을 물들이기 시작한다. 어디에 있든 내가 있는 곳을 좋아하기 시작한다. 무엇을 하든 내가 하는 일을 좋아하기 시작한다. 누구와 함께 있든 나와 함께 있는 사람을 좋아하기 시작한다.

이것이 모든 마스터들이 삶을 살아간 방식이라고 나는 생각한다. 내가 그런 마스터 중 한 명이라고 주장하려는 것은 절대 아니다. 나는 그들이 나날의 경험에 대처해 나가는 법을 어떻게 알게 되었는지 공부하고 있을 뿐이다.

18장에서 넬슨 만델라의 예를 들었다. 그가 누구인지 모른다면 인터넷을 잠시 검색해 보라. 그에 대해 더 많은 것을 알게 될 것이다. 왜 그가 이러한 마스터의 차원에서 눈에 띄는 사례가 되는지 알게 될 것이다.

넬슨 만델라는 자기 민족의 해방을 원했다는 '죄' 때문에 25년여를 감옥에서 보냈다. 하지만 어디에 있든 그 공간은 자신이 만드는 곳이 된다는 것을 깨달으며 자신의 공간을 완전히 받아들일 수 있는 장소로 바꾸었다. 그는 다른 특징들을 보여 줄 뿐인 오직 한 공간만이 실제로 존재함을 깨달았으며, 그 특징들은 우리가 그것들을 부르는 이름 이상이 될 수 없음을 깨달았다.

이러한 비밀스러운 이해는 우리로 하여금 지금 차지하고 있는 시간이나 공간이 무엇이든 그것을 천국이라 생각하도록 우리에게 도전장과 초대장을 내민다. 그것을 어떻게 인지하고 어떻게 경험하는가에 의해 그렇게 만들도록 한다. 우리가 존재하고 있는 외부 현실에 영향을 미치는 것은 내면의 경험임을 다시 한 번 강조하고 싶다. 그 반대가 아님을.

만델라는 투옥 생활에 대해 특별한 방식으로 생각했기 때문에 자신이 비자발적으로 놓여 있던 외부 환경 전체가 바뀌었다. 교도관들은 그의 친구가 되었다. 그들은 만델라를 존경하게 되었고 심지어 사랑하게 되었다. 교도소 '바깥'의 인생 문제에 대해 만델라에게 조언을 구했고, 만델라는 기꺼이, 심지어 기뻐하며 그들에게 조언해 주었다. 바로 자기 자신이 되기 위해 있어야 할 바로 그곳에, 있어야 할 바로 그 시간에 존재하고 있음을 이해하면서.

우리가 언제 어디에 있든 우리 모두도 마찬가지다. 그리고 그것이 핵심 메시지 11에서 우리에게 주어진, 적용가능하고 실용적인 삶의 수단이다.

이 메시지를 나날의 삶에 적용하기

이곳에서 살펴본 관념만큼이나 현재 이해한 현실로부터 분리되어, 그것을 나날이 직면하는 일에 적용할 수 있는 몇 가지 방법이 있다. 다음을 시도해 보라.

✎ 지금 당장 주변을 둘러보라. 하던 일을 모두 멈추라. 이 책마

저 내려놓고 주변을 둘러보라. 바로 지금 당신이 있는 곳이 천국이고, 당신이 원한다면 이보다 더 좋을 수 없다고 결심하라. 모든 것이 그 모습 그대로 완벽함을 알아차리라. 모든 것이 당신을 훌륭하게 뒷받침하고 있음을 알아차리라. '진정한 당신'을 선언하고 알릴 기회, 표현하고 체험할 기회, 그것이 되고 그것을 이룰 수 있는 기회를 당신에게 준다는 것을.

꿀 다음번에 완전히 쾌적해 보이지는 않는 공간에 있을 때 당신의 상상력을 이용하라. 그곳 역시 천국의 작은 공간이라고 다만 결심하라. 그 공간이 어떠하든 그 모습 그대로 괜찮다고 말하라. 그리고 그 특별한 환경을 보고 느끼고 만지고 냄새 맡고 그곳의 경이로움과 영광을 온전히 체험하라. 당신이 있는 그 공간이 바로 당신 눈앞에서 변화하는 것을 보라.

꿀 이렇게 하는 한 가지 흥미로운 방법은 불쾌해 보이는 곳에 있을 것인지 아니면 차라리 죽을 것인지 결정하는 것이다. '죽음'이란 것은 없다는 것을 알지만 이 실험이 이루어지게 하기 위한 비유로 이 허구를 사용했다. 나는 실제로 이렇게 해 보았다. 정말로 내게 완전히 쾌적하지는 않은 공간에 있었는데 그곳에 있을 것인지 아니면 더 이상 산 자 속에 속하지 않을 것인지 스스로에게 묻자 돌연 내 주변 모든 것이 받아들일 만하게 보였을 뿐 아니라 더 바람직한 것으로 보였다.

꿀 어떤 사람은 "아니, 차라리 난 죽겠어."라고 말할 수 있다는 점은 논란의 여지가 있다. 그것 역시 선택이다. 마음속에서 그런 선택을 해도 괜찮다. 어떤 특정한 공간에 있든 당신이 체험하고 있는 것 모두에 대해 부정적인 에너지 속에 머물러 있어도 괜찮다. 이 점에 대해 옳거나 그른 것은 없다. 이곳에는 규칙도 없다. 모든 것이 있는 그대로이다. 당신이 만드는 그대로이다. 하지만 당신이 존재하고 있는 모든 공간이 있는 그대로 완벽하다고 결심하는 순간 당신의 삶이 얼마나 풍요로워지는지 살펴보라.

당신의 삶 속에서 시간이 어떻게 작용하는지 살펴보라. 어째서 어떤 순간은 늘어나는 것 같고 어떤 순간은 줄어드는 것 같은지 주목하라. 왜 당신이 이 체험을 자주 하는지 자세히 살펴보라. 더 빨리 가는 순간은 언제이며 끝없이 연장되는 것 같은 시간은 언제인가? 둘 다를 살펴보고 자신에게 물으라. 늘어나거나 줄어드는 특성을 가진 특별한 시간 속으로 당신이 어떤 관점이나 마음의 틀, 존재 상태를 투영하고 있는지 물으라. 이것을 다만 유심히 살펴보라. 그것에 주목하라. 그런 다음 그것이 당신 자신에 대해 무엇을 말해 주는지 살펴보라. 아, 그리고 이 작업을 하면서 좋은 '시간'을 보내길 바란다.

21
죽음

심판도, 저벌도, 단죄도 존재하시 않는다.
신에게서 그런 원시적이고 야만적인 반응을 볼 필요가 없다.
모든 것이고, 모든 것을 가지고 있으며, 모든 것을 창조하고,
모든 것을 체험하고, 모든 것을 표현하고, 모든 것을 알며,
모든 것을 이해하고, 모든 것을 아우르는 신에게서.

많은 사람들에게는 자신의 죽음을 생각하는 것보다 감정적, 심리적, 영적 효과가 큰 것은 없다. 언젠가는 우리가 어쨌든 이 삶의 일부가 아니게 되리라는 생각, 마치 이곳에 전혀 존재하지 않았던 것처럼 우리 없이도 삶이 지속될 것이라는 생각은 마음을 뒤흔들고 정신을 그 근본까지 휘저을 수 있다.

만일 우리가 살다가 죽고, 그 후 더 이상 어떤 식으로도 존재하지 않는 생물학적 존재에 불과하다면 삶의 이유와 목적이 우리에게서 달아난다. 우리는 다만 이해하지 못한다. 만일 죽은 뒤에 아무 결과도 생기지 않는다면 뭐 하러 어떤 것이든 굳이 특정한 방식으로 하려고 애를 쓰는가? '이 삶'의 결과가 우리에게 동기를 부여하기에 충분한가? 만일 삶이 일련의 어렵고 도전적이고 비극적이기까지 한 체험에 불과하다면 왜 굳이 이로 인해 살아가려고 애써야 하는가? 왜 굳이 고통을 이겨 내려 애쓰는가? 왜 굳이 소란을 겪어 내려 애쓰는가?

이 점에 주목해야 한다. 죽은 뒤에 아무것도 존재하지 않고 아무 일도 일어나지 않는다는 관점 자체가 삶에 대한 충분한 동기

부여가 된다고 믿는 사람들이 많다. '지금 아니면 다시 없다'는 생각을 하게 하고, 이곳에서 하는 것이 그 일을 하고 그 체험을 할 유일한 기회이므로 지금 하고 체험하는 것이 더 낫다는 생각을 하게 하기 때문이다.

어떤 사람들은 '마지막 순간'보다 사람을 더 효율적으로 만드는 것이 없음을 후회하며 알아차리기도 한다. 일생 동안의 말로 바꾸면 그 관찰은 다음과 같이 될 것이다. 한 사람의 삶에서 이 삶 뒤에 따라오는 것이 없다는 관념보다 매 순간을 더 의미 있게 하는 것은 없다.

그러므로 인류가 죽음에 직면한다는 개념과 관념에는 지구 위에서의 체험이 시작된 때로부터 양면적인 매력이 있었다. 이 내용은 새로운 것이 아니고 당신도 이미 알고 있는 것이다. 하지만 이 오래된 주제를 새롭게 확장한 생각은 다음과 같다.

신과 나눈 이야기 핵심 메시지 10

죽음은 존재하지 않는다.
당신이 '죽음'이라 부르는 것은
정체성의 재정립 과정일 뿐이다.

새로운 부분은 이 메시지의 두 번째 문장일 것이다. 그 전까지 나에게 '정체성의 재정립'에 대해 말해 준 사람은 아무도 없었다. 그것이 무슨 의미인지 지금 여기서 살펴보겠다.

이 메시지의 첫 문장은 아주 오랫동안 우리가 다양한 원천으로

337

부터 들어 왔다. 지구 위 사실상 모든 종교는 몸과 마음의 존재가 끝난 뒤에도 삶이 계속된다고 주장한다. 조직화된 종교가 생기기 전에도, 사실 훨씬 이전에도 인류는 우리가 '죽음'이라고 부르게 된 이것에 대한 관념과 생각, 개념을 발달시켰다. 그리고 그 생각 의 많은 부분에는 이런 기대가 들어가 있었다. 사망 이후에도 우 리 성격이 어느 정도 온전히 남아 있을 것이며, 알 수는 없지만 의 심할 수 없는 이유로 인해 어떤 비밀스러운 방식으로 삶이 지속되 리라는 기대이다.

이런 개념은 마음이 각각의 차원에서 기능을 멈추었을 때, 우 리가 모든 차원에서 다만 존재하기를 멈춘다는 사실을 믿으려 하 지 않는 인류의 열망과 소망, 바람에 지나지 않는다고 말하는 사 람도 있었다.

이런 사람들을 말한다. 죽음 이후의 삶은 희망사항에 불과하며, 우리가 스스로를 위해 할 수 있는 최선은 다만 그 생각을 머릿속 에서 들어내고 삶을 계속해 나가는 것이라고. 이 삶만이 진정으 로 존재하는 것인 양, 이 삶을 충분하게 사는 것이라고.

하지만 이 행성 위 대다수의 사람들은 우리가 지구 상에 존재 해 온 대부분의 시간 동안 다음의 개념을 지녀 왔다. 단순한 육체 적 삶 이상의 것이 이곳에서 진행되고 있다는 개념이다. 이제 그 이해를 확인시키기 위해 『신과 나눈 이야기』가 나온다.

생기는 의문

죽음이 존재하지 않는다고 신이 말했을 때 나는 놀라지 않았다. 하지만 죽음의 과정과 그 과정이 실제로 무엇에 이르는지를 말했을 때는 놀랐다.

앞에서도 말했지만 아무도 그 전에는 죽음을 정체성의 재정립 과정으로 규정하지 않았기 때문에 그 말들이 다가왔을 때 완벽히 들어맞는 것처럼 들렸다.

신은 내게 우리 모두가 잘못된 정체성의 사례처럼 살고 있다고 말했었다. 우리는 우리가 진정으로 누구인지 모른다. 우리 모두가 개별적 형태로 존재하는 신임을 대부분의 사람들은 자각하지도 못하고 체험하지도 못한다. 많은 사람들은 우리가 신에 의해 창조되어 육체적 삶 이상을 사는 적어도 영적인 존재라고 생각하고 싶어 한다. 혹은 희망한다. 어떤 사람들은 그 존재를 '영혼'이라 부르기도 한다. 하지만 만일 그것이 우리의 진정한 정체성이라면 그런 생각이 만들어 내는 또 다른 의문들이 생긴다.

왜 삶은 계속되는가? 그 지속의 목적은 무엇인가? 또한 다른 무엇보다도, 우리의 육체적 삶의 목적은 무엇인가? 죽음 이후에 어떤 일이 일어나는가? 삶 속에서 일어나는 것과 우리의 육체적 체험 이후에 일어나는 것 사이에는 어떤 관계가 있는가? 우리는 이러한 육체적 체험을 정말로 한 번 이상 하는가? 아니면 환생이란 것은 신화인가? 만일 우리가 삶을 한 번 이상 산다면 그 이유가 무엇인가? 만일 우리의 육체적 삶이 한 번뿐이라면 그 목적은 무엇인가?

우리는 정말로 '좋은 것'은 칭찬받고 '나쁜 것'은 처벌받는 보상과 단죄의 우주 속에 사는 사람인가? 만일 그렇다면 무엇이 '좋고' 무엇이 '나쁜지'는 누가 정하는가? 그리고 '보상'과 '단죄'의 본질은 무엇인가?

물론 이 모두는 인류의 모든 종교가 질문해 온 주제이다. 만족스러운 답을 준다고 생각하면 우리는 그 특정 종교의 일원이 된다. 두려움, 걱정, 의문이 충족되고, 적어도 한동안 그 문제를 제쳐두고 삶을 살아갈 수 있다. 하지만 삶 이후에 무엇이 일어나리라 믿는가는 삶을 어떻게 살아가는가에 지대한 영향을 준다. 그러므로 중요하지 않은 문제가 아니다.

마침내 딜레마에 끝이

잘못된 종교의 신도가 되었기 때문에 신이 영원한 천벌로 우리를 처벌할 것이라 생각한다면, 우리는 올바른 선택을 했는지 궁금해 하며 영원히 벌벌 떨 것이다. 신의 눈에 우리가 괜찮아 보일지 아니면 지옥으로 보내질지 간절히 알고 싶어 하며.

만일 어떤 행동이 신의 눈에 '혐오스럽다'는 생각이 들면 우리는 '타락하거나' '부도덕하다'고 여겨지는 생각과 행동에 불가해하게 이끌릴 때 힘들게 싸우면서도 공포에 떨 것이다.

'죗값을 치러야 한다'고 믿는다면 그 죄가 무엇이든 걱정과 불길한 예감, 낙담, 심지어 공황 상태 속에서 최후의 날에 다가갈 것이다. 이 생에서 이미 겪은 것보다 더 나쁜 어떤 일이 일어날지 궁금해 하며.

물론 종교는 이 딜레마를 풀려고 노력해 왔지만 성공적이지 않았던 것 같다. 우리의 딜레마는 계속되었다.

이제 『신과 나눈 이야기』라 부르는 새로운 신학이 있다. 여기서는 죽음이 존재하지 않는다는 선언에 대해 이전의 신학에 동의한다. 하지만 죽은 뒤 무슨 일이 일어나는가에 대해서는 옛날의 신학이 말한 어떤 것에도 동의하지 않는다. 또한 죽기 전' 삶의 의미와 목적, 기능에 대해 옛날의 신학이 말한 것들에 대해.

『신과 나눈 이야기』 우주론은 우리의 딜레마에 끝을 가져온다. 마침내 이해되는 답을 준다. 『신과 나눈 이야기』 아홉 권 시리즈 중 마지막 책인 『신과 집으로』는 죽은 뒤 영혼의 체험을 아주 상세하게 설명한다. 그 책은 심판이나 처벌, 단죄에 대해 전혀 말하지 않는다. 신이 이렇게 분노하지 않고 응징하지 않으며 '정의'가 필요 없다는 것이 『신과 나눈 이야기』 신학 전반에 그 근거로 나와 있다. 이 책에서 그 내용을 이미 많이 다루었다.

이러한 신학은 우리와 신 사이에 분리가 없고 신과 우리가 하나라고 주장한다. 그러므로 만일 우리를 단죄하려 한다면 신은 자기 자신을 단죄하는 셈이다. 그런 일은 말이 되지 않는다. 그러므로 기성 종교들은 심판과 처벌, 단죄를 실제처럼 만들기 위해 신과 우리가 하나라는 관념을 완전히 없애야 한다. 다른 선택은 없다.

하지만 우리를 포함한 삶의 모든 요소와 신이 하나라는 메시지를 받아들인다면 죽음을 단순히 정체성의 재정립 과정으로 보는 멋진 정의가 모든 것을 통합시킨다. 삶의 마지막 순간의 질문에 답하고, 삶의 마지막 순간의 두려움에 종말을 고하고, 삶의 마지막 순간의 동요를 다스리며, 죽은 뒤뿐 아니라 죽음에 다가가고 있을 때도 평화로운 안식을 누리게 한다. 물론 우리는 매일 죽음에 다가가고 있다.

죽은 뒤에 어떤 일이 일어나는가?

『신과 나눈 이야기』는 우리에게 말한다. 이 육체적 만남이 끝난 뒤의 순간이 찾아왔을 때, 우리는 마침내 신성과 우리와의 합일을 완전히 이해하고, 완전히 체험하며, 완전히 표현하게 된다고. 끝나는 것은 삶이 아니라 신과 우리가 분리되어 있다는 환상이다.

우리는 집에 다다랐다.

일단 집으로 다시 오면 영적 가족의 다른 구성원들에 합류한다. 실제로 존재하는 것은 이 가족이라는 '단 하나의 구성원'뿐이며 우리 모두가 그 신성한 일원에 속해 있음을 동시에 깨달으면서. 우리는 다시 한 번 그 구성원이 된다. 정말 문자 그대로 다시 구성원이 된다re-member. 우리는 '우리'의 갖가지 다른 형태들을 볼 수 있어서 기쁘고, 우리가 늘 느끼고 희망했던 것, 즉 깊이 사랑하는 사람들로부터 한 번도 분리된 적 없음이 사실임을 알게 되어 더욱 행복하다.

그러므로 마침내 우리는 확실하게, 의심과 의문 없이, 진정한 우리의 정체성을 확인한다. 우리의 하나 됨의 체험은 온전하고 완전하다. 하나 됨의 특정한 표현인 개별화 체험이 그 어느 때보다 영광스럽게 체험되는 바로 그 순간에도.

우리는 개별 존재 되기와 다시 하나 되기를 동시에 체험하면서 '신성한 이분법' 속에 산다. 그것은 마치 오른손이 왼손과 악수하는 것과 마찬가지다. 당신의 팔이 당신 자신을 크게 껴안아 주고 크게 포용하는 것과 같다. 그리고 그 껴안음 속에서, 당신이 삶의 다른 모든 표현을 포용하고 있고 모든 삶 역시 당신을 커다란 사랑으로 껴안고 있음을 깨닫는다.

이처럼 신성하고 영광스러운 자기완성의 순간, 모든 것은 모든 것을 사랑하고, 모든 사람은 모든 사람을 사랑하며, 존재하는 것은 사랑뿐이다. 그것은 맨 처음부터 사실이었다. 심판도, 처벌도, 단죄도 존재하지 않는다. 신에게서 그런 원시적이고 야만적인 반응을 볼 필요가 없다. 모든 것이고, 모든 것을 가지고 있으며, 모든 것을 창조하고, 모든 것을 체험하고, 모든 것을 표현하고, 모든 것을 알며, 모든 것을 이해하고, 모든 것을 아우르며, 아무것도 원하지 않고 필요로 하지 않고 요구하지 않는 신에게서.

지상낙원

인류의 진화에서 이제 남은 일은 죽음 이후의 것과 똑같은 자각, 똑같은 이해, 똑같은 체험을 지구 위 육체적 삶의 나날의 순간에 뿌리내리는 것뿐이다. 그러면 우리는 지상낙원을 만들 것이다.

우리는 이렇게 한 능력이 있다. 그럴 능력이 있다는 약속을 받았다. 우리는 어떻게 살아야 하는지 알기 위해 '죽기'를 기다릴 필요가 없다. 지금 당장 진정한 자기를 기억하고, 인식하고, 증명하기만 하면 된다. 이것은 그처럼 단순하다. 하지만 이것은 우리가 완전히 새로운 신학, 완전히 새로운 영성을 받아들이고, 거기에서 나온 다른 정체성과 훨씬 경이로운 신을 받아들일 것을 요구할 것이다.

"너희는 나를 완전히 잘못 이해했다."라는, 신이 세상에 주는 메시지는 그 어느 때보다 중요해 보인다. 만일 인류가 새로운 신학을 받아들이고 수용하지는 않더라도, 살펴보고 조사하려고 한다면 말이다.

그런 일이 가능하리라고 감히 상상할 수 있을까? 우리가 신에 대해 실제로 잘못 생각했을까? 신이 우리를 조건 없이 영원토록 사랑한다는 것을 상상조차 할 수 있을까? 자신에게서 우리를 한 번도 분리한 적이 없고 앞으로도 그러지 않을 것임을? 우리를 무척 사랑하고, 삶을 온전히 사랑하며, 신성의 표현을 절대적으로 사랑하는 신을 생각하는 것이 실제로 죄악일 수 있을까?

이 메시지를 나날의 삶에 적용하기

더 이상 죽음을 두려워하지 않을 때 우리는 더 이상 삶을 두려워하지 않는다고 한다. 그것이 사실임을 나는 알게 되었다. 핵심 메시지 10을 삶에 적용시킬 수 있는 도움이 되는 몇 가지 방법은 다음과 같다.

🌿 다음 달에 당신이 죽을 것이라는 말을 들었다고 해 보자. 다만 그것이 사실인 척 해 보라. 그런 다음 그 사실을 고려하여 당신이 할 것들의 목록을 만들라. 이 장치는 『버킷 리스트』라는 영화에 나온 아이디어를 쓴 것이다. 당신 삶의 환경을 고려하여 그 목록을 현실적이고 이루어질 수 있게 만들되 당신에게 개인적으로 중요한 항목들을 목록에 적으라. 말하고 싶었던 모든 것을 말하고 싶었던 모두에게 말하는 것을 반드시 이 목록에 포함시키

라. 그 목록을 점검하고 그 안에 적힌 것을 전부 하라.

۲ 이제는, 비록 당신이 죽지 않더라도 하고 싶은 일의 목록을 만들라. 당신 삶 속에서 일어나리라 예상하는 결과들 때문에 하기 두려워하는 일들이다. 하고 싶어 하는 일을 해서 그 결과들이 실제로 생긴다면 어떻게 될지 스스로에게 물으라. 정말로 하고 싶은 일을 어떻게든 하려 할 때 무엇이 필요할지 살펴보라. 그런 다음 그것을 하기로 결심하라. 그러고 나서 실제로 하라.

۲ 삶에서 보기 드문 일들을 성취한 사람 적어도 세 명의 전기를 읽겠다고 자신과 약속하라. 그런 다음 그들이 그 일을 성취하는 데 어떤 특성을 보여 주었는지 살펴보라. 이제부터는 당신 삶 속에서 그것과 똑같은 특성들을 더 높은 차원에서 불러내고, 키우고, 표현하라.

۲ '나 스스로 못하게 막았다'는 일기를 만들라. 정말이다. 그렇게 부르고 쓰라. 매일 하루를 마칠 때, 그날 당신이 정말로 하고 싶었던 일을 하지 못하게 스스로 막은 것을 한두 단락 정도 쓰라. 그런 일을 하지 못하게 스스로 막은 이유도 쓰라. 그날 그 항목에 해당하는 것이 전혀 없다면 스스로를 축하하고, 그 대신 내일 이루려는 가장 중요한 일을 한두 단락 쓰라.

22
지옥

우리는 한 사람에게 좋은 것이 모두에게 좋음을 잘 알고 있다.
한 사람에게 좋지 않은 것은 모두에게 좋지 않으며,
다른 사람을 위해 하는 것이 우리 자신을 위해 하는 것이고,
다른 사람을 위해 하지 않는 것은 우리 자신을 위해 하지 않는 것임을
우리는 알고 있다.

우리 믿음 체계의 복도를 가득 채운 거울로 된 홀을 뒤돌아 볼 때 우리는 알게 된다. 삶과 삶의 작용 방식에 대해 우리가 가진 하나의 이해가 또 다른 이해로 이어지고, 그것이 제3의 이해, 제4의 이해, 점점 더 많은 이해로 이어지며, 마지막으로는 우주론 또는 신학이라 불리는, 더 큰 이해 전체로 이어진다는 것을.

『신과 나눈 이야기』 신학에도 이런 전개 과정이 존재함을 알 수 있다. 그러므로 죽음은 존재하지 않으며, 더 중요한 내용으로 죽음은 '정체성의 재정립 과정'일 뿐이라는 개념이 특히 그 전의 핵심 메시지로부터 나온다는 사실은 놀랍지 않다.

신과 나눈 이야기 핵심 메시지 9

지옥이란 장소는 없다.
영원한 천벌도 존재하지 않는다.

이 특별한 생각은 엄청나게 방대한 설명을 필요로 하지는 않는다. 이 메시지 자체가 그대로 설명한다. 하지만 이 메시지가 갖는 영향과 함축된 의미, 추론에 담긴 뉘앙스는 이것이다. 이 내용을 살펴보는 것이 도움이 되리라는 것이다.

우리는 물을 것이다. 만일 지옥이란 장소가 없다면, 어느 곳에서 영원한 정의 체계가 받아들여질 것인가? '대가'란 무엇인가? 이곳 지구 위에서의 삶 동안 우리 행동의 결과는 과연 무엇이 되겠는가?

어떤 특정한 행동, 선택, 결정에 대해서든 아무 결과가 없다면 그것들이 무슨 소용 있겠는가? 우리가 취하는 행동, 선택, 결정에 무슨 차이가 있겠는가? 다른 사람에게 해가 되든 말든 우리가 하고 싶은 것을 전부 그냥 하면 왜 안 되는가?

왜 어떤 종류의 도덕적 영적 지침이든 굳이 따라야 하는가? 정의나 도덕, 옳고 그름에 대해 아무 개념이 없고, 우리가 하고 싶은 대로 마구잡이로 행동하게 놓아두는 신이라면 그것이 무슨 신인가? 어떤 부모가 자녀를 그런 식으로 키우겠는가? 어떤 신이 그런 우주를 창조하겠는가?

이것들은 모두 아주 좋은 질문이다. 그러니 지옥이나 천벌이 없다는 개념의 의미가 무엇인지, 우리 자신을 발견하게 된다고 하는 궁극적 실체의 관점에서 살펴보자.

대비되는 요소 다시 살펴보기

『신과 나눈 이야기』는 말한다. 삶의 목적은, 궁극적으로 보상이나 처벌을 받는 것이 아니라 삶 자체가 끝없이 계속 커지는 경이와 영광 속에 스스로를 체험하는 것이라고. 즉 물질성을 창조한 신의 목적은 물질성을 도구로 이용하는 것이다. 그 도구를 통해 신성은 체험으로써 스스로를 알 수 있고, 끝없이 무한하게 그 체험의 알아 감을 늘릴 수 있다.

다르게 표현하면, 신은 자기가 쓸 수 있는 수없이 많은 방법으로 자기를 다만 표현하고 싶어 한다. 또한 생각할 수 있는 모든 형태로 그 끝없는 표현의 체험을 더 많은 영광, 더 많은 경이, 더 많은 기쁨, 더 많은 행복, 더 많은 신의 진정한 본질—사랑—을 만들어 내도록 확장하고 싶어 한다.

신에게 이런 바람이 있음을 생각한다면, 신이 자기의 표현 중 어느 하나라도 틀리게 만들 것이라는 개념은 말이 안 된다. 스스로를 처벌하고는 영원히 계속되는 고문, 끝없는 고통, 영원한 천벌로 벌하리라는 개념은 말할 것도 없다.

여기서 핵심은 악이라 불리는 것이 어떻게 생길 수 있었는지 이해하는 것이다. 우리가 이해하려는 것이 신의 궁극적인 목적과 단 한 가지 의도라는 점을 생각해 볼 때, 어떻게 경이롭고 영광스러우며 기쁨에 찬 사랑의 신이라는 개념이 아닌 것이 물리적 현실 속에 나타날 수 있는가?

그 답은 반대되는 것 없이는 아무것도 체험할 수 없다는 사실에 있다. 이것이 『신과 나눈 이야기』 우주론에서 반복적으로 강조되는 점이다. 물론 당신도 이 책에서 여러 번 들어 보았을 것이다.

삶은 삶의 어떤 측면이든 체험하기 위해 대비되는 요소를 만들어야 한다. 그러므로 삶 자신이 맥락의 장을 만들었다. 사실은 삶 자신이 맥락의 장이다. 그 속에서는 삶의 모든 표현이 언제나, 동시에, 영원히 가능하며, 실제로 지금도 그 표현들이 일어나고 있다.

삶은 자신의 개체에서 보여질, 삶의 두 번째 측면을 고안해 냈다. 이로써 그 개체는 가능한 삶의 모든 표현을 체험할 수 있다. 이 두 번째 방법이 인간의 용어로 '선택적 기억 상실'이라 불리는 것이다.

삶의 개체 각각이 의식 상태에서 자각하고 있는 데이터의 양을 제한함으로써, 즉 물리적 생명 형태들에 다양한 의식 수준을 집어넣음으로써 모든 것이 제한적인 관점을 통해 맥락의 장을 볼 수 있다. 그리하여 각각의 개체가 늘 전체적인 삶의 관점을 가지고 있었다면 불가능했을 삶을 체험하게 한다.

좀 더 설명하겠다.

영원히 순환되는 삶의 여정의 일부로서 영적 영역에서부터 육체적 영역으로 옮겨 갈 때 우리는 육체화의 과정을 체험한다. 그 속에는, 자기를 집어넣은 집단 현실의 제한된 틀 속에 우리의 의식을 끼워 넣는 과정이 들어 있다. 이 과정 동안 우리 의식 속 자각 수준은 그것이 유지되는 공간에 맞도록 줄어든다.

의식이란 에너지에 불과하다는 점을 이해해야 한다. 모든 것이 에너지이다. 당신도. 나도. 모든 것이. 우리의 모든 것이 에너지이다. '존재하는' 모든 것이 에너지이다. 생각은 에너지이다. 감정 emotion은 움직이는 에너지이다 energy in motion. 발상, 개념, 자각, 이 모든 것이 에너지이다.

모든 에너지가 다른 에너지에 영향을 미친다는 사실도 이해해야 한다. 즉 삶의 에너지는 서로 연결되어 있다. 한 가지 에너지가 다른 에너지에 영향을 미친다. 물리학자들은 '관찰되는 모든 것은 관찰자의 영향을 받는다.'라는 말로 양자 역학 관점에서 이 상호 작용의 과정을 설명할 방법을 찾았다. 달리 말하면, 어떤 것을 바라보는 단순한 행동이 바라보는 대상에 중대한 영향을 미친다는 의미이다.

다르게 표현하면 우리는 우리가 바라보는 방식과 관찰하고 있는 장소에 의해 우리가 바라보고 있는 것을 창조한다. 이 점과 '선택적 기억 상실'이라 불리는 것과의 관련성은 다음과 같다. 우리의 무한한 의식이 육체를 가진 환경으로 움직이면 궁극적 실체의 제한된 관점이 만들어진다. 이 제한된 관점은 우리의 자각을 줄어들게 한다. 우리의 의식은 제한되지 않고 남아 있지만, 의식이 알고 있는 것 모두에 대한 자각은 현저하게 줄어든다.

이것은 말에게 눈가리개를 씌우는 것과 같다.

말에게 눈가리개를 씌우는 것이 말의 시력을 손상시키지는 않는다. 다만 말이 시력을 온전히 사용하는 능력을 손상시킬 뿐이다. 그렇게 하여 말의 자각이 손상된다. 말은 주변 모든 것과 자신이 존재하고 있는 현실을 덜 '자각'하게 된다. 이것이 주변을 보다 적은 현실로 만들지는 않지만, 완전한 자각이 부족하기 때문에 보다 적은 현실이 경험 속에 나타나게 된다. 말은 자신이 경험하고 있는 것이 실제 현실이라고 생각한다. 눈가리개가 벗겨졌을 때야 비로소 말은 '단순히 눈에 보이는 것 이상'이 존재함을 깨닫는다.

인간에게 있어 의식은 당신이라 알려진 성스러운 존재의 시력이다. 의식은 제한이 없고 모든 것을 볼 수 있다. 육체화는 의식의 눈가리개이다. 당신이 육체화의 옷을 '입을' 때 그것은 마치 말에게 눈가리개를 씌우는 것과 같다. 당신은, 제약 없는 의식이 볼 수

351

있는 모든 것을 볼 당신의 능력을 제한한다. 당신의 자각은 손상된다. 당신은 주변의 모든 것과 당신이 존재하는 현실을 덜 '자각'하게 된다. 이것이 주변을 보다 적은 현실로 만들지는 않지만, 완전한 자각이 부족하기 때문에 당신이 현실을 덜 경험하게 될 뿐이다. 당신은 당신이 경험하고 있는 것이 실제 현실이라고 생각한다. 눈가리개가 벗겨졌을 때야 당신은 비로소 자신이 존재하는 현실 속에 '단순히 눈에 보이는 것 이상'이 존재함을 깨닫는다.

말과는 달리 당신은 이 점에 대해 어떤 행동을 할 수 있다. 여정을 계속하는 그 순간에도 눈가리개를 벗을 수 있다. 육체화의 '눈가리개'는 한 번에 모두 없애거나 한 번에 조금씩 없앨 수 있다. 조금만 없애는 경우에는 차츰 더 많이 보게 된다. 모두 없애는 경우에는 모든 것을 한꺼번에 본다.

때로 우리는 모든 것을 한꺼번에 본 다음 더 이상 보지 못하게 된다. 모든 것을 한꺼번에 보아서 '정신적 충격'에 빠질 때 이런 일이 일어난다. 확장된 자각의 순간 우리가 쓸 수 있었던 모든 데이터, 무한한 데이터를 좀 더 부드럽고 효과적으로 다루기 위해 '제한적 시력'으로 자발적으로 돌아갈 때도 이런 일이 생긴다.

육체화는 우리의 시야 범위를 '압축'시킨다. 무한한 자기를 극도로 제한된 육체의 공간 속으로 압축시킬 때 우리는 관점을 극적으로 이동시키고 그 과정에서 관점이 가로막힌다. 덧붙이자면, 엄청나게 가로막힌다.

이것들은 모두 우연이 아니다. 모두가 실수도 아니고, 육체를 가지게 되는 불운한 조건도 아니다. 이것들은 모두 계획된 것이다. 만일 시야 범위의 이런 '압축'이 없다면 우리는 마음이 처리할 수 있는 것 이상을 '보게' 될 것이다. 심지어 바라는 것 이상을.

또 다른 예를 들기 위해, 말이 아닌 인간이 흔히 하는 경험을 사용하겠다. '공포 영화'가 그것이다.

만일 어느 '공포 영화'를 보기도 전에 영화의 모든 장면을 알고 있다면, 이야기가 정확히 어떻게 끝나는지를 비롯해 영화에 대한 모든 내용을 친구에게 이미 들었다면, 영화를 보고 놀라기가 무척 어려울 것이다. 그 영화를 보러 가는 목적이 공포와 충격, 밀려 오는 놀라움과 흥분을 경험하기 위해서라면 당신은 친구에게 말할 것이다. "그만해! 이 영화에 대해 아무 말도 하지 마!" 알게 되는 것이 가능할지라도 당신은 알아야 할 모든 것을 알고 싶어 하지 않을 것이다.

큰 관점에서의 삶도 아주 많이 다르지는 않다. 하지만 삶에서는 예전에 일어난 모든 것이 지금도 일어나고 있고 앞으로도 일어날 것이며, 우리의 영혼이 그 사실을 이미 알고 있기 때문에 우리가 삶에게 "나한테 아무 말도 하지 마!"라고 말할 길은 없다. 하지만 이렇게 말할 수는 있다. "내가 알고 있는 걸 잊도록 도와줘."

이것은 삶—신이라 읽으라—이 기꺼이 하려는 것이다. 그러므로 개별화된 영혼인 우리에게는 우리가 진정으로 누구인지를 일시적으로 '잊는' 선물이 주어진다. 영혼이 우리에게 체험하라고 요청하는, 우리가 진정으로 누구인지를 다양한 관점에서 다시 체험하기 위해서이다.

영혼에게 우리의 '진정한 정체성'의 가장 즐거운 측면은 우리가 창조자라는 점이다. 하지만 우리가 자신을 단지 아는 것에 그치지 않고 창조자로서 경험하고 싶다면, 우리는 예전에도 그러했고 지금도 그러하며 앞으로도 그러할 모든 것이 이미 창조되었음을 잊어버려야 한다. 그때에만 창조라 불리는 과정이 가능해지며, 따라서 우리를 가장 높은 자신으로 경험할 수 있을 것이다. 우리는 실제로는 '창조'하지 않는다. 어떤 것이 '이미 그곳에 존재함'을 더 잘 자각하게 되는 것뿐이다.

그러므로 우리는 두 가지 신성한 장치가 함께 사용되어 당신이 지금 살고 있는 삶의 경험을 만들고 있음을 알게 된다. 맥락의 장과 선택적이고 일시적인 기억 상실이다.

마음이라는 공연장

이 모든 것의 경이로운 부분은 이것이다. 우리는 신성을 체험할 수 있는 맥락의 장을 형성하기 위해 만들어진 물리적 현실의 이른바 '부정적인' 측면에 어떤 식으로도 참여할 필요가 없다는 점이다.

맥락의 장의 이른바 '부정적인' 측면은 빈칸으로서만 존재한다. 그것은 공연장의 배우들이 '네 번째 벽'이라 부르는 것과 같다. 배우들은 자신과 관객 사이에 가로놓인 보이지 않는 나눔 막을 흔히 이렇게 부른다. 뒷벽은 물론 무대 안쪽에 있는 벽이고, 옆벽은 무대 오른쪽과 왼쪽의 벽이다. 네 번째 벽은 존재하지 않는 벽이다. 그 벽은 배우와 관객 사이의 공간이다. 그 벽은 실제가 아니다.

관객이 무대를 바라볼 때 자신의 관점에서 보고 있는 것은 실제가 아니다. 그것은 전부 연극이다. 그리고 관객과 배우는 모두 네 번째 벽이 존재하는 것처럼 행동하기로 합의한다. 그러므로 관객은 자신이 '그 벽에 올라앉은 파리'인 것처럼 경험하게 된다. 무대 위에서 벌어지는 삶들을 마치 실제인 양 바라보고, 관찰자인 자신들은 보이지조차 않는다고 생각한다. 실제로는 배우들이 관객을 분명 볼 수 있지만 다만 볼 수 없는 것처럼 행동하는 것임을 완전히 알고 있음에도 불구하고.

이것은 그런 척 하는 것 속에서 그런 척 하는 것이다. 배우들은 다른 누군가인 척하고, 그런 다음 자신들이 다른 누군가가 되는 것을 관람하는 관객들을 볼 수 없는 척한다!

당신은 '살아가는 극단'에 속해 있다

환상을 이용하여 우리가 진정으로 추구하는 경험— 신성을 표현하려는 최고의 바람—을 할 수 있는 맥락을 만들기 위해, 영혼인 우리가 어떤 부정적인 것이나 악 속으로 발을 들여놓거나 그것을 실제로 만들 필요는 없다.

부정적인 것과 악의 환상 속으로 완전히 발을 들여놓는다면 우리가 그렇게 하려는 선택을 했기 때문이다. 악은 다만 빈칸일 뿐임을 잊고. 악을 경험할 수밖에 없다고 생각하면서, 심지어 어떤 식으로든 우리를 통해, 우리로서 악을 표현할 수밖에 없다고 생각하기 때문이다. 우리가 어떻게 그리고 왜 이렇게 하게 되는지는 잠시 뒤에 설명하겠다.

뭐라 뭐라 해도 그것은 여전히 환상이고, 환상이었으며, 늘 환상일 것이다. 우리의 물리적 삶 속 모든 것이 그러하듯이. 그리고 우리는 그것을 다시 한 번 깨닫게 될 것이다.

연극이 끝났을 때 감독은 악역을 연기한 배우가 연기를 훌륭히 해 냈다는 이유로 그를 찾아가 무대 뒤 감옥에 던져 넣고, 음식과 물을 주지 않으며 남은 생 동안 밤낮으로 고문받게 하지는 않을 것이다. 마찬가지로 영웅 연기가 악역만큼 현실성 있고 강렬했다는 이유로 극중 영웅을 데려가 천국에 모셔 놓고, 발 위에 장미 꽃잎을 뿌리며, 입 속에 단 과자를 넣어 주고, 주위를 아름다운 음악이나 영웅이 바라는 모든 것으로 둘러싸지는 않을 것이다. 감독은 배우들에게 그렇게 하지 않는다. 감독은 매우 현실적인 연기에 대해 배우들에게 축하 인사를 할 뿐이다.

하지만 이 특별한 극단에는 특이한 점이 있다. 그것은 '살아가는 극단'이다. 그리고 사는 곳은 천국이다. 당신도 알다시피 지금 이 살아가는 극단에서는 연극마다 다른 배역을 맡으며 배우들이 역할을 바꾼다.

감독은 한 연극에서 악역을 연기한 연기자에게 다음 연극에서는 영웅 역할을 맡길 것이다. 시즌의 첫 번째 쇼에서 영웅을 연기한 배우는 대개 두 번째 쇼에서 악역을 맡게 될 것이다. 그러므로 모든 배우가 많은 역할을 연기한다. 시즌 관람권 소지자가 자신이 보고 있는 환상에 의해 만들어지는 감정을 자기 속에서 경험하게 하여 그 환상이 완전히 표현되고 경험되게 하기 위해서이다.

이것은 지구 위에서 일어나고 있는 일을 아주 대략적으로 설명한 것이다. 우리는 배우이면서 관객이다. 그렇다, 심지어 감독이기도 하다. 우리가 보고 경험하는 악은 매우 실제처럼 느껴지지만 그것은 환상이다. 죽음이 삶의 끝이라는 생각조차 환상이듯이. 모든 것이 환상이다. 많은 마스터들은 이것을 이해하고 증명했다.

예수가 그중 한 명이다.

나날의 삶에 연결시키기

조금 전에 약속한 것을 설명하겠다. 앞에서 설명한 것들이 '현실의' 삶, 당신이 존재하는 바로 그곳과 연결되지 않는다면 위 내용을 읽은 의미도, 목적도, 이득도 없기 때문이다. 따라서 정신 나간 사람이 무고한 아이들을 무분별하게 죽이는 것, 자기 자신의 탐욕이나 이익을 더 챙기는 사람이 인간의 생명을 무자비하게 외면하는 것들에 대해 무엇인가 설명을 해야 한다. 우리는 이런 고통을 아주 실제처럼 체험한다. 이것을 어떻게 설명하며 이 상황을 어떻게 이해해야 하는가?

이것은 합당한 질문이다. 직면하고 있을 때 그 상황들은 '삶의 경이와 영광'처럼 보이지 않는다. '선택적 기억 상실'이 우리에게 들어맞지 않는 순간이 바로 이런 때가 아닌가, 하고 당신은 물을 것이다. 신이 왜 이런 것들을 만들었고 우리로 하여금 그것들로 고통받게 했는지 의문을 갖는 것은 전적으로 자연스럽다.

'신'은 천지를 창조하는 별개의 개체가 아님을 우선 분명히 하자. 인간의 체험 속에서 만들어진 모든 종류의 행동은 인간에 의해 만들어진다. '신'은 인간의 끔찍한 환경을 만들어 우리에게 떠넘긴 다음, 높은 곳에서 내려다보며 우리가 빠져나오려 버둥거리는 걸 구경하는 하늘 높은 곳의 존재가 아니다.

인간은 자신이 누구인지, 신이 누구인지, 삶이 무엇인지에 대해 진실과는 완전히 다른 전체 이야기—원한다면 '대본'—를 들어 왔고, 받아들였고 거기에 따라 살았기 때문에 그런 방식으로 행동한다. 그 이야기는 '신성한 망각'의 일부가 아니며, '선택적 기억상실'이라 불리는 것의 일부도 아니다. 오히려 자신이 누구이고, 신이 무엇이며, 삶이 어떻게 작용하는지에 대해 인류가 분명 기억하는 모든 것—하지만 그럼에도 너무 좋아서 믿어지지 않는 것으로 거부해 온 것—과 반대되는, 세대에서 세대로 전해진 잘못된 개념이다.

예를 들어 우리 대부분은 깊은 가슴 속에서 '우리 모두가 하나'임을 안다. 이것은 본능적인 앎이고, 세포 안에 새겨진 것이며, 기본 뼈대가 되는 이해이다. 아기를 구하기 위해 불타는 건물 속으로 뛰어들게 하는 것이다. 그런 순간 우리의 생존은 문제가 아니다. 거의 모든 인간에게는 진정한 자기와 우리가 진실이라고 알고 있는 것이 중요해진다.

우리 대부분은 이것을 뼛속으로 느낀다. 하지만 흥미롭게도 대부분의 사람이 이 점을 대개 무시한다. 다른 누군가가 위험한 상황에 처한 것을 보았을 때 이외에는 우리의 기본 본능이 생존이라고 생각한다.

이것은 망각과는 아무 관련이 없다. 우리 대부분은 한 사람에게 좋은 것이 모두에게 좋음을 잘 알고 있다. 한 사람에게 좋지 않은 것은 모두에게 좋지 않으며, 다른 사람을 위해 하는 것이 우리 자신을 위해 하는 것이고, 다른 사람을 위해 하지 않는 것은 우리 자신을 위해 하지 않는 것임을 알고 있다. 아주 잘 알고 있어서 사실 이것은 우리가 사랑하는 사람들에게 하는 바로 그 행동 양식이다.

그러므로 우리의 나날의 행동은 선택적 기억 상실과 아무 관계 없으며, 진실임을 이미 알고 있는 것을 선택적으로 적용하는 것과 관계있다. 우리 안에서, 우리를 통해, 우리로서 신성을 표현한다는 우리의 진정한 기본 본능에 스스로를 선택적으로 내맡기는 것과 관계있다.

우리는 아주 잘 알고 있다. 그 존재의 핵심에서 보면 '인류'는 '신성'이 표현된 것임을. 다른 누군가가 위험한 상황에 처한 것을 보고도 아무것도 하지 않을 때 인류애를 잃었다는 말을 듣는 이유가 그 때문이다. 사람들은 우리에게 소리친다. "당신은 인류애가 없는가?" 사람들은 우리에게 간청한다. "제발 인류애를 좀 갖게."

우리가 말하는 '인류애'의 특징이 '신성'의 특징으로 꼽히는 것임을 우리는 완벽히 이해하고 있다. 이 점에 대해서는 서로 아무 오해도 없다. 우리는 우리가 말하고 있는 존재의 특징을 정확히 알고 있다.

그러므로 정신 나간 사람이 무고한 아이들을 무분별하게 죽이는 것, 자기 자신의 탐욕이나 이익을 더 챙기는 사람이 인간의 생명을 무자비하게 외면하는 것, 그 밖에 인간 삶의 모든 최악의 시나리오들은 '신'이 만들어서 우리로 하여금 고통받게 하는 사건과 체험들이 아니다. 그것들은 우리가 진정으로 누구이고 신이 진정으로 누구이고 무엇이며 삶이 진정으로 어떻게 작용하는지에 대한 가장 높고 가장 큰 현실을 믿기를 완전히 거부한 대신 우리가 연기하고 있는 허구의 '대본'을 믿음으로써 나온 것이며, 우리가 만들어서 우리가 고통받고 있는 것이다.

우리는 마치 그 '연극'이 실제인 것처럼 행동한다. 우리는 역할 연기를 아주 잘 해서 『이상한 나라의 앨리스』의 토끼 굴 속에 빠졌다. 그곳에서는 미치광이 모자 장수가 밑바닥 없는 찻잔 속에 차를 따라 붓고 있다. '그러한' 것은 그렇지 않으며 '그렇지 않은 것'이 그러하다고 주장하면서. 그리고 우리는 마치 환상이 실제인 것처럼 행동했기 때문에 신이 영원히 지속되는 천벌로 우리를 벌할 것이라 생각한다.

하지만 진실은 이것이다. 우리는 우리가 무엇을 하고 있는지 알지 못한다. 집단의식 수준이 계속 확장되고는 있지만, 우리 대다수가 자신이 누구인지, 우리가 왜 이곳에 있는지, 삶이라 불리는 체험이 대체 무엇인지를 분명히 이해하는 지점까지 도달하지는 못했다. 우리는 소수의 사람이 삶에 대한 다른 생각을 제시하는 것조차 못하게 한다. 신에 대한 다른 생각은 말할 것도 없다. 그 사람들을 이단자라고 노골적으로 처벌하지는 않더라도 몽상가나 미치광이라고 소외시키지 않으면서.

진실은, 물론 지옥이란 장소가 없다는 것이다. 물론 영원한 천벌도 존재하지 않는다. 왜 그런가? 우리는 맥락의 장이 허용하는 한도 안에서만 삶을 경험하고 있기 때문이다.

신은 신성 자신의 무한한 범위 속에 포함된 모든 가능성을 이용해 자기를 가장 크고 장엄하게 표현하며 스스로를 경험을 통해 알고 싶어 하며, 그 표현 속에서 당신의 자각이 커지기를 바란다.

어느 이야기를 믿고 싶은가?

당신은 위의 마지막 두 단락에서 읽은 것 그리고 이 책 전반에 나온 내용이 꾸며낸 이야기일 뿐이며 궁극적 실체와는 아무 상관 없다고 말할지도 모른다. 하지만 신에 대해 우리가 꾸며낸 이야기보다 덜 현실적이겠는가? 아니면 그보다 더 현실적인 필요가 있겠는가? 자신을 화나게 한 천사 루시퍼를 영원한 지옥으로 보내, 그곳에서 남은 영원의 시간 동안 인간의 영혼을 유혹하도록 허락하고 심지어 초대하여 많은 인간을 그 유혹에 무릎 꿇게 하여, 천국에 신과 함께 있기보다 지옥에서 루시퍼에 동참하게 하는 신에 대한 이야기보다?

신과 루시퍼가 끝나지 않는 영원한 싸움을 벌이고 있다는 생각보다는 덜 꾸며낸 이야기이지 않은가? '인류의 영혼'을 위한 전투를 벌이고 있다는 생각보다는?

너무도 전지전능하여 당신의 영혼을 위한 전투에서 패배할 수 있는 신이 있다고 우리는 정말로 믿는가? 악마가 승리하고 누구가가 지옥으로 보내질 때마다 신이 "음, 승리 몇 번, 패배 몇 번이군." 하고 말한다는 것이 우리의 이해인가?

이 중 어느 이야기가 더 말이 되지 않는가? 이 중 어느 이야기가 인류가 받아들이기에 더 이로운가? 이 중 어느 것도 진실이 아니라고 가정하자. 당신이라면 어느 것을 믿겠는가? 어느 것이 더 많은 마음의 평화를 가져오고, 특별하고 경이로운 방식으로 삶을 표현하려는 바람을 더 많이 가져오는 것 같은가?

이 중 어느 것이 당신 가슴에 더 많은 사랑을 가져오고, 당신 삶에 더 많은 설렘을 가져오고, 당신 경험에 더 많은 기쁨을 가져오며, 당신이 마주치는 모든 것에 더 많은 경이를 가져오는가? 당신이라면 어느 신을 선택하겠는가? 어제의 신인가, 내일의 신인가?

이 메시지를 나날의 삶에 적용하기

핵심 메시지 9를 나날의 삶에 적용할 수 있는 몇 가지 제안은
다음과 같다.

🌙 당신이 저지른 짓 때문에 영원한 천벌로 신의 단죄를 받게
되리라는 생각이 다음번에 들면 당신 자신에게 말하라. 당신은
멋진 연극 공연을 끝내고 무대 뒤로 걸어 나온 배우라고. 감독
에게 다만 말하라. "난 이런 종류의 역할은 더 이상 맡고 싶지
않습니다. 나에게 영웅 역할을 주세요. 그것을 내 계약서에 넣어
주세요. 난 다시는 악역을 연기하고 싶지 않습니다." 당신은 매
우 훌륭한 배우이고, 극단은 당신의 요청을 존중할 수밖에 없음
을 기억하라. 당신에게는 새로운 계약서가 주어졌다. 이제부터
당신은 영웅만을 연기한다.

🌙 다른 누군가를 어떤 것 때문이든 비난하거나 판단을 내리
고 싶은 유혹이 다음번에 생기면 그들은 자기가 진정으로 누구
인지 다만 잊었을 뿐임을 기억하려고 노력하라. 관객의 입장에
서 연극 속 배우를 판단하는 것처럼 그들을 판단하라.

🌙 이 환상을 계속 이어가서, 무대 위 배우 한 명이 대사를 잊
어버려 애드리브를 시작한다고 상상해 보자. 그는 꽤 잘하고 있
다. 기억했어야 할 내용을 말하는 것은 아닐지라도 그 장면을 잘
넘기고 있다. 지금 당신이 판단하거나 비난하는 사람이 자신의

362

대사를 잊어버린 배우일 뿐이라고 생각하라. 다음번 공연에서 그는 대사들을 다시 기억할 것이다. 대본 속 순서를 잊어버려서 자신이 무엇을 하고 있는지 몰랐을 때 경험한 불편함을 그는 잊지 않을 것이다. 어쩌면 당신 자신이 무대 옆의 무대 감독이라고 상상할 수도 있다. 배우가 기억하도록 돕기 위해 다음 장면을 속삭여주는.

그것이 이 극단에서의 당신 역할이라면 흥미롭지 않겠는가? 어쩌면 당신은 배우들에게 대사를 일깨워 주며 한 쪽 무대 옆에서 다른 쪽 무대 옆으로 뛰어 다니는 무대 감독일 것이다. 대사를 불러줄 때, 우리 모두가 연극 속 어디에 있는지 알 수 있도록 당신 자신이 대본을 보라.

23
부적절한 일

내일의 신은 누구에게도 신을 믿으라고 결코 요구하지 않을 것이다.
내일의 신은 하나의 초월적 존재가 아니라
삶이라 불리는 특별한 과정일 것이다.
내일의 신은 자신을 섬기라고 요청하지 않을 것이며
모든 삶을 섬기는 자가 될 것이다.

지옥이란 장소가 존재하지 않는 또 다른 이유가 있다. 영원한 천벌이 존재할 수 없는 또 다른 이유가 있다. 우리가 잘못한 것이 아무것도 없기 때문이다.

'잘못'은 인류가 삶에 대해 가진 우주론의 일부이다. 우리는 정말로 옳고 그름 같은 것이 있다고 생각한다. 어쨌든 신이 우리에게 그렇게 말했다. 우리의 종교가 우리에게 그렇게 말했다. 우리의 부모가 그렇게 말했다. 우리의 문화가 그렇게 말했다. 전 세계 우리의 사회가 어떤 것은 옳고 어떤 것은 그르다고 분명히 말했다.

하지만 이제 『신과 나눈 이야기』에서 생겨나는 새로운 신학이 있고, 그것이 다음의 메시지로 안내한다.

신과 나눈 이야기 핵심 메시지 8

자신의 세계관에 비추어 부적절한 일을 하는 사람은 아무도 없다.

이것은 많은 사람들이 받아들이기 힘든 개념이다. 당신은 이 생각에 진정으로 '반발심'을 가지는 사람 중 한 명일 것이다. 하지만 이곳에서 설명하는 모든 영적 혁명적 메시지들과 마찬가지로 이 개념은 그 생각을 즉각 거부하기보다는 면밀히 점검하도록 초대한다. 이 말 뒤에 놓인 영적 근거에 당신이 동의하는지 동의하지 않는지 살펴볼 수 있도록.

이 선언 아래에 놓인 토대는 다음과 같은 관찰이다. 무엇이 '옳고' '그르다'는 공식을 만드는 것은 자신의 행동과 선택, 결정에 대한 사람들의 이해라는 점이다. 이러한 이해로부터 인간은 전체 세계관을 만들었다. 사람들은 이건 '원래 그러한 것'이라고 확신하고, 이 관점에서 무엇이 '옳고' '그른지' 말한다.

이 모두는 그다지 해롭지 않은 선언과 선택에서 시작된다. 어떻게 한 사람의 세계관이 한 사람의 가치에 영향을 주는지 예를 들기 위해 그중 일부를 지금 살펴볼 것이다. 하지만 그것은 궁극적으로 또한 어쩔 수 없이 훨씬 더 중요하고 위험한 개념으로 발전해 간다. 그 개념이 '옳고 그름'의 관념을 만들고. 이것이 온 세상을 경악하게 하며 사람들을 혼란과 절망 속에 빠뜨린다. 하지만 우리는 스스로 만든 이 덫에서 어떻게 빠져나오는지 모르기 때문에, 무엇이 '옳고' 무엇이 '그른지'에 대해 지역별로 의견 일치를 볼 수도 없다. 이것은 '옳고 그름'이란 말이 얼마나 변하기 쉬운지 보여 준다.

어떤 문화에서는 여성이 머리부터 발끝까지 가리는 것이 옳고, 눈을 제외한 몸의 어떤 부분도 대중 앞에 보이면 안 된다고 말한다. 자신이 가고 있는 곳을 볼 수 있는 옷의 작은 틈새를 통해 눈만 드러내야 한다고. 또 다른 문화에서는 여성이 보여 줄 모든 곳을 보여 줘도 전혀 문제없고, 완전히 벌거벗은 채 누드 해변을 걷는 것조차 괜찮으며, 영화에서도 똑같이 벌거벗어도 되고, 상상의 여지가 아주 적은 옷을 입고 거리를 활보해도 된다고 한다. 정말로 어떤 도시에서는 길거리에서 벌거벗는 것마저 합법이다.

어느 것이 옳고 어느 것이 그른가? 어느 것이 좋고 어느 것이 나쁜가?

어떤 곳에서는 배우자가 아닌 다른 사람과 성관계를 맺는 것이 부도덕하다고 여겨지며, 돈을 위해 그러는 것은 부도덕의 극치라 여겨진다. 그것은 자신의 신성함을 더럽히는, 인간이 할 수 있는 가장 나쁜 짓이라 여겨진다. 다른 곳에서는 그런 행동이 아무 문제없고 합법적이며 보건과 안전 기준을 만족시키기 위해 정부가 실제로 관리하기도 한다.

어느 곳이 더 성스러운 곳인가? 법률과 관습으로 인해 어느 도시, 어느 나라가 더 성스러운 것인가? 어느 곳이 죄악의 소굴이며 지옥으로 가는 길인가?

어떤 사람들은 원하는 것을 무엇이든 먹을 수 있지만, 어떤 사람들은 신앙 때문에 일정한 음식, 특정한 음식만 특정한 시간에 특정한 방식으로 먹도록 요구된다.

어느 것이 올바른 먹는 법인가? 어느 것이 그른 법인가?

어떤 사람들은 노래하고, 춤추며, 음악을 연주할 수 있고, 무엇을 원하느냐에 따라 깨끗이 면도할 수도 수염을 기를 수도 있다. 지구 위 어떤 곳에서는 신에게 바치는 노래 몇 곡을 제외하고는 음악 연주가 엄격히 금지되어 있다. 어떤 곳에서는 모든 남자가 수염을 기르도록 요구되지만 춤과 그 밖의 다른 많은 오락은 엄격히 금지된다.

어느 것이 괜찮으며 어느 것이 괜찮지 않은가? 신은 무엇을 원하는가? 신은 무엇을 요구하는가? 무엇이 적절한가? 무엇이 적절하지 않은가? 누가 규칙을 만드는가? 만들어진 규칙이 옳은 것이라고 누가 말하는가?

도덕성의 제정

물론 인류는 이 점에 대해 몇 세기 동안 논쟁해 왔다. 이제『신과 나눈 이야기』가 나타나 우리에게 이런 놀라운 답을 준다. '자신의 세계관에 비추어 부적절한 일을 하는 사람은 아무도 없다.' '옳음'은 우리가 옳다고 말하는 것이며, '그름' 역시 그러하다. 무엇이 '선'이고 무엇이 '악'인지, 무엇이 '적절하고' 무엇이 '적절하지 않은지', 무엇이 '옳고' 무엇이 '그른지' 선언하는 것은 우리이다. 그리고 우리는 그 점에 대한 생각을 주기적으로 바꾼다. 그런 다음 우리의 생각을 '법률'이라 부른다. 우리는 문자 그대로 도덕성을 제정한다.

중국에서는 아이들이 늙은 부모를 자주 찾아가지 않으면 위법이 되는 법률을 통과시켰다. 부모는 말년에 아이들이 충분히 자주 찾아오지 않으면 아이에게 소송을 제기할 수 있다. 내가 꾸며낸 이야기가 아니다. 독선적이고 독재적이라 들리겠지만 이것이 중국의 법률이다.

미국의 어떤 주에서는 서로 깊이 사랑하며 결혼으로써 자신들의 사랑을 선언한 사람들이 그 결혼을 법적인 용도로 인정받지 못한다. 하필 동성이라면 말이다. 결혼한 커플의 어떤 권리도 그들에게 주어지지 않는다. 내가 꾸며낸 이야기가 아니다. 미개한 구식처럼 들리겠지만 이것이 미국의 많은 주에서의 법률이다.

그 밖의 장소의 다른 법률들도 옳고 그름을 명문화하려고 비슷한 시도를 해 왔다. 옳고 그름을 입법의 문제로 만들고, 단순한 관점이 아닌 법률적 사안으로 만들려고 했다. 하지만 여기에 역설이 있다. 거의 모든 문화에서는 이렇게 주장한다. 옳고 그름을 결정한 것은 신이며, 우리가 할 일은 신의 명령을 따르는 것뿐이라고.

문제는 이것이다. 그 명령의 해석이 때에 따라, 장소에 따라, 문화에 따라 바뀌고 달라질 때에는 아주 명백해 보이는 명령들조차 따르기 어렵다는 점이다. 그렇다면 신의 법률에 대한 어떤 해석을 따라야 하는가? 이 점에 있어서 어느 신을 믿어야 하는가?

우리가 믿기 거부하는 대답

특별한 답은 이것이다. 신은 이 점에 있어 우리에게 완벽한 자유를 주었으며, 우리가 바라는 대로 스스로의 현실을 만들고 체험하기를 원한다는 것이다. 그러므로 모든 행동이 자기 확인의 행동이고, 모든 선택이 개별적 의지의 표현이다. 우리에게는 자유 의지가 주어졌다.

이것이 신의 의도이다. 신은 모든 지각 있는 존재와 모든 생명체가 생명 형태의 의식이 허락하는 신성의 가장 높은 차원을 자유롭게 표현하고 체험할 가장 큰 기회를 갖길 바라기 때문이다.

물론 우리가 단순히 명령만을 따르고, 들은 대로만 행동하고,

지시에만 응답하면 그 기회는 인간에게 주어지지 않을 것이다. 신성 자체의 본성이 완전한 자유와 완벽한 힘, 절대적 권위이기 때문이며, 만일 인간이 신성을 체험하고 싶다면 똑같은 무한한 자유와 능력을 체험할 수 있어야 하기 때문이다. 단순히 명령에 따르고 지시에 응답하는 것은 결코 신성과 똑같지 않을 것이다. 그러므로 오직 논리만이 우리에게 이렇게 말한다. 모든 것에 있어 신이 우리에게 자유 의지를 주었다고.

따라서 누군가 자신의 행동이 '적절'하다고 생각하거나 그렇게 만들지 여부를 결정하는 것은 그 사람의 세계관임을 우리는 알 수 있다. 우리가 판단할 때 부적절하게 행동하는 사람이나 집단과 함께 있을 때 우리가 가진 기회는 이것이다. 그 사람이나 그 사람들이 자신의 세계관을 다시 생각하고 바꾸도록 초대하는 것이다. 그들의 행동을 뒷받침하는 것이 이것, 세계관이기 때문이다. 하지만 우리는 그렇게 하지 않는다. 오히려 우리의 세계관에 맞지 않게 행동한다는 이유로 다른 사람을 비난한다. 그들이 그 생각을 처음에 어디서 들었는지 궁금해 하지조차 않으면서 그들을 비난한다.

역설적인 것은 그들이 종종 그 생각을 우리로부터 들었다는 점이다.

우리가 보지 못하는 모순

많은 인류 사회에서 우리는 스스로 한 가지 세계관을 드러내 보이고는, 그것을 지켜본 사람들이 그것과는 다른 세계관에 동의

하도록 요구한다. 이것이 "내가 행동하는 대로가 아닌 내가 말하는 대로 하라."의 사회 형성 방법이다. 그리고 바로 이 지점에서 우리의 세계관은 우리를 '해롭지 않음'에서 '위험함'으로 가파른 경사를 따라 미끄러지게 한다.

우리는 사람이 사람을 죽이는 걸 막기 위해 사람을 죽이고는 왜 살인이 계속되는지 의아해한다. 테러를 저지르는 사람들에게 테러 행위를 하고는 왜 테러가 계속되는지 의아해한다. 사람들에게 화내는 사람들 때문에 화를 내고는 왜 화가 계속되는지 의아해한다. 사람을 학대하는 사람을 학대하고는 왜 학대가 계속되는지 의아해한다. 사람을 증오하는 사람을 증오하고는 왜 증오가 계속되는지 의아해한다. 사람을 처벌하는 사람을 처벌하고는 왜 처벌이 계속되는지 의아해한다.

남이 우리에게 해 주기를 바라는 대로 남에게 하라는 명령을 우리는 철저히 무시한다. 사실은 그 명령을 완전히 뒤집어, 남이 우리에게 하지 않길 바라는 것을 남에게 한다. 우리는 모순을 보지 못한다.

하지만 신은 그렇지 않다. 신은 그런 모순 속에 빠져 있지도 않다. 이런 이유 때문에 신은 지옥이란 장소는 없으며 처벌과 천벌 같은 경험도 없음을 분명히 했다. 무엇이 적절하고 적절하지 않은지에 대한 자신의 관점을 만들 완전한 자유와 진정한 자기를 스스로 보여 줄 완전한 자유가 지각 있는 존재에게 주어지는 세상에서는, 자유 의지를 만들었다는 것 때문에 단죄와 천벌을 받는 것이 모순되는 말이기 때문이다.

지금 세상에게 필요한 것은 다만 그 관점을 바꾸고, 그 생각을 변화시키며, 세상의 문화 속 이야기를 다시 쓰는 것이다. 모든 지각 있는 존재는 자신의 방향을 찾기 위해 다른 사람들에게 의존하기를 멈출 때 궁극적으로 이렇게 한다. 지구 위 사람들은 바로 지금 그렇게 하는 과정 중에 있다.

그 과정은 '진화'라 불리며, 신 자체에 대한 완전히 새로운 이해와 함께 시작된다. 어제의 신에 대한 이야기와는 사뭇 다른 내일의 신에 대한 이야기가 이 이해로부터 생겨난다.

미래의 신

진화 과정에서 앞으로 나아가기 위해 우리는 '하느님 아버지'에 대한 집착을 포기할 것이다. 그 신의 규칙과 법칙과 지침과 명령은 21세기에 더 이상 작용하지 않으며 삶에 적용될 수 없다. 우리는 지금 그것을 분명히 보고 있다.

내일의 신은 정말로 새로운 신은 아닐 것이다. 다만, 언제나 그러했고 지금도 그러하며 앞으로도 그러할 신에 대한 새롭고 확장된 이해일 뿐이다. 『내일의 신Tomorrow's God』이라는 책에서 인류는 지금 이루어지고 있는 진화와 이 '새로운' 신을 어떻게 바라보고 체험할지에 대한 멋진 예고편을 보았다. 그 내용은 다음과 같다.

1. 내일의 신은 누구에게도 신을 믿으라고 결코 요구하지 않을 것이다.
2. 내일의 신은 성별도 크기도 모양도 색깔도 없으며 살아 있는

개별 존재의 어떤 특징도 지니지 않을 것이다.

3. 내일의 신은 모든 사람과 항상 이야기할 것이다.

4. 내일의 신은 어떤 것과도 분리되어 있지 않다. 내일의 신은 모든 곳에 존재하고, 모든 것 속의 모든 것이며, 알파이자 오메가이고, 시작이자 끝이며, 지금까지 존재했고 지금도 존재하며 앞으로도 존재할 모든 것의 전체 합이다.

5. 내일의 신은 하나의 초월적 존재가 아니라 삶이라 불리는 특별한 과정일 것이다.

6. 내일의 신은 항상 변화할 것이다.

7. 내일의 신은 필요가 없을 것이다.

8. 내일의 신은 자신을 섬기라고 요청하지 않을 것이며 모든 삶을 섬기는 자가 될 것이다.

9. 내일의 신은 무조건적으로 사랑하며, 심판하지 않고, 처벌하지 않으며, 단죄하지 않을 것이다.

이 메시지를 나날의 삶에 적용하기

신에 대한 어떤 대화도 그 안에 제시되는 생각이 일상적인 경험에 '기반을 두지' 않으면 실용적인 가치가 없다. 우리는 그것들을 시험해 볼 필요가 있다. 그것들이 효과가 있는지 살펴보라. 그 결과를 조사해 보라. 거기에 담긴 의미를 깊이 생각해 보라.

지구 위 우리의 삶은 지금 우리에게 그렇게 할 멋진 기회를 주고 있다. 이 도전을 어떻게 할지에 대한 몇 가지 아이디어가 여기 있다.

꙳ '적절함에 대한 노트'를 쓰기 시작하라. 이 노트에 다른 사람이 부적절하다고 생각했을 당신 삶 속 행동 세 가지를 나열하라. 비교적 평범한 삶을 살았다면 이렇게 하기가 상대적으로 쉬울 것이다. 이 각각의 목록 밑에 짧게 한 단락을 쓰라. 주변 사람들이 부적절하다고 생각할 것임을 알면서도 이 '부적절한' 행동을 결국 왜 했는지 설명하라. 혹은 그 행동을 함으로써 부적절하다는 걸 깨달을 때까지 그것이 부적절하게 여겨진다는 걸 몰랐다면 무엇이 적절했겠는지 자신에게 물으라. 당신이 이해하고 알게 된 것이 현재 세계관 안에서 적절한지 부적절한지, 이 질문 전체를 깊이 살펴보라.

꙳ 노트에 작업을 계속하라. 당신이 적절함과 부적절함 사이에서 한 번 이상 왔다 갔다 한 적이 있는지 자신에게 물으라. 즉 삶에서 한때는 적절하다고 생각했던 행동을 다른 사람이 부적절하다고 해서 그만두었다가, 마음이 바뀌어 당신 자신의 정의에 의해 예전 행동을 적절하다고 다시 부르게 된 것이 있는지 살펴보라.

내가 생각할 수 있는 가장 좋은 예는 앞에서 사용한 벌거벗기이다.

어렸을 때 우리는 벌거벗은 채 뛰어다니는 것이 전혀 부적절하지 않다고 생각했으며 늘 그렇게 했다. 그러다가 성인이 되어 그것이 여러 가지 이유로 적절하지 않음을 알게 되었다. 그 이유를 이곳에 나열하기에는 너무 길다. 하지만 우리는 벌거벗은 채 돌아다니는 것이 부적절하지 않음을 알고 있었다. 우리는 분명히 들었다.

그러다 살면서 나중에라도 우리 중 일부는 어쨌든 벌거벗었다. 우리는 우리 의견에 동의하고 그 행동에 동참하는 다른 사람들을 발견했다. 사랑하는 사람과 집에서 벌거벗을 뿐 아니라 일광욕 지대와 특정한 해변 같은 곳에서 전혀 모르는 낯선 이와도 그렇게 한다.

어니스트 헤밍웨이의 멋진 문구를 빌린 '날짜가 고정되지 않은 휴일(헤밍웨이는 젊은 시절 파리 체류 당시의 경험을 엮어 『날짜가 고정되지 않은 휴일A Moveable Feast』이라는 책을 냈으며 한국에는 『파리는 날마다 축제』로 소개되었다)'처럼 우리는 '적절함'이 고정되어 있지 않음을 알게 되었다. 우리가 적절하다고 말하는 것, 우리가 결정하는 것이 적절한 것이다.

'적절함에 대한 노트'에 당신이 왔다 갔다 한 행동들을 나열하라. 한때는 적절하다고 생각했지만 나중에는 부적절하다고 생각했고 이제는 다시 적절하다고 결정한 것을. 이것이 당신 자신과 당신의 문화, 세계관에 대해 무엇을 말해 주는지 짧게 한 단락을 쓰라. 그리고 그 점에 있어 당신이 이해한 신과 옳고 그름에 대해 쓰라.

당신이 부적절하다고 결정한 것을 주위에서 누가 한다면, 그들이 자신의 행동을 바꾸고 싶어 하지만 방법을 모르는 듯 말한다면 당신 자신에게 물으라. 그 사람이 새로운 다른 세계관을 살펴보도록 하기 위해 당신이 무엇을 할 수 있는가.

🌙 전 세계 다른 사람들에게 동참하여, 인류 전체가 생각해 보도록 제안할 새로운 세계관을 구상하고 만들겠다고 결심하라. www.TheGlobalConversation.com에서 지금 바로 그렇게 할 수 있다.

24
희생자와 악한

우리가 증오를 끝내기 위해 증오를 이용하고,
폭력을 끝내기 위해 폭력을 이용하고,
전쟁을 끝내기 위해 전쟁을 이용하고,
살인을 끝내기 위해 살인을 이용하고,
악을 끝내기 위해 악을 이용한다면 우리는 어느 편이겠는가?

내일의 신을 설명하는 앞 장의 아홉 문장에 쓰인 것 같은 신을 상상하기는 어렵다는 것을 나는 충분히 알고 있다.

우리는 명령의 신, 요청의 신, 처벌의 신, 단죄의 신, 필요의 신, 아니면 적어도 요구의 신에 익숙해져 있다. 하지만 이것은 '궁극적 실체'의 신이 아니라고 나는 믿는다. 우리가 우리의 '실제 정체성'을 이해하고 받아들일 때 인류가 미래에 체험하게 될 신이 아니다.

우리가 '실제 정체성'을 이해하고 받아들일 때, 『신과 나눈 이야기』 대화에 나온 모든 것들이 진지하게 고려될 가치가 분명히 있음을 많은 사람이 알게 되고 체험하리라고 나는 기대한다. 『신과 나눈 이야기』는 몇 세기에 걸친 다른 통찰의 기록들에 못지않은 기록이다. 그리고 『신과 나눈 이야기』의 메시지들도 중요하다.

신과 나눈 이야기 핵심 메시지 7

인간의 관점으로는 분명히 있는 것처럼 보이지만,

영적인 의미에서는 이 세상에 희생자도 악한도 없다.
게다가 당신은 신성하기 때문에
당신의 의지에 반해서는
아무 일도 일어날 수 없다.

이 메시지에 담긴 것은 모두 우리가 상상하는 자신보다 우리의 '실제 정체성'에 그 바탕을 둔다.

만일 우리가 사실상 생물학적 개체에 불과하다면 이 모든 논의도 끝날 것이다. 이 메시지에서 말하는 것은 영적인 존재나 개체에 모두 적용된다. 영적 본질이 개별화된 형태의 신성의 파생물, 복제물인 것에 모두 적용된다.

만일 우리가 신성이 아니라면 『신과 나눈 이야기』 대화 중에 우리에게 제시된 것 중 극히 일부만 말이 될 것이다. 사실상 받아들일 수 있는 것이 없을 것이다. 대부분이 노골적인 신성모독은 아니더라도 부정확하다고 여겨질 것이다.

한편, 우리가 신에게서 나온 존재라는 개념, 우리가 신의 한 가지 표현이라는 개념, 혹은 당신이 선호한다면 '단일 존재의 개별 존재'임을 받아들인다면 당신과 이곳에서 나누는 모든 것이 완벽하게 말이 될 수 있다. 완벽한 세상도 창조할 수 있다.

이것이 바로 신성의 의도이다. 이것이 바로 우주의 모든 진화하는 존재가 점점 커지는 자각과 깊은 이해의 과정을 통해 움직여 가면서 체험하는 결과이다.

관점이 전부이다

이 세상에 희생자도 악한도 없다는 개념은 이 더 깊은 이해의 장소에서만 감히 제안할 수 있다. 그 메시지 자체가 말하듯이 인간의 관점으로는 희생자와 악한이 분명 존재하는 것처럼 보인다. 하지만 이 말은 영적인 의미에서 받아들여야 한다. 신성의 관점에서 고려되어야 하는 것이다. 그 관점은 당신 안에 있다. 그것이 당신이기 때문이다. 그러므로 당신은 그 관점에 접근할 수 있다.

영적인 의미에서는 이 세상에 희생자도 악한도 없다. 모든 특정한 사건, 상황, 환경을 알게 되는 모든 영혼의 합동 목표를 만족시키는 방식으로, 관련된 모든 영혼이 협력하여 창조하지 않은 일은 우리에게 일어날 수 없기 때문이다.

예를 들어 나는 제2차 세계대전을 겪지 않았지만 그 전쟁에 대해 알게 되었다. 주식 시장의 등락에 관여하고 있지 않지만 그것에 대해 알게 되었다. 내 친구가 좋은 직업을 찾고 있는 것에 관계하고 있지 않지만 그 사실을 알게 되었다. 내가 '좋다'고 하는 것들과 '나쁘다'고 하는 것들 모두는 나 자신의 지속적인 삶의 체험과 표현을 위한 맥락을 만들었다.

이 모두는 다음 내용을 말하는 또 다른 방법이다. 삶은 삶의 완벽한 목적에 완벽히 들어맞도록, 지구 역사상 매 순간마다 이 행성 위 모든 영혼이 삶을 표현하고 체험하도록 계획되었다. 삶의 완벽한 목적이란 완벽함의 창조와 표현이다.

가까이에서 볼 때는 이 점을 알기가 매우 어려울 수 있다. 공간 측면에서 가까이 볼 때만이 아니라 시간 측면에서 가까이 볼 때도 그렇다. 우리는 삶의 이런 요소들을 앞에서 다루었다. 시간과 공간은 우리의 상상 속 현실의 우주론 속에서는 완전히 똑같은 것들이다. 그러므로 지구 위에서 어떤 특정한 '공간'을 보는 것이나 역사 속에서 '시간'상 작은 순간을 보는 것은 궁극적 실체를 그리고 있는 패턴 직물 속에서 어느 특정 실 가닥을 보는 것과 같다.

패턴 직물 바로 위에 눈을 갖다 대면 짜인 무늬가 전혀 의미가 없을 것이고 우리에게 아무런 흥미나 아름다움도 보여 주지 못할 것이다. 오히려 그것들은 아무 방향으로나 움직이는 뒤죽박죽의 색실들에 지나지 않을 것이다. 어떤 것도 패턴을 드러내거나 의미가 있지 않다. 패턴 직물에서 몇 걸음 물러설 때에야 당신은 전체 그림을 볼 수 있다.

우리가 현재라 부르는, 영원히 지속되는 유일한 순간 속에서 어느 한 순간이나 일련의 순간들을 볼 때도 마찬가지이다.

인간의 행동이라는 실이 서로 엮여 있는 방식 때문에 이 세상에는 '희생자'나 '악한'이 있는 것처럼 보인다. 어떤 특정 순간이나 시기에서 뒤로 물러나 인류 역사의 전체성을 하나의 패턴 직물로 볼 때에만 우리는 알 수 있다. 언제나 *이곳*, 항상 *지금*이라는 관점에서 진화의 완벽한 일부로 여기는 결과를 만들기 위해 경험이라는 실이 교차될 필요성을, 그 엮여 있는 모양의 완벽함과 아름다움을.

예수는 '너희 또한'이라고 말했다

이 책에서 이미 여러 번 질문했지만, 이렇게 엮는 과정 속에서 고통이라 불리는 것을 왜 경험할 필요가 있는지 묻는 것은 합당하다. 답은 다음과 같다. 우리는 영적인 관점에서, 삶에서 정확히 무엇이 일어나고 있고 왜 일어나고 있는지 온전히 인식하지 못할 때에만 '고통'을 경험한다는 것을 이해하고 있다. 그런 일이 일어나야 할 이유를 알게 될 때 고통은 끝난다. 아이를 낳는 여성은 이 점을 완벽히 이해한다. 그녀는 고통 속에 있지만 고통받지 않는다. 실제로 그녀는 기쁨에 겨워 운다.

단순하게 말하면 육체적인 통증과 감정적인 통증 둘 다는 객관적인 경험이다. 하지만 그 통증에서 오는 고통은 지금 일어나고 있는 일이 일어나지 말았어야 한다는 결정의 결과이다. 이것은 영적인 관점에서 삶을 바라보는 사람이라면 결코 하지 않을 결정이며 할 수 없는 결정이다.

인류 역사에서 이것의 첫째가는 예는 예수 그리스도가 보여 준 모습이다. 그토록 많은 사람들이 이 비범한 인간을 자신들의 방식으로 신으로 바꿔 놓은 것이 유감스럽다. 슬픈 것은 사람들이 예수의 신성—이것은 분명 정확한 설명이다—을 주장했다는 점이 아니라 예수의 정체성이 하나뿐이라 믿고 그렇게 주장했다는 점이다.

많은 사람들은 "예수 같은 사람은 한 명도 없었고 앞으로도 결코 없을 것이다."라고 말해 왔다. 그것은 예수의 기적적인 행동과 그 행동을 따라할 능력이 없어 보이는 우리의 능력을 양립시키기 위한 수단이었다. 하지만 "왜 그렇게 놀라느냐? 이런 것들과 더 많은 것들을 너희 또한 할 수 있다."라고 말한 것은 예수 자신이었다.

예수는 저 말 속에 자신이 한 일들 몇 가지만 언급한 것이 아니었다. 자신이 한 모든 일에 대해 말한 것이다. 예수는 "내가 이곳에서 한 몇 가지 일들을 너희 역시 할 기회가 있을 것이다."라고 말하지 않았다. 예수는 "이런 것들과 더 많은 것들을 너희 또한 할 수 있다."라고 말했다. 우리는 다만 그를 믿지 않았다. 하지만 그렇게 할 날이 올 것이다. 그날은 예수가 자신의 '실제 정체성'을 받아들인 그때처럼 우리도 우리의 '실제 정체성'을 받아들이는 날일 것이다. 우리가 신과 하나이고, 그리스도와 하나이며, 서로가 하나이고, 모든 삶과 하나라는 현실을 받아들이는 때가 그때일 것이다.

예수는 자신이 어떤 것의 희생자도 아님을 이해했다. 또한 자신에게 악을 저지르는 악한도 없음을 이해했다. 예수는 자신에게 아무 일도 일어날 수 없으며 자신을 통해 모든 일이 일어나고 있음을 알았다. 이것이 지금까지 살았고 앞으로도 살아갈 모든 인간에 대해서도 사실임을 그는 알았다. 예수의 특별한 임무는 그것을 우리에게 보여 주는 것이었다.

많은 마스터가 있었고 지금도 있다

솔직히 내 생각에 예수는 우리가 즉시 '이것을 이해하리라'고 생각하거나 상상하지는 않았을 것이다. 심지어 짧은 기간에 이해할 수 있으리라 생각하지도 않았을 것이다. 그가 우리로 하여금 체험하도록 초대한 것을 충분히 이해하고 완전히 수용하며 전적으로 받아들이기까지 인류에게 여러 세대와 여러 세기—우주의 생에서는 눈 깜짝할 사이이지만—가 걸릴 것임을 그는 아주 잘 이해하고 있었을 것이다. 이 점에서 예수는 시대를 몇 천 년 앞서 있었고 그는 그 사실을 알았다. 수십억의 사람들이 그가 신성하다고 주장하는 이유가 그 때문이다. 그가 십자가에 못 박힌 이유이기도 하다.

이제 '시간'은 신성이 나타낸 가장 눈부신 모습 하나를 따라잡았고, 인류가 맞이하고 있는 지금 이 순간 자신을 온전히 완성할 기회를 준다. 많은 사람들이 그리스도 시대 이후 그렇게 해 왔고 그 전에도 마찬가지였다. 인류의 역사를 통해 우리는 많은 다른 사람들이 많은 방식으로 신성을 드러내는 것을 보았다.

예를 들어 사람들은 다른 사람들에게 치유받고 심지어 '소생'하기도 한다. 늘 그랬다. 우리는 이 기적을 현대 의료 기술과 경이로운 의학의 결실이라고 부른다. 하지만 의학과 의료 기술은 우리의 신성을 표현하기 위해 우리가 지금 선택한 방법 중 하나가 아니라고 누가 말할 수 있겠는가?

또한 많은 사람들이 일체의 물리적 기술 없이 기적의 수단으로 신앙만을 이용하고 신앙 하나 만으로 스스로와 다른 사람을 치유해 왔다. 메리 베이커 에디의 이런 체험을 토대로 하나의 종교 전체가 생겨났다. 그 종교는 '크리스천사이언스'라 불린다.

그리스도 이전에도 그 이후에도, 우리와 함께 걸어간 많은 사람들이 우리에게 우리의 모습을 보여 주었다. 인류 앞에 거울을 들고서 우리 자신의 신성이 비친 모습을 볼 수 있게 했다. 노자가 그렇게 했다. 붓다가 그렇게 했다. 바하올라가 그렇게 했다. 인류 역사가 인식하고 기억한 사람들과 특별히 기억하지 못한 아주 많은 사람들도 그렇게 했다. 이렇게 한 사람들 모두의 메시지와 가르침이 완벽히 이해되고 정확히 해석된 것은 아니었다.

신은 정말로 사탄과 싸우고 있는가?

이러한 신성의 표현의 차원 속으로 발을 들여놓은 사람들은 한 순간도 자신이 어떤 것이나 어떤 사람의 희생자라고 생각하지 않았으며, 누군가를 악한으로 보지도 않았다. 그들은 자신이 누구인지와 무슨 일이 일어나고 있는지, 삶의 목적과 표현 과정, 그 과정의 이유를 이해하거나 인식하지 못한 사람들로 가득한 세상을 보았다. 그들은 심판과 처벌, 단죄와 비용서, 분노와 증오, 폭력과 살상, 확장된 자각이 없는 지각 있는 존재의 야만적인 행동으로 가득한 세상을 보았다.

정말로 우리는 오늘날에도 주변에서 똑같은 것을 본다. 우리가 보는 모든 곳에서 그것을 본다. 그러고는 의아해한다. 그것이 사실일 수 있는가? 이것이 우리의 진정한 모습일 수 있는가? 이것이 인간 본성의 근본적인 특징인가? 노자와 붓다, 그리스도와 바하올라, 그 밖의 모든 사람들은 이례적인 존재일 뿐인가? 오늘날까지 살았고 현재 살고 있는 수십억 명의 사람들 중에서 진정으로 신성했던 손에 꼽을 만한 수밖에 되지 않는? 아니면 우리 모두가 신성한데, 그중 일부 사람들만 그것을 체험하고 증명하기에 충분한 수준에서 알고 있고 믿고 있는가? 아니면 우리 중 일부는 사실 이곳저곳에서 어떠한 차원, 어떠한 방식으로 어떠한 순간에 매일 신성을 증명하고 있는가? 신성을 항상 증명하는 일에 더 가까이 다가가면서 이 '영혼의 여행'의 완성에 이르는 동안?

정말로 희생자와 악한이 있는가? 단지 인간의 관점에서뿐만 아니라 영적인 의미에서? 지구 위에서 벌어지는 신과 루시퍼 사이의 전투가 실제로 있는가? 이 세상의 악인은 사탄의 앞잡이이고, 악을 종식시키려는 사람은 신의 군사인가?

더 흥미로운 것은 이것이다. 우리가 증오를 끝내기 위해 증오를 이용하고, 폭력을 끝내기 위해 폭력을 이용하고, 전쟁을 끝내기 위해 전쟁을 이용하고, 살인을 끝내기 위해 살인을 이용하고, 악을 끝내기 위해 악을 이용한다면 우리는 어느 편이겠는가?

용기 내어 예수의 말을 받아들이겠는가?

만일 예수가 이 세상에 악한과 사탄의 앞잡이, 극악무도한 사람이 있다고 생각했다면 왜 "누가 오른쪽 뺨을 때리거든 왼쪽 뺨마저 돌려 대라."라고 했겠는가? 왜 "너희의 원수를 축복하고, 축복하고, 축복하여라."라고 했겠는가? 왜 악을 행한 자에게 선을 행하라고 했겠는가? 이것이 모두 무슨 이유 때문인가?

악이라 불리는 것이, 자신이 누구이고 삶에서 무엇이 일어나고 있는지를 전적으로 오해한 사람들의 왜곡되고 어그러진 사랑의 표현일 뿐임을 예수는 깊이 이해하지 않았을까?

이 세상의 궁극적인 치유는 '악랄하다'고 불리는 방식으로 행동한 사람들을 처벌하거나 단죄함으로써가 아니라 자신의 선택과 결정과 행동의 근거가 되는 세계관을 바꿈으로써 이룰 수 있음을 예수는 알지 않았을까?

오늘날 우리가 해야 할 일은 예수의 지시를 실천하는 것뿐이지 않을까? 원수를 사랑하고, 자신이 무슨 짓을 하고 있는지 모르기 때문에 우리를 박해하는 자를 축복하라는 매우 분명하고 매우 단순한 지시를?

세상의 모든 위대한 영적 마스터들은 각자 자신의 방식으로 우리에게 똑같은 말을 한 듯하다. 하지만 우리 중 극소수만 듣고 있는 듯하다.

앞에서도 말했지만 다시 말하겠다. 질문은 '신이 누구에게 말하고 있는가?'가 아니라 '누가 듣고 있는가?'이다.

『신과 나눈 이야기』의 메시지에 귀 기울인다면 우리는 다음을 이해하게 될 것이다. 인간이 정의한 가장 큰 악행의 순간에조차 희생자로서의 자신의 정체성을 거부한다면 우리는 그 사건에 대한 개인적이고 깊은 내적 경험을 바꿀 것이다. 이런 식으로 우리는 자신의 내면 현실을 만들고 그 에너지를 세상에 투영하기 시작하며, 이것이 외부 사건도 바뀌는 과정에 불을 붙인다.

이것이 신성이 되는 가장 고귀한 이익이고 가장 큰 기적이다. 누가 우리에게 무엇을 하든 우리는 우리가 선택하는 방식으로 그것을 체험할 수 있다. 그러므로 다른 사람이 우리에게 씌우고 싶어 하는 모든 부정적인 결과를 무력화시킬 수 있다. 이것을 그대로 증명한 많은 사람이 존재한다. 당신도 그중 하나일 수 있다. 궁극적으로 그것이 핵심 메시지 7의 요점이다.

이 메시지를 나날의 삶에 적용하기

이 메시지의 힘은 당신의 삶을 하룻밤 새 변화시킬 수 있다는 점이다. 당신이 지금 체험하고 있는 모든 사건, 상황, 환경에 대해 그렇게 할 수 있다. 지구 위에서 그전까지 경험했던 것도 변화시킬 수 있다. 이 메시지를 나날의 삶에 적용하는 방법에 대한 몇 가지 실용적인 제안은 다음과 같다.

🌙 크든 작든 삶에서 당신이 어떤 식으로든 희생당했다고 느낀 순간을 살펴보고, 그것이 궁극적으로 당신에게 무엇을 주었는지 보라. 그 희생의 경험 중 얼마나 많은 수가 그 경험으로부터 당신이 현재 얻고 있는 혜택을 가져왔는가? 당신이 기억할 수 있는 하나하나의 사건 모두에 대해 이것이 사실이지는 않겠지만, 그것이 사실이었던 때를 생각해 낼 수 있는가? 잘못되었다고 생각한 순간이 기회로 바뀐 적이 있는가? 당신이 늘 바라고 상상했던 가장 경이로운 결과 속으로 발을 내딛는 기회로? 자세히 살펴보고 솔직해지라.

🌙 돌이켜 볼 때 위의 내용이 사실이라면 당신은 여전히 원래의 각본에서 자신이 '희생자'라고 주장하겠는가? 아니면 여러 단계의 과정을 체험하는 신성한 존재일 뿐이라고 주장하겠는가? 진화와 완벽이 충족되는 결말을 향해 영혼들이 협동 작업을 하여, 집단적 참여에 의해 다양한 방식으로 체험되는 한 가지 결과를 만드는 과정을 포함하는?

🌙 다른 사람의 이야기 속에서 당신이 악한이 되었던 때를 생각해 보라. 전체 경험 중에서 당신이 기억할 수 있는 한 순간이

분명 있을 것이다. 어쩌면 한 번 이상일 것이다. 그 사건을 돌이켜 보고 이제 스스로에게 물으라. 이 '잘못'을 다른 사람에게 저질렀을 때 당신은 '악한'처럼 느껴졌는가? 아니면 어떤 특정한 순간에 당신이 경험하고 싶은 것을 가장 잘 표현하기 위해 필요한 일, 해야 할 일, 하기로 선택한 일을 하고 있다고 마음속으로 느꼈는가? 당신에게 악행을 저지를 때 똑같은 동기를 가지는 또 다른 사람을 상상할 수 있는지 살펴보라. 상상할 수 있다면 당신 마음과 가슴 속에서 당신이 스스로에게 한 용서를 그 사람에게 하라. 과거 잘못에 대해 당신 스스로를 용서하지 않았다면, 이른바 '악행'의 오고 감이라는 자신의 경험을 새로운 맥락으로 만들고 신성하게 하는 첫걸음으로 지금 그렇게 하라.

🌙 '이 세상에 희생자도 악한도 없다'는 사실이 아무 일도 하지 말고 어떤 일이 일어나는 것을 곁에서 지켜보라는 의미가 아님을 이해하라. 다른 사람이 하는 일이 '잘못'이기 때문에 마스터는 자신이 하는 일을 하는 것이 아니다. 내면에 존재하는 신성함의 가장 높은 차원을 표현하고 경험하게 하는 순간을 붙잡기 위해 마스터는 자신이 하는 일을 하는 것이다. 그러므로 우리는 이런 충고를 듣는다. "판단하지 말라. 비난하지도 말라."

🌙 당신이 누구인지 표현하기 위해 다른 사람이나 다른 무엇을 '틀리게' 만들 필요는 없다. 사실은 그 반대가 진실이다. 그 이유 때문에 예수는 이런 말을 했고, 그토록 분명하게 드러내 보인 길을 우리에게 제시했다. "네 원수를 사랑하고 너를 박해하는 자

를 축복하라. 어둠에 빛이 되고 어둠을 저주하지 말라."

　매일 이런 식으로 살고, 주변 세상이 서서히 변하기 시작하는 것을 보라. 우선 가장 사적인 관계부터 변화가 일어나고, 그다음 좀 더 넓은 원이 되며, 궁극적으로는 수백, 수천, 수백만 명에게 영향을 준다. 우리 중에서 충분한 수의 사람이 이렇게 하면 세상 전체가 완전히 바뀔 것이다.

25
옳고 그름

우리는 자유를 창조하려 하는가,

아니면 자유로운 사람은 위험한 사람이라고 믿는가?

삶이란 가장 많은 장난감을 가진 한 사람이 승리하는 사건인가?

아니면 삶에서 우리는 '성공'을 다른 식으로 정의했던가?

방금 살펴본 핵심 메시지는 분명 『신과 나눈 이야기』 대화에서
생각해 보도록 초대받은 모든 통찰 중에서 가장 어려운 것이다.
하지만 그 통찰의 근거를 이해할 때, 그 밑에 놓인 토대를 자세히
살펴볼 때, 이 세상에 희생자도 없고 악한도 없음이 어떻게 가능
할 수조차 있는지가 더욱 분명해진다.

이 분명함은 우리에게 제시된 다음 메시지를 깊이 이해하는 데
서 나온다.

신과 나눈 이야기 핵심 메시지 6

옳고 그름이란 없으며,
당신이 하려고 하는 것을 놓고 볼 때
효과가 있는 것과 효과가 없는 것만 존재한다.

핵심 메시지 7과 중요한 만남을 가졌다면 이번 메시지는 그다
음 단계로 올라간다. 다시 한 번 마음은 알고 싶어 한다. 어떻게

이것이 사실일 수 있는가? 옳고 그름 같은 것이 어떻게 존재하지 않을 수 있는가? 우리를 혼란스럽게 하려는 것인가? 모든 인류가 항상 간직해 온 모든 이해를 우리는 다만 버려야 하는가?

처음 이 말을 들었을 때 내 마음은 말했다. *아니야, 분명 어떤 차원에서는 옳고 그름이 존재할 거야.* 분명 어떠한 이정표, 척도, 표준, 기준은 존재할 것이고, 그것을 가지고 우리는 특정 선택과 행동이 적절한지 적절하지 않은지, 좋은지 나쁜지, 하는 것이 나은지 무시하는 것이 나은지 평가하고 결정할 수 있을 거라고.

인류는 동의하는 것 같다. 아주 오랫동안 사람들은 이 점에 대한 자기 고집을 무기 지키듯 지켜 왔다. 문자 그대로 하는 말이다. 우리는 옳고 그름이 존재한다고 절대적으로 확신하며, 우리가 그 점에 있어 옳다고 절대적으로 확신한다.

그렇게 단순하기만 하다면

이 주제는 앞에서 살펴보았다. 『신과 나눈 이야기』의 핵심 메시지를 역순으로 점검하면서 이제 다시 살펴보겠다. 그러면 앞에서 설명한 장소에 어떻게 도달했는지 분명히 알 수 있다.

이 책에서 거듭 말했듯이, 옳고 그름에 대한 우리의 개념이 때에 따라, 장소에 따라, 문화에 따라 달라진다는 것이 어려움이자 문제였다. 그 결과는 다음과 같다. 한 사람이나 한 문화가 옳다고 하는 것을 다른 사람이나 다른 문화는 그르다고 한다. 다시 한 번 강조하면, 이것이 지구 상에서 우리가 보아 온 적지 않은 갈등과 폭력, 살상과 전쟁의 근원이다. 역설적이게도 이 중 많은 수가 신의 이름으로 행해진다.

무엇이 옳고 그른지에 대해 우리는 동의할 수 없을 뿐 아니라
이 점에 동의하지 않음조차 동의할 수 없는 것 같다. 우리의 차이
를 관찰하고 그것들을 단순히 차이라 부를 수도 없는 것 같다. 우
리와 다른 관점을 가졌다는 이유로 서로를 틀리게 만들 필요를
우리는 느끼는 것 같다. 모든 가능성을 테이블 위에 올려놓고 적
어도 타협안을 고려하면서, 우리의 믿음이 갈라져 나온 그 주제들
을 열린 마음으로 살펴보는 데조차 동의할 수 없다. 아니다, 우리
가 옳을 때는 타협이 있을 수 없다. 사람은 자신의 원칙을 타협하
지 않으며 악마와 흥정하지도 않는다. 우리는 서로의 관점과 더불
어 서로 자체를 이미 악마로 만들었기 때문에 악마를 보고 있다.
우리에게 남은 것은 불일치와 그것을 극복할 능력의 전무함이다.

더 나쁜 것은 우리가 그 점에 대해 옳다는 생각을 계속 가지고
있다는 것이다. 우리는 다른 사람을 하찮게 만들고, 다른 사람을
비난하고, 다른 사람을 괴롭히고, 판단하고 처벌하고, 공격하고 심
지어 죽이려 하게 하는 옳고 그름에 대해 매우 옳다고 생각한다.
이 모두는 만일 다른 사람이 우리에게 한다면 우리가 그른 일이
라고 생각할 것들이다. 옳음에 대한 흥미로운 사실은 그것이 언제
나 우리 편이라는 것이다.

문제는 관점에 있다

자신의 세계관에 비추어 아무도 부적절한 일을 하지 않는다는
말을 앞에서 했었다. 이제 우리는 그것이 어떻게 기능해지는지 보

게 된다. 어떤 것이 도덕적으로 옳고 도덕적으로 그르다고 우리에게 말하는 것은 이 관점이다. 수십억 명의 사람들은 그렇게 말한 것이 신이라고 믿는다. 어떤 것이 '옳거나 그르다'고 신이 말했다면 우리 중 누가 그것에 반박하거나 심지어 의문을 품으려 하겠는가?

그러므로 우리의 세계관에는 논의와 토론의 여지가 없으며, 우리가 이해한 신이 말하고 명령한 것 이외의 가능성을 살펴볼 여지가 없다.

하지만 신조차 문화마다, 심지어 역사상 매 순간마다 확실하게 말해 줄 수 없다. 혹은 그래 보인다. 하나의 문화에서 우리는 간통을 저지른 남자를 마을의 문어귀로 데려가 돌로 쳐 죽여야 한다는 말을 신이 했다고 들었다. 또 다른 문화에서는 사람들의 죄를 용서하고 자비를 베풀며 누구도 고의로 죽이지 말라는 말을 신이 했다고 들었다. 그러면 어떻게 해야 하나? 이 모순을 어떻게 풀 것인가?

해답은 내일의 신이 우리에게 전해 준 새로운 이해를 바탕으로 새로운 세계관을 만드는 것이다. 그 새로운 이해는 이것이다. 옳고 그름 같은 것이란 없으며, 당신이 하려고 하는 것을 놓고 볼 때 효과가 있는 것과 효과가 없는 것만 존재한다.

체험 속에서 우리가 만들고 싶어 하는 결과에 대한 목적과 의도를 놓고 볼 때, 우리의 잣대는 도덕적인 옳음과 아무 상관 없으며 단순하고 실용적인 효과성과 관련 있다.

그것조차 우리는 동의하지 않을 수 있지만, 이것은 절대적 도덕 기준을 방정식 밖으로 빼 내고 관찰이 필요한 간단한 질문으로 대체한다. '그것이 효과가 있는가? 우리가 하기로 선택한 것은 우

리가 만들고 싶은 결과를 만드는 데 효과가 있는가?'

결과가 영향을 주어야 하는가?

바로 지금 지구 상에서 우리가 하고 있는 일의 극소수만이 계획했던 결과를 만들고 있다. 수없이 지적한 또 다른 핵심이다. 이것의 놀라운 점은 원하던 결과를 이렇게 적게 얻었다는 것이 아니라 우리에게 아무런 차이도 만들어 내지 못한 듯 보인다는 점이다. 의도한 결과가 절대적으로 부족해져도 우리가 계속하려는 행동에 아무 영향을 미치지 못한다.

인류는 다만 신경 쓰지 않는 것 같다. 인류는 믿음을 바꾸기보다는 차라리 의도하지 않은 결과로 고통받으려 할 것이다. 우리가 경험하고 싶다고 말한 것과 정반대되는 결과조차.

신이 우리에게 하는 조언은 이것이다. 지금 우리가 이 세상에서 하려는 것이 무엇인지 자세히 살펴보라는 것이다. 우리는 평화를 만들려 하는가? 풍요를 만들려 하는가? 우리의 안전, 다른 사람들의 안전과 안정을 보장하려 하는가? 모두의 기본 존엄성을 지켜 주는 삶을 만들려 하는가? 우리는 여기서 무엇을 하려 하는가?

우리가 하려는 것, 이루고 싶어 하는 것과 실제로 이루고 있는 것의 차이점으로 무엇을 볼 수 있는가?

우리는 지각 있는 존재의 공동체로서, 우리가 하려는 것에 대해 쓰고 있는 방법이 다만 효과적이지 않음을 스스로 시인하고 인정할 수 있는가? 지금까지 수천 년 동안 효과가 없었음을?

우리는 정말 이렇게 생각하는가? 무엇이 도덕적으로 옳고 그른지에 대한 수천 년 전의 낡은 규칙을 따르는 것이 지구 위에 만들고 싶은 삶을 창조하기 위해 우리가 할 수 있는 전부라고?

도덕인가 기능인가, 무엇이어야 하는가?

나는 이 예를 다른 책들에서 사용했는데 여기서 다시 한 번 쓰려고 한다. 만일 미국 서부를 향해 차를 몰면서 태평양 연안에 다다랐는데, 당신이 가려는 곳이 북쪽 시애틀이라면 남쪽 새너제이로 향하는 것이 도덕적으로 틀린 것은 아니다. 다만 기능적으로 효과가 없을 뿐이다. 우리는 도덕성과 기능성을 혼동하지 않을 필요가 있다.

우리는 이런 일을 지금도 하고 있고 한동안 해 왔다. 사실은 수천 년 동안. 우리는 옳고 그름이 '도덕'의 문제라고 생각한다. 어떤 장소, 어떤 시간, 어떤 문화 속에 있든 당신이 원하는 결과를 만들어 내거나 그러지 못하는 유효성의 문제인 때에도 때와 장소 문화에 따라 달라지는 '도덕'의 문제라고 생각한다.

본래부터 옳고 그른 것은 없다. 이 개념을 내려놓는다면 우리는 도움을 얻을 것이다.

일광욕을 즐기는 지역의 해변에서 발가벗고 배구하는 사람들이 머리부터 발끝까지 덮은 채 집 바깥 타인에게 언제 어떤 이유로든 몸의 1센티도 보일 수 없다는 사람들보다 신의 눈에 덜 도덕적이거나 가치 없다고 주장할 근거는 없다.

채식만 하는 사람들이 죽은 생명체의 살코기를 먹는 사람들보다 도덕적으로 더 진보했거나 고차원의 중대하고 영적인 선택을 할 때 더 의지할 수 있는 존재라고 결론 내릴 이유는 없다. 예를 들어 예수는 분명 물고기를 먹었고, '산상수훈(갈릴래아의 작은 산 위에서 자선 행위, 이웃 사랑 등 여덟 가지 복에 대해 군중에게 한 설교)'을 하기 전에 사람들이 먹을 수 있도록 어마어마한 양의 물고기를 내주었다.

동성애자는 선천적으로, 불가피하게, 도덕적으로 항상, 감정적으로, 지적으로, 철학적으로, 영적으로 실패한 존재인 반면 이성애자는 선천적으로, 불가피하게, 도덕적으로 항상, 감정적으로, 지적으로, 철학적으로, 영적으로 진보했다고 주장할 근거가 우리 경험 속에 없다.

이 같은 개념처럼 터무니없는 것들을 수많은 사람들이 '진실'이라 부르고 그것에 따라 살았다. 사람들은 적절한 행동에 대한 법규와 규칙이 존재한다고 말하며, 그것을 따르지 않는 사람들이 그 때문에 틀렸다고 말한다.

법규 없이 우리가 생존할 수 있는가?

하지만 때로는 우리가 옳음이라고 주장하는 것의 부재 바로 그것이 세상의 모든 법규와 규칙보다 더 효과가 있다. 파리 개선문 주변을 한 번이라도 운전해 본 적 있는 사람이라면 이것을 완벽히 이해한다.

파리의 이 역사적인 기념물 앞에는 교통정리원이나 교통경찰이 한 명도 없고, 그 둘레로 원형의 도로가 이어진다. 이곳에는 도로 표시나 차선도 없다. 표지판이나 신호등도 없다. 이곳은 세계에서 가장 혼잡하고 붐비는 노선이며, 일 분마다 수백 대의 차량이 쌩쌩 거리며 그 원형 도로를 들고 난다. 운전자가 어디로 가야 하고, 무엇을 해야 하며, 어떻게 해야 하는지 알려 주는 것도 전혀 없다. 사람들은 스스로 위험을 감수한 채 그 거친 차량 집단 속으로 들어간다.

이것이 핵심이다. 스스로 위험을 감수할 때 사람들은 자신과 다른 사람을 돌본다. 그들에게는 교통경찰이 필요 없다. 차선도 필요 없다. 표지판과 점멸등도 필요 없다. 그들은 자신이 하려는 것이 무엇인지 안다.

그들은 안전하게 원형 도로의 다른 쪽으로 가려는 것이다. 그렇게 매우 단순한 것이다.

당신이 하려는 것이 무엇인지 알 때 어떤 행동이 바람직하고 이로운지 당신에게 그 즉시 명백해지고 매우 분명해진다. 수백 미터 떨어진 샹젤리제 거리보다 개선문 둘레의 원형 도로에서 교통사고가 더 적은 이유가 그 때문이다. 많은 신호등이 있고 차선이 뚜렷하게 그려져 있으며 법규와 규칙으로 진행 방향이 안내되는 샹젤리제 거리보다.

아무도 하지 않을 질문

기능적으로 효과가 있거나 없는 것과는 달리, 어떤 것도 도덕적으로 옳고 그르지 않다는 개념이 사람들을 놀라게 하거나 걱정하게 만든다면 단지 이 이유 때문이다. 이 행성 위의 지각 있는 존재가 자신이 하려는 것이 무엇인지에 대해 다함께 보편적으로 결정하지 않았기 때문이다.

우리는 자유를 창조하려 하는가, 아니면 자유로운 사람은 위험한 사람이라고 믿는가? 삶이란 가장 많은 장난감을 가진 한 사람이 승리하는 사건인가? 아니면 삶에서 우리는 '성공'을 다른 식으로 정의했던가?

우리의 영적 여행은 어떠한가? 우리는 우리 안에서, 우리를 통한, 우리로서의 신성의 체험을 창조하려 하는가? 아니면 신을 모욕하는 일은 최소화한 채 다만 태어나서 죽기만 하는가? 우리의 영적 체험은 과연 어떤 것과도 관련이 있는가? 만일 그렇다면 우리 영적 세상의 노선 표시와 깜빡이는 신호등, 교통경찰은 우리가 가고 싶어 하는 곳으로 가기 더 쉽게 하는가 아니면 더 어렵게 하는가?

이것을 오늘의 질문으로 삼으라.

이 메시지를 나날의 삶에 적용하기

핵심 메시지 6을 나날의 삶에 적용할 수 있는 몇 가지 실용적인 방법이 있는지 살펴보자. 아래 나열된 제안들을 해 보라.

✎ 삶에서 당신이 '잘못'했다고 생각하는 세 가지 일을 나열하고 스스로에게 물으라. 당신은 의도한 결과를 이루지 못했기 때문에 잘못했다는 생각을 가지고 있는가? 아니면 그 이유가, 의도한 결과를 아주 잘 이루었지만 선을 넘었으므로 다른 사람이

말하는 법규와 규칙을 위반했기 때문인가? 아니면 돌이켜 보니 다른 사람을 다치게 했거나 어떤 식으로든 해를 입혔다고 느끼기 때문에 당신의 행동을 잘못이라 부르는가?

〰 당신이 느끼기에 다른 사람이 '잘못'했다고 생각하는 것을 몇 가지 살펴보라. 당신은 그런 일이나 비슷한 일을 한 적조차 없는가? 당신의 전체 생애에서 어떤 순간이든, 정확히 바로 그 행동은 아니더라도 같은 종류의 행동에 연루된 적이 한 번이라도 있는가? 다른 사람이 속임수를 쓰는 것을 보면 스스로에게 물으라. 나는 어떤 것에든 속임수를 써 본 적이 한 번도 없는가? 다른 사람이 회피하거나 거짓말하는 것을 보면 스스로에게 물으라. 나는 진실을 회피하고 대놓고 거짓말한 적이 한 번도 없는가? 다른 사람이 상처를 주거나 무자비하게 행동하는 것을 보면 스스로에게 물으라. 나는 내 삶에서 상처를 주거나 무자비하게 행동했던 적이 한 번도 없는가?

〰 다음의 내용을 컴퓨터에 치라.
'내가 스스로 잘못했다고 생각하는 모든 일에 대해 나 자신을 판단하기를 놓아 버리는 날, 나는 자동적으로 그리고 은혜롭게 다른 사람에 대한 나의 판단을 놓아 버릴 것이다. 다른 사람에 대한 나의 판단을 놓아 버리는 날, 나는 신성을 표현하기 시작할 것이다. 신성을 표현하기 시작하는 날, 나는 내가 지상에서 하기 위해 태어난 일을 하기 시작할 것이다. 다른 모든 것은 그것을 하기 위한 방법일 뿐이다.'

ଏ 이것을 컴퓨터 바탕 화면이나 화면보호기로 써라. 몇 개를 출력해서 곳곳에 놓아두라. 냉장고 위, 화장실 거울 위, 침대 옆의 스탠드 갓등, 벽장 안 문, 자동차 계기판, 샤워할 때 당신 앞에 보이는 벽 곳곳에.

ଏ 올해가 다 가기 전에 꼭 하고 싶은 일 다섯 가지를 나열하라. 어쩌면 그것은 새해 다짐의 목록에 있었을 수도 있고, 시간이 다하기 전에 어떤 결과를 이루려고 새롭게 결심한 결과 지금 의식 속에서 나온 것일 수도 있다. 어느 경우든 이 목록을 쓰고 다섯 가지 항목 각각에 대해 당신이 하려는 것이 정확히 무엇인지 스스로에게 물으라. 당신은 무엇을 이루려 하는가? 무엇을 만들려 하는가? 그 결과로 무엇을 희망하는가? 그런 다음 그 목록의 각 항목에 대해 삶의 가장 중요한 질문을 던지라. *이것이 내 영혼의 목표와 무슨 관계가 있는가?*

ଏ 당신의 영적 믿음과 관련하여, 어떤 상황이나 조건에서든 신이 절대적으로 '틀렸다'고 할 것 같은 일을 적어도 세 가지 나열하라. 이렇게 나열한 뒤, 이것 중 어떤 것이든 선의 이름이나 신의 이름으로 행한다고 주장하면서 당신이 존경하는 사람이나 국가가 행한 적이 있는지 살펴보라. 이것이 당신에게 드러내 보이는 것이 있다면 무엇일지 짧게 다섯 단락의 글을 쓰라.

26
삶의 세 가지 기본 원리

내게 말해 달라고 신에게 간청했을 때
당신처럼 나도 작고 외로운 존재인 듯 느껴졌지
하지만 바로 이때였지
아무 특별한 이유 없이
내가 빛나기 시작한 건

옳고 그름이란 없다는 생각의 모든 토대는, 가장 근본적으로 작용하는 차원에서 삶 자체에 대해 얻은 자각에서 나온다.

이 특별한 생각을 과거에는 한 번도 들어본 적 없고 생각해 본 적 없으며 상상해 본 적 없다고 솔직히 말할 수 있다. 하지만 이 주제에 대해 신과 대화를 끝냈을 때는 지구 상 모든 것이 어떻게 작용하는지를 과거 어느 때보다 깊은 차원에서 마침내 이해했다는 느낌이 들었다.

당시 내가 살펴보도록 초대받은 것으로 이제 당신을 초대한다.

신과 나눈 이야기 핵심 메시지 5

삶의 세 가지 기본 원리가 있다.
기능성, 적응성, 지속성이 그것이다.

내가 들은 내용은 모든 삶이 우주 어디에서든 똑같은 기본 원리로 작용한다는 점이다. 인간의 삶이든 나무의 삶이든 행성의 삶이든 우리는 동일한 과정에 대해 말하고 있다.

삶이 표현되는 모든 차원에서 삶은 기능적이고, 적응가능하며, 지속적이다. 그렇지 않으면 삶이 전혀 존재할 수 없다. 이것이 세상의 질서이다. 물질세계가 보여 주는 방식이다. 신성이 자신을 드러내는 방식이다. 삶의 존재 방식이다.

삶은 언제나 기능적이다. 언제나 적응가능하다. 언제나 이런저런 형태로 지속될 수 있다. 바로 이 이유 때문에 삶은 늘 존재했고 지금도 존재하며 앞으로도 항상 존재할 것이다.

현실적인 말로 하면 그 의미는 다음과 같다. 삶은 스스로가 영원히 기능적일 수 있는 방식으로 작용한다. 존재하는 것은 무엇이든 존재하기를 멈춘 적이 한 번도 없다. 삶 자체인 본질적 에너지는 그 표현의 계속에 요구되는 것이 무엇이냐에 따라 다만 형태를 바꾸며 끝없이 다양한 방식으로 표현한다.

하늘에서와 같이 땅에서도

대략적으로 말하면 이것은 찰스 다윈이 '자연 선택'이라 설명한 물리적 원리를 영적으로 표현한 것이다.

다윈이 알아 낸 것은 『신과 나눈 이야기』에 매우 단순하지만 너무 간단하지는 않게 표현되었다. 그것은 '삶은 *끝내려는 의도를 가지고 있지 않다.*'이다. 전혀. 그러므로 삶의 어떤 표현이나 형태든 위협을 받으면 삶은 스스로를 적응시킴으로써 그 표현이 다시 한 번 지속되게 한다.

지구가 바로 지금 그렇게 하고 있다. 지구 자체가 살아 있는 유

405

기체라고 주장하는 이론이 있다. 지구에는 '가이아'라는 이름도 붙여졌다. 이 유기체는 크든 작든 모든 생명 형태에서 발견되는 고차원의 보편 지성을 반영하는 구성 원리 아래 기능하고 작용한다고 한다.

쓰나미부터 지진, 허리케인, 그 밖의 물리적 현상까지 이 행성 위에 점점 늘어나는 지질 현상은 이 세상의 생존에 인류가 가하는 위협에 대한 가이아의 반응이라는 의견을 몇몇 환경론자가 제기했다.

이 세상이 살아남지 못할 거라고 실제로 예상하는 사람은 없지만, 이 세상이 몇 세기, 몇 천 년간 보여 온 똑같은 형태와 방식으로 살아남을 것이라고 예상하는 사람도 매우 드물다. 생물학적 시스템인 지구는 의문의 여지 없이 지구에 서식하는 존재들이 만들어 온 조건에 따라 변화하고 적응하고 있다.

이 행성 위에 서식하는 생명 형태도 똑같은 일을 하고 있다. 생명 형태는 끊임없이 자신을 적응시켜서 자신을 통과해 흐르는 본질적인 에너지 표현을 유지할 수 있게 한다.

그러나 생명 형태가 만들어 내는 이런 적응이 있다고 해서 그 물리적 표현과 겉모습이 똑같거나 거의 같게 유지되리라는 보장은 없다. 그런 추측은 잘못이다. 지구에서 '멸종'된 생명 형태가 일부 있음을 우리 모두는 알고 있다. 그러므로 지구의 많은 언어에서 널리 사용되듯이, 이 말은 그것들이 더 이상 존재하지 않음을 의미한다. 하지만 진실은 이것이다. 그것들은 더 이상 전에 취한 형태로 존재하지 않을 뿐이다. 존재하는 모든 것은 계속 존재한다. 어떻게 계속 존재하느냐의 문제일 뿐이다.

통나무 이야기

이 내용을 설명하는 멋진 비유를 『중요한 단 한 가지』에서 찾을 수 있다. 벽난로 속에 타고 있는 통나무 이야기이다. 우리에겐 마치 커다란 통나무가 벽난로 속에 놓여 있다가 몇 시간 뒤 더 이상 거기 존재하지 않는 것처럼 보인다. 말하자면 재로 돌아간 것이다. 그러므로 통나무였던 그것은 더 이상 존재하지 않는다. 통나무는 자신이 남긴 약간의 재 형태를 제외하고는 더 이상 존재하지 않는다고 말하는 사람도 있을 것이다. 하지만 이 이야기에 따르면 우리가 한때 '통나무'라 부르던 것은 다만 탈바꿈하여, 문자 그대로 연기가 되어 위로 올라간 것이다. 통나무의 에너지 역시 열과 빛과 재로 표현되었다. 하지만 그 바뀐 에너지의 표현이 통나무의 소멸은 아니다. 다른 종류의 에너지로의 변형일 뿐이다. 통나무의 일부는 '재'라 불리는 부분이 되어 물질적으로 여전히 존재하지만, 나머지 95퍼센트는 그 에너지 표현을 통해 '보이지 않는 우주'라 불리는 곳으로 옮겨 갔다.

당신 또한 '죽음'이라 불리는 것을 체험한 뒤 그렇게 한다. 덧붙이자면, 완전히 똑같은 방식으로. 즉 당신은 탈바꿈한다. 사전은 '탈바꿈'을 이렇게 정의한다. '변형하는 것, 특히 놀랍고 마법 같은 방식으로 변형하는 것.'

이 과정에서 당신 에너지 표현의 가장 적은 퍼센트인 물리적 부분은 물리적 영역에 몇 가지 형태로 남아 있을 것이다. 아마도 화장 중에 재로 변하거나 어디선가 관 속에서 오랜 세월 좀 더 서서히 형태를 바꿀 것이다. 하지만 당신 존재의 훨씬 많은 부분은

407

탈바꿈된 형태가 되어 영적 영역이라 불리는 곳으로 옮겨 간다.

당신으로 스스로를 표현했던 생명 형태는 이런 식으로 적응하고, 그럼으로써 계속 지속된다. 기능성, 적응성, 지속성이라는 순환의 더 소규모 형태는 현재의 육체 형태로 당신이 존재하는 내내 스스로를 증명해 보인다. 당신 주변 모든 것들의 생애 동안에도 마찬가지이다.

주기적으로 게와 바닷가재를 먹는 데 완전히 기능적이 된 한 남자를 나는 알고 있다. 그런데 의사가 '자발성 갑각류 알레르기'라 부르는 것이 그에게 생겼다. 그는 연어와 송어, 그 밖에 갑각류가 아닌 다른 바다 생물로 해산물 섭취를 제한함으로써 적응성을 보여 주었다. 이런 식으로 그는 자신의 육체적 존재 안에 지속성을 만들어 냈다.

뒷마당 텃밭에서 잡초를 뽑아 본 사람이라면 어떤 생명 형태가 어떻게 기능성, 적응성, 지속성의 순환을 보여 주는지 이해할 수 있을 것이다!

다소 단순하지만 품격 있고 효과적인 이 공식은 지구 위 삶 속 우리 주변에서 일어나는 걸 볼 수 있는 많은 일들을 설명해 준다. 또한 그 삶을 계속 살아가면서 보게 되리라 예상하는 것도. 당신은 삶이 언제나 기능적이고, 적응가능하며, 지속가능하리라 예상해도 된다.

우리가 이해해야 할 중요한 점은 이것이다. 본질적 에너지의 이 다른 표현들은 그 어느 특징들도 '옳거나' '그르지' 않으며, 다만 '이것'이거나 '저것'일 뿐이다. 본질적 에너지의 한 표현이 다른 표현보다 '더 나은' 것도 없다. 다만 '다를' 뿐이다.

완벽할 만큼 품격 있는 삶의 과정에 가치 판단을 씌우는 것은 우리이다. 우리는 폭풍우를 나쁘다고 하고 아름다운 해돋이를 좋다고 한다. 죽음을 나쁘다고 하고 탄생을 좋다고 한다. 하나에 대해서는 슬퍼하고 다른 하나에 대해서는 축하한다. 하지만 모든 사건이 우리의 개인적 집단적 진화를 향해 효과적으로 나아가듯이, 사실 모든 삶은 우리 편이다.

미국 시인 엠 클레어(오리건 주에서 15년간 마사지 치료사로 일하다가 시인이 됨)는 다음의 시에서 이러한 이해를 완벽하게 포착했다.

신은 나를 보고 당신에게 이렇게 말하라 하네
아무것도 고칠 필요 없고
모든 것은 축복받기 바란다고

당신은 구부릴 수 있도록 만들어졌지
발밑에 놓인 수많은 기적을
모두 발견할 수 있도록
당신은 늘어날 수 있도록 만들어졌지
어깨 위로 짊어져야 할
모든 것들 바로 위에서
천국이라는 자신의 아름다운 얼굴을
발견할 수 있도록

내게 말해 달라고 신에게 간청했을 때
당신처럼 나도 작고 외로운 존재인 듯 느껴졌지

하지만 바로 이때였지
아무 특별한 이유 없이
내가 빛나기 시작한 건

문제의 원인이 되기

엠 클레어의 작품에서 감상을 빌리자면 우리는 삶을 다만 관찰할 때가 아니라 삶의 과정에 참여할 때 빛나기 시작한다. 우리는 삶을 그저 바라보는 데 그치지 않고 삶이 만드는 적응의 원인이 될 수 있다. 사실 바로 지금도 그 원인이 될 수 있다.

앞에서 언급했듯이 삶이 지구 위에서 지금까지 만든 적응은 대부분 우리 행동의 결과이다. 지구 온난화부터 지진, 열대성 폭풍우, 회오리바람, 폭염, 가뭄, 홍수, 그 밖의 이른바 '자연재해'에 이르기까지 인류가 이 행성의 생태계에 엄청난 영향을 미쳤고 큰 책임이 있음을 우리는 보고 있다.

물론 우리는 이것이 사실임을 인정하고 싶지 않다. 따라서 생명을 창조하고 살아오는 동안 지구가 지구 위 생명체에게 보인 생태적 반응에 인류가 어떤 차원에서든 참여했다는 사실을 절대적으로 인정하지 않으려는 사람들도 있다. 하지만 좀 더 중립적인 위치의 과학자들은 매우 분명히 알고 있다. 균형을 이룬 우리의 예민한 생태계에 인류의 행동이 영향을 미쳤음을.

우리 인류는 똑같은 힘을 가지고 이 행성과 그 적응에 긍정적인 방식으로 영향을 미칠 수 있다. 하지만 우선 우리가 해야 할 첫 번째 일은 좋든 혹은 나쁘든 우리가 지구에 영향을 미칠 수 있음을 인정하는 것이다. 부정적이라는 분류표를 붙이는 환경적 적응에 우리의 책임이 전혀 없다고 주장한다면 지구 생태계에 긍정적인 영향을 미칠 수 있다는 생각을 가질 수 없다.

그러므로 삶은 우리에게 요청한다. 스스로의 미래를 만드는 도구로서 '삶의 세 가지 기본 원리'를 사용하여 공동 창조자, 적극적인 참여자, 의식 있는 협조자가 되라고.

삶 자체가 온 우주에 표현하는 그런 공식이 존재한다는 이유 때문에 우리가 그 공식에서 손을 떼고 결과에 자신을 내맡겨야 한다는 의미가 아니다. 우주 곳곳의 모든 지각 있는 존재는 그 반대가 사실임을 궁극적으로 깨달았다.

이제 우리의 기회는 이것이다. 어떤 식으로든 개입하지 않고 참여하지 않으면서 이 공식에서 만들어지는 것을 다만 지켜보기보다는, 기능성, 적응성, 지속성을 적극적이고 의도적으로 창조함으로써 그 공식의 무의식적인 일부가 아닌 의식적인 일부가 되는 것이다. 지능이 있는 고도로 진화한 종은 모두 이것을 완벽히 이해했다. 우리도 이해했는가?

이 메시지를 나날의 삶에 적용하기

'삶의 세 가지 기본 원리'를 나날의 체험에 적용할 수 있는 몇 가지 실용적인 방법은 다음과 같다.

🌱 친생태적인 가정을 만들라. 이렇게 하는 방법은 무수히 많고, 전 세계 수많은 기관에서 발행한 셀 수 없이 많은 책, 소책

자, 안내서, 소식지에서 찾을 수 있다. 친환경적인 행동 규칙을 배우고 따르라.

🌊 기능성, 적응성, 지속성의 원리를 개인 건강에 적용하라. 생명 형태의 특정한 표현이 더 이상 기능하지 못하도록 위협하는 행동을 전부 당장 멈추라. 그런 행동이 무엇인지 당신은 이미 알고 있다. 담배를 피운다면 끊어라. 적잖은 양의 설탕을 섭취하고 있다면 그만두라. 주량을 초과하여 술을 마시고 있다면 그만두라. 탄수화물이나 지방이 많은 음식을 먹고 있다면 그만두라.

🌊 반대로, 몸의 기능성을 유지하는 데 도움이 될 것임을 알고 있는 행동들을 당장 시작하라. 예를 들어 약간의 운동이 명백한 예일 것이다. 많이 자는 것은 또 다른 예일 것이다. 감정 폭발을 조절하고 없애며 스트레스를 극적으로 줄이는 것은 세 번째 예일 것이다. 이 목록은 계속될 수 있다. 인간 몸의 최적의 기능성을 유지하기 위해 무엇을 할 수 있는지, 무엇을 하지 않는 것이 좋은지 우리 모두는 알고 있다. 이런 것들에 관심을 가지겠는가? 그것이 질문이다. 이는 모두 당신이라는 존재가 만들고 싶어 하는 적응이 무엇이냐에 달려 있다.

🌊 당신은 결코 존재하기를 멈추지 않을 것이다. 당신은 영원한 존재이고 신성의 표현이다. 하지만 현재의 물리적 개인이라 부르는 형태로 본질적 에너지를 계속 표현할 것인가는 또 다른 문제이다. 전적으로 당신에게 달려 있다. 궁극적으로 당신은 '죽음'이

라 불리는 방식으로 당신의 물리적 표현을 '적응'시킬 것이다. 하지만 당신이 원한다면 그 시기는 빨리 오지 않고 늦게 올 수 있다. 모든 것은 당신이 지금 당장 하려는 다른 '적응'이 무엇이냐에 달려 있다.

꿈 기도하기로 결심하라. 명상하기로 결심하라. 모든 차원에서 당신의 존재 근거를 바꾸고, 영적 체험과 영적 표현을 확장하기로 결심하라. 시각화와 상상 요법을 살펴보라. 조용히 책을 읽으라. 육신들이 폭발해 도처로 날아다니는 영상이 나오는 시끄러운 영화를 그만 보라. 변화를 위해 집 안에서 기분 좋고 부드럽고 조용한 음악을 틀라. 그렇다, 당신의 아이들이나 손자손녀들이 당신을 나이 먹은 구식이라 부를지 모른다. 하지만 적어도 당신은 살아 있는 구식이며 죽은 구식은 아니다. 그 말들의 일반적인 용법에서 그렇다.

이 모두를 할 때, 요즘 삶에서 당신이 *하고 있는 것*, *존재하고 있는 상태*, *가지고 있는 것*에 주의를 기울이라.

나는 공포 영화를 보지 않는다. 공포 영화를 한 편도 갖고 있지 않기 때문이다. 나는 분노 가득한 음악의 불쾌하고 선동적인 가사에 귀 기울이지 않는다. 그런 음악을 한 곡도 갖고 있지 않기 때문이다. 나는 정크 푸드를 먹지 않는다. 그런 음식을 하나도 갖고 있지 않기 때문이다.

꿈 당신이 존재하고 있는 상태, 하고 있는 것, 가지고 있는 것을 살펴보라. 지금 시작하라. 내일, 다음 주, 휴가에서 돌아온 뒤, 좀 더 시간이 날 때, 은퇴 시기에 이르러서가 아니라 지금 시작하라. 삶의 주도권을 가지라. 우리는 이런 조언들을 모두 과거에 들었었다. 그 생각들이 우리에게 새로운 것을 제시했다면 멋지지 않았겠는가? 사실 우리는 이 모두를 수백 가지 다른 원천으로부터 수천 개의 다른 순간 동안 수백만의 다른 방식으로 거듭 들어 왔다. 생명 형태가 최대한의 시간 동안 지속되게 하는 적응을 만듦으로써 현재 생명 형태의 기능성을 확보하기 위해 우리는 삶의 표현에 충분히 관심을 가지는가? 그것이 질문이다.

당신을 위해 그렇게 할 원동력을 찾을 수 없다면 당신을 사랑하는 사람을 위해 그렇게 하라. 당신이 지금 보여 주는 행동이 허락하는 시간보다 훨씬 더 오래 그들은 당신을 정말로 옆에 두고 싶어 하리라고 나는 확신한다.

물론 이 점에 대해 내가 틀릴 수도 있다. 당신만이 확실히 알 것이다. 당신이 이 책을 읽고 있기 때문이다. 당신도 알다시피 이 모든 것 속에 옳고 그름이란 존재하지 않는다. 당신이 하려는 것을 놓고 볼 때 효과가 있는 것과 효과가 없는 것만 존재한다. 당신은 물리적 형태로 더 오래 머물려 하는가? 맞았다.

그러므로 『신과 나눈 이야기』에서 우리에게 주어진 삶의 원리는 아주 잘 들어맞는다. 완벽한 순서에 따라 한 가지가 다른 것으로 이어지고, 그때마다 적용할 수 있는 지혜를 만들어 낸다.

27
누가 듣고 있는가

신은 당신에게 항상 이야기하고 있으며,
똑같은 말을 여러 번 거듭하고 있다.
머지않아 당신은 그 말을 듣게 될 것이다.
그리고 머지않아 당신은 신 중심의 삶을 살 것이다.
모든 지각 있는 존재가 궁극적으로 그렇게 할 것이다.

머지않아 당신은 신 중심의 삶을 살기로 결심할 것이다. 이 일은 모든 사람에게 일어난다. 그것은 과연 그럴 것인가의 문제가 아니라 언제 그럴 것인가의 문제이다. 이런 일이 일어나면 모든 것이 변할 것이다.

당신이 이곳에 존재하는 이유, 생각하고 말하고 행동하는 이유, 얼굴과 외모, 목소리 어조, 옷 입고 밥 먹는 습관, 세상에서 하는 일, 친구, 삶의 목적, 삶의 표현, 삶의 경험, 당신이 접하는 세상이 바뀔 것이다.

신 중심의 삶을 살겠다는 결심은 여러 달이나 어쩌면 여러 해, 심지어는 여러 생애에 걸쳐 일어날 수도 있다. 당신은 그 일이 일어나게 할 수도 있고, 일어날 때까지 기다릴 수도 있으며, 일어나게 해 달라고 요청하거나 요구할 수 있다. 물론, 결국 당신 자신에게 요구하는 것이다. 하지만 의심할 여지 없이 그 일은 반드시 일어날 것이다. 머지않아 당신은 신 중심의 삶을 살기로 결심할 것이다.

그렇게 할 때 이 점을 분명히 알게 될 것이다.

신은 모든 사람에게 말한다.
언제나. 문제는 '신이 누구에게 말하는가?'가 아니라
'누가 듣고 있는가?'이다.

신에게 귀 기울인다는 것은 우리 자신에게 귀 기울인다는 의미이다. 이 깨달음을 받아들이는 데는 엄청난 용기가 필요하다. 당신 주변의 세상 사람들이 동의하지 않을, 당신에 대한 어떤 것을 말하고 있기 때문이다. 당신이 이 세상에서 당신 자신과 당신의 체험을 어떻게 간직하고 있는가를 말하고 있기 때문이다. 사람들은 당신에게 적극적으로 반대까지 할 것이다. 심지어 십자가에 못 박기도 할 것이다.

이것들은 모두 중요하지 않을 것이다. 그런 일이 일어나더라도 그들은 당신에게 영향을 미칠 수 없다. 당신이 새롭고 진정한 정체성을 가질 것이기 때문이다. 일단 그렇게 되면 이 세상 어떤 것도 아무 의미가 없을 것이다.

그럼 당신은 물을 것이다. 궁극적으로 아무것도 중요하지 않다면 왜 굳이 어떤 것을 특별히 경험하려 하는가? 왜 굳이 문제를 해결하고, 도전에 맞닥뜨리고, 고통을 참고, 끝나지 않을 듯한 매일매일의 삶의 공격과 그것이 가져오는 힘겨운 싸움을 견뎌야 하는가? 왜 굳이 삶을 살아가는가?

하지만 여정을 완성할 때 당신은 알게 될 것이다. 이 힘겨운 싸움은 당신이 완성된 자리에서 하고 있는 온전한 체험으로 이끄는 디딤돌이었을 뿐임을. 당신에게 힘겨운 싸움처럼 보인 유일한 이유는 그것들이 진정으로 무엇을 의미하려 하는지 당신이 몰랐기 때문임을. 그것들은 당신이 체험하고 싶어 하는 자기의 측면들에 대해 방해가 아닌 기회를 만들려고 한 것이다.

당신은 어떤 것과 힘겹게 싸우다가, 그것이 정확히 어떻게 해결되었는지 훗날 발견하고는 그것 때문에 분투했었다는 사실에 놀란 적이 있는가?

물론 당신은 그런 적이 있다. 모든 사람이 그렇다. 모든 사람은 신발 끈 묶는 법을 배웠다. 수십억의 사람들이 자전거 타는 법을 배웠다. 모든 사람은 불가능해 보이던 것을 어떻게 하는지 배우기까지 이런저런 방식으로 그 방법을 배웠다. 그러면 그 일을 하는데 문제라는 걸 가진 적이 있었다는 것 자체가 불가능해 보인다.

신발 끈과 자전거에 대해 진실인 것은 어느 날 모든 사람, 모든 삶에 대해 진실이 될 것이다.

'신발 끈' 공식

우리가 삶에 대한 숨겨진 비밀로 체험하는 것은 더 이상 비밀이 아니게 될 것이다. 그것은 널리 알려질 것이다. 널리 기억될 것이기 때문이다. 그것은 널리 기억될 것이다. 곳곳의 사람들이 모두에게 일깨울 것이기 때문이다. 삶은 행복하도록 되어 있다는, 늘 진실로 알고 있던 것을 우리는 서로에게 일깨울 것이다. 우리가 해야 할 일은 나누는 것뿐이다. 그리고 사랑하는 것이다. 모든 일이 결국 잘 될 것이고 삶은 우리 편임을 아는 것이다. 우리가 잊고 있을 때 서로에게 도움을 주는 것이다. 신이 우리에게, 우리를 통해 이야기할 때 신에게 귀 기울이는 것이다.

이것이 우리가 해야 할 일의 전부이다. 일찍이 했어야 할 일의 전부이다.

신은 우리 모두에게 말하고 있다. 언제나. 신이 우리와 소통하지 않는 순간은 10억 분의 1초도 없다. 삶이란 삶 자체의 과정을 통해 삶에게 삶을 알려 주는 과정이다. 신은 신 자체의 과정을 통해 신에게 신을 알려 주는 과정이다.

전에는 이런 식으로 생각해 보지 않았을 것이다. 그러므로 이 생각은 새로울 수 있다. 멈추라, 그런 다음 어떤 느낌이 드는지 보라. 다음의 생각을 간직하고 있을 때 어떤 느낌이 드는지 보라.

신은 하나의 과정이다.

'신'과 '삶'이란 단어를 서로 바꿔 쓸 수 있다고 앞에서 말한 이유가 이 때문이다. 신이란 우리가 우연히 삶이라 부르게 된 과정이다.

이해하고 나면 이 과정은 단순하다. 하지만 우리는 그것이 어떻게 작용하는지 안다는 사실을 일시적으로 잊도록 허락받았다. 그 과정을 다시 한 번 작동시키기 위해서이다. 이 일시적 혹은 선택적 기억 상실은 우리가 스스로에게 준 중 가장 큰 선물이다. 우리의 가장 큰 기쁨인 순수한 창조 과정을 다시 체험하게 하기 때문이다.

온전히 기억하게 될 때, 예전에도 존재했고 지금도 존재하며 앞으로도 존재할 모든 것이 지금 존재하고 있음이 당신에게 분명해질 것이다. 오직 지금과 오직 이곳, 오직 우리, 오직 이것만 존재함을 다시 한 번 알게 될 것이다. 하지만 그러한 현실을 온전히 장대하게 체험하기 위해 우리는 지금-이곳-우리-이것을 그때-그곳-그들-그것으로 나누었다.

그런 다음 우리 자신이 다시 한 번 그 구성원이 되기re-member 위해 우리 자신으로 하여금 이 사실을 잊게 했다. 다시 한 번 신의 구성원이 되는 과정, 즉 우리가 '존재하는 단 한 가지'의 구성원임을 다시 한 번 알아차리는 과정은 커다란 기쁨과 말로 표현하기 힘든 지극한 행복을 가져온다. 외로움loneliness을 자기 자신 되기ownliness로 다시 한 번 바꿔 놓는 동안.

하지만 왜 우리 자신으로 하여금 분리와 외로움을 먼저 체험하게 하는가? 하나가 되는 것이 그토록 지극한 행복이라면 왜 우리가 하나임을 잊고, 스스로가 하나 이상이며, 하나에서 분리되어 있다고 생각하게 만드는가? 이것이 다시 구성원 되기의 과정에 왜 필요한가?

이 점은 이 책에서 이미 여러 번 설명했다. 그러니 반복을 용서해 달라. 그 설명을 다만 다시 한 번 경험하라. 당신이 언제나 기억할 수 있도록.

모든 것 배후에 있는 이유

우리가 하나이고 '존재하는 단 한 가지'인 한, 우리는 하나인 자기One Self를 어떤 특정한 방식으로도 체험할 수 없을 것이다. 자기 자신Oneself과 비교할 다른 사람과 다른 것이 존재하지 않는 바로 그 이유 때문이다. '우리가 아닌 것'이 없다면 '우리인 것'도 존재하지 않는다.

즉 체험할 수 없다.

당신이 외울 수 있도록 다시 한 번 설명하겠다. 어둠 없이는 빛을 체험할 수 없다. 빛만 존재한다면 빛 자체를 체험할 수 없다. 작음 없이는 큼을 체험할 수 없다. 큼만 있다면 큼 자체는 아무 의미가 없다. 느림 없이는 빠름을 체험할 수 없다. 빠름만 있다면 빠름 자체는 전혀 '빠르지' 않을 것이다.

신이 아닌 것 없이는 신을 체험할 수 없다. 절대적 형태로 신만 존재한다면 신 자체는 체험될 수 없다. 하지만 신은 체험되기로 선택했다. 그러므로 신은 자신의 절대적 형태를 많은 부분으로 나누었고, 인간이 신이 아닌 것으로 인식하는 대상을 만들었다.

궁극적 실체 속에는 '신이 아닌 것'이 존재하지 않을 것이다. 존재하는 모든 것이 신이기 때문이다. 하지만 신의 일부는 자신이 신의 일부임을 잊을 수 있다. 이 자각의 이동과, 이 선물과 이 장치를 이용해서 신은 스스로의 체험 속에서 자기를 거듭 알 수 있다. 그 자신의 일부가 자신이 나뉘어 나온 전체를 기억하는 과정을 통해서이다. 전체의 개별적 표현임을 기억하는 과정을 통해서이다.

삶은 신이다. 스스로의 체험으로 자신을 거듭 알게 되는.

하지만 삶이 그토록 힘들어야 하는가? 그 과정이 그토록 힘든 싸움이어야 하고 그런 고통을 수반해야 하는가?

아니다. 답은 '아니'라고 신이 우리에게 약속했다. 『신보다 행복한』을 보라. 우리가 해야 할 일은 기억하는 것뿐이다. 우리가 해야 할 일은 우리의 진정한 정체성, 참본성, 우리의 실제적이고 유일한 특징인 신성을 되찾고 찬미하는 것뿐이다.

이것이 예수가 행한 전부이다.

이것이 붓다가 행한 전부이다.

이것이 노자가 행한 전부이다.

마스터라 불린 사람들은 다른 일을 하지 않았다. 아무도 그 밖의 다른 일은 하나도 하지 않았다. 예전에 읽었겠지만 다시 읽어 보도록 이곳에서 한 번 더 제시된다.

신은 당신에게 항상 이야기하고 있으며, 똑같은 말을 여러 번 거듭하고 있다. 머지않아 당신은 그 말을 듣게 될 것이다. 진실로 듣게 될 것이다. 그리고 머지않아 당신은 신 중심의 삶을 살 것이다. 모든 지각 있는 존재가 궁극적으로 그렇게 할 것이다.

그렇게 하면, 당신을 위한 모든 것이 바뀔 것이다.

이 메시지를 나날의 삶에 적용하기

자신의 가장 깊은 내면에 귀 기울이는 것은 연습이 필요하다. 아주 많은 외부 사건과 경험들이 주목받기 위해 경쟁하는 세상에서 내면으로 들어가는 것은 도전일 수 있다. 하지만 자유 의지나 명령에 의해, 다양한 수단으로 그렇게 할 수 있다. 물론 명상도 그 중 하나이다. 기도도 그렇다. 시각화나 상상 요법도 그렇다. 무아지경의 춤도 그렇다. 성가나 마음속으로 되뇌는 만트라도 그렇다. 그 밖의 방법들도 있다. 책 읽기도 한 가지다. 글쓰기도 또 다른 한 가지다.

그러므로 신이 우리에게 늘 말하고 있음을 체험할 방법들이 부족하지는 않다. 신과 우리가 하나이고 분리란 결코 없으며 우리가 갈망하는 목소리가 우리 안의 신인 우리 자신의 영혼의 목소리임을 기억할 방법들이 부족하지 않다.

전 세계 사람들이 나에게 여러 번 물었다. "어떻게 하면 나 스스로 신과 대화를 나눌 수 있습니까?" 나는 내가 어떻게 했는지 살펴보고 그것을 일곱 단계로 나누었다.

1. 신이 존재함을 인정한다.

2. 인간이 신과 대화를 나누는 것이 가능함을 인정한다.

3. 당신이 신과 대화를 나누는 것이 가능함을 인정한다. 이것은 당신 자신의 자존감과 관련 있다.

4. 당신은 늘 신과 대화를 나누고 있지만 다만 다른 이름으로 부르고 있음을 인정한다.

5. 모든 것을 신과 나누는 대화라고 부르고, 신이 당신에게 뭐라고 말하는지 본다.

6. 신과 구체적인 대화를 나누기로 결심하고 그것을 관찰한다. 삶이 당신에게 무엇을 보내고 있는지, 당신을 어디로 보내고 있는지 관찰한다.

7. 대화를 나눈 뒤 그 대화를 부인하거나 묵살하지 않는다. 그 대화를 믿고, 받아들이고, 거기에 응답한다.

이렇게 하는 몇 가지 실용적인 방법은 다음과 같다.

〜 최상의 조언을 반길 수 있는 상황에 있게 되면 하던 일을 모

두 멈추고, 눈을 감고, 아주 깊이 숨을 들이마시고, 천천히 즐겁게 내쉰 다음, 신이 지금 그곳에서 당신과 대화하고 있다고 상상하라. 메시지는 느낌의 형태로 올 수 있고 그림이나 영상, 말로도 올 수 있다. 어떤 형태를 띠든 그것을 받으라.

🌙 침대 옆 탁자 위에 작은 메모지와 펜을 놓아두고, 질문하고 픈 마음이 드는 어느 밤이든 신에게 하는 질문을 그 종이에 쓰라. 종이를 즉시 옆으로 치운 다음, 대답하려고 애쓰지 말라. 잠을 자라. 아침에 일어나자마자 제일 먼저 그 종이에 손을 뻗어 펜을 집어 들고 질문을 읽고는 당신에게 떠오르는 첫 번째 내용을 쓰라. 의문을 갖거나 답을 지어내려고 '애쓰지' 말라. 다만 떠오르는 맨 처음 내용을 쓰라. 한 단어일 수도 있고 한 문장일 수도 있으며 한 단락이거나 훨씬 긴 메시지일 수도 있다. 생각에서 벗어난 당신 자신이 그 말을 그만 줄 때까지 계속 쓰라. 그런 다음 당신에게 '들어온' 것을 살펴보라. 특별한 상자나 쉽게 찾을 수 있는 곳에 이 메시지들을 다른 메시지들과 함께 두고 나중에 보라. 그 대답들의 지혜와 분명함이 놀랍더라도 놀라지 말라.

🌙 이 세상에 존재하되 세상이 되지는 말라. 어떤 순간이 주어지든 세상이 당신 앞에 놓아두는 것 모두에 주의를 기울이라. 하지만 그 순간 그것에 대해 아무에게도 말하지 말라. 그것에 대해 말하면 당신은 마음을 그것에서부터 떼 내어, 말하고 있다는 사실에 두게 된다. 삶의 에너지는 당신으로부터 흐르게 된다. 그 삶의 에너지가 당신에게 흐르게 하라. 그것에 대해 말하고 싶으

면 나중에 말하라.

🌙 신과의 대화를 '세심하게 살피라.' 다음번에 듣게 되는 노래 가사에 귀를 기울이라. 다음번에 보게 되는 광고판의 문구를 깊이 생각해 보라. 잡지나 인터넷에서 다음번에 마주치게 되는 글을 충분히 읽으라. 그 진동을 통해 당신은 즉시 알게 될 것이다. 이 세상의 알지 못하고 자각하지 못하는 부분이 당신에게 전하는 내용인지, 아니면 완전히 알고 완전히 자각하는 당신의 부분이 신성을 선언하는 매 순간의 한 측면으로서 당신 앞에 놓아두는 것인지를.

🌙 삶이 당신에게 선물하는 모든 환경, 조건, 사건으로부터 도망치기보다는 그 속으로 발을 내딛으라. 매 순간을 이용하라. 당신이 진정으로 누구인지 기억하는 것을 재창조해 가는 수단으로 매 순간이 당신에게 주는 것을 이용하라. 매 순간 당신 안에서, 당신을 통해, 당신으로서 신성이 표현되고 체험되고 나타나면서 당신이 다시 태어나도록 하라.

28
해야 할 일은 없다

이제 무엇이어야 하는가, 나의 사랑은?
이제 우리는 무엇이 되고, 무엇을 하고, 무엇을 가져야 하는가?
이제 우리는 무엇을 표현하고 체험해야 하는가?
이제 우리는 어떤 신을 우리 안에서,
우리를 통해, 우리로서 알아야 하는가?

당신 자신이 신과 대화하게 되었으니 이제 그 과정에서 일곱 번째 단계를 매우 조심스럽게 따라야 한다. 당신이 듣고 있는 것이 사실이 아닌 것 같거나 믿을 수 없다 하더라도 신과의 대화 동안 들리는 것을 부인하지 말라. 자주 그럴 것이기 때문이다.

내 경험도 그러했다. 내가 신과 나눈 대화의 거의 대부분은 어르신들, 종교, 사회, 전 지구적 문화가 내게 가르치고 말한 것과 정반대되는 설명과 해설, 관찰이었다. 그러므로 신과 정기적으로 대화를 나누려 한다면 익숙하지 않은 것을 듣는 데 익숙해져야 할 것이다.

그 좋은 예는 다음과 같다.

신과 나눈 이야기 핵심 메시지 3

해야 할 일은 아무것도 없다.
당신이 하려고 하는 것은 많아도 하도록 요구되는 것은 없다.
신은 아무것도 원하지 않고,

아무것도 필요로 하지 않으며,

아무것도 요구하지 않고,

아무것도 명령하지 않는다.

신에 대해 들은 것을 통틀어 이것이 '믿을 수 없는 것' 목록의 거의 최상위에 있을 것이다. 지금까지 우리가 신에 대해 들은 것은 모두 이 핵심 메시지의 정반대가 사실이라고 말한다.

우리는 해야 할 일이 있다. 신은 우리에게 요구하는 것이 있다. 신이 아무것도 필요로 하지 않는 것은 사실일 수 있다. 하지만 신이 아무것도 원하지 않거나 아무것도 요구하지 않거나 아무것도 명령하지 않는다는 것은 분명 사실이 아니다. 실제로 우리가 신에게 받은 명령의 목록도 있다. 그런 목록이 존재하지 않는다거나 그런 명령을 지킬 필요가 없다고 생각하는 사람은 모두 악마와 밀거래를 하는 것이다.

우리는 그렇게 들었다.

하지만 『신과 나눈 이야기』 속 새로운 신학은 내내 일관되게 다른 이야기를 한다. 신은 모든 것의 근원이고, 모든 것의 창조자이며, 모든 것의 표현이기 때문에 신이 어떤 것을 필요로 하는 것은 불가능하다는 것이다. 아무것도 필요로 하지 않기 때문에 신은 어떤 것을 요구하거나 명령할 이유가 없다.

신은 우리를 보내 버리지 않았다

신이 아무것도 필요로 하지 않는다고 말할 때 우리는 물건뿐 아니라 경험도 말하는 것이다. 신은 감정 정보가 부족하지 않기 때문에 우리로부터 얻을 필요가 없다. 신은 우리로부터 흠모나 복종, 존경을 받을 필요가 없으며, 특정 행동을 취하고 특정 행동을 피함으로써 어떻게든 달래질 필요도 없다.

신이란 우리 편에 계속 두기 위해 달래야 할 대상이라는 생각은 지구 상 최초 인류의 최초 생각에서 나온 원시적인 개념이다. 신은 우리와 같으며, 또 다른 즐거움을 찾기 위해 우리를 달랠 필요가 있기 때문에 신도 그래야 한다는 생각이다.

이 내용은 앞에서 모두 설명했다. 이 책이 순환을 반복하는 것처럼 보인다면 실제로 그렇기 때문이다. 모든 삶이 순환이다. 모든 삶이 존재하는 바로 그대로임을 뒷받침하는 추론 역시 순환적이다. 그러므로 당신은 이 신학 내내 똑같은 내용을 반복하는 말을 듣게 될 것이다. 때로는 다른 방식으로, 때로는 완전히 똑같은 방식으로.

그러므로 되풀이하겠다. 신은 자신이 필요로 할지 모를 모든 것이기 때문에 당신은 신이 필요로 하거나 요구하는 것이 되거나 그것을 하거나 가질 필요가 없다.

신은 우리가 신에게로 돌아가는 길을 힘겹게 찾도록 하기 위해 우리를 자신에게서 보내 버리지 않았다.

그렇다, 이것은 우리가 들은 것과 정반대이다. 신은 신과의 하나 됨에서 우리를 결코 버리지 않았다. 우리와의 하나 됨에서 신을 버린 것은 우리이다. 우리는 우리가 존재하는 성전 밖으로 신을 던져 버렸다. 우리와 합일되어 있던 곳에서 신을 던져 버렸다. 우리는 믿음 체계를 통해 그렇게 했다. 신과 우리가 하나라는 생각을 절대 갖지 말게 함으로써 제대로 하고 있다고 생각하면서.

하지만 신과 우리가 하나라는 생각은 시간이 시작된 이래로 신이 우리에게 간직하도록 초대한 바로 그 생각이다. 바로 이 순간까지 온갖 수단과 방법을 동원하여 우리에게 증명해 보인 그 생각이다.

놀라지 말아야 한다

하지만 이해할 수 있다. 최초 발달 단계에 인간의 마음이 받아들일 수 있었던 초보적인 이해를 놓고 볼 때, 우리는 삶의 본성과 신의 본성에 대해 잘못된 결론에 이르렀을 것이다. 놀라운 것은 그런 잘못된 결론에 이르렀다는 점이 아니라 그 결론에 수천 년 동안 매달렸다는 점이다.

그러나 놀라지 말아야 할 것이다. 이러한 발달 지연은 지각 있는 존재의 종들 사이에서 진화의 과정일 뿐이다. 사실 우주의 나이 규모로 보면 우리는 놀랄 만큼 짧은 시간 안에 더 큰 자각과 더 큰 이해의 장소에 도달했다. 정말로 우주의 시계로는 몇 초만의 일이다.

우주의 측면에서 보면 삶은 매우 빠르게 꽃피우고 자신을 완성한다. 그러므로 인류는 이제 다음의 개념을 이해하고, 수용하고, 받아들이고, 표현할 수 있는 지점에 도달했다. 우리가 해야 할 일은 없으며, 우주의 어떤 더 큰 힘에 의해 우리 앞에 놓인, 따르지 않으면 안 될 요구도 없다는 개념을.

이제 우리는 요구 사항이 많은 신이 짐 지운 것보다 더 큰 딜레마에 직면해 있다. 이제 결정해야 한다. 해야 할 일이 없다면 우리는 무엇을 해야 하고 왜 해야 하는가? 우리 행동 배후에 있는 새로운 이유는 무엇이겠는가? 우리의 결정과 선택을 뒷받침하는 새로운 도덕 법칙은 무엇이겠는가?

우리가 피하려는 것이 신의 단죄가 아니고 우리가 얻으려는 것이 신의 보상이 아니라면 내세를 믿는 사람들—지구 위에서 단연코 가장 많은 수에 해당한다—에게는 어떤 도덕 법칙이 그들로 하여금 특정한 행동을 하게 하겠는가?

감사하게도 『신과 나눈 이야기』 신학이 그 질문에 답을 한다. 우리는 그 답을 앞에서 보았다. 이제 이 핵심 메시지에서 그 대답의 근거를 보게 된다. 이미 다룬 핵심 메시지부터 그것들이 나오게 된 메시지들까지 거꾸로 살펴보면서 우리는 이 나중 주장들의 근거가 되는 발판을 보게 된다.

우리 모두를 위한 멋진 새로운 지침

옳고 그름이란 없으며 우리가 하려는 것을 놓고 볼 때 효과가 있는 것과 효과가 없는 것만 있다고 우리는 새로운 신학에서 들었다. 그것이 다음번에 무엇을 할지 결정하는 기준이 된다.

여기서 우리는 알 수 있다. 신은 우리에게 크나큰 자유를 주었다. 이 책에서 거듭 강조한 또 다른 핵심이다. 우리가 '해야 하는' 것은 없다. 그럼에도 우리가 하고 있는 것은 늘 존재한다. 마음은 결코 멈추지 않으며, 몸은 당신이 자는 동안에도 끊임없이 움직인다.

그러므로 '행위'가 삶에서 변함없이 계속되는 것임을 우리는 알게 된다. 질문은 우리가 어떤 것을 과연 하겠는가가 아니라 왜 하는가이다. 우리 행동 뒤의 동기가 무엇인가? 『신과 나눈 이야기』 신학은 제안한다. 우리 영혼에게 이해가 되는 유일한 동기는 신을 체험하고, 표현하고, 증명하겠다는 목적이다. 그러므로 우리는 깨달은 존재로서 순간순간 그 체험을 만드는 데 '효과가 있는' 것을 찾을 것이다.

이것이 중요한 단 한 가지이다. 이 결과를 뒷받침하는 복잡하고 멋지도록 정교한 과정과 우주론 전체가 같은 이름의 책 『중요한 단 한 가지』에 적혀 있다.

살아갈 새로운 이유, 더 큰 이유, 우리의 가슴, 우리의 마음, 우리의 영혼에 완벽히 이해가 되는 더 멋진 이유를 갖는 것은 좋다. 삶 자체는 이익이나 손실, 승리나 패배, 받아들이거나 그만두거나가 아님을 알면서, 삶을 살아갈 완전히 새로운 지침을 가지는 것은 좋다. 나날의 삶에서 중요하고 필수적이라고 생각했던 목표와 목적을 반드시 이룰 필요 없이, 우리 중 극소수라도 우리가 누구인지를 가장 고귀하게 표현하는 수준까지 올라갈 수 있음을 아는 것은 좋다.

한때 스스로에게 중요하고 필수적이라고 말한 어떤 것도 실제로는 중요하지 않고 필수적이지 않음을 생각한다면 놀랍지 않은가? 우리가 해야 하는 것과 하도록 요구되는 일에 대해 우리가 들은 것 모두가 신에게는 중요하지 않고 필수적이지 않음을 이해하게 되는 것은 훨씬 더 놀랍지 않은가? 얼마나 큰 자유인가! 하지만 이 특별하고 가슴 벅찬 자유를 가지고 무엇을 해야 하나?

그것이 삶 자체의 중심 질문이 된다.

마스터와 제자가 둘 다 삶의 매 순간 네거리마다, 교차로마다, 합류 지점마다 스스로에게 던진 질문이 그것이다. 당신이 지금 자신에게 묻도록 요청받는 것이 그것이다. 다시 한 번 더.

이제 무엇이어야 하는가, 나의 사랑은? 이제 우리는 무엇이 되고, 무엇을 하고, 무엇을 가져야 하는가? 이제 우리는 무엇을 표현하고 체험해야 하는가? 이제 우리는 어떤 신을 우리 안에서, 우리를 통해, 우리로서 알아야 하는가? 우리의 손길이 그들의 삶에 가 닿는 방식으로 인해 이제 다른 사람들이 어떤 신을 우리 때문에 알게 해야 하는가?

묻고 대답할 더 좋은 질문이 있을 수 있는가? 이 질문들 속에서 사는 것보다 우리의 낮과 밤을 살아 나갈 더 좋은 길이 있을 수 있는가?

이 메시지를 나날의 삶에 적용하기

지금이 우리 여정의 가장 멋진 시기이다. 위의 질문들을 살펴보는 이 순간이. 이 광대함과 자유를 우리는 좀처럼 느끼지 못한다. 삶과 삶의 모든 가능성에 대한 이런 열린 기분도 좀처럼 느끼지 못한다. 이 멋진 핵심 메시지를 실제로 적용하기 시작할 때 우리에게 다가오는 열망과 갈망, 흥분과 기대도 마찬가지다.

당신은 해야 할 것이 없기 때문에 이것도 할 필요가 없다! 그것이 이 메시지의 재미이고 기쁨이다!

이 메시지를 당신 삶에 적용하기 위해 몇 가지를 하고 싶다면 이것들을 시도해 보라.

꒰ 당신 생각에 '해야 하는' 일을 당신 스스로에게 하라고 요구하기보다는 당신에게 할 일을 줌으로써 당신의 자유를 축하하라. 당신이 하기로 선택할 첫 번째 일은 인간으로서 또한 신의 개체로서 '아니요'라고 말할 근본적인 자유를 표현하는 것일 수 있다. 다음 주에 당신에게 다가오는, 정말로 진실로 하고 싶지 않은 것들에게 '아니요'라고 말해도 된다.

꒰ '7일간의 요구 일기'를 쓰기 시작하라. '아니요'라고 말하고 싶지만 '해야 할 것' 같은 생각이 들기 때문에 '네'라고 말하고픈 유혹을 느끼는, 당신이 받는 명시적 암묵적 모든 요구를 그 일기에 쓰라. 일기를 시작한 뒤 7일 동안 당신에게 온 요구를 나열한 각각의 항목 밑에 한두 단락의 글을 쓰라. 그 글에서 왜 당신이 이런 일을 '해야 한다'고 느끼는지 설명하라. 왜 그런 일을 하고픈 욕구가 정말로 없는지 설명하라.

꒰ 이제 당신에게 이런 요구를 한 사람 각각에게, 비록 그들이 상사일지라도, 다음 내용을 말한다. 왜 그런 일을 할 수 없다는 생각이 드는지, 왜 하고 싶다는 생각이 들지 않는지 진실되고 부드럽게 진정성을 담아 진지하게 말하라. 여기에 대해 어떤 결과가 생길 것이다. 하지만 이것은 당신이 언젠가 얻게 될 개인적 자유를 향한 가장 중요한 단계가 될 수 있다. 그러므로 자기 지도, 자기 돌봄, 자기 발견에서 이것이 맨 처음의 의도적인 연습이

되게 하라. 대개의 사람들과 비슷하다면 당신은 이 과정을 시작하면서 당신 자신에 대한 것들을 발견하게 될 것이다.

✌ 과거에 요청받은 것을 세 가지 이상 나열하라. 지난주나 지난 달, 작년의 일일 수도 있고 훨씬 더 과거의 일일 수도 있다. 이것들 중 어느 하나라도 진정으로 하고 싶지는 않았던 것이 있었는지, 오늘날 생각해도 여전히 하고 싶지 않은 일인지 살펴보라. 항목들 중에서 어느 하나라도 이 범주에 속한다면 '진실을 말하는 다섯 가지 단계'를 시작하라. 이 모든 것에 대해 다른 사람에게 당신의 진실을 말하라. 이 경고를 기억하라. '진실을 말하라. 하지만 당신의 말을 평화로 달래라.'

✌ 당신의 최고 가치 때문에 약속을 지켜야 한다는 점도 기억하라. 그러므로 어떤 것을 하기로 약속했지만 이제 그 약속을 다만 지키고 싶지 않다면 이 일을 하고 싶지 않다는 자각이 이 상황에서 당신에게 자동 '통행권'을 줄 것인지 스스로에게 물으라. 다른 사람의 승인과 허락 없이도 이 약속에서 스스로를 해방시키는 것이 편안하게 느껴지는지 살펴보라. 모든 행동이 자기 확인의 행동임을 기억하라.

✌ 날마다 '왜 연습'을 한다. 어떤 것이든 우리가 대체 왜 하고 있는지 스스로에게 묻는 과정이다. 이 과정을 글로 쓰면서 하면 매우 효과가 좋다. 이 연습을 하면서, 지난 한 시간 동안 당신이 한 다섯 가지 일을 적고 그 일을 한 이유를 기록하라. 구체적이

고 매우 분명하게 적으라. 어디를 가든 가지고 다닐 수 있는 노트를 지니라. 주머니나 핸드백에 쉽게 들어가는 것으로. 앞으로 2주 동안 1시간마다 노트를 꺼내 지난 60분 동안 당신이 한 모든 행동과 선택, 결정을 살펴보라. 큰 것도 되고 작은 것도 된다. 그 중요성에 가치 판단을 내리지 말고 다만 그것은 당신이 한 일임에 주목하라. 그런 다음 왜 그렇게 했는지 쓰라.

🌙 그날을 마무리하며 당신의 노트를 살펴보고 그날 당신이 한 모든 일에 대해 당신이 적은 이유를 살펴보라. 거듭 말하지만 큰일일수도 있고 작은 일일수도 있다. 머리를 빗고, 샤워를 하고, 녹색 셔츠 대신 파란색 셔츠를 입은 것 같은 일일 수 있다. 혹은 중대한 프로젝트를 미루거나 착수하고, 다른 사람과 특별히 교류하기로 동의하거나 그 교류를 시작하지 않기로 선택하는 것, 이것을 먹기로 결정하거나 저것을 먹기로 결정하는 것, 전화를 받거나 무시하는 것, 관계를 시작하거나 시작하지 않는 것 같은 큰일일 수도 있다. 크든 작든 모든 행동에는 그 뒤에 당신이 내리고 있는 판단이 존재한다. 그 일을 하는 이유이다. 이 이유들은 중요하다. 아마 당신이 알아차리는 것보다 더 중요할 것이다. 합쳐졌을 때 이 모든 이유들은 처음에 언뜻 상상한 것보다 당신 마음 상태와 행복에 더 큰 영향을 미친다.

🌙 당신이 해야 할 일은 없기 때문에 어떤 것이든 하기 전에 삶의 가장 중요한 질문을 스스로에게 하라. 질문은 이것이다. 이것이 내 영혼의 목표와 무슨 관계가 있는가? 이 질문이 매 순간 모

든 상황에서 당신의 길잡이 불빛, 척도, 기준이 되게 하라. 90일 동안 이 연습을 하고 당신의 삶이 극적으로 바뀌는 것을 보라. 물론 당신은 먼저 당신 영혼의 목표가 무엇인지 알아야 한다. 그 모두가 『신과 나눈 이야기』 신학에서 다뤄지고 있고 『중요한 단 한 가지』에 아주 자세히 설명되어 있다.

29
충분히 존재한다

우리는 태양 폭풍이 전 세계 통신을 방해하지 못하게 막을 수 없다.
혹은 용암이 우리 아래서 분출하지 못하게 막지 못다.
그러나 우리는 분명 지구 위에서 개인적 혹은 집단적 인간의 표현은
바꿀 수 있다. 우리는 그렇게 할 수 있다.
문제는 할 수 있느냐가 아니라 그렇게 할 것이냐이다.

삶의 중심적인 문제에 더 이상 답하지 않을 수 없는 순간이 대부분의 사람의 삶에 찾아온다. 그 중심적인 문제는 이 책 내내 반복되는 주제이다. 이 행성 위에서 우리 모두에게 밤낮으로 반복되는 주제이기 때문이다. 그 문제는 이것이다. 우리는 누구이고 이곳에서 무엇을 하고 있는가?

많은 사람들의 경우 어떤 일을 하는 이유가 대부분 이 질문과 분리되어 있음을 나는 알게 되었다. 즉 어떤 선택을 하고 행동을 하는 이유와 동기가 이 질문에 대한 답을 반영하지 않는다. 정말로 우리가 그 질문을 스스로에게 던진 적이 있다면 말이다. 그 결과 우리는 '영혼의 목표'와 '궁극적 실체'라 불리는 것 둘 다를 무시하는 일들을 생각하고, 말하고, 행동하게 된다.

만일 이것이 우리를 갈등과 스트레스, 감정 동요와 일상의 중요한 문제가 없는, 멋지고 훌륭한 삶으로 이끌었다면 우리 개인이나 인류 집단이 이것을 더 살펴보고 토론할 이유가 없을 것이다.

그러나 만일 이것이 우리가 꿈꾸던 삶으로 이끌지 않았다면, 혹은 나처럼 당신도 최소의 고통과 최대의 기쁨으로 다만 '살아

439

나가는 것' 이상이 삶에 있을 거라고 생각한다면, 우리 모두가 이 곳에서 체험하고 있는 것이 무엇이고 그것이 어떻게 작용하는지를 정말로 깊이 이해하는 것이 중요해진다. 이러한 물리적 현실과 그것이 진정으로 무엇인지를 제대로 이해하는 것은 중요하다. 이 곳 지구와 삶이 표현되는 모든 영역과 차원 둘 다에서 삶 자체의 이유와 목적이 무엇인지 이해하는 것도 중요하다.

『신과 나눈 이야기』 신학의 경이로움과 아름다움은 그것이 아주 많은 삶의 큰 문제들에 답을 제시한다는 점이다. 유일한 답이 아니라 몇 가지 답이다. 신은 우리에게 이것을 분명히 했다. 최종 답은 우리 자신의 것이고, 항상 그래야 하며, 그렇지 않으면 이 지구 위에서의 전체 체험의 핵심을 놓치게 되리라는 점이다. 지구 위 전체 체험의 핵심이란, 신성의 유일하고 진정한 개별 존재만이 그럴 수 있는 것처럼, 우리가 누구이며 무엇이 되고자 하는지를 창조하고 또한 표현하는 것이다.

사실 지구에서 살아 온 우리 대부분은 핵심을 놓쳐 왔다. 그 이유 때문에 이 행성에서의 삶이 끝없는 동요, 끝없는 경쟁, 끝없는 투쟁, 끝없는 전쟁 같은 지금의 모습이 되었다. 어떤 것을 이유로 한 당사자가 다른 당사자에게 전쟁을 선포하지 않은 때는 인류 전체 역사에서 하루도 채 되지 않는다고 어느 인류학자가 지적한 적이 있다. 솔직히 말해 누구인지는 잊어버렸다. 이것이 사실인지는 모르겠지만 적어도 내 삶의 전체 나날들 동안은 분명 사실이었던 듯하다.

자신이 누구인지와 무엇이 되고자 하는지를 창조하고 표현하는 것이 자신의 목적임을 인간은 분명 믿지 않는다. 혹은 그 사실을 믿기는 하지만 수천 년의 시도 끝에도 이룰 수 없음을 발견한다.

혹은 더 나쁜 방향으로, 인간은 진정으로 되기 원하는 모습이 야만스럽고 원시적인 존재라고 결정해 버렸다. 원하는 것을 얻지 못할 때 서로를 죽이고, 원하는 것을 얻기 위해 서로를 약탈하며, 원하는 것을 얻었을 때 서로의 어려움을 외면하는 존재라고.

나는 후자라고 믿지 않는다. 인류가 그 본성상 창조할 수 없는 것을 원한다고 믿지도 않는다. 갈망하는 것을 만들어 낼 수 없었던 세 번째 이유가 인류에게 있었다고 나는 생각한다. 원하는 것을 창조하는 데 필요한 모든 데이터를 다만 가지고 있지 않은 것이라고 생각한다. 인류는 아직 그렇게 완전히 발전한 것은 아니다. 여기서 기억해야 할 것이 더 있다.

우리가 이 사실을 인정할 수 있는가? 그것이 질문이다. 우리의 에고는 고집 센 세 살짜리 아이처럼 너무도 크고 통제할 수 없는가? 그래서 우리는, 그것을 알면 모든 것이 바뀔, 우리가 모르는 어떤 것이 이곳에 있을 가능성을 인정할 수 없는가? 그것을 이해하면 우리의 체험이 영원히 바뀔, 삶에 대해 우리가 온전히 이해하지 못한 것이 있을 가능성을?

그렇다, 나도 안다. 나도 안다. 나는 같은 말을 거듭하고 있다. 이렇게 할 거라고 처음부터 경고했었다. 하지만 솔직히 그것이 이 시점에서 인류에게 통하는 유일한 방법이다. 우리는 모두 감각의 과부하에 걸려 있다. 당신과 나, 우리 모두. 우리는 데이터의 홍수 속에 있다. 모두가 우리 주의를 끌기 위해 사진은 번쩍거리고 음악은 쿵쾅거리며 목소리는 드높다. 그러므로 신은 우리에게 통하게 하려고 반복이라는 장치를 쓰고 있다.

『신과 나눈 이야기』대화를 통해 신은 삶의 모든 측면에 대한
개념과 생각을 우리에게 직접 전해 주었다. 우리의 가장 깊은 진
실을 찾기 위한 내면의 탐구를 자극하기 위해 신은 우리에게 그
생각들을 거듭해서 보낸다. 그리하여 우리가 누구이고, 왜 이곳에
있으며, 삶이 전부 어떻게 작용하는지에 대한 깊은 명료성을 우리
안의 근원으로부터 만들어 낸다.

나의 참본성을 표현하고 그것에 따라 살아가는 멋진 방법을 나
스스로 찾으려 할 때 이것보다 더 자극이 되고 불붙게 하는 다른
특별한 개념이나 생각은 발견하지 못했다.

신과 나눈 이야기 핵심 메시지 2

충분히 존재한다. 자원을 두고 경쟁할 필요는 없다.
다툴 필요는 더욱 없다.
그저 나누기만 하면 된다.

위의 메시지를 살펴볼 때, 겉보기로 판단하지 않는 것이 중요하
다. 유의하지 않으면 주위를 힐끗 둘러보고는 이 세상에 '충분하
지' 않은 것만이 존재하는 것처럼 볼 수 있다.

당신 자신의 삶에서도 지금 당장 충분한 시간, 충분한 돈, 충분
한 사랑이 존재하지 않는다고, 그 밖의 것들도 충분하지 않다고
느낄 것이다. 그리고 세상을 전체적으로 볼 때, 우리보다는 다른
사람들에게서 이것이 훨씬 더 사실이라는 증거를 분명히 보게 된

다. 그러므로 신으로 하여금 인류와의 대화 중에 나타나서 '충분히 존재한다'고 말하게 하는 것은 무감각함의 극치인 것 같다.

어떻게 신이 인간의 상태와 그렇게 동떨어져 있고 냉담하며 무지하고 분리되어 있을 수 있는가? 아주 많은 사람에게 삶이 얼마나 힘든지 볼 수 없을 정도로? 수억 명의 사람들이 정반대를 체험하고 있는데 어떻게 신이 '충분히 존재한다'고 말할 수 있는가? 그것이 대체 무슨 메시지인가? 어떤 진실이 지금 드러나고 있는가? 그 진실은 분명 숨겨져 있음이 틀림없다. 그렇지 않다면 지구 위 대부분의 사람들이 지금 방식대로 삶을 살아가지는 않을 것이다.

비밀을 드러내기

우리에게 숨겨져 있는 것은, 그것이 정확히 무엇을 의미하는지 깊이 들여다볼 때 드러나는, 그 말 자체의 정확성이다.

'충분히 존재한다'는 말은 '모두가 충분히 가지고 있다'의 의미는 아니다. 하지만 이것은 '내 그럴 줄 알았지'류의 냉소주의를 만들기 위한 말장난이 아니다. 그것은 절대적인 사실을 드러내기 위한 말이다. 사실이 아닌 것처럼 느껴지게 하는 것은 인류의 행동임을 인류에게 보게 하려는 것이다.

많은 사람들이 존엄하고 안전하고 행복하게 살아갈 만큼 충분히 가지는 체험을 하지 못하며, 이 세상을 무심코 관찰하는 사람에게조차 이것은 분명하다. 많은 사람들은 생존에 필요한 것조차 충분히 가지지 못한다.

풍요로움을 증명할 의지 부족으로 인해 풍요 속에 부족함을 만들고 있다는 사실은 인류 역사의 가장 큰 역설이다.

모든 것이 어쨌든 충분하지 않다는 걱정 때문에 우리는 존재할 것이라고 상상하는 부족함으로부터 우리를 보호하고자 경제 체계, 정치 체계, 사회 체계, 생태 체계, 심지어 영적 체계조차 만들었다. 하지만 이것들은 우리를 전혀 보호하지 못한다. 그 대신 정반대의 일을 한다.

삶을 더 낫게 하기 위해 이 행성 위에 도입한 어떤 체계도 그렇게 하지 못했음을 이 책에서 이미 여러 번 지적했다. 그것들은 삶을 더 악화시켰다. 그것들 모두가. 예외 없이 하나하나 모두가. 부족함을 걱정했기 때문에 인간은 부족함을 없애기보다는 그것을 만드는 체계와 그것을 보장하는 행동들로 부족함을 창조했다.

지금 많은 사람들은 손에 넣을 수 있는 삶의 모든 것들을 쓰거나 혹은 비축한다. 공급 부족이라고 상상하면서 자신의 행동을 정당화한다. 그러므로 그것들을 다른 사람에게서 지키려 하거나, 남이 최소한의 비율로만 쓸 수 있게 한다.

하지만 인간의 최악의 행동은 이것을 넘어선다. 단순히 일부 인간들이 자기의 필요보다 더 많이 쓰고, 늘 쓸 수 있는 것보다 더 많이 비축한다는 문제가 아니다. 사람들은 사실상 이 자원들을 다른 모든 사람의 필요를 충족시키는 데 필요한 것보다 더 많이 낭비하고 있다.

예를 들어 전 세계의 모든 굶어죽는 아이들을 일주일간 먹이는 데 필요한 양보다 더 많은 음식이 세계 전역의 식당과 가정에서 하루에 '남는 음식'으로 버려진다. 그러면서도 우리는 돌아갈 음식이 충분하지 않다는 환상을 이 지구에서 갖는다. 가진 것이 골고루 돌아가게 하기 위해 할 일은 낭비를 멈추는 일이 전부인데도.

전 세계 나머지 나라의 한 달 에너지 총필요량보다 더 많은 에너지가 세계 에너지 소비 상위 국가들에서 비지성적이고 무관심하고 부주의한 소비로 인해 한 주만에 낭비된다. 그러므로 우리는 돌아갈 에너지가 충분하지 않다는 환상을 이 지구 위에 만들었다. 가진 것이 골고루 돌아가게 하기 위해 할 일은 낭비를 멈추는 일이 전부인데도.

가난한 이들을 위한 보조 프로그램을 십 년간 충당하는 데 필요한 돈보다 더 많은 돈이 정부 기관의 비효율적이고 비효과적인 프로그램으로 인해 일 년 만에 낭비된다. 그러므로 우리는 골고루 돌아갈 돈이 충분하지 않다는 환상을 이 지구에서 갖는다. 가진 것이 골고루 돌아가게 하기 위해 할 일은 낭비를 멈추는 일이 전부인데도.

우리가 필요하다고 생각하는 것은 그것이 무엇이든 우리가 가지고 있다고 생각하는 것보다 훨씬 더 충분히 존재한다. 하지만 충분함은 낭비를 통해서가 아닌 나눔을 통해 체험된다.

과장이 아니다

당신은 내가 강조를 위해 사실을 꾸미거나 부풀린다고 생각할 것이다. 그러므로 그것이 사실인지 살펴보자. 특히 한 가지 경우를 살펴보겠다.

'커먼 드림스(미국의 진보적인 대안 언론)'라는 인터넷 사이트의 전담 작가 앤드리아 저마노스의 보고서가 2013년 1월 10일 다음의 제목으로 발행되었다.

〈식량 체제의 실패―세계 식량의 절반 가까이가 낭비된다〉

부제는 '믿기 힘든 양의 식량 낭비가 토지, 물, 에너지를 포함한 '귀중한 자원'을 낭비하게 한다'였다.

식량과 농업 분야의 과학자이자 천연 자원 보호 협회의 블로거인 데이나 건더스는 같은 달에 다음의 내용을 올렸다.

전 세계 사람들이 식량을 재배, 보관, 가공, 운송하기 위해 시간, 토지, 물, 에너지, 그 밖의 많은 자원을 투자하고 있지만 그 식량의 거의 절반가량이 버려질 뿐이다. 오늘날 미국에서 전체 식량의 약 40퍼센트가 먹지 않고 버려진다. 공급 사슬을 따라 식량이 허비된다. 농장에서, 가공과 유통 과정에서, 소매점과 식당, 우리의 가정에서. 이런 낭비의 이유는 다양하다.

농장 단계에서 농작물은 밭에 남겨진다. 농부가 수확에 들이는 인건비조차 되찾기에는 수확 시의 가격이 너무 낮기 때문이다. 재고는 물류 센터에 남을 수 있다.

소매점은 식품을 많이 진열하여 풍요롭다는 환상을 만들면 더 많이 팔릴 거라는 희망을 품고 종종 너무 많이 구매한다. 정부가 권고한 양의 2배에서 8배를 제공하면서 많은 양의 다양한 메뉴가 식당에서 음식 손실로 이어질 수 있다.

그리고 그 공급 사슬의 끝에 소비자가 있다. 당신과 나는 단지 집으로 가져가고 싶지 않다는 이유로 샌드위치의 절반을 쓰레기통에 던져 버린다.

이어서 데이나 건더스는 지적한다.

'결코 섭취되지 않는 식량을 재배하기 위해 소비되는 자원이 환경에 엄청난 피해를 준다. 물 전체 소비량의 25퍼센트, 석유 소비량의 4퍼센트를 차지하고, 남은 음식이 일단 쓰레기 매립지에 도달하면 미국 전체 메탄 발생량의 약 23퍼센트를 차지한다. 그렇다, 쓰레기 매립지이다. 미국 내에서 남은 음식의 약 3퍼센트만이 퇴비가 된다.'

이런 낭비적인 행동 경향은 진화되고 진보한 사회에서 사람들이 희망하듯이 줄어들지 않으며 오히려 늘어나고 있다. 미국에서 '우리는 1970년대보다 50퍼센트 더 많은 식량을 버리고 있다'고 데이나 건더스의 블로그가 알려 준다.

간단한 인터넷 검색으로 나는 이것과 똑같이 강력한 에너지와 돈 낭비의 증거를 찾을 수 있었다. 굳이 이 책을 그 내용들로 채우지는 않겠다. 우리 모두는 문제의 본질을 이해하고 있다. 그것은 방종과 의지력이 대한 것이다. 우리는 우리가 원하는 것을 원하는 때에 얻길 원하고, 원하지 않는 것을 원하지 않는 때에 버릴 수 있길 원한다. 그리고 이 상황은 더 나아지는 것이 아니라 더 나빠지고 있다.

핵심 메시지 2를 생각해 보도록 권유받는 것은 이런 맥락에서이다. 신은 우리에게 말한다. 우리가 필요하다고 생각하는 모든 것이 충분히 존재한다고. 우리는 예전과 다르게 분배하고 사용하기만 하면 된다. 충분히 존재하지 않는 것은 우리의 충분함을 보여 주겠다는 단순한 결의일 뿐이다. 낭비를 줄이고 '충분하지 않은 것'을 더 많이 나누려는 의지가 부족하다.

준 대로 받으리라는 사실

나눔은 선언이다. 다른 사람과 더 많이 나눌수록 우리는 가지고 있음을 더 많이 선언하는 것이다. 우주는 우리를 통해 흘러가도록 선택하는 것을 우리에게 준다. 사실 우리는 '통과해 흐르는 메커니즘'이고 그 이상도 아니다.

어떤 형태의 삶의 에너지이든 우리에게서 멈추게 하면 우리는 그것이 더 이상 우리에게 오는 것을 멈추게 만든다. 삶의 과정 전체가 순환적이기 때문이다. 즉 누군가가 얘기했듯이 '준 대로 받는다.'

이것은 절대적인 문자 그대로의 의미에서 사실인 경구 중 하나이다. 준 대로 받으리라는 말은 사실이다. 우리에게서 가지 못하게 막았기 때문에 주지 않는 것은 우리에게 돌아오지 않는다.

이것은 지구 위 우리의 집단 경험을 살펴볼 때 쉽게 관찰할 수 있다. 인류는 전체로 행동하면서 주는 것을 계속 주지 못하게 막았다. 그러므로 의도한 대로 오지 않는다. 우리 인류는 사랑이 모든 이에게 가지 못하게 막았고, 풍요가 모든 이에게 가지 못하게 막았고, 기회가 모든 이에게 가지 못하게 막았으며, 존재하는 거의 모든 좋은 것들이 존재하는 거의 모든 사람에게 돌아가지 못하게 막았다. 우리가 탐욕스럽거나 이기적이어서가 아니라 생존주의자이기 때문이다.

우리는 진실하게, 진정으로, 솔직히 부족하다고 생각한다. 모든 것이. 우리가 생존하고 행복해지는 데 필요한 모든 것이 분명히 부족하다고 생각한다. 그러므로 우리는 최상의 삶을 체험할 수 있길 바라는 희망에서, 모을 수 있는 한 많이 모으고 붙잡을 수 있는 모든 것을 붙잡기 위해 할 수 있는 모든 일을 다한다.

많이 가진 사람조차 더 모아야 한다고 생각한다. 점점 더 많이, 그 후 훨씬 더 많이. 그런 다음 자신이 모은 것을 비축하여 가족과 측근들에게 결코 바닥나지 않게 한다. 반면에 수백만의 사람은 굶어 죽고 또 다른 수백만은 다만 생존을 위해 극도의 빈곤과 철저한 비극 속에 산다.

8장에 나온 말을 여기서 반복할 가치가 있다. 세계 인구의 5퍼센트 미만이 세계 부와 자원의 95퍼센트 이상을 소유하고 통제한다는 말이다.

내가 이 책에서 순환적으로 말하는 것처럼 들리겠지만 나는 그렇게 할 것이다. 충분한 사람이 그 말을 듣고 그 일에 대해 행동을 하기까지는 충분히 말했다 할 수 없을 것이다. 풍요로움과 충분함의 경험을 확장시키는 방법은 다른 사람의 풍요로움과 충분함을 확장시키는 것이다.

여기 우주의 황금률이 있다. '모든 것에 있어서, 당신 자신 안에서 체험하고 싶은 것을 다른 사람으로 하여금 체험하게 하라.'

『신과 나눈 이야기』는 당신을 통해 흘러 나가는 것이 당신에게 와서 붙는다고 강조한다. 지금까지도 그래 왔고 앞으로도 그럴 것이다.

이것을 알고 적용하면 한 사람의 인생 전체가 바뀔 것이다.

통제권을 가질 최초의 인류

세상은 유지될 수 없는 방식으로 만들어지지 않았고 삶은 그런 식으로 구성되지 않았다. 우리가 그 자연스러운 과정을 방해하든 하지 않든 삶은 자신을 유지할 것이다. 우리가 무엇을 하든 삶은 자신을 유지하기 위해 우리가 하고 있는 일에 어떻게든 삶을 적응시킴으로써 기능적으로 남아 있을 것이다.

우리가 계속 살아가는 데 필요하다고 느끼는 것이 충분히 있다고 생각하든 생각하지 않든 삶은 계속될 것이다. 유일한 질문은 우리 인류에게 알맞고 적절하고 우호적인 방식으로 계속될 것인가이다. 그리고 그것은 당신에게 달려 있다.

우리는 위의 내용을 사실로 체험할 이 지구 상 첫 번째 종이다. 우리는 아주 많은 측면에서 삶이 어떻게 지속되길 바라는지 문자 그대로 우리 자신을 위해 결정할 수 있다. 그 과정에서 우리의 역할이 아주 중요하다. 좋다, 우리는 유성이 우리와 충돌하는 것을 멈출 수 없을 것이다. 우리가 멈출 수 있지 않는 한! 혹은 '태양 폭풍'이 전 세계 통신을 방해하지 못하게 막을 수 없을 것이다. 혹은 용암이 우리 아래서 분출하지 못하게 막지 못할 것이다. 그러나 우리는 분명 지구 위에서 개인적 혹은 집단적 인간의 표현은 바꿀 수 있다.

우리는 그렇게 할 수 있다.

문제는 할 수 있느냐가 아니라 그렇게 할 것이냐이다.

이 메시지를 나날의 삶에 적용하기

풍요로움과 넉넉함, '충분함'을 매일 실천하는 것보다 삶에 더 많은 기쁨을 가져오고 더 많은 즐거움을 주는 것은 없다고 생각한다. 당신이 매우 즐겁다고 느낄 몇 가지 방법은 다음과 같다.

〰 삶에서 지금 당장 충분히 가지고 있지 않다고 생각하는 것 세 가지를 나열하라. 그런 다음, 앞으로 7일간 민감도를 더 높이고 안테나를 써서 주변의 모든 데이터를 수집하며 삶을 살아가라. 당신 스스로 충분히 가지고 있지 않다고 생각하는 것을 당신보다 더 적게 가진 사람을 찾을 수 있는지 살펴보라. 당신이 지금 아주 조금 가지고 있다고 생각하는 것을 가지지조차 못한 사람을 찾으라. 당신이 더 가지길 바라는 것을 그 사람에게 즉시 주라. 석 달 동안 적어도 하루에 한 번씩 이렇게 하라. 90일 뒤 당신이 충분히 가지지 못했다고 생각한 것을 얼마나 가지고 있는지 평가하라. 그 항목들에 대한 부족함의 체험이 사라졌음을 깨닫게 되어도 놀라지 마라.

〰 충분히 가지고 있다고 이미 체험하고 있는 것을 늘리고 싶다면 다른 이에게 내어 줄 양을 늘려라. 여기에는 시간, 에너지, 돈, 사랑, 더 온전히 체험하기를 바라는 모든 것이 포함된다. 삶을 살아나가는 동안 그런 것들을 온전히 체험하지 못하는 누군가를 보면, 당신이 그곳에 있다는 이유로 적어도 그 순간에는 그들로 하여금 온전히 체험하게 하라. 근원이 되기로 결심하라. 가능하리라고는 결코 상상하지 못했던 수준과 정도까지 당신의 충분함의 체험이 확장되고 커지는 것을 쉽게 보게 될 것이다.

꙳ 위의 내용을 당신의 현실 속으로 옮기는 구체적인 연습으로, 일주일에 한 번 5달러, 10달러, 20달러 지폐 다발을 들고 나가 거리를 걸으며 사람들에게 나눠주라. 자기가 돈이 필요하다고 생각하는 사람들에게. 그 주나 그 달의 말에 당신이 그 돈들을 거의 잃지 않았음에 주목하라. 그것은 종이일 뿐이고 실제로 나무에서 자라는 것임을 알게 될 것이다. 그것을 얼마나 가졌는지 직접 체험할 때 당신은 그 돈을 잃지 않음을 발견할 것이다.

꙳ 위의 생각 몇 개를 실천하고 당신 삶에서 현실화시키는 또다른 예가 있다. 음식물 보관과 운반에 쓸 뚜껑 달린 상자를 가게에 가서 찾아보라. 상자를 많이 사서 매일 밤 가족이 저녁식사를 마치고 나면 남은 음식들을 상자 안에 채우라. 가능하다면 저녁식사 직후 가볍게 산책하거나 잠시 외출하라. 노숙자들이 오늘 밤 무얼 먹어야 할지 궁금해 하며 앉아 있거나 서 있는 곳으로 가라. 이 상자들을 플라스틱 그릇과 함께 건네주고 그들의 얼굴이 밝아지는 것을 보라. 밥 먹은 직후 할 수 없다면 상자를 냉장고 속에 넣어 놓으라. 두세 개가 모이면 남은 음식들을 앞으로 2-3일간 당신이 먹을 작정으로 가지고 있지 말고 배고픈 사람들을 찾을 수 있는 곳으로 차를 몰고 가서 상자들을 나눠주라. 그런 다음 이것이 만족시키는 당신 안의 배고픔을 살펴보라.

꙳ 내일 옷장으로 가서 지난 석 달 동안 입지 않은 것들을 없애라. 뚜렷한 계절용 옷, 드레스와 턱시도 같은 예복은 제외한다. 옷들을 옷장에서 당장 꺼내고, 옷이 깨끗한지 확인한 다음, 돈

을 거의 받지 않고 혹은 무료로 사람들에게 옷을 나눠 주는 교회나 자선 단체에 갖다 주라. 많은 도시와 마을에는 중요한 장소에 이른바 '무료 물품 상자'가 놓여 있다. 그곳에는 토스터기에서부터 오래된 부츠, 건설 프로젝트 후 남은 잡동사니까지 쓰지 않은 물건들을 넣을 수 있다. 나는 실질적으로 내 삶의 일정 시기를 무료 물품 상자에 의지해 살았었다. 무료 물품 상자나 기증품 판매 가게 방문을, 더 이상 사용하지 않는 수천 개의 물건들을 집에서 비우는 가장 좋은 방법으로 삼아라.

✺ 매일 60분이나 90분 일찍 일어나, 할 시간이 충분하지 않다고 느낀 것들을 하라. 예를 들어 밀린 책을 쓰고, 프로젝트를 끝내고, 노래를 만들고, 골방을 청소하고, 차고를 정리하라. 혹은 명상하라.

30
우리는 모두 하나

종교는 자신들이 신에게 가는 유일한 길이라는 주장을 멈출 것이다.
종교는 우리 각자가 개인적인 길을 가도록 돕겠지만
자신의 종교가 그 길이 되어야 한다고 주장하지는 않을 것이다.
그리고 자기 종교의 무기 창고에서 주요 도구로서
두려움을 쓰는 것을 멈출 것이다.

이제 우리는 시작한 곳에서 끝맺는다. 이 '새로운 신학'의 핵심 메시지들을 통해 우리는 끝이 시작이고 시작이 끝임을 알았다. 삶 자체의 거대한 원이 그러하듯이.

시계가 자정을 때리는 바로 그 순간 무슨 일이 일어났는가? 숫자 12를 치는 바로 그 순간 새로운 날이 시작된 것인가 아니면 옛날 날들이 끝난 것인가? 어느 것인가? 혹은 둘 다일 수 있는가?

아! 모든 끝이 시작인 듯 보인다!

이것은 철학적인 미묘함 이상이다. 알고 보니 실제로 그러하다. 알고 보니 이것이 우주가 작용하는 방식이다. 알고 보니 삶의 과정이 기능하는 방식이다. 그러므로 우리는 『신과 나눈 이야기』의 25가지 중요한 메시지를 살펴보는 이 멋진 여행에서 한 바퀴 원을 돌아 왔다. 우리는 다음 메시지에 도달했다.

신과 나눈 이야기 핵심 메시지 1

우리는 모두 하나이다. 모든 것이 하나이다.

단지 하나만 존재하고 모든 것은 존재하는 그 하나의 일부이다.

이것은 당신이 신성이라는 의미이다.

당신은 당신의 몸이 아니고, 당신의 마음이 아니며,

당신의 영혼이 아니다.

당신은 이 세 가지 모두의 독특한 조합이며,

그것이 당신 전체를 이룬다.

당신은 신성의 개별화된 존재이다.

지상에 나타난 신의 표현이다.

신에 대해 조금이라도 배운 우리 대부분은 신이 모든 것 안의 모든 것이고 움직이지 않는 움직이는 자이며 알파이자 오메가라고 배웠다.

신은 전지전능하고 무소부재하다고 우리는 들었다.

만일 이런 가르침을 받아들인다면, 즉 위의 말이 사실이라는 생각을 받아들인다면 두 가지 중요한 결론에 다다르게 된다.

1. 우리 모두는 신의 일부이고, 신과 분리될 수 없다.
2. 우리 모두는 또한 서로서로의 일부이고, 서로가 서로에게서 분리될 수 없다.

논리적으로 보일 수는 있지만 이 두 가지 결론은 매우 논란이 많음이 드러났다. 주된 이유로는, 우리가 서로서로와 분리되어 있고 신과 분리되어 있다는 생각이 기나긴 시간 동안 우리의 오래된 이야기 속에 박혀 있었기 때문이다.

분리라는 생각은 어디에서 왔는가?

우리가 '다른 사람'이라 인식하는 대상을 처음 경험한 것은, 서로와의 '분리'를 처음 경험한 것은, 지각 있는 종으로서 가장 초기에 발전하던 때였다.

초기의 분리 이야기는 체험 중인 삶을 이해하려는 인류의 최초의 시도에 그 기원이 있을 거라고 나는 믿는다. 이것과 비슷한 일이 일어났다. 혹은 일어났을 것이다.

지금 우리가 '자의식'이라 부르는 것은 스스로를 개별적으로 보거나 알기 시작했을 때 생겼다. 이 인식에 불을 붙인 것은 아마도 동굴 속 웅덩이에 비친 자기 모습을 본 것이었을 것이다. 우리는 손을 들어 머리를 긁적이다가 '웅덩이 속 사람'도 똑같이 행동하는 것을 보았다. 그리고 이내 '자기'를 인식하기 시작했다.

분리라는 인식을 만든 그다음 단계는, 아마도 부족 집단 내 모닥불 주변에 앉아 있다가 밤하늘의 갑작스러운 번개 불빛에 놀란 때일 것이다. 뒤이어 우르릉 쾅, 천둥이 쳤다. 우리가 발달시킨 얼굴 표정과 언어 표현을 총동원하며 우리는 걱정스럽게 모닥불 주변을 둘러보며 물었다. "당신이 그랬는가?" 부족 내 모든 사람이 공포 속에 고개를 가로저으며 "아니!"라고 했을 때 우리는 우리 아닌 다른 어떤 것이 존재한다는 놀라운 자각에 이르게 되었다.

이 '다른 어떤 것'은 이어지는 사건들이 증명하듯이 우리보다 훨씬 더 강력해 보였다. 그것은 바람과 비, 거센 폭풍을 만들 수 있고, 영원히 계속될 듯한 더위와 가뭄을 만들 수 있었으며, 우리가 걷고 있던 바로 그 땅을 무섭게 뒤흔들고 심지어 구멍까지 낼 수 있었다. 나무에 저절로 불이 붙게도 할 수 있었다.

이 '다른 어떤 것'을 통제하는 방법을 찾을 필요가 있음이 분명해졌다. 그러지 않으면 우리의 삶은 영원토록 '다른 어떤 것'에 휘둘릴 것이다. 하지만 우리는 그 방법을 생각할 수도 상상할 수 없었다. 우리는 온갖 시도를 다 했다. 신을 기쁘게 할 방법을 찾아야 함을 우리는 알았다.

물론 우리는 삶의 그 요소를 '신'이라 부르지 않았다. 신이라는 단어는 훨씬 뒤에 나왔다. 하지만 우리는 이 '다른 어떤 것'이 강력하면서도 통제할 수 없는 우리 존재의 한 측면이라고 생각했다.

우리는 부족의 일부 구성원에 대해서도 똑같은 방식으로 알고 있었다. 가장 크고 가장 강하고 가장 야만적인 사람이 부족 집단의 삶을 지배했고 그 사람들을 기쁘게 하려는 노력이 계속되었다. 그들에게는 매력적인 숫처녀부터 많은 음식, 풍요로운 땅에서 얻은 아름다운 물건까지 온갖 것이 제공되었다.

끝없이 이어지는 가뭄과 그 가뭄이 가장 야만적인 사람들과 부족 전체에 치르게 한 희생으로 인해 그 사람들이 평소보다 더 불쾌해지고 화가 났을 때 우리는 소집단 내 다른 사람들 속에 들어가 야만적 존재를 진정시키기 위해 생각해 낼 수 있는 모든 일을 다 했다. 전에 그런 것처럼 그들이 우리에게 화풀이하지 않도록 하기 위해서였다.

우리는 그들을 위해 공터에서 '잔치'를 열고 그들을 위해 노래하고 춤췄다. 그 집단 내의 어떤 사람은 근처 나무에서 시들어 가는 나뭇가지를 꺾어 춤의 일부로서 흔들었고, 그 나뭇가지의 마른 잎들은 그가 불가를 빙글빙글 도는 동안 회전에 맞춰 규칙적인 소리를 냈다.

그 일이 일어났을 때, 바로 그 순간 하늘이 열리고 갑작스러운 폭우가 그 자리를 흠뻑 적셨다. 모두가 깜짝 놀랐다! 당시 그 부족의 제한된 지적 발달 수준을 고려할 때 '나뭇가지 춤'은 하늘에서 비를 내리게 하는 것으로 여겨졌다.

다른 어떤 것을 달래고 기쁘게 할 방법을 찾은 것이다! '다른 어떤 것'이 우리가 희망하던 것을 하게 만들 방법을 찾은 것이다! 우리 모두는 무척 흥분했다. '비 내리는 사람'은 가장 높은 지위로 올라갔다. 의식과 그 의식을 거행하는 자라는 부족 내 계급이 생겨났다.

비 내리는 사람의 나뭇가지 춤이 비를 만들었다고 부족은 믿었다. 그리고 그 후로도 자주 그렇게 했다. 그런데 이것은 우연이 아니었다. 그것은 형이상학이었고 공식이 작용했다. 현대든 고대든, 형이상학적 과정은 그것이 만들어 내리라 강하게 믿어지는 모든 것을 물리적으로 만들기 때문이다.

의심할 여지 없이, 처음에 그 결과를 만든 것은 가뭄이 끝나길 바라는 부족의 끝없이 강렬한 희망, 깊고 진실한 소망이었다. 하지만 시끄러운 춤을 추고 있던 바로 그 순간 비가 내린 우연은 무시할 수 없었다.

물론 위의 이야기는 전부 내 상상이다. 그것은 신과 나눈 이야기 중에 내가 받은 통찰이었다. '영감'이라 불러도 된다. 이 이야기 전체가 부정확할 수 있다. 하지만 이것 혹은 이와 매우 비슷한 어떤 것이 인류 초기의 삶에 일어난 것이라고 나는 믿는다. 또한 그것이 분리감, '다른 어떤 것'에 대한 감각, 그 '다른 어떤 것'을 통제하거나 적어도 그것에 영향을 주는 방법이 결국 있을 거라는 우리의 감각을 만든 것이라고 나는 믿는다.

초기 인류는 우주에 대해 알지도 못한 채 우주의 신비한 힘을 다루고 있었다. 이렇게 하여, 나중에 종교라고 알려지게 된 것이 탄생했다.

인간의 이해가 좀 더 깊어지면서 인류는 '신을 기쁘게 할' 좀 더 정교한 방법을 찾았고, 나중에는 결국 인간이 결정 내린 유일신이 반드시 존재해야만 했다.

우리는 그 점에 있어 옳았다.

우리가 지금 신이라 부르는 것은 존재한다. 하지만 신에 대한 우리의 생각, 즉 신이 '다른 어떤 것'이라는 생각은 부정확한 것이었다. 그 생각은 우리보다 더 큰 힘에 대해 우리가 스스로에게 말한 초기 이야기에서 이어진 것이다. 바로 그 초기의 생각이 내가 앞에서 분리 신학이라 부른 것을 만들었다.

과학은 우리에게 새로운 이야기를 가져다준다

물론 우리는 혈거인 시대부터 진보해 왔다. 원하는 만큼은 아닐지라도 우리는 삶 자체에 대해 커지는 지식에 고무되어 진화 과정에서 지금 어느 때보다 빠르게 나아가고 있다.

천문학자이자 작가인 칼 세이건이 다음의 멋진 이야기를 세상과 공유한 것은 그리 오래전의 일이 아니다. 어느 분석 결과에 따르면, 달에서 가져온 암석과 훨씬 먼 우주에서 지구에 떨어진 유성, 우주 먼지 등의 잔해에는 이 행성에서 발견되는 기본 요소와 똑같은 물질이 모두 포함되어 있다고 한다.

이 행성의 암석과 먼지뿐 아니라 새, 동물, 나무, 사람을 포함한 모든 것에.

똑같은 화학적 광물성 구성 요소가 우주의 모든 물질에 존재한다고 한다. 우리는 모두 똑같은 물질로 만들어졌다고 세이건은 미소 띤 얼굴로 주장했다. 모든 것이 하나이며, 다만 다른 배합과 구성으로 만들어졌다.

이 요소들을 가지고 어떤 한 가지 비율로 섞으면 나무를 얻는다. 다른 방식으로 섞으면 인간을 얻는다. 세 번째 방식으로 배합하면 개미핥기를 얻는다. 혹은 월석을 얻는다.

이 요소들을 다양한 비율로 배합하고 맞추는 것은 수십만 년에 걸쳐 일어났다. 우리는 이 다양한 배합을 적응이라 부르고, 이 전체 과정을 진화라 이름 붙였다.

모든 생명체가 똑같은 원시 수프(지구 생명체가 발생된 유기물 혼합 용액)에서 진화했다는 생각은 논란이 많은 주제임을 알고 있다. 인간은 다른 살아 있는 것들의 발달과 모두 단절된 채 한 번의 손놀림으로 한꺼번에 신성의 개별적이고 특별한 창조물로서 분리되어 만들어졌다고 믿고 싶어 하는 사람들이 있다.

하지만 과학—그리고 이제 우주 과학—은 언제나 다윈의 진화론을 확인시키는 것 같다. 삶은 에너지이다. 하나의 '본질적인 본질'로부터 끝없이 진동하며 나온 에너지이다.

그러면 이러한 탄생 에너지에 대해 두 가지 질문만이 남는다.

첫째, 그것의 특징은 무엇인가? 둘째, 그것의 능력, 역량은 무엇인가?

첫 번째 질문에 대한 답변

'본질적인 본질'의 근본적인 특징은 그것이 항상 움직이고 늘 존재한다는 점이다. 그것은 가장 순수하게 표현되는 단순하고 분화되지 않은 에너지이다. 현실의 줄기세포라 불릴 수 있다.

알다시피 당신 몸 안의 줄기세포는 다음과 같이 정의된다. '같은 종류의 세포를 무한히 만들 수 있는 다세포 기관의 분화되지 않은 세포로, 특정한 종류의 다른 세포가 그곳으로부터 분화되어 발생함.'

존재하는 모든 것을 단일 개체로 보는 비유를 통해 나는 '본질적인 본질'을 그것의 '줄기세포'로 이해할 수 있었다.

이곳에서 설명하는 것은 개별 단위이다. 진 로든베리의 표현을 빌려, 내가 단일 존재이라 부르는 것이다. 단일 존재의 주된 특징이자 원동력은 진동이다. 그것은 특정 주파수로 왔다 갔다 하며 끊임없이 움직인다. 그것은 우리가 '삶'이라 부르는 것이 존재하는 모든 곳에 존재한다. 왜냐하면 삶 자체이기 때문이다. 가장 순수하고 가장 물들지 않은, 가장 변화되지 않은 형태로 존재하기 때문이다.

인간과 다른 모든 생명 형태들은 '단일 존재의 개별 존재'이다. 즉 우리는 '본질적인 본질'의 변형되고 희석된 형태이다. 우리는 신이라 불리는 '분화되지 않은 에너지'의 분화물이다.

당신은 이 분화되지 않은 에너지를 부르고 싶은 대로 불러도 된다. 원동력, 움직이지 않는 움직이는 자, 존재하는 것, '본질적인 본질'이라 불러도 된다. 혹은 원한다면 좀 더 개인적인 이름으로 불러도 된다. 하느님, 악샤르(산스크리트어로 신), 알라(이슬람교의 신), 브라흐마(힌두교의 신), 데우스(라틴어로 신), 신성, 신성한 어머니(힌두교의 여신들을 뜻함), 에칸카르(펀자브어로 신), 엘로힘(히브리어로 하느님), 신, 하리(힌두교 비슈누 신의 다른 이름), 인드라(힌두교의 신), 여호와(이스라엘 사람들에게 계시된 신의 이름), 크리슈나(힌두교의 영웅 신), 주님, 마헤쉬(힌두교 시바 신의 다른 이름), 마니토(아메리칸 인디언 알곤킨 족의 신), 오르무르드(조로아스터교의 신), 파라메쉬와르(산스크리트어로 최고의 신), 푸루샤(산스크리트어로 우주의 근원), 푸루쇼탐(힌두교 비슈누 신의 다른 이름), 라다 소아미(힌두어로 영혼의 신을 뜻함), 람(힌두교의 신), 라마(힌두교 비슈누 신의 다른 이름), 테오스(그리스어로 신), 토르(북유럽 신화 속 신), 바루나(고대 인도 신화의 물의 신), 비슈누(힌두교의 신), 야훼(이스라엘 사람들에게 계시된 신의 이름) 등으로 불러도 된다.

한 번 더, 마지막 설명

이 '본질적인 본질'은 한 가지 다른 특성을 갖는데, 그것을 설명하는 것이 중요하다. 자의식이다. 즉 자의식은 자기를 자기로 자각한다. 자의식은 자기가 정확히 무엇인지 알지만, 다른 어떤 것이 없이는 자기를 그대로 체험할 수 없다.

이것을 앞에서 설명했었고, 여기서 이 근본적인 상태를 한 번 더 설명하려고 한다. 분명히 이해하고 항상 기억하기 위해서이다.

존재하는 것을 제외하고는 존재하는 것이 없다. 그것이 존재하는 모든 것이다. 그러므로 존재하는 모든 것이 체험을 통해 자신을 알고 싶어 한다면―그것은 알고 싶어 했다. 단순히 어떤 상태로 존재하는 것은 충분하지 않았기 때문이다.―자기 이외의 다른 어떤 것을 만들어야 할 것이다. 하지만 그런 것은 불가능하다. 만들어지는 것이 언제나 만드는 것의 일부이기 때문이다. 삶의 모든 산물이나 나타나는 형태는 그 근원의 일부이다.

존재하는 모든 것은 자기 이외의 다른 어떤 것을 창조할 수 없었기 때문에 순수한 존재에게 첫 번째 질문이 제기되었다. '자기 말고는 아무것도 없을 때 어떻게 자기를 체험할 것인가?' 해결책은 단순했다. 자기가 자기임을 잊게 하라. 다른 어떤 것처럼 보이도록.

이렇게 하면 본질적인 본질이 창조자로서의 자기를 체험을 통해 알게 될 것이다. 모든 것이 이미 창조되었다는 사실을 잊은 채 자기를 표현함으로써. 그러므로 잊는다는 것은 삶이 삶에게 준 가장 큰 선물이다. 동반자인 '기억'과 마찬가지로. 삶이 자기가 진정으로 무엇인지 기억할 때 삶의 순환이 완성된다. 순수 존재가 앎으로 나타나고, 체험으로 나타나며, 순수 존재로서 다시 한 번 나타나면서.

앞에서 설명했듯이 이것은 삶의 순환 속에서 언제든 이뤄질 수 있다. 죽음은 그 일이 일어난다는 확인일 뿐이다.

사람들은 물었다. "왜 우리는 죽어야 하는가?" "왜 죽음은 피할 수 없는가?" 이제 당신은 그 답을 안다! 당신이 '죽음'이라 부르는 것은 삶의 가장 큰 선물이다. 그것은 당신의 망각이 영원히 지속되진 않는다는 신의 확인이다. 신이 당신을 자신과 다시 결합함으로써 당신을 자기의 일부로 다시 주장하는 것이다. 그런 다음 자

기와의 일치에서 풀어 줌으로써 당신을 통한 체험으로 자기를 다시 한 번 알려 하는 것이다

당신이라는 신의 일부를 체험할 수 있는 방법에는 제한이 없다. 당신은 당신이 빠져나온 것과 똑같은 형태로 물질세계 속에 돌아갈 수도 있다. 자신을 진정한 당신으로 체험하려는 세포 속에 심어지고 박힌 바람을 고려할 때, 그렇게 하도록 허락하는 한 당신은 현재의 자기로 원하는 횟수만큼 돌아올 수 있다.

똑같은 자기로 거듭 돌아오는 사람들은 훗날 거듭되는 생애에서 흔히 아바타나 현자, 성인으로도 불린다.

심지어 신으로도.

"'너희는 신이다.'라고 기록되어 있지 않느냐."(요한복음 10장 34절에 나오는 구절)

두 번째 질문에 대한 답변

'본질적인 본질'의 주된 능력은 스스로에게 영향을 미칠 힘을 가지고 있다는 점이다. 즉, 스스로가 근원이 되고 스스로가 참고가 된다.

이 예는 수증기가 액체 방울이 되었다가 눈이 되었다가 얼음으로 변하고 또다시 물이 되어 다시 한 번 수증기가 되는 것이다. 여기서 우리는 동일한 요소의 네 가지 뚜렷한 표현을 본다. '본질적인 본질'의 다른 측면들이 영향을 주는 방식에 따라 만들어져 다양하게 표현되는 방식을.

내가 이해한 바로는 이 설명이 가장 단순하지만, 당신 생각에는

그렇게 단순하지 않을 것이다. 베이징에 사는 사람들에게 물어 보라. 이 점에 대해서는 잠시 후 더 설명하겠다. 단순하든 단순하지 않든, 이 비유는 삶이라 불리는 전체 체계가 어떻게 작용하는지 이해하는 데 도움이 될 것이다. '본질적인 본질'의 한두 가지 측면에 어떻게 의도적으로 영향을 줄 수 있는지 배울 수 있다면 우리는 특정한 표현이 일어나게 할 수 있을 것이다.

즉 몇 가지 통제된 방식으로 삶에게 그 에너지를 되돌려 줄 수 있다면, 추측건대 우리는 그 탄생의 에너지를 목적에 맞게 사용할 수 있을 것이다.

만일 사실이라면, 이것은 작은 일이 아닐 것이다. 진실로 이것은 우리를 신으로 변모시킬 것이고, 삶의 화폭 위에 우리가 바라는 그림을 그리기 위해 창조의 팔레트 위에 물감을 섞을 수 있을 것이다.

신은 『신과 나눈 이야기』를 통해 말한다. 이것이 '본질적인 본질'과 그것이 어떻게 사용될 수 있는지에 대한 정확한 사실이고, 정확히 우리 인류가 하고 있는 일이라고. 우리 대부분은 모르고 있고, 우리가 집단적으로 만들고 싶어 하는 결과에 대한 집단적인 동의를 만들 수 있을 만큼 그 사실을 아는 사람들이 아직 충분하진 않음에도 불구하고.

이것이 전부 말이 안 된다 생각하는가?

이 모두를 희망사항으로만 분류하고픈 유혹이 생긴다면 이 점을 고려하라. 우리는 구름에 씨를 뿌려 날씨를 변화시키는 법을 이미 배웠다. 이것은 삶의 에너지를 조종하여 그 에너지에 영향을 주는 방법의 놀라운 한 예를 우리에게 제시한다.

단순한 은유처럼 보였던 것으로 돌아가 보자.

2009년 2월, 중국 베이징 상공에 구름 씨를 뿌린 사실이 대대적으로 보도되었다. 넉 달간의 가뭄 끝에 인공 눈을 유도하기 위해서였다. 인류가 통제 가능한 방식으로 삶에 삶의 에너지를 의도적으로 가한 실제 사례가 여기 있다. 그리하여 삶 자체가 삶의 가장 예측 불가능한 표현 방식으로 예측 가능한 바라던 결과를 만든 사례이다. 즉 날씨이다.

그것이 제대로 작용했는가?

보도에 따르면 거의 3일 내내 베이징에 눈이 내렸다고 한다. 80년대 후반 이후 베이징에 내린 가장 이른 눈이었다고 한다. 그저 가벼운 눈발이 아니었다. 교통 정체를 일으키고 도시 지역 안팎의 많은 주요 도로를 실제로 폐쇄시킨 눈이었다.

만일 삶의 에너지가 그토록 효과적으로 물리적인 영향을 받을 수 있다면 그것들이 형이상학적으로도 효과적인 영향을 받을 수 있는가?

『신과 나눈 이야기』가 우리에게 말하는 것은 이것이다. '본질적인 본질'이 자기에게 미치는 영향은 특정하게 구체적으로 자기에게 가하는 양에 의해 기하급수적으로 늘어난다. 바람이 세게 불수록 나무는 더 많이 휜다. 나보다 이 에너지에 훨씬 정통한 누군가가 관찰했듯이, '둘 이상이 모이는 곳이라면 어디든……'.

그렇다면 인류의 가장 유익한 일은 이런 탄생의 에너지를 의도적으로 집중시키고 활용하는 법을 배워서 예측가능한 일관된 결과를 만드는 일인 것 같다. 21세기의 첫 25년 동안 이것을 최대한 실험하고 조사하고 살펴보고 확장해야 할 것이다.

'상상 요법' 혹은 '시각화'라는 것에 무엇인가가 존재하는가? 노먼 빈센트 필 박사가 『긍정적 사고방식』에서 말한 내용이 맞는가? 자기 암시에 대한 아이디어를 제안했을 때 에밀 쿠에(최면 의학의 선구자인 프랑스의 약사 겸 심리학자)는 뭔가를 가지고 있었는가? 좀 더 현대적으로, 『유쾌한 창조자 Ask and It Is Given』에 나온 에스더 힉스와 제리 힉스(아브라함이라는 영적 존재와 소통하는 부부)의 '끌어당김의 법칙'의 가르침, 『신보다 행복한』에서 개인적 창조 과정에 대해 우리에게 주어진 통찰은 의도적으로 만들어 내기의 문을 여는 황금 열쇠인가?

진정 이것이 마지막 개척자이다. 하지만 우리는 그것에 거의 관심을 기울이지 않는다. 관심을 기울일 때 우리는 발견할 것이다. 즉 기억할 것이다. 우리는 신성과 하나이고, 본질적인 본질과 우리는 같은 존재임을.

역시 성삼위일체

존재하는 다른 모든 것들처럼, 인간이 존재하는 것의 유일한 표현이거나 구성요소인 것만은 아니다. 우리가 삶의 순환의 일부로서 영적 영역에서 물리적 영역으로 '이동'할 때 우리는 스스로를 세 부분으로 나눈다. 그러므로 당신은 당신의 몸만이 아니고 마음만이 아니며 영혼만이 아니다. 당신은 세 가지 모두이다.

성삼위일체에 대한 설명은 『중요한 단 한 가지』에서 찾을 수 있다. 당신 존재의 세 부분은 모두 영원히 산다. 그러면서 모든 영원을 통해 함께 여행하고, 궁극적 실체의 언제나 이곳, 항상 지금 속의 끝없는 시간, 비시간을 통해 수없이 다양하게 자신을 새롭게 탄생시키고 재형성하고 다시 표현한다.

신의 가장 고귀한 약속은 이것이다. 당신은 신성의 개별적 존재이고 지구 상 신의 표현이다. 벌써 이 말을 여러 번 했다. 이전에 말하지 않은 것은 이것이다. 훌륭하게도 대부분의 세계 종교가 여기에 동의한다는 점이다. 우리는 '신의 모습으로 신과 비슷하게' 만들어졌다고 종교들은 말했다. 이 믿음과 『신과 나눈 이야기』 메시지의 유일한 차이점은 사소한 부분이다.

신의 모습으로 신과 비슷하게 만들어졌다는 말은 우리가 신과 매우 닮아 보이는 존재라는 뜻인가? 신은 다만 다른 영역에 살고 있는 거대한 인간이며 우리와 우리의 최종 운명을 완전히 통제하는 존재라는 뜻인가? 아니면 '신의 모습으로 신과 비슷하게' 만들어졌다는 이 불가사의한 구절은 우리가 본질적인 본질, 근본적인 에너지, 원동력에서 나왔다는 뜻인가? 삶 자체가 나온 곳이고 삶 자체의 기초가 되는?

전자를 믿기로 선택할 때 우리는 고립된 혼자라고 생각하기 쉽다. 이해를 넘어서는 복잡한 지구 위 체험 속에서 그리고 상상을 뛰어넘는 거대한 우주 속에서, 스스로를 돌보고 생존을 위해 싸우는 존재라고 생각하기 쉽다. 우리는 자신이 물질과 에너지의 이 끝없는 바다 위에 떠다니고 있다고 생각할 수 있다. 존재하는 나머지 모든 것들에 비해 바닷가 모래알갱이만큼도 크지 않고 중요하지 않다고 생각할 수 있다. 끝없는 사건의 파도에 씻기고, 슬픔

속으로 가라앉으며, 물결에 쓸려 나가서, 파도 위에서 정처 없이 떠다니는 자신을 발견하게 된다고 생각할 수 있다.

하지만 이것이 우리의 전부인가? 그것이 핵심인가? 아니면 이곳에서 더 많은 것이 일어나고 있을 수 있는가? 더 큰 일이 일어나고 있을 수 있는가? 이제 막 생겨 난 우리의 이해가 지금까지 이해할 수 있었던 것보다 더 큰 것이 존재할 수 있는가? 우리 눈에 보이는 것보다 더 많은 것이 여기 존재하는가? 만일 존재한다면 그것이 무엇이겠는가?

이것이 의미하는 모든 것

『신과 나눈 이야기』에서 "신과 우리는 하나다."라고 말하기 때문에 많은 사람들은 신과 우리가 같은 것이라고 추측하는 실수를 저지른다. 물론, 바다와 물방울이 같은 '물질'이기 때문에 물방울과 바다가 같은 것이라는 데 동의하지 않듯이 아무도 그런 말에 동의하지 않을 것이다.

우리는 신을 이루는 '물질'이고 신은 우리를 이루는 '물질'이다. 하지만 신은 존재하는 모든 '것'의 전체 합이고, 우리는 그것의 한 개체이다.

우리의 본질은 신성이다. 이것이 의미하는 모든 것을 아는 것이 중요하다. 하지만 그것이 의미하지 않는 것이 무엇인지도 알 필요가 있다.

예를 들어 그 말은 우리가 건물 위에서 뛰어내려 날 수 있다는 의미가 아니다. 어떻게 해도 다치거나 상처입지 않는다는 의미가

470

아니다. '슈퍼맨' 같다는 의미가 아니다.

그 말은 신이 언제나 우리 안에 존재한다는 뜻이다. 매일 살아가면서 도움과 안내가 주어진다는 뜻이다. 신이 사용하는 창조의 도구와 똑같은 도구가 우리에게 주어졌다는 뜻이다. 그 도구를 사용하는 법을 배우면 우리 자신의 삶에서 훌륭한 결과를 만들 수 있다는 뜻이다. 우리가 아무리 다치거나 상처 입어도 혹은 어떤 어려움이나 곤란 속에 있어도 신에게 도움을 요청하면 빠져나오는 길을 찾을 수 있다는 뜻이다

본질적으로 그 말은 삶에서 '혼자'가 아니라는 뜻이다. 혼자인 것처럼 느껴질 때에도—특히 이런 식으로 느껴질 때는 아마도—신의 존재가 우리의 외로움을 치유할 수 있고, 다정한 동반자가 될 수 있고, 계속 나아갈 용기를 조용히 줄 수 있다는 뜻이다.

여기에 담긴 뜻은 어마어마하다

'우리는 모두 하나이다'는 우리가 서로서로와 하나라는 뜻이다. 모든 삶과 하나이고, 신과 하나라는 뜻이다. 내가 보기에 이것을 달리 해석할 방법은 없다.

인류에게는 이 말에 담긴 뜻이 어마어마하다. 이것을 진실이라 믿는다면 우리 삶의 모든 것이 바뀔 것이다. 우리의 종교, 정치, 경제, 교육, 사회 구조의 모든 것. 그리고 개인 삶의 모든 것 역시.

우리의 종교에서 우리는 인간의 영혼을 위한 끝없는 듯한 경쟁의 끝을 볼 것이다. 종교는 자신들이 신에게 가는 하나이고 유일한 길이라는 주장을 멈출 것이다. 종교는 우리 각자가 개인적인

길을 가도록 돕겠지만 자신의 종교가 그 길이 되어야 한다고 주장하지는 않을 것이다. 그리고 자기 종교의 무기 창고에서 주요 도구로서 두려움을 쓰는 것을 멈출 것이다.

자신의 교리를 따르지 않으면 영원한 지옥 불에서 영원히 살리라는 가르침을 그만둘 것이다. 종교는 편안함과 길 안내, 늘 존재하는 도움, 필요한 순간의 강인함의 근원이 될 것이다. 이렇게 해서 종교는 자신의 가장 높은 목적과 가장 큰 기능을 할 것이다.

우리의 정치에서 우리는 숨은 의도의 끝을 볼 것이고 권력 게임의 끝, 관점이 정반대인 사람 규탄하기의 끝을 볼 것이다. 정당은 자신의 길이 유일한 길이라는 주장을 멈출 것이다. 그리고 정당은 함께 협력하여, 가장 긴급한 문제의 해결책을 찾고 공통의 근거를 찾아 사회를 진보시킬 것이다.

정당은 가장 실현가능성 높은 자신의 아이디어를 가장 실현가능성 높은 적의 아이디어와 섞으려 할 것이다. 그렇게 하여 정치는 자신의 가장 높은 목적과 가장 큰 기능을 할 것이다.

우리의 경제에서 우리는 성공의 세계 척도인 '더 크고 더 좋고 더 많은'의 끝을 보게 될 것이다. 우리는 새로운 기준을 만들 것이다. 그곳에서는 '최대 생산성'이 재정의되고, 이익, 이익, 이익을 향한 끝없는 원동력이 우주 속 경이로움과 놀라움의 느낌으로 대체되며, 모든 생명에 대한 존중과 모든 사람이 존엄하게 기본 욕구를 충족하며 살 수 있는 세상을 만들려는 헌신으로 대체될 것이다. 그렇게 하여 경제는 자신의 가장 높은 목적과 가장 큰 기능을 할 것이다.

우리의 교육에서는, 역사를 대체하는 선전과 과목 위주의 교과

472

과정의 끝을 보게 될 것이다. 우리 아이들이 이해하기를 바라는 자각, 정직함, 책임감이라는 삶의 근본적인 개념보다는 사실의 암기가 강조되는 교육의 끝을.

우리는 민주적인 학교를 보게 될 것이다. 아이들이 자신이 배울 내용과 배우는 방법에 대해 교사들만큼 말할 것이 많은 학교를. 그런 학교에서는 아이들에게 지식을 쏟아붓는 환경을 이용하지 않고, 아이들에게서 지혜를 이끌어낸다. 그러므로 교육은 자신의 가장 높은 목적과 가장 큰 기능을 할 것이다.

'우리는 모두 하나이다'가 의미하지 않는 것

'우리는 모두 하나이다'는 내 것이 당신 것이고 당신 것이 내 것이라는 의미가 아니다. 하나 됨의 개념은 개인 소유나 개별적 표현의 가능성을 없애지 않는다.

우리는 개인 소유물을 다른 사람과 나누려는, 그 어느 때보다 높은 수준의 바람을 체험하며, '다른 사람'은 실제 존재하지 않고 자기의 추가적인 버전만 있을 뿐임을 발견할 것이다. 또한 우리의 소유물을 버리거나 다른 사람의 소유물을 빼앗을 것이 요구되지도 않는다.

우리가 '신'이라 부르는 단일 개체 각각의 인간 표현은 자기가 선택하는 바로 그 방식으로 스스로를 체험할 수 있다. 그것이 모으는 것, 그것이 나누는 것이 그 개별적 표현의 두드러진 부분이된다.

『신과 나눈 이야기』와 그것이 인류에게 가져오는 새로운 신학은 이 책에서 살펴본 영원한 질문들에 대한 대답으로서 우리에게 생각의 양식을 제공한다. 이 생각들에 대한 적극적인 논의가 여기서 이야기한 바로 그 에너지의 특별한 교환, 어쩌면 삶을 바꾸는 에너지 교환까지 만들 수 있다.

요약하자면 그런 논의가 '세기의 대화'를 만들 수 있다고 나는 믿는다.

이 메시지를 나날의 삶에 적용하기

나는 핵심 메시지 1을 어떻게 나날의 삶에 적용할 수 있는지에 대해 실용적인 제안을 제시하는 책 한 권을 썼다. 그 제안은 정치, 경제, 영성을 포함한 문화 등 우리 경험의 모든 영역을 다룬다. 그것이 『신과 나눈 이야기』를 지구 위 삶에 적용하는 방법의 최종적인 설명이라고 나는 생각한다.

그 책의 제목은 『미래 인간 선언문』이고 내가 '인류의 재정비'라 부르는 것을 다룬다. 그것은 우리의 참여로 혹은 참여 없이 지금 일어나고 있다. 우리는 모두 하나라는 생각을 어떻게 우리의 개인적, 인류의 집단 경험에 맞출 수 있는지 상세하고 진지하게 보기를 진정 바란다면 그 책을 읽는 것이 유용할 것이다.

이번 책에서 내가 쓴 다른 책들을 여러 번 언급했음을 깨달았다. 이 점에 대한 비판이 일부에서 있을 것이다. 하지만 『신과 나눈 이야기』 시리즈 작품들과 거기에 딸린 몇몇 책들은 인간의 경험에 귀중한 통찰을 제공할 것이라 믿는다. 그리고 우리는 그곳에서 통찰을 얻어 나아갈 수 있다. 내가 이 책에서 언급한 부속 책들은 모두 인터넷에서 무료로 읽을 수 있게 했음을, 그리고 계속 그렇게 할 것임을 알리고 싶다.

당신이 그 책들에 주의를 기울이게 하고 싶다. 그 책들의 메시지는 이 지구 상 우리 삶의 질을 높이는 데 기여하도록 영감을 준 근원과 같은 근원에게 영감을 받았기 때문이다. 모차르트의 음악, 미켈란젤로의 작품, 링컨의 리더쉽, 간디의 정치, 마틴 루터 킹 목사의 업적과 말들처럼.

또한 이 책도 매일 당신에게 당신 자신의 가장 고귀한 생각, 정신을 드높이는 영감, 가장 유용한 아이디어와 해결책으로 영감을 주는 똑같은 원천이라고 나는 믿는다. 우리 모두는 이곳에서 생각을 주고받는다. 좋은 것이라 생각되는 것을 갖고 있을 때 당신이 빛을 숨기고 있다면 아무에게도 이익을 줄 수 없다.

31
여행의 끝

삶 자체가 당신이 들어 본 '천국'이다.
삶의 일부가 아닌 삶 전체가.
물리적인 생애들 사이의 체험이.
그렇다, 매 생애의 체험이.

이곳까지 와 줘서 고맙다. 그리고 이 여행의 끝까지 이곳에 남아 줘서 고맙다. 매우 새롭게 느껴질 생각들을 탐험할 용기를 낸 것에 감사한다. 전에 들었고 전에 가졌었고 전에 살펴보았지만 이 수준에서는 결코 아니었을 생각들을 더 깊이 조사할 용기를 가진 것에.

이곳에서 제시되는 새로운 신학은 사물을 보는 또 다른 길을 인류에게 제공한다. 삶은 아무 이유 없이 일어나는 임의적인 사건의 연속이 아니라고 새로운 신학은 말한다. 오히려 삶은 존재하는 모든 영혼이 협력하여 *자발적으로* 창조하는, 정교하게 계획되어 의도적으로 움직이는 사건의 연속이라고 말한다. 집단으로서 또한 그 집단에 속한 개인으로서, 그 전체 영혼 집단에게 '자기'를 직접 체험하게 하려는 목적으로.

『신과 나눈 이야기』는 말한다. 우리는 다만 살고, 죽고, 최대한 경험하는 것 이상을 하기 위해 이곳 지구 위에 있다고. 단순히 '천국으로 돌아가는' 법 찾기 이상을 하기 위해, 적어도 지옥행 피하기 이상을 하기 위해. 그것들은 인간의 존재 목적과 이유에 대한 단순한 관점이다.

우리는 더 큰 목표를 발전시키기 위해 이곳에 있다. 우리는 영원한 진화의 과정을 전진시키기 위해 이곳에 있다. 그 과정을 통해 각 개별 영혼과 존재하는 모든 것은 자기의 '진정한 정체성'을 온전히 경험한다. 그 과정에서 삶 자체가 자기의 개별화된 표현을 통해 자각을 확장함으로써 궁극적인 참본성의 경이로움을 되비춘다.

핵심이 되는 말

이 '새로운 신학'의 기본 교리는 우리가 이 중 아무것도 '할 필요'가 없다는 점이다. 그 과정은 우리의 의도적 의식적 참여가 있든 없든 계속된다. 문제는 신의 과정이 계속되는가—신의 과정은 원래 그런 것이다—가 아니라 우리가 그 과정을 어떻게 체험하기로 선택하는가이다.

우리 중 어떤 사람은 그 과정의 결과인 것처럼 체험하기로 선택할 수도 있고, 어떤 사람은 그 일의 원인인 것처럼 체험하기로 선택할 수도 있다. 삶이 우리에게 일어나고 있는지 아니면 우리를 통해 일어나고 있는지 우리가 홀로 결정할 수 있다. 정말로 이것이 우리 시대의 중심 질문이 되었다. 이제 우리는 삶을 통제할 준비가 되어 있는가? 그렇게 하려고 하며, 할 수 있는가? 아니면 삶의 포로로 남아 있어야 하는가?

우리에게는 셀 수 없이 많은 생애가 있고, 이 물질적인 만남을 통해 주어진 어떤 길에도 우리에게 구체적으로 요청, 명령, 요구되는 것은 없다. 우리의 생은 결코 끝나지 않으며 영원한 여정 속에 영혼이 한 물리적 표현에서 다른 표현으로 옮겨 가기 때문에 특정한 생애가 특정한 결과를 만들 필요는 없다. 신은 우리가 이 세상 속에서 모든 시간을 가진다고 말한다. 문자 그대로.

당신의 마음이 이 내용을 이해하기 위해 다음과 같이 상상해 보자. 당신은 40년간 매일 직장을 다니다가 마침내 은퇴했고, 건강 상태가 무척 좋으며, 재정적 기반이 튼튼하고, 원하는 것은 무엇이든 할 수 있는 날들을 지금 고대하고 있다. 당신은 일주일 뒤가 아닌 다음 주 목요일에 골프를 치러 가야 한다는 생각이 들겠는가? 재미있는 운동이 테니스보다는 골프일 거라는 생각이 들겠는가? 아니면 다른 어떤 운동일 거라는 생각이?

순수한 즐거움 외에, 특정한 날에 특정한 방식으로 특정한 일을 할 이유가 무엇이 있겠는가?

우리가 들어 본 천국

은퇴의 아름다움은 물론 자유이다. 당신이 원하는 것을 원하는 때에 원하는 방식으로 할 기쁨과 자유이다. 당신은 '자유를 얻었다'는 말을 듣는다.

이것은 삶 자체의 아름다움이기도 하다. 그리고 당신은 삶의 자유도 '얻었다'. 물질세계로 오고—이것은 작은 결정이 아니다—상대성의 영역에서 매일매일 사는—이것은 사소한 일이 아니다—바로 그 행동으로 인해 당신은 원하는 것을 원하는 때에 원하는 방식으로 할 자유를 얻었다.

자유는 신의 특권이다. 그리고 당신은 신과 다를 바 없다.

삶 자체가 당신이 들어 본 '천국'이다. 삶의 일부가 아닌 삶 전체가. 물리적인 생애들 사이의 체험이. 그렇다, 매 생애의 체험이. 영혼에게 '천국'은 당신 안에서 당신을 통해 당신으로서의 신성을 알고 표현하는 능력이다. 당신이 원하는 방식으로 원하는 때에.

사실 무엇을 하든 신성은 당신을 통해 표현된다. 당신이 신성을 표현하지 않기란 불가능하다. 신성이 진정한 당신이기 때문이다. 문제는 바로 이 순간 당신이 신성을 어떻게 정의하고 싶어 하는가 뿐이다.

다르게 말하면 신은, 당신이 신이 무엇이라고 말할 때의 바로 그것이고, 주어진 모든 상황과 환경에서 당신이 어떻게 존재하는가에 의해 부분적으로 표현된다. 여러 개의 우주로 표현되는 삶 자체는 자기를 정의하는 행동을 하고 있는 신 전체이다. 신은 지금 이곳에서 자기를 표현하고 체험함으로써 스스로를 알고 싶어 하기 때문이다.

우리가 가진 가장 큰 선물은 자유 의지이다. 우리는 우리 자신을 바라는 어떤 방식으로든 표현할 수 있다. 우리는 여전히, 신성을 나타내고 있는 신이다. 이 생각은 "인간의 행동 방식이 어떻게 신성의 표현일 수 있는가?"처럼 약간의 조롱으로 이어질 수 있다. 그러나 진정한 질문은 이것이다. "왜 인간은 신성이 이런 식으로 표현되도록 선택하는가?"

정말로 우리는 왜 그렇게 하는가? 우리가 이야기를 잘못 이해했기 때문인가? 신이 무엇이고, 무엇을 원하며, 우리 모두 이곳에서 무엇을 하고 있는지에 대한 이야기를?

조금 더 변형시켜 우리는 물을 것이다. "무엇이 우리로 하여금 우리가 누구인지와 신성 자체를 다른 방식으로 정의할 수 있게 하겠는가? 더 큰 방식으로? 더 영광된 방식으로?"

신이 무엇이고, 무엇을 원하며, 우리가 이곳에서 무엇을 하고 있는지에 대한 새로운 이야기가 그렇게 할 수 있겠는가?

이 질문들에 대한 우리의 답이 인류의 미래를 결정할 것이다.

『신과 나눈 이야기』는 사실인가?

이제 우리가 『신과 나눈 이야기』 신학에 대해 물을 수 있었던 가장 중요한 질문으로 옮겨 가 보자. 우리는 그 내용을 '신성한 경전'으로 받아들이려 하는가? 그것은 거역할 수 없는 신의 말씀인가? 인류는 아주 오랫동안 물어 왔다. "어느 경전이 '신성한 경전'인가? 어느 경전에 하나이고 유일한, 진실한 신의 말씀이 담겨 있는가?"

나는 몇 해 전 이 주제에 대한 글을 한 편 썼다. 그 질문에 대한 답은 자신이 누구에게 말하고 있느냐에 달려 있음을 나는 알게 되었다. 많은 사람들은 성경이 신성한 경전이라고 말한다. 다른 사람들은 아니라고, 신의 말씀은 히브리 성서(유대교 경전인 구약성서를 뜻함)에서 발견된다고 말한다. 또 다른 사람들은 아니라고, 신의 진리는 코란(이슬람 경전)에서 발견된다고 말한다. 또 다른 사람들은 아니라고, 토라(구약성서 앞부분에 나오는 창세기, 탈출기, 레위기, 민수기, 신명기의 모세5경을 뜻함)라고 말한다. 또 다른 사람들은 아니라고, 미시나(유대교 율법학자들이 수백 년에 걸쳐 율법을 체계적으로 집대성한 경전)라고 말한다. 또 다른 사람들은 탈무드(유대교 율법학자들이 율법, 전통, 『미시나』에 대한 해석 등을 담아 만든 경전)라고 말한다. 또 다른 사람들은 바가바드기타(힌두교의 정수를 담은 경전. 크리슈나와 아르주나 왕자와의 대화로 이루어짐)라고 말한다. 또 다른 사람들은 리그 베다(자연신에 대한 찬미 노래로 이루어진 고대 인도의 경전)라고 말한다. 또 다른 사람들은 브라마나스(신화와 전설, 제사 의식과 철학에 대한 내용을 담은 고대 인도의 경전)라고 말한다. 또 다른 사람들은 우파니샤드(절대자의 본성과 인간 구원의 특징, 형태를 설명한 고대 인도의 경전)라고 말한다. 또 다른 사람들은 마하바라타(바라타 족의 전쟁을 읊은 고대 인도의 대서사시)라고 말한다. 또 다른 사람들은 라마야나(라마 왕의 일대기를 노래한 고대 인도의 대서사시)라고 말한다. 또 다른 사람들은 푸라나(종교적 가르침을 모은 고대 인도의 힌두교 성전들)라고 말한다. 또 다른 사람들은 탄트라(성적인 힘과 여성 원리를 강조하는 밀교 수행법의 경전)라고 말한다. 또 다른 사람들은 도덕경(도가 사상을 담아 노자가 지은 책)이라고 말한다. 또 다른 사람들은 붓다 다르마(붓다가 설파한 가르침)라고 말한다. 또 다른 사람들은 법구경(인도의 승려 법구가 삶에 도움이 되는 시구를 엮어 만든 경전)이라고 말한다. 또 다른 사람들은 회남자(한나라 초기 유안이 도가, 법가, 유교 사상 등을 종합하여 쓴 책)라고 말한다. 또 다른 사람들은 사기(사마천이 쓴 역사서로 2000여 년의 역사와 고금의 명문장이 담김)라고 말한다. 또 다른 사람들은 팔리어 삼장(붓다의 가르침을 엮은 팔리어로 된 경전)이라고 말한다. 또 다른 사람들은 모르몬경이라고 말한다.

또 다른 사람들은……

요점은 이것이다. 직접적인 계시—즉, 신이 인간에게 직접 말하는 사건―은 자신들이 편안하게 느끼는 신성한 경전이 쓰인 이후론 일어나지 않았다고 많은 이들이 믿는다는 점이다.

앞의 출처들을 인용하는 사람들이 신학적으로 서로에게 동의하는 일이 거의 없지만, 다음 한 가지에는 서로 공감하며 다수가 동의한다. 자신들이 들은 신의 말씀이 유일한 말씀이고 자신들의 길이 천국으로 가는 바로 그 길이며, 신과 자신들과의 소통이 유일한 소통이라는 점이다.

이런 기준에 따르면 『신과 나눈 이야기』는 이단이 되어야 하고 그 정의상 신성모독이 될 것이다. 옛 책을 고수하는 일부 사람들은 옛 책 중 어느 것이 진리를 담고 있는지는 확신하지 못하지만 새로운 책이 진리를 담고 있지 않다는 점은 확신한다.

그러므로 맨 처음부터, 정말로 책 제목부터 『신과 나눈 이야기』는 도전이고, 기존 생각을 뒤집으며, 오늘날 신학의 많은 부분을 뒤엎는다. 하지만 흥미롭게도 『신과 나눈 이야기』를 읽은 사람들 중에서 적어도, 신이 글로 적힌 그 말들을 통해 자기를 한 번 이상 드러냈을 가능성에 대해 다툼을 벌이는 사람은 별로 없는 것 같다.

사실 좀 더 나아가야겠다. 놀랄 만큼 많은 사람들이 자신들도 그런 대화를 경험했다고 밝혔다. 그러므로 신과 나눈 나의 대화가 결국 그렇게 '흔하지 않은 대화'는 아님을 보여 준다.

주장이 아닌 초대

지금 이해해야 할 가장 중요한 일은 이것이다. 어떻게 기록되었든 『신과 나눈 이야기』는 하나의 신학이지 교리나 교의가 아니라는 점이다. 그것은 신에 대한 학문이다.

분명히 말하겠다. 나는 그 말들이 신에게서 직접 온 것이라고 믿는다. 하지만 그 모든 진정한 영감은 어디서 나왔는가? 우리가 창의성, 발명성, 혁신, 진정함, 천재성, 상상력, 독창성, 예술성, 통찰, 비전, 그리고 계시라 부르는 경험의 근원은 무엇인가?

이 책의 의도는 다만 당신을 『신과 나눈 이야기』 자료 속 깊은 곳으로 초대하려는 것이었다. 그리하여 내용을 철저히 이해하고 당신 자신의 가장 고귀한 진실로 인도되도록. 사실 요약하면 그것이 신이 말해 준 것들이다. 신은 말했다. "진리가 너희 안에 있다." 그리고 신은 『신과 나눈 이야기』의 방대한 대화가 당신의 진리가 되는 것이 아닌, 당신을 당신의 진리로 인도하기를 의도했다.

하지만 만일 당신이 당도한 진리가 『신과 나눈 이야기』 생각의 일부나 많은 부분과 일치한다면 그것으로 좋다. 반면 그 대화 속 말들을 결국 전부 버리게 된다 하더라도 그 말들은 여전히 당신에게 도움이 될 것이다. 당신 자신의 경험에 대해 더욱 분명해지게 하여 훨씬 풍요롭게 살게 될 것이다.

이것이 모든 예술 형태의 목적이다. 그렇지 않은가? 문학이나 연극, 음악이나 춤, 그림이나 시이든, 모든 창조적 표현이 추구하는 것이 바로 이 점 아닌가? 이것이 신성과의 모든 진정한 소통의 마법 아닌가? 신은 당신으로 하여금 신을 따르게 하지 않을 것이며, 당신이 누구인지를 보다 크게 체험하도록 신을 인도할 것이기 때문이다.

이렇게 해서 당신은 스스로가 창조자임을 보여 준다. 이렇게 해서 신의 가장 큰 약속이 지켜진다. 당신은 신의 모습으로 신과 비슷하게 만들어졌다는 약속이. 당신 자신의 영혼도 마찬가지다.

그러므로……?

이런 것이 지금 당장 우리의 삶과 무슨 관련이 있는가? 우리 행성의 미래는 말할 것도 없고, 우리의 미래와는? 우리가 계속 같은 것을 반복하고 있음을 역사는 보여 준다. 우리는 계속 같은 방식으로 행동하고, 같은 짓을 하며, 신과 삶과 모든 것에 대해 같은 이야기를 하고 믿는다. 정말로 아버지의 죄가 아들에게, 일곱 세대까지도 미칠 것이라고 알려져 왔다.

하지만 지금 우리에게는 그 순환을 끝내고 그 반복을 멈출 기회가 있다. 오래되어 더 이상 온전히 유용하지 않은 인류의 문화 속 이야기의 마지막 장, 마지막 문단, 마지막 문장에 마침표를 찍을 기회가 있다. 그렇다면 그 이야기를 던져 버릴 것이 아니라 마지막 마침표를 뛰어넘어 쓸 기회이다. 우리의 오래된 이야기 속에서 모든 좋은 것을 붙잡을 뿐 아니라 그 바깥에 있을 새로운 좋은 것을 기꺼이 받아들일 기회이기도 하다.

이제 우리를 '여덟 번째 세대'로 선언하자. 인류가 지금까지 자신에 대해 가진 가장 큰 개념, 철학자들이 지금까지 제안한 가장 큰 관념, 신이 지금까지 영감을 준 가장 큰 생각을 미래 세대에게 물려주어야 하는 첫 번째 세대가 되게 하자.

우리의 아이들에게 새로운 문화 속 이야기의 시작을 선물해 주자. 인간에 대한 새로운 개념, 우리가 누구인지에 대한 새로운 개념, 그리고 우리의 잠재력, 우리의 약속, 우리의 목적에 대한 새로운 생각을.

또한 신과 삶과 서로에 대한 새로운 희망, 새로운 이해, 새로운 자각, 새로운 표현, 새로운 체험을 서로에게 가져다주자. 이런 것들은 우리가 과거에 어떤 삶을 살았는가를 잊혀진 꿈으로 만들 것이다. 우리가 다시는 택하지 않을 악몽 같은 존재 방식을 잊혀진 꿈으로 만들 것이다.

영원히.

당신은 이 '새로운 방식'을 바로 지금, 오늘 채택할 수 있다. 세상의 나머지 사람들이 당신을 따라잡도록 기다릴 필요는 없다. 매 순간, 매 상황, 매 맞닥뜨림에서 당신이 어떤 상태로 존재하는가로 그 방식을 당신에게 가져올 수 있다. 신성이 되기로 선택함으로써 이렇게 할 수 있다.

이것은 불가능하지 않다. 필요한 것은 약간의 도움뿐이다. 어쩌면 몇 명의 동반자가, 약간의 지지가. 이따금 안내가 조금 필요할 수 있다. 어떻게 할 것인가에 대한 약간의 제안이.

당신이 이 책에서 그 손길을 발견했길 바라는 것이 나의 소망이다. 당신이 결정하라.

다른 모든 일들처럼 당신이 결정하라.

새로운 여행의 출발점

진화는 어떤 것이 되는 것이 아니라, 이미 우리가 무엇인지를 기억한 다음 보여 주는 것이다. 앞으로 나아가는 것이 아니라, 우리가 있는 바로 그곳에 온전히 존재하는 것이다. 우리의 자각을 발달시키는 것이 아니라 현재 순간의 자각을 키우는 것이다.

차이가 무엇인가? 첫 번째 것은 우리가 지금 가지고 있지 않다고 생각하는 것을 찾는 것이고, 두 번째 것은 우리가 이미 가지고 있는 것을 온전히 표현하는 것이다. 첫 번째 것은 더 큰 바다를 찾으려 애쓰는 것이고, 두 번째 것은 우리가 지금 헤엄치고 있는 바닷속으로 더 깊이 들어가는 것이다. 단지 수면 위에 떠 있는 것이 아니라 완전히 잠기고 온전히 젖어 드는 것이다.

핵심은 이것이다. 우리는 이미 존재하는 것 외에 더 이상 필요하지 않다. 하지만 그 순간 온전히 존재해야 한다.

우리는 이것을 한순간에 할 수 있다. 눈 깜짝할 사이에.

진화에는 시간이 걸리지 않는다. 진화에는 의지가 필요하다.

물론 이것은 결국 우리 아이들에 대한 것이다. 그리고 우리 아이들의 아이들에 대한 것이다. 인간의 형태를 띤 삶이 우리에게 준 선물과 경이를 볼 수 있다면 우리는 질문을 던져야 한다.

"우리는 우리 아이들과 그 아이들의 아이들에게, 우리보다 훨씬 경이로운 체험을 안겨 주기 위해 무엇을 할 수 있는가?"

비록 우리 자신의 삶은 끝없는 싸움이었고 너무 많은 고통이었지만, 그랬다면 아마도 특히, 분명 똑같은 질문을 하고 싶을 것이다.

"우리는 우리 아이들과 그 아이들의 아이들에게, 우리보다 훨씬 경이로운 체험을 안겨 주기 위해 무엇을 할 수 있는가? 그리고 어떻게 하면 아이들에게 더 좋은 세상을 남겨 줄 수 있는가?"

나에게는 이 절박한 질문의 답이 명백해 보인다.

우리는 더 좋은 세상을 창조할 도구를 그들에게 줄 수 있다.

곧이어 다가올 수십 년 내에 우리에게서 세상을 물려받을 수백만의 젊은이들이 바로 지금, 바로 오늘날 교육과 수련을 받고 있다. 그들은 삶에 대한 진실이 무엇인지, 자신들의 정체성에 대한 진실이 무엇인지, 신에 대한 진실이 무엇인지를 우리 자신의 행동을 통해 보고 듣는다. 삶이 어떻게 작용하는지, 삶이 대체 무엇인지, '좋은 삶'을 산다는 것이 무슨 의미인지, 그것을 어떻게 얻는지를 배우고 있다.

우리는 이것을 어떻게 하고 있는가? 우리가 아이들에게 오늘날의 세상에 대해 가르치는 것을 볼 때, 지금 인류가 하는 행동이 어떻게 느껴지는가? 우리가 더 잘할 수 있을 거라 믿는가? 그렇다면 더 나아진 교과 과정을 달라고 누구에게 의지할 수 있는가?

신에게 의존해야 한다고 제안하고 싶다.

『신과 나눈 교감』에서 신이 한 말은 다음과 같다.

행복해지기 위해 외부적인 것은 사람도, 장소도, 물건도 필요 없음을 아이들에게 가르쳐라. 진정한 행복은 자기 안에서 찾는 것임을. 아이들 스스로도 충분하다고 가르쳐라.

이것을 가르치면 아이들을 위대하게 가르친 셈이다.

실패는 허구이고, 모든 시도가 성공이며, 모든 노력이 승리를 이루고, 실패가 승리 못지않게 영광스럽다는 것을 아이들에게 가르쳐라.

이것을 가르치면 아이들을 위대하게 가르친 셈이다.

자신들이 모든 생명체와 깊이 연결되어 있고, 모든 사람과 하나이며, 신과 결코 분리되어 있지 않음을 아이들에게 가르쳐라.

이것을 가르치면 아이들을 위대하게 가르친 셈이다.

자신들은 더없는 풍요의 세계 속에 살고 있고, 모든 이를 위해 충분히 존재하며, 가장 많이 받는 것은 가장 많이 모을 때가 아니라 가장 많이 나눌 때임을 아이들에게 가르쳐라.

이것을 가르치면 아이들을 위대하게 가르친 셈이다.

존엄하고 충만한 삶의 자격을 갖추기 위해 되어야 하는 것, 해야 하는 것은 없으며, 어떤 것을 위해서도 누구와 경쟁할 필요가 없고, 신의 축복은 모두에게 예정되어 있다고 아이들에게 가르쳐라.

이것을 가르치면 아이들을 위대하게 가르친 셈이다.

아이들은 결코 심판받지 않을 것이며, 언제나 올바르게 행동해야 한다고 걱정할 필요가 없고, 신의 눈에 완벽하고 아름다워 보이기 위해 어떤 것을 바꾸거나 '더 나아질' 필요가 없음을 가르쳐라.

이것을 가르치면 아이들을 위대하게 가르친 셈이다.

결과와 단죄는 같은 것이 아니며, 죽음은 존재하지 않고, 신은 결코 아무도 처벌하지 않음을 아이들에게 가르쳐라.

이것을 가르치면 아이들을 위대하게 가르친 셈이다.

사랑에는 아무 조건이 없고, 당신의 사랑이나 신의 사랑을 잃을까 봐 걱정할 필요가 없으며, 그들 자신의 사랑을 무조건적으로 나누는 것이 세상에 줄 수 있는 가장 큰 선물임을 아이들에게 가르쳐라.

이것을 가르치면 아이들을 위대하게 가르친 셈이다.

특별하다는 것이 더 낫다는 것이 아니며, 누군가보다 우월하다는 주장은 그들이 진정으로 누구인지 보지 못하는 것이며, '나의 길은 더 나은 길이 아니라 또 다른 길일 뿐임'을 인정할 때 엄청난 치유가 일어남을 아이들에게 가르쳐라.

이것을 가르치면 아이들을 위대하게 가르친 셈이다.

아이들이 할 수 없는 일은 없으며, 무지의 환상을 지구에서 뿌리 뽑을 수 있고, 진정으로 필요한 모든 것은 자기가 진정으로 누구인지 기억함으로써 돌려받을 것임을 아이들에게 가르쳐라.

이것을 가르치면 아이들을 위대하게 가르친 셈이다.

이것들을 말이 아닌 행동으로 가르쳐라. 토론이 아닌 보여 줌을 통해. 아이들은 당신이 하는 행동을 따라하고 당신이 존재하는 상태처럼 되기 때문이다.

지금 가서 이것들을 가르쳐라. 당신 아이들뿐 아니라 모든 나라, 모든 사람들에게. 마스터를 향한 여행을 시작할 때 모든 사람이 당신의 아이들이고 모든 나라가 당신의 고국이기 때문이다.

이것은 몇 세기 전, 몇 생애 전 당신이 시작한 여행이다. 당신이 오랫동안 준비했고 당신을 이 시간과 장소로 데려온 여행이다. 과거 어느 때보다 더 당신을 절실히 부르는 여행이다. 점점 빠른 속도로 당신이 나아가고 있음을 느끼는 여행이다.

이것은 당신 영혼이 갈망한, 피할 수 없는 결과이다. 육체의 언어로 당신의 가슴이 말하는 것이다. 당신 안의 신성의 표현이다. 예전에 한 번도 말한 적 없는 것처럼 지금 당신에게 말하고 있다. 예전에 한 번도 들어 본 적 없는 것처럼 지금 당신이 듣고 있기 때문이다.

이 세상과 영광스러운 비전을 나눌 때이다. 삶과의 하나 됨을 진정으로 추구해 온 모든 마음의 비전이고, 삶과의 하나 됨을 진정으로 사랑했던 모든 가슴의 비전이며, 삶과의 하나 됨을 진정으로 느꼈던 모든 영혼의 비전이다.

일단 이것을 느끼면 다른 어떤 것으로도 결코 만족할 수 없을 것이다. 일단 그것을 체험하면, 당신은 자신들의 삶에 당신의 손길이 닿는 모든 사람들과 그것을 나누기만을 원하게 될 것이다.

새로운 인간을 위한 시간

『신과 나눈 이야기』는 말한다. 삶의 목적은 '자기가 누구인지에 대해 지금껏 가지고 있던 가장 큰 비전보다 더 큰 버전으로 자신을 새롭게 재창조하는 것'이라고. 이것은 내가 읽어 본, 삶의 목적에 대한 가장 강력한 말이다. 이제는 우리가 기다려 온 기회, 다시 시작하고, 새로운 내일을 탄생시킬 기회를 우리 자신에게 주는 새로운 문화 속 이야기를 인류에게 제시할 때라고 확신한다. 우리가 누구이고, 신이 누구이며, 신이 무엇을 원하고, 우리가 왜 모두 이곳 지구 위에 있는지에 대한 새로운 생각을.

그 작업은 우리의 아이들로부터 시작하는 것이 아니라 아이들을 이끌고 가르칠 사람들로부터 시작된다. 바로 오늘날의 우리들로부터.

'새로운 인간'이 나타나고 새로운 종이 출현할 때이다. 이제 '영혼을 위한 권리 회복 운동'을 시작하여, 난폭하고 화내고 보복하는 신을 믿는 억압으로부터 마침내 인류를 자유롭게 할 때이다. 세계 곳곳에 분리와 두려움, 기능장애만 만들어 낸 오래된 영적 교리로부터 인류를 해방시킬 힘이 우리에게 있다.

인류가 자신을 표현하고 체험하면서 이토록 오래 기다려 온 변화의 시간이 눈앞에 있다. 마침내 오래된 교리를 일치와 협력, 이해와 자비, 너그러움과 사랑의 정신으로 대체하는 데 당신이 도와주기를 바란다.

당신에게 이것은 커다란 삶의 변화나 긴 시간이 소요되는 헌신을 요구하지 않을 것이다. 우리 각자는 살아갈 저마다의 삶이 있다. 어떤 때는 다만 그 삶을 헤쳐 가는 것으로 충분하다. 하지만 인간으로 존재한다는 것의 의미를 바꾸려는 인류의 커다란 노력의 일환으로, 나날의 도전에 직면하는 바로 그 과정을 새로운 방식으로 이용해 볼 의향이 있다면, 당신의 개인적 삶은 지금까지 상상한 것보다 더 큰 의미를 지닐 수 있다.

『신과 나눈 이야기』 우주론의 책들은 신에게서 영감을 받았다고 믿는 메시지들을 전달하려는 한 인간의 최선의 노력이며, 한 사람의 솔직하고 순수하며 진실한 시도이다. 하지만 내가 쓴 모든 것에 의문의 여지가 있음을 나는 분명히 말하겠다. 그 점을 확실히 알아주었으면 한다. 그리고 내가 쓴 것에는 의문의 여지가 있어야 한다. 처음부터 말했듯이 『신과 나눈 이야기』를 영감으로 삼아 깊이 살펴보라.

이곳에서 발견한 메시지들을 그 새로운 여행의 출발점으로 이용할 수 있길 바란다. 당신 내면의 가장 고귀한 자신이 인도해 준 자각과 이해를 가까운 사람들과 나누라. 그렇게 하는 것이 괜찮다면, 자신들의 삶에 당신의 손길이 닿는 모든 사람들과 나누라. 당신이 줄 수 있는, 이보다 더 큰 선물은 없다.

『집은 나를 기억한다―엠 클레어의 치유의 시Home Remembers Me: Medicine Poems from Em Claire』에 나오는 이 달콤하고 부드러운 초대로 책을 마무리하겠다.

영혼의 언어로 말하라
모두가 들을 수 있도록
인류의 이 이야기를
신조차 정의 내릴 수 없는
너무도 귀중한 존재로 풀어내라
사랑을 깊이 실천하여
눈물의 말이
'바다'가 되고
자비의 학교가
세상 가장 큰 기관이 되게 하라

함께 나눠야 할 우리의 여정에서
아무도 이 길을
혼자 걷게 하지 말라
영혼의 언어로 말하라
모두가 들을 수 있도록

닐 도널드 월쉬라는 사람이 어느 날 신과의 대화를 시작한다. 한 개인이 삶에 대한 불만과 궁금한 점을 신에게 묻고, 신이 그 물음에 답하면서 '신과의 대화'가 처음 시작되었다. 이 대화를 통해 그는 신에게 직접 들은 것을 받아쓰기하듯이 종이에 옮겼고, 그 내용을 모아 책으로 출간했다.

『신이 말해 준 것What God Said』은 이렇게 하여 발간된 총 9권으로 이루어진 『신과 나눈 이야기』 시리즈의 종합본이며, 그 9권에서 나온 가장 핵심적인 25개의 메시지에 대해 설명하고 있다. 개인적인 물음으로부터 시작된 신과의 대화는 개인을 넘어 서로에 대한, 우리에 대한, 전 인류에 대한 생각의 확대로 이어진다. 그리하여 오랜 기간 인류가 간직해 온 믿음인 인간의 고대 이야기, 문화적 이야기에 관한 새로운 이해에 도달하게 된다. 우리 인류의 생각 속에서 오랫동안 깊게 뿌리내린 신에 대한 개념을 확대함으로써 신과 우리의 관계를 재정립해 간다. 이는 기존에 우리가 간직해 온 이야기를 부정하거나 거부하는 것이 아닌, 그 이야기 위에 새로운 이해를 부가적으로 더해 감으로써 우리가 이해하지 못했거나 부족했던 부분을 채우고자 하는 것이다.

인류의 탄생 이래 과학, 기술, 의학 등의 분야에서 이룬 눈부신 발전에도 불구하고 우리의 정치, 경제, 사회, 문화, 교육, 정신 등 전반적인 시스템은 여전히 인류가 직면한 문제들을 해결하지 못하고 있다. 그 역할을 해야 할 종교조차 만족할 만한 답을 주지 못하고 있는 게 사실이다. 우리에게 직면한 이 문제들은 결국 영적인 문제인 것이다.

우리 인류는 오랜 믿음을 그대로 유지한 채 변화를 거부해 왔다. 이 믿음에 대한 정확하고 올바른 이해가 이 모든 문제를 해결할 답을 줄 수 있다고 신은 말한다. 신에 대한 우리의 관계가 중요한 이유는, 결국 이 관계가 우리 개인의 삶과 더 나아가 전 인류에게 큰 영향을 주기 때문이다.

여기서 말하는 신은 기존에 우리가 알고 있는 개념과는 아주 다른 신이다. 신비와 존경의 대상이자 동시에 명령과 복종, 죄와 벌, 천당과 지옥을 강조하는 신의 모습이 아니다. 신에 대한 우리의 관계가 더 이상 수직적이고 종속적이지 않다. 그 대신, 동등하며 수평적인 관계로써의 신이 우리 안에 있는 것이다.

진화란 새로움을 찾는 것이 아닌 과거에 있어 왔고, 지금도 있는 것에 대해 더 알아가고, 그 현실에 완전하게 존재함으로써 이루어진다고 이 책은 말한다. 삶 또한 진화의 과정이다. 삶은 삶 그 자체의 경험을 통해 삶으로부터 삶 그 자신을 알아가는 과정이다. 끝없이 계속되는 영혼의 여행에서 반복적으로 그 자신을 알아가는 과정이다. 우리에게 주어진 삶을 통해 우리가 가진 신성을 경험하고 표현하는 것이다. 우리가 마주한 물질성이란 삶의 현실에서 우리 자신이 가진 무한 자유를 통해 스스로를 재창조해 가는 것이다. 그 과정에서 우리가 진정 누구인지, 여기서 지금 무엇을 하는지를 계속해서 알아가는 것이다. 우리의 신성을 기억하는 것이다.

또한 삶은 물질성의 공간에서 이루어지는 환상이다. 진화의 요소로서, 삶의 요소로서 이 환상을 최대한 잘 활용하여 우리에게 도움이 되게 만들어야 한다. 그러기 위해, 이 무한 공간의 우주에서 우리의 본래 정체성과 왜 우리가 이곳 물질세계로 오게 되었는지 알아야 할 것이다. 우리의 본 모습이자 우리의 근원적 에너지인 영성이란 과연 무엇인지, 또한 삶이라는 여행을 통해 우리를 표현하는 우리의 영혼이 신성과 어떤 관계가 있는지 알아야 할 것이다.

우리 각자는 신성의 개별화된 존재이다. 물질세계인 이 지상에서 신이 표현된 것이다. 창조된 자인 동시에 우리는 창조자이다. 우리가 살고 있는 이 환상 속에서 우리의 삶과 현실을 창조할 수 있다. 우주라는 이 무한 에너지의 창조 공간에서 우리 의식의 작용을 통해 우리가 원하는 것을 얻어 갈 수 있다. 삶의 모두는 신성이 표현된 것이다. 물질 영역의 이 환상 안에서 절대적 진실이란 없음을 깨닫고, 이 영원한 영혼의 여행을 통해 신성을 경험하고 표현함으로써 우리는 신에게 다가갈 수 있다.

우리 존재의 가장 근원적인 물음들에 대해 자신의 내면에 귀 기울여야 한다고 닐 도널드 월쉬는 말한다. 우리가 진정 누구인지, 우리의 정체성을 한번 따라가 보자. 우리가 진정 무엇을 할 수 있는지 지금 바로 느껴 보자. 영혼의 소리에 귀 기울일 때, 우리는 영원한 자유를 얻을 수 있다. 신과 나, 나와 우리, 전 인류가 하나 됨을 통해 행복을 이루며 사랑을 나눌 수 있다.

이 책은 관념적일 수 있는 내용들을 풍부한 사례와 비유들로 알기 쉽게 설명하고 있다. 본문을 크게 이해와 적용의 두 부분으로 나누었고, 이해한 것을 실제 일상 삶에 적용할 수 있는 방법을 제시하기도 한다. 처음에는 다소 난해할 수도 있다. 그러나 끝까지 읽으면 모든 메시지들은 그 연결성을 통해 결국 한 지점에 도달하게 된다.

누구도 피해 갈 수 없는, 가장 근원적인 물음인 삶과 죽음, 더 나아가 사후세계와 같은 형이상학적인 주제에 대해 우리 모두가 한 번쯤 생각해 봤을 것이다. 그리고 언젠가, 지금의 나란 존재가 없는 세상이 와도 그 세상은 아무 일 없듯 잘 돌아가고 있을 것이라는 생각도 한 번쯤 했을 것이다. 그런 후, 우리는 언제 그랬냐는 듯이 곧 잊고, 지금의 현실에서 영원히 살 것 같은 착각에 빠진 채 무엇인지 정의 내릴 수조차 없는 그 현실 속에 파묻혀 있는 자신을 문득 발견한 적 있을 것이다. 그렇다, 물론 역자도 그런 경험이 있다. 또한 논리적으로 정확히 설명할 수 없지만, 꼭 그럴 것만 같은 혼자만의 막연한 느낌과 상상 속에 잠시 머물며 그런 물음들에 대한 답을 찾으려고 시도한 적도 있다. 운 좋게도, 『신과 나눈 이야기』의 번역을 시작하면서 이 책이 제시하는 이런 물음들에 대한 통찰과 이해에 하나하나 다가갈 수 있었고, 개인적으로도 삶을 다시 한 번 생각해 볼 수 있는 소중하고 참된 시간이었다. 번역에 많은 도움과 길잡이가 되어 준 류시화 시인과 노경은 님께 감사드린다.

끝으로, 『신이 말해 준 것』이 제시하는 새로운 이해와 통찰이 우리 모두에게 도움이 되고, 다시 생각할 수 있는 새로운 방향을 제시하는 좋은 기회가 되었으면 하는 바람이다.

닐 도널드 월쉬

뉴욕 타임즈 베스트셀러 작가 닐 도널드 월쉬는 시대를 대표하는 영적 메신저이다. 다섯 번의 이혼과 실직, 노숙자 생활 등의 시련 끝에 49세의 어느 날 새벽, 신에게 항의에 찬 편지를 쓰기 시작했으며, 놀랍게도 그 편지에 신이 답을 했다. 그는 그것을 종이에 받아 적었으며, 오랜 기간에 걸친 신과의 대화를 기록한 이 원고는 마침내 『신과 나눈 이야기』라는 제목의 단행본으로 세상에 나왔다. 처음에는 입소문으로만 알려진 이 책은 120주 동안 뉴욕 타임즈 베스트셀러 목록에 오르는 기록을 세웠다. 전 세계 35개 나라에서 번역 출간된 9권의 『신과 나눈 이야기』 시리즈는 그를 세계적인 명상 교사로 만들었으며, 곳곳에서 이 책의 내용을 연구하는 모임들이 생겨났을 정도이다. 그는 페루의 마추픽추 계단, 모스크바의 붉은 광장, 바티칸 시의 성베드로 광장, 중국의 천안문 광장, 남미와 노르웨이, 크로이티아와 네덜란드, 그리고 서울의 거리까지 세계 곳곳을 여행하며 메시지를 전하고 있다. 현재 미국 시인 엠 클레어와 함께 오리건주에 살고 있다. 닐에 대한 자세한 정보는 다음의 웹사이트에서 찾아 볼 수 있다. NealeDonaldWalsch.com

옮긴이 **황하**는 인하대학교 공과대학을 졸업하고 하이닉스 반도체 마케팅 부서에서 근무했다. 평소 명상과 종교 분야에 대한 깊은 관심과 참여로 이 책을 번역하게 되었다. 자연을 좋아해 몇 해 전부터 충북 청주 부근에서 매실밭을 일구고 있다.

신이 말해 준 것

지은이_닐 도널드 월쉬

옮긴이_황하

paintings © Nicholas Roerich

1판 1쇄 발행 2015년 8월 31일

1판 3쇄 발행 2023년 2월 20일

펴낸이_황재성 · 허혜순

책임편집_오하라

디자인_무소의뿔

펴낸곳_연금술사 (08505) 서울시 금천구 가산디지털2로 101 B동 1602호

신고번호 제2012-000255호 신고일자 2012년 3월 20일

전화 02-2101-0662 팩스 02-2101-0663

이메일 alchemistbooks@naver.com

페이스북 · 인스타그램 @alchemistbooks

ISBN 979-11-86686-02-7 03840